# 기울어지는 강

기울어지는 강 하근찬 전집 6

초판 1쇄 발행 2022년 11월 12일

지은이 하근찬
펴낸이 강수걸
기획실장 이수현
편집장 권경옥
편집 오해은 신지은 김소현 이선화 이소영 강나래
디자인 권문경 조은비
펴낸곳 산지니
등록 2005년 2월 7일 제333-3370000251002005000001호
주소 부산시 해운대구 수영강변대로 140 BCC 613호
전화 051-504-7070 | 팩스 051-507-7543
홈페이지 www.sanzinibook.com
전자우편 sanzini@sanzinibook.com
블로그 http://sanzinibook.tistory.com

ISBN 979-11-6861-103-0 04810
ISBN 978-89-6545-749-7 (세트)

* 책값은 뒤표지에 있습니다.
* 잘못 만들어진 책은 구입처에서 교환해드립니다.
* 본 전집은 백신애기념사업회가 영천시의 지원을 받아 제작되었습니다.

하근찬 전집 6

# 기울어지는 강

산지니

발간사

# 밑바닥을 향한 진실한 시선

세상은 속도에 차이는 있겠지만 늘 변해왔다. 그 변화에 사람들은 순응하기도 하고 저항하기도 하면서 발걸음을 맞춰왔다. 좋은 작가에게 우리가 거는 기대가 있다면, '새로운 눈'으로 세상의 변화를 보여주는 것이다. 작가가 보여주는 세계는 새로운 세상의 창조와 같다. 작가가 개성적으로 바라보는 창조적 관점은 세계에 새로운 옷을 입히는 것과 같기 때문이다.

하근찬은 한국전쟁 이후의 상처를 민중의 관점에서 어루만지면서 '치유의 서사'를 펼쳐 보인 좋은 작가다. 그는 전쟁 이후의 혼란한 세계 속에서 '새로운 눈'으로 창조적 소설 작품을 써낸 존재다. 진실을 향한 집념을 가진 작가는 좋은 작품들을 남긴다. 하근찬은 '새로운 눈'과 '진실을 향한 집념'으로 사실의 기록자에 머물지 않고 진정한 창작자가 되었다.

작가는 맑고 정상적인 눈을 가져야 한다. 건강한 눈으로 항상 세상을 골고루 넓게, 그리고 똑바로 바라보아야 한다. 똑바로 바라본다는 것은 바꾸어 말하면 어떤 현상의 밑바닥에 흐르는 진실을 꿰뚫어 보아야 한다는 뜻이다.

세상을 골고루 넓게 바라보는 것도 중요하지만, 똑바로 바라보는, 즉 꿰뚫어 보는 안광이 작가에게는 더욱 중요하다. 그렇지 않고서는 세상이 빚어내는 갖가지 일들의 의미를 파악할 수가 없는 것이다.(하근찬, 「진실을 꿰뚫어야 하는 안광(眼光)」, 『내 안에 내가 있다』, 엔터, 1997, 274쪽.)

하근찬은 세상을 바라보는 '눈'에는 두 가지가 있다고 보았다. 하나는 '세상을 골고루 넓게' 바라보는 눈이고, 또 하나는 '세상을 똑바로' 바라보는 눈이다. 그렇다면 작가가 강조하는 '똑바로 바라보는 눈'이란 무엇일까? 그것은 나타나는 현상에만 머물지 않고, 그 현상의 밑바닥에 있는 원인을 꿰뚫는 혜안을 말한다. '사건이 있었네!'에서, '왜 이 사건이 일어났을까?'라고 질문하는 탐구정신이기도 하다. 하근찬은 '바로 본다는 것'은 보이는 것에만 시선을 두지 않고, "밑바닥에 흐르는 진실"을 밝히는 것이라고 했다. 진실을 위해서는 깊이, 그리고 많이 생각해야 하고, 현상 이면에 담긴 원리와 작용하는 힘을 밝혀내는 노력을 해야 한다.

하근찬은 밑바닥에 흐르는 진실을 탐구한 작가였다. 웅숭깊은 그의 이 시선과 거룩한 문학적 성취는 한국문단에서 보기 드문 문학적 자산이다. 그럼에도 그의 문학세계를 전체적으로 살필 수 있는 전집이 없었으며, 참고할 만한 좋은 선집도 간행되지 못했다는 것은 참으로 안타까운 일이었다.

하근찬 탄생 90주년을 맞아 구성된 '하근찬 문학전집' 간행위원회는 다음과 같은 목표를 설정하였다.

첫째, 하근찬 작품 세계 전체를 충실히 복원하고자 했다. 그간 하근찬의 소설세계는 단편적으로만 알려져 있었다. 하근찬의 등단작 「수난이대」는 일제강점기와 한국전쟁으로 이어져온 민중의 상처를 상징적으로 치유한 수작이다. 그러나 그의 문학세계는 「수난이대」로만 수렴되는 경향이 있었다. 하근찬은 「수난이대」 이후에도 2002년까지 집필 활동을 하면서, 단편집 6권과 장편소설 12편을 창작했고 미완의 장편소설 3편을 남겼다. 문업(文業)만으로도 45년을 이어온 큰 작가였다. '하근찬 문학전집' 간행위원회는 하근찬의 작품 세계를 '중단편 전집' 8권과 '장편 전집' 13권으로 나눠 총 21권을 간행함으로써, 초기의 하근찬 문학에 국한되지 않는 전체적 복원을 기획했다.

둘째, 하근찬 문학세계의 체계적 정리, 원본에 충실한 편집, 발굴 작품 수록을 통해 자료적 가치를 확보하려고 노력했다. 하근찬 문학전집은 '중단편 전집'과 '장편 전집'으로 구분하여 간행했다. 먼저 '중단편 전집'은 단행본 발표 순서인 『수난이대』, 『흰 종이수염』, 『일본도』, 『서울 개구리』, 『화가 남궁 씨의 수염』을 저본으로 삼았다. 이때 각 작품집에 중복 수록된 작품은 제외하여 편집하였다. 또한 단행본에 수록되지 않은 알려지지 않은 하근찬의 작품들도 발굴하여 별도로 엮어냈다. 이를 통해 전집의 자료적 가치를 높였다. 다음으로, 장편의 경우 하근찬 작가의 대표작인 『야호』, 『달섬 이야기』, 『월례소전』, 『산에 들에』 뿐만 아니라, 미완으로 남아있는 『직녀기』, 『산중 눈보라』, 『은장도 이야기』까지 간행하여 전체 문학세계를 조망할 수 있도록 했다.

셋째, 젊은 세대들의 감각과 해석을 반영하여 그의 문학에 새로운 생명력을 불어넣고자 했다. 하근찬의 작품세계가 펼쳐 보이고 있는 한국현대사의 진실한 풍경들도 젊은 세대들에 의해 읽히지 않으면 의미가 반감될 수밖에 없다. 하근찬 문학의 새로운 해석의 발판을 마련하기 위해, 젊은 연구자들의 충실하고 의미 있는 해설을 덧붙였다. 또한, 개작, 제목 바뀜, 재수록 등을 작품 연보에서 제시하여 실증적 가치를 높이기 위해서도 노력했다.

한 작가의 문학적 평가는 전집이 간행되었을 때 비로소 그 발판이 마련된다고 한다. 1957년에 등단, 집필기간만도 45년의 문업을 이루어온 장인적 작가에 대한 본격적 연구의 발판이 60여 년이 지난 이제야 비로소 마련되었다는 것은 안타까운 일이다. 하근찬의 문학세계에 대한 새로운 조명이 2021년 문학전집 간행과 함께 활기를 띨 수 있기를 기대한다.

2021.10.

『하근찬 문학전집』 간행위원회

송주현 · 오창은 · 이정숙 · 이중기 · 장수희

일러두기

1) 『하근찬 중단편전집』과 『하근찬 장편전집』은 하근찬의 소설세계를 일반 독자들에게 널리 소개하고, 그 문학적 의미가 현대적으로 재해석되도록 하는 데 목적이 있다.

2) 『하근찬 전집 6 기울어지는 강』의 작품 수록 순서는 단행본으로 발표된 순서에 따랐으며, 출전을 작품의 끝부분에 밝혀두었다.

3) 『하근찬 전집 6 기울어지는 강』에 수록된 소설들은 작가 생전에 단행본으로 묶어내지 않은 작품들이다. 발표 시기는 1972년부터 1985년까지이다. 단편 「낙발」(《신동아》 1969. 10)을 개작한 「기울어지는 강」(《한양》 1972. 8,9~10,11)은 『기울어지는 강 · 백조의 행진 외』(『한국현대문학전집 34』, 삼성출판사, 1978)를 저본으로 삼았다.

4) 작가가 지문에서 사용한 방언과 비표준어는 작품을 훼손하지 않는 범위 내에서 현대어로 바꾸었으며, 작가가 의도적으로 구분해서 사용한 '목덜미'와 '목줄기'는 그대로 살렸다.

5) 작가 고유의 표현은 그대로 살렸다.
예 : 오리막(오르막), 고깃전(어물전), 변솟간(변소), 동넷방(동네 방), 생각키는/생각히는(생각나는) 등.

6) 한 작품에서 같은 뜻의 단어를 표준어와 비표준어 또는 방언을 혼용해서 사용한 경우에는 하나로 통일했다.
예 : 뒤안/뒤란 → 뒤안, 복받치는/북받치는 → 복받치는, 무신/무슨 → 무슨, 잘몬/잘못 → 잘못, 부시시/부스스 → 부스스, 돋우다/돋구다 → 돋우다 등.

7) 다음과 같은 표현은 어법에 맞게 수정했다.
예 : 소중스리 → 소중하게, 뭐라고든지 → 뭐라든지, 칭칭하게 감은 → 칭칭 감은, 그리고 나서 → 그러고 나서

8) 영어 표현의 경우 현행 '외래어표기법'에 따르는 것을 원칙으로 했다.

# 차례

# 기울어지는 강

## 1

1940년 2월 어느 날 밤, 한재명 선생은 대구역을 떠나는 야간열차에 몸을 실었다. 가족들과 함께였다.

사락사락 눈이 내리는 저녁이었다.

부인 경선은 차창 밖으로 희끗희끗 내리는 눈을 하염없이 내다보고 있었다. 기분이 좋은 표정이 아니었다. 어딘지 모르게 수심이 어린 것 같고, 안타까운 그늘이 서려 보였다.

경선은 가벼운 몸이 아니었다. 얼른 보아도 배가 눈에 띄었다. 그러나 그래서 침울한 표정을 짓고 있는 것은 결코 아니었다.

고향을 떠나기 때문이었다. 전라도로 가는 것이었다.

대개 부인들이란, 더구나 양가(良家, 사회적 신분이나 지위가 있는 좋은 집안)에서 세상물정을 별로 모르고 자란 여자들이란 보수적이

어서, 고향이라는 울타리를 벗어나는 것을 달갑게 여기지 않는 법이다.

그러나 윤길이와 윤희는 마냥 즐겁기만 했다. 윤길이는 소학교 2학년이었고, 윤희는 여섯 살이었다.

전라도라는 데가 어딘지, 소학교 2학년짜리나 여섯 살짜리가 알 까닭이 없었다. 막연히 어딘가 먼 곳일 거라는 생각과 지금까지 살던 곳과는 아주 다른 낯선 곳일 거라는 생각뿐이었다. 그리고 왜 그 전라도라는 곳으로 이사를 가는지, 그 까닭도 알 턱이 없었다. 그저 이사를 간다니까 좋았고, 기차를 타고 간다니까 더욱 좋았을 따름이었다.

"아부지."

"기차 타고 오래오래 가나?"

"응, 밤새도록 간다."

"야, 좋다!"

윤희였다. 여섯 살짜리는 좋아서 손뼉을 짝짝 치기까지 했다. 윤길이 역시 좋아서 두 다리를 간들간들 흔들고 있었다.

한 선생의 얼굴에도 빙그레 웃음이 감돌고 있었다. 희미한 차 안의 불빛 아래서도 한 선생의 하이칼라 머리는 유난히 반질거렸다. 어느 때보다 포마드를 더 넉넉하게 바른 모양이었다.

한 선생의 머리는 숱이 많은 편인데다가, 반쯤 곱슬하게 물결을 이루고 있어서, 기름을 알맞게 발라 잘 빗어 넘기면 제법 그럴듯하게 보였다. 그런 줄을 알기 때문에 그런지, 한 선생은 남달리 머리에 대해 관심을 가지고 포마드 같은 것도 비교적 고급을 찾았다. 말하자면 두발은 한 선생에게 있어선 조그마한 즐거움인 셈이었다.

자기의 머리에 대해서뿐 아니라, 아들의 머리에 대해서도 마찬가지였다. 그래서 자연히 윤길이도 하이칼라 머리였다. 다른 아이들처럼 빡빡 깎아버릴 일이지 뭐 하려고 귀찮게 애 머리를 기르냐고, 경선이 입을 열면 그게 아니라고 고개를 내저었다. 머리를 빡빡 깎는 것은 야만인들이나 하는 짓이라는 것이 한 선생의 지론이었다. 귀찮다니, 머리까지 귀찮으면 살아서 무얼 하느냐는 것이었다.

두발에 대해서뿐 아니라, 넥타이에 대해서도 마찬가지였다. 어떤 무늬의 넥타이가 산뜻하면서도 품위가 있는지, 어떤 칼라가 나이와 용모에 어울리는지, 꽤 신경을 쓰는 것이었다. 어쩌면 술 · 담배를 못하는 체질 탓인지도 몰랐다. 아무튼 한 선생은 제법 멋쟁이인 셈이었다.

대구를 떠난 열차가 몇 정거장을 지났을까. 커더덩 커더덩…… 차 밑이 울리기 시작했다. 철교였다.

그러자 그때까지 아무 말이 없던 경선이 입을 열었다.

"강인 모양이지예?"

한 선생은 귀가 번쩍하는 듯, 일부러 어두운 차창 밖을 바싹 내다보기까지 하며,

"그래, 그래, 강이지. 이기 낙동강 앙이가. 지금 낙동강 철교를 달리고 있는 기라."

큰소리로 유쾌하게 말했다.

"낙동강인교?"

그녀도 얼른 차창으로 얼굴을 가져갔다.

그러자 윤길이도,

"야, 낙동강이다! 낙동강!"

덩달아 떠들어대며 바깥을 내다보았다.

윤희도 과자를 입에 문 채 발딱 자리에서 일어났다.

희끗희끗 눈이 묻은 유리창 밖으로 시꺼먼 강물이 내려다보였다. 어린 윤길이와 윤희 눈에는 그것이 강물이기보다도 바다처럼 느껴졌다. 시꺼멓고 벙벙한 바다가 어둠 속으로 꿈틀꿈틀 흐르고 있는 것 같았다.

"햐……."

절로 감탄사가 나왔다.

경선이 역시,

"이기 낙동강이구만."

하고 입을 벌렸다.

그리고 잠시 후, 그녀는 무슨 체념이라도 하는 듯 나지막하게 한숨을 쉬었다. 굳어졌던 얼굴이 이제 한결 풀려 보였다.

한 선생은 지그시 눈을 감았다. 아내의 체념 어린 한숨이 어떤 안도감으로 다가오기도 했고, 짜릿한 아픔을 가슴에 불러일으키기도 했다.

지그시 눈을 감은 한 선생의 망막에는 일인 교장 이누카이(犬貝)의 얼굴이 떠오르고 있었다. "어르신네가 난다, 코로야롯(어르신네가 다 뭐야, 이 새끼)!" 하고 악을 쓰던 그 이누카이의 얼굴이.

꽥—

기차는 요란하게 기적소리를 울리며 철교 위를 달리고 있었다.

## 2

한재명이 경북 칠곡군에 있는 동명공립심상소학교에 부임을 한 것은 1937년 봄이었다.

그 무렵은 소위 소화(昭和)라는 연호를 쓰던 때니까, 소화 12년에 해당된다. 지나사변, 즉 중일전쟁이 일어나던 해다.

이 학교로 오기 전에 벌써 한재명은 세 학교를 거치고 있었다. 그러니까 이 학교는 네 번째로 부임하는 학교였다.

이 학교의 교장이 이누카이였다. 개 견(犬) 자와 조개 패(貝)― 성부터가 묘하듯이 이 일인 교장은 참으로 묘한 사람이었다. 좋은 의미로 묘한 것이 아니라, 좋지 않은 의미로 묘한 것이었다. 이만저만 고약한 것이 아니었다.

부임하는 날, 첫 대면에서 벌써 한 선생은 그것을 느낄 수가 있었다.

한 선생이 내민 사령장을 받아 든 이누카이는 잠시 그것을 들여다보고 있더니, 흘긋*(재빨리 슬며시 노려보는 모양새를 나타내는 말) 쳐다보며 한다는 소리가,

"포모아도노 니오이 쿠사이소(포마드 냄새 지독해)."

이것이었다.

사령장 내용을 들여다본 게 아니라, 남의 냄새만 맡고 있었던 모양이었다. 말하자면 첫 대면부터 으름장인 것이었다.

이누카이는 매사가 이런 식이었다. 자기는 김치냄새가 질색이니, 도시락반찬으로 김치를 가지고 와서는 안 된다고, 신성한 교무실에 김치냄새가 풍기다니 절대로 용납할 수 없는 일이라고 선생들

에게 호통을 치기도 하는 그런 작자였다. 여름이면 훈도시*(일인 남자들이 사타구니를 가리는 베) 한 장으로 예사로 운동장까지 기어 나오는, 말하자면 인간말짜이기도 했다.

걸핏하면 "죠센징, 죠센징" 하면서 생도들의 조그마한 잘못도 결코 그냥 넘겨버리는 일이 없었다. 교장 선생이라는 사람이 아이들의 뺨을 찰싹찰싹 갈기기가 일쑤였고, 화가 많이 났을 경우에는 신고 있던 슬리퍼를 벗어 들고 그것으로 냅다 얼굴이고 어디고 사정없이 갈겨대는 것이었다.

'훈계'라는 용어는 그의 교육사전에는 애초부터 없는 모양이었다, 오직 '체벌'이 있을 뿐이었다. 그것도 교육을 위한 체벌이 아니라, 멸시와 증오에 찬 그런 것이었다.

그러니 자연 생도들도 그를 혐오의 눈으로 바라볼 수밖에 없었다. "개조개가 또 딱딱거리네", "개조개가 또 지랄병 하는구나" 이런 식이었다. '개조개'는 바로 그의 성(姓)에서 비롯된 별명이었다.

사람의 쓸개를 달고는 도저히 그 개조개 밑에서 견딜 수가 없었다. 여러 조선 사람 선생들이 그에게 맞서다가 쫓겨 좌천이 되어 간 것도 무리가 아니었다.

한 선생 역시 견디다 못하고, 그만 일대 일로 부딪치고 말았던 것이다. 부임한 지 불과 반년밖에 안 된 그해 가을의 일이었다.

어느 날, 쉬는 시간이었다.

갓을 쓴 노인 한 사람이 요란스럽게 교무실로 들어서더니,

"와 고무신을 안 찾아주는게? 응? 이게 핵곤게."

대뜸 이렇게 나왔다.

모두 눈이 휘둥그레지지 않을 수 없었다.

"핵교에서 도둑놈을 키우는게? 와 핵교라는 곳에서 고무신이 없어지는게? 선상들은 그런 것도 감독 못하고 뭘 하고 있는게."

노인은 수염을 덜덜 떨면서 이따금 손으로 삿대질까지 해댔다. 그 뒤에 코를 빼문 아이가 조그만 어깨를 떨면서 서 있었다. 손자인 모양이었다. 한 선생 반 아이였다.

흔히 있는 일이 아니었다. 물론 고무신 따위 물건이랑 때로는 금전을 잃어버리는 일도 있었지만, 그렇다고 학부형이 교무실까지 찾아 들어와서 삿대질을 해가며 떠들어대는 일이란 좀처럼 없는 일이었다. 그럴 수 없는 세상이었다. 소학교에 입학하는 데도 시험을 치르고, 공을 들여야 될 뿐 아니라, 교장의 눈 밖에 나면 퇴학처분도 곧잘 내려지는 세상에 어디라고 감히 말이다.

한 선생도 잠시 어이가 없는 듯 노인의 얼굴을 멀뚱히 바라보고만 있었다. 그러나 노인 뒤에 따라 들어와 서 있는 아이가 자기 학급 아이라는 것을 알자, 정신이 번쩍 들어 후다닥 자리에서 일어났다. 이누카이는 의자에 푹신 기대앉은 채로 눈썹 하나 까딱 않고 노인을 노려보고 있었다.

노인에게로 다가간 한 선생은 경황 중에도 우선 머리를 굽실했다. 잘 알았다는 뜻이기도 했고, 자기가 담임이라는 인사이기도 했다. 그리고 한 선생은 두 손으로 노인의 한쪽 팔을 잡으며,

"여기서 이러실 기 아니라, 밖으로 나가입시더. 어르신네! 어르신네!"

사정하다시피 했다.

이누카이가 파르르 눈까풀을 떨며 자리를 박차고 일어난 것은 바로 그때였다.

"어르신네가 난다, 코노야롯(어르신네가 다 뭐야, 이 새끼)!"

우르르 달려온 이누카이는 다짜고짜로 한 선생의 뺨을 한 대 올려붙였다. 너무나 뜻밖의 일에 한 선생은 정신이 얼떨떨했다.

순간 실내에는 숨 막히는 긴장이 감돌았다. 노인도 갓 쓴 머리를 번쩍 뒤로 젖히면서 어이가 없는 듯 입을 딱 벌렸다.

그러자 이번에는,

"고노 쿠소메(이 똥강아지)!"

하고 냅다 아이를 가서 걷어차 버리는 것이 아닌가.

아이는 때그르르 간단히 나가 굴러버렸다. 노인은 겁을 집어먹고 비실비실 뒤로 물러서고 있었다.

눈에 핏발이 선 이누카이는 제풀에 식식거리며, 이번에는 또 얼른 슬리퍼 한 짝을 벗어 쥐고 노인에게로 달려드는 것이었다. 순간, 한 선생은 자기도 모르게 질끈 아랫입술을 물었다. 그리고 얼른 가서 이누카이의 뒷덜미를 확 잡아채버렸다. 그 해대는 푼수와는 달리 이누카이는 딱할 정도로 힘없이 뒤로 벌렁 넘어졌다. 그러나 오기는 살아 있어서 비틀비틀 일어나기가 무섭게,

"고노 칙쇼! 얏다나!(이 개새끼! 덤볐지!)"

냅다 악을 쓰며 곁에 있는 의자를 두 손으로 번쩍 쳐드는 것이었다.

반사적으로 한 선생은 몸을 움츠리기는 했으나, 한 발도 뒤로 물러서지는 않았다. 불끈 두 주먹을 쥐고 이누카이를 무섭게 노려보았다.

그러자 우르르 여러 선생들이 이누카이와 한 선생 사이를 가로막았다.

일이 그렇게 더럽게 되어, 결국 한 선생은 군(郡)으로 어디로 불려 다니다가 파면처분을 당하고 말았다. 이누카이도 이번에는 산골짝으로 좌천이 되었다.

그렇게 해서 실직이 된 한 선생은 고향인 대구에서 두어 해 빈둥빈둥 고생을 하다가 전라도에 있는 어떤 사립학교에 이야기가 되어 가게 된 것이다.

사립학교라는 말에 경선은 어쩐지 시들하고 서글프기까지 했다. 더구나 고향땅에 있는 것도 아니고, 먼 타향 전라도에 있는 사립학교라니 말이다.

그러나 한 선생은 그 사립학교에는 일인이 한 사람도 없다는 사실이 여간 기분 좋고, 마음 든든하지가 않았다. 그놈의 이누카이인가 개조갠가에게 정나미가 떨어진 터이니, 그럴 수밖에 없었다.

장래야 어떻든 우선은 공립보다 월등히 구미가 당기는 것이었다.

가서 한 번 잘 해보리라— 한 선생은 가슴이 뿌듯해지기도 했다.

## 3

대전에서 기차를 갈아타고, 날이 희뿌옇게 밝아올 무렵, 이리*(1995년 익산군과 통합되기 전의 지명)역에 내렸다. 눈이 하얗게 뒤덮인 싸늘한 새벽이었다.

윤길이는 곧장 모가지를 움츠렸다.

"아부지, 여기가 전라도?"

"그래, 다 왔다."

윤길이는 어쩐지 좀 실망이 되는 듯 혼잣말처럼 뇌까렸다.

"전라도가 뭐 이렇노!"

그러자 한 선생은,

"와, 어떻노?"

하고 웃었다.

경선도 웃었다.

한 선생의 웃음은 그저 우스워서 웃는 단순한 웃음이었으나, 경선의 웃음은, 맞다, 네 말이 옳다는 투의 웃음이었다.

전라도의 첫 인상이 그렇게 윤길이 기대에 어긋난 것은 우선 역 청사가 대구역 청사보다 못하기 때문이었다.

그리고 역전의 풍경이 얼른 보아도 대구보다 을씨년스러웠기 때문이다. 뭐 전라도라고 별다른 데가 없기 때문이었다.

소학교 2학년짜리인 윤길이는, 전라도라고 하면 지금까지 살던 곳과는 아주 딴판인, 말하자면 이국처럼 머리에 그려왔던 것이다.

집도 다르고, 길도 다르고, 자동차 같은 것도 다르고, 산이랑 나무랑 심지어 사람까지도 다를 것이라고 생각했던 것이다. 그림에서 본 이국의 풍경처럼 그렇게 기대해 왔는데, 막상 와서 보니 그게 아니라, 하얀 눈경치까지 모든 것이 비슷하니 재미가 있을 리 없었다. 몹시 춥기만 했다.

여관을 찾아 들어가서 국밥을 시켜 몇 숟가락 뜨자 윤길이는 그만 아랫목에 쓰러져버렸다.

그러나 그날, 윤길이는 참으로 놀라운 것을 보았다. 지금까지 한 번도 본 일이 없는, 눈이 휘둥그레질 그런 것이었다. 그것은 기나긴 다리였다.

여관방에서 몇 시간 눈을 붙이고 나서, 이번에는 버스로 또 몇 십 리 남짓 가는 것이었다.

버스가 움직이기 시작하자 윤길이는,

"아부지, 또 어디까지 가예?"

하고 물었다. 이제 지루한 모양이었다.

"한 십 리 감 된다."

그러자 윤희는,

"야, 좋다!"

소리를 지르며 손뼉을 짝짝 쳤다. 윤희는 그저 덮어놓고 좋은 모양이었다.

눈이 부시도록 좋은 날씨였다. 버스는 덜컹덜컹 뛰면서 시내를 빠져나가, 시골 신작로를 달렸다. 멀리 눈에 덮힌 야산이 간혹 보일 뿐, 사방은 온통 들이었다. 하얗게 눈에 덮인 들판이 쏟아지는 햇빛을 받아 눈부시게 번쩍이며 끝없이 펼쳐지고 있었다.

얼마나 달렸을까. 눈앞을 가로막는 기다란 제방이 나타났다. 그 둑이 가까워지자, 신작로가 두 갈래로 갈라지며 거기 마을이 있었다. 삼거리인 셈이었다.

한 선생은 벌써 그 마을의 이름을 알고 있었다.

"여기가 목천포란 곳이다."

"목천포예?"

윤길이는 어쩐지 마을 이름이 묘하게 들렸다.

목천포(木川浦)— 사실 어감이 어쩐지 『수호지』에나 나올 법한 그런 지명으로 느껴진다.

"야! 이발소다."

윤길이는 손가락질을 했다. 유독 이발소가 눈에 띄는 것은 그 간판 때문이었다. 하얀 눈 속에 빨간 페인트칠을 한 간판이 인상적이었다.

그 목천포라는 곳을 지나자, 자동차는 부르릉 부르릉…… 발동을 돋우며 제방을 올라챘다.

차가 둑 위에 올라서자 윤길이는,

"햐—"

절로 입이 딱 벌려졌다.

물론 강이었다. 그러나 그 강 때문에 입이 벌려진 것은 아니었다. 강 이쪽저쪽의 터전이 너무나 넓어서 강줄기는 별로 두드러져 보이지가 않았다. 그게 아니라 이쪽 제방에서 저쪽까지의 넓은 영역, 그 거대한 공간을 질러서 다리가 걸려 있는 것이었다. 다리의 끝이 가물가물 잘 보이지가 않을 지경이었다. 다리라는 것을 저렇게 길게 놓을 수도 있는 것인지, 윤길이는 혀가 내둘리지 않을 수 없었다. 그제야 과연 전라도라는 곳이 다르기는 다르구나 싶기도 했다.

"아부지."

"와? 다리 길제?"

"너무 깁니더, 십 리는 되겠지예?

"허허허…… 그래, 그쯤 될지도 모르지."

"아부지, 이 다리 이름 뭡니꾜?"

"글쎄…… 이 강이 만경강이니까, 만경강 다리 아니겠나. 혹시 목천포 다리*(일제가 곡물을 수탈하기 위한 통로로 1928년 준공된 이리 목천동에서 김제의 백구면을 잇는 만경교)라 카는지도 모르지."

"야! 저기 팽이 치네예."

자동차는 덜덜거리며 기나긴 다리 위를 끝없이 달리고 있었고, 윤길이는 한없이 신기하고 가슴이 부풀었다. 강기슭, 얼음판 위에서 몇몇 아이가 팽이를 치고 있는 것이 조그맣게 내려다보이기도 했다.

다리가 끝나자, 바로 거기 들 가운데에 학교가 나타났다.

"다 왔다, 자, 내리자."

"저 학교예?"

"그래."

엄청나게 길고 큰 다리를 막 건너와서 그런지, 학교는 영 형편없이 보였다. 성냥갑을 서너 개 옆으로 나란히 세워놓은 것 같았다.

버스에서 내려, 눈에 덮인 제방 길을 조심조심 걸어 내려가며 윤길이는 기대에 매우 어긋나는 듯,

"학교가 뭐 저러노?"

하고 뇌까렸다.

"와 어떻노?"

"꼭 우리 대구 학교 변소 같십더."

"뭐가 우째?"

한 선생은 힉 웃음이 나왔다. 그러나 경선은 웃음과 함께 나직한 한숨을 쉬는 것이었다.

## 4

치인(致仁)학교라는 사립 소학교였다. 그 무렵 벌써 개교한 지가

삼십 년 가까이 되는, 우리나라에서 유수한 농촌의 사설학당이었다.

학교 곁에 마을이 있고, 그 주위는 온통 논이었다. 물론 학교 앞도 논이었다. 학교 앞의 논은 구획이 굉장히 넓었다. 큼직큼직한 논이 여러 개 널려 있는데, 마침 겨울인데다가 물이 괴어 있었던지, 논이 온통 한 장의 얼음판을 이루고 있었다.

그래서 그것은 논이라기보다는 하나의 광대한 호수처럼 느껴졌다. 학교 운동장보다 아마 열 배는 더 넓은 것 같았다.

그 넓은 논의 임자가 바로 학교 설립자였다. 말하자면 '아는 것은 힘이다. 배움만이 사는 길이다' 하는 그런 선각(先覺)과 우국의 염(念)에서 설립한 학당이었다.

개교한 지 벌써 삼십 년 가까이 되어 있었으나, 생도 수는 아직 이백 명 선을 넘지 못하고 있었다. 한 학년이 평균 삼십 명가량밖에 안 되는 셈이었다. 그래서 1,2학년과 3,4학년은 각각 복식학급으로 편성되어 있었고, 5학년과 6학년만은 제대로 한 교실을 차지하고 있었다.

네 학급에 교실이 네 개, 직원실이 하나, 직원은 선생 네 사람에 교장과 부교장이 있고, 소사가 한 사람 있었다. 말하자면 규모는 작으나, 잘 짜인 학교라고 할 수가 있었다.

한 선생네가 든 집은 학교 바로 뒤에 있는 함석집이었다. 사택이었다. 긴 함석집인데, 그것을 울타리로 한가운데를 나누어, 두 세대용으로 만들어놓은 것이었다. 방 두 개에 부엌이 있고, 마당가에는 헛간과 변소가 따로 마련되어 있었다. 한 선생네 네 식구가 생활하기에는 그다지 불편할 게 없었다. 그리고 뒤뜰에는 복숭아나무가 한 그루 서 있었다. 겨울이어서 나무는 가지만 앙상했지만,

그것이 복숭아나무라는 것을 알고 제일 기뻐한 것은 윤길이었다. 빨리 봄이 와서, 잎이 피고 꽃이 피어서, 복숭아가 열렸으면 좋겠다 싶었다.

옆집에는 방원모라는 선생이 살고 있었다. 사십이 훨씬 넘은 선생으로, 이 치인학교의 밥을 무려 십 년 가까이나 먹고 있는 터이었다. 그 방 선생 딸애 선례라는 아이가 있었다. 윤길이보다 한 학년이 위인 3학년 여생도였다. 속눈썹이 유난히 긴 아이였다. 윤길이네가 이사 온 날부터 그 아이는 긴 속눈썹을 깜짝거리며 곧잘 윤길이네 집으로 놀러오곤 했다. 자연히 윤길이도 그 집으로 놀러가고 해서, 며칠이 안 가 곧 친한 사이가 되었다.

선례는 한 학년 위랍시고 제 딴엔 윤길이를 동생처럼 대했다. 방과 후에 함께 학교로 놀러가서는, 여기는 5학년 교실, 여기는 6학년 교실, 이것은 선생님들만 들어가는 변소간…… 이런 식으로 자랑스럽게 설명을 해주기도 했다.

그럴수록 윤길이는 도무지 이 학교는 어설프게만 느껴져 그만,

"대구 우리 학교는 이층이다, 아나? 참 크대이. 변소간도 참 많대이."

하고 뇌까렸다.

그러자 선례는,

"많대이가 뭣이디야. 말도 참 요상허네."

이렇게 슬쩍 윤길이의 말씨를 흉잡아버리는 것이었다. 제 말씨는 어디다가 두고 말이다.

## 5

한 선생의 환영회가 벌어진 것은 부임한 그 주의 토요일 오후였다. 교장 집에서였다.

교장 집은 꽤 오래된 기와집으로, 안채와 사랑채, 그리고 문간채, 이렇게 덩실한 세 채의 건물로 이루어져 있었다.

바로 학교 곁이었다. 그러나 한 선생네가 든 사택과는 꽤 거리가 있었다. 그 교장 집 사랑채의 널따란 방에 술상이 차려졌다.

교장 송운장은 수염이 허연 노인이었다. 그가 바로 이 학교의 설립자인 것이었다. 송 교장은 바지저고리에 연한 회청색 모본단 마고자를 입고, 버선을 신고 있었다. 수염뿐 아니라, 눈썹도 희끗희끗 세어가고 있는 것이 그 인품을 더욱 돋보이게 하는 것 같았다.

부교장 송화진은 이마가 시원하게 벗어지긴 했으나, 아직 머리는 새까맸다. 교장의 아들이었다.

그러니까 부자간에 학교를 운영하는 셈이었다. 그러나 실지로 학교 살림을 꾸려나가고 있는 것은 아들 쪽이었다. 교장은 조용히 뒷전에 앉아 있었다. 일종의 명예직 비슷한 것이었다. 그렇다고 교장이 학교일에 전혀 관여 안 하는 것은 아니었다. 운영상의 중요한 문제에 있어서는 물론 교장의 의사가 절대적이었다.

아무튼 직원실에 교장석이 마련되어 있기는 했으나, 그 자리에 수염이 허연 송운장이 나와 앉는 일은 드물었다. 그래서 어쩌면 딴 학교와는 달리, 부교장제를 택하고 있는지도 몰랐다.

송운장 교장의 오른쪽에 송화진이 앉고, 왼쪽에 오늘의 주인공인 한재명 선생이 앉았다. 맞은편에 방원모 선생과 최세만 선생, 그리고 여선생 송혜심이 자리를 잡았다.

최세만은 이리읍에서 자전거로 통근을 하고 있는, 서른을 갓 넘은 선생이었다. 이마가 좁고, 눈이 가느다랗게 아래로 처진 것이 어딘지 모르게 얄팍한 인상을 주었다.

송혜심 선생은 살결이 희고 고와서, 얼른 보면 아직 서른 안쪽인 듯했지만, 잘 뜯어보면 나이가 든 것을 알 수가 있었다. 서른여섯이었다. 그리고 그녀는 송 교장의 질녀였다. 그러니까 부교장 송화진과는 사촌 간이었다. 그녀는 까만 세루치마저고리를 입고 있었다.

이렇게 여섯 직원이 교자상을 가운데 놓고 마주앉아 술잔을 들었다. 술은 집에서 빚은 청주였다.

"자, 한재명 선생을 환영허는 의미에서 건배헙시다."

부교장의 말에 잔들이 높이 올라갔다. 송혜심 선생만 사이다 컵이었다.

송 교장은 잔을 높이 든 채,

"경상북도에서 이렇게 먼 곳까지 와 주시어 대단히 고맙게 생각허오. 아무쪼록 우리 학교 생도들을 위해서 앞으로 많은 일을 해주기 바라오."

천천히 말했다.

한 선생은 어쩐지 고개가 숙여지는 느낌이었다. 우리 '학교'를 위해서가 아니라, 우리 학교 '생도'들을 위해서 많이 일을 해주기 바란다는 말— 그것은 아무나 흔히 할 수 있는 말이 아니었다. 그런 경우 대체로 우리 '학교'를 위해서가 아니면, 우리 학교 '교육'을 위해서 혹은 우리 학교의 '발전'을 위해서, 하고 막연한 소리를 지껄이는 법인데 말이다. 과연 이런 농촌에 사설학당을 설립한 분이 다르기는 다르구나 싶었다.

생도들을 위해서, 정말 앞으로 이 학교의 생도들을 위해서 한 번 잘해 봐야겠다고 생각하며 한 선생은,

"감사합니더. 앞으로 교장 선생님을 비롯해서 여러 선생님들의 많은 지도와 편달을 부탁드립니더."

했다.

이렇게 해서 시작된 주연은 흥겹게 무르익어갔다. 그러나 오늘의 주인공인 한 선생이 도무지 술에 소질이 없어서 좀 맥이 빠지는 느낌이었다.

한 선생은 술 담배를 못했다. 체질이 그런 모양이었다. 술은 억지로 마시면 못 마시는 바는 아니지만, 얼굴이 온통 홍당무처럼 되고, 가슴이 펄럭거려 기분이 좋다기보다 오히려 기분이 망쳐지는 것이었다. 담배 역시 피우면 기분이 좋아지는 것이 아니라, 어지럽고 입안이 씁쓰름해서 불쾌하기만 했다. 그래서 애당초 술 담배는 안 되는 체질이라 생각하고, 입에 댈 생각을 안 했다.

그러나 담배는 그렇지가 않지만, 술은 때로는 타의에 의해서 억지로 마시게 되는 수가 있었다.

오늘도 바로 그런 경우였다. 한 선생은 권에 못 이겨 홀짝홀짝 한 모금씩 마시고 있었다. 마신다기보다도 입안을 적시고 있다는 편이 옳을 것이다.

그렇게 홀짝거리고 있는 한 선생을 송혜심 선생은 속으로 약간 웃고 있었다.

남자가 방원모 선생처럼 너무 술을 뜨물 마시듯이 마셔대도 곤란하지만, 저렇게 홀짝거리는 것도 결코 보기 좋지는 않았다.

방 선생은 고래였다. 마흔다섯이나 되었는데도 여전히 말술이었다. 송화진 부교장도 제법 마시는 편이었으나, 방 선생에게는 어림도 없었다. 최세만 선생은 기분이 내키면 몇 잔 벌컥벌컥 들이켜고 떠들어대는 풋술이었다. 교장 송운장은 옛날 젊은 시절에는 두주불사였으나 이제는 연세가 연세인지라, 그저 알맞게 몇 잔 하고 그만두는 애주였다.

그러니까 술잔은 주로 방 선생과 부교장 사이를 왔다 갔다 했다.

아무리 고래지만, 집에서 뜬 청주를 거푸 마셔댔으니 취기가 없을 턱이 없었다. 방 선생은 약간 불그스름하고 거슴츠레해진 눈으로 빙글 웃으며, 한 선생 앞으로 잔을 쑥 내밀었다.

"자, 한 선생, 경상도 양반, 한잔 허랑게. 꿀떡꿀떡 한잔 기분 좋게 마시란 말이여."

"예, 예, 이것 참……."

한 선생은 난처했으나 잔을 안 받을 수 없었다.

"술을 못 허면 나하고 친구 되기가 힘드는디……."

그러자 부교장이,

"누가 방 선생허고 친구허자 그러는개비. 술고래허고 친구해서 무슨 소용이 있는디. 한 선생, 이 방 선생허곤 부디 친구헐 생각 마쇼."

하고 웃었다.

모두 웃었다.

잠시 후, 방 선생은 불쑥 입을 열었다.

"한 선생, 경상도에서 파면을 당했다는디, 뭣 땜시 그랬는기라우?"

"……."

"어디 그 얘기나 한 번 들어 보더라고."

한 선생은 얼른 입이 열리지가 않았다. 어쩐지 좀 창피한 생각 같은 게 들었다. '파면'이란 어떤 경우이든 별로 자랑스러운 것은 못 되는 모양이었다.

한 선생의 표정을 보자, 송혜심 선생이,

"방 선생님은 참 별것을 다 물어보시네."

조그마한 소리로 말했다.

그러자 한 선생은,

"아닙니더. 그기 뭐 얘기 몬 할 게 없지요. 다름이 아니라……."

하고 용기가 나는 듯이, 그때의 자초지종을 이야기하기 시작했다. 술기운도 있고 해서, 한 선생은 곧 열을 올려 이누카이를 매도해 나갔다.

"아니 글쎄, 그 개조개란 놈이 도시락에 김치도 못 싸오게 안 하는교. 자기는 김치냄새가 아주 질색이라 카면서……."

그러자 방 선생은,

"참말 그 자식 개조갠디! 개조개여!"

하고 맞장구를 쳐댔다.

'개조개'란 말에 유난히 힘을 주면서, 그 '개조개'라는 별명이 몹시 재미있고, 썩 마음에 든다는 듯이.

이야기가 이누카이와 맞부딪는 대목에 이르자, 한 선생은 더욱 흥이 나는 듯, 이누카이의 뒷덜미를 확 잡아채버리는 흉내까지 냈다. 그리고 이누카이가 일어나 의자를 번쩍 쳐들자, 그만 달려들어 와락 떠밀어버렸더니, 의자와 함께 뒤로 와장창 보기 좋게 넘어져

버리더라고, 약간 윤색까지 해서 열을 올렸다.

"그래서 결국 모가지가 안 됐습니꼬."

이야기가 끝나자, 잠시 모두 아무 말이 없었다.

그러나 곧 또 방 선생이 입을 열었다.

"그놈의 개조개, 넘어졌을 때 발로 콱 볼바(밟아)버렸더라면 더 좋았을 것인디……."

그러자,

"참말이랑게요."

하고 맞장구를 친 것은 송혜심 선생이었다.

약간 뜻밖의 일이 아닐 수 없었다. 그런 이야기에 여선생이 입 밖으로 동의를 하다니.

허연 수염을 쓰다듬어 내리며 듣고 있던 교장 송운장은 부스스 자리에서 일어나며,

"많이들 먹고 놀게."

했다.

자리를 피해주는 셈이었다. 그러나 어딘지 모르게 그다지 기분이 좋은 것 같은 표정이 아니었다.

어쨌든 수염이 허연 교장이 없어지자, 술자리는 한결 부드럽고 자유스러워졌다.

"자— 이제부터 한 곡조씩 뽑기로 하는 것이 어떨게라우?"

지금까지 찍소리도 없던 최세만 선생이었다. 교장이 없어지자, 이제 기분이 나는 모양이었다. 벌컥벌컥 술도 풋술답게 들이켜 대는 것이었다.

# 6

일요일이었다.

윤길이는 선례와 둘이 운동장가의 철봉에서 놀고 있었다.

눈이 녹는, 제법 따스한 날씨이긴 했으나, 철봉은 아직 차가웠다.

그러나 선례는 윤길이에게 뽐내기 위해서 서슴지 않고 척 철봉을 거머쥐었다. 그리고 땅을 탁 차고는 앞으로 발을 올려 얼른 철봉 위로 돌아 오르는 것이었다. 물론 낮은 철봉에서였다.

그렇게 돌아 오르기를 한 다음, 이번에는 가볍게 앞으로 돌아내리기를 했다. 선례는 여생도지만 3학년이라 그런지, 철봉 솜씨가 윤길이보다 익숙했다. 윤길이는 철봉에 뛰어올라 앞으로 돌아내리는 것밖에 하질 못했다. 그래서 윤길이는 선례가 그렇게 재주를 부리며 뽐내는 것을 가만히 보고 있었다.

그러나 그 재주를 구경하는 것은 잠시이고 실은 그게 아니라, 그렇게 돌아내리고 돌아 오를 때마다 바람을 일으키며 펄럭펄럭 까뒤집어지는 치마와 그 속에서 드러나는 내의를 보는 것이 재미였다.

윤길이가 곧장 헤죽헤죽 웃자, 선례는 긴 속눈썹을 반짝 치세우며,

"웃긴 뭣 땜시 자꾸 웃는디야."

하고 철봉에서 뛰어내렸다.

윤길이는 킬킬거리면서, 후다닥 이번에는 제가 철봉에 뛰어올랐다. 그리고 상체를 아래로 떨어뜨려서 철봉에 걸친 채 돌아내리지는 않고, 나는 재미 좋은 거 많이 보았다는 듯이 곧장 간들간들 흔

들어댔다.

그렇게 흔들어대는 윤길이의 눈에 운동장 저쪽의 교사가 거꾸로 들어왔다. 거꾸로 비친 교사도 따라서 흔들흔들 흔들리고 있었다. 그런데 어쩐지 교사가 좀 민숭민숭한 것처럼 느껴졌다. 무엇인가 있어야 할 것이 없는 것만 같았다.

그렇게 느끼는 순간 윤길이는,

"맞다. 고꾸따이메이쪼오(國體明徵)*(국가의 존엄을 명확히 나타냄)가 없다!"

저도 모르게 소리를 질렀다.

얼른 철봉에서 내려 똑바로 교사를 바라보았다. 역시 없었다.

그제야 윤길이는 이 학교에는 처음부터 그것이 걸려 있지 않았다는 것을 알아차리고, 무슨 대단한 일이라도 발견한 듯 곧장 두 눈을 반짝거렸다.

대구 학교에는 교사 표면에 '국체명징(國體明徵)' · '내선일체(內鮮一體)' · '인고단련(忍苦鍛鍊)'이라고 쓴 기다란 세 개의 표지가 똑같은 간격을 두고 높다랗게 걸려 있는데, 이 학교에는 그것이 안 보이는 것이다.

"와 고꾸따이메이쪼오가 안 붙어 있노?"

선례를 돌아보며 물었다.

"뭣이?"

"고꾸따이메이쪼오 말이다."

"고꾸따이메이쪼오가 뭣이디야? 생전 첨 듣는다."

"그것도 모르나?"

"……."

"큰 간판 앙이가."

"간판?"

"그래."

"간판이 어째서 고꾸따이메이쬬오디야?"

"거기다 그렇게 써 놨다 말이다. 대구 우리 학교엔 그런 기 세 개나 붙어 있다, 아나? 고꾸따이메이쬬오, 나이셍잇따이, 닝꾸단렝……."

"……."

"글자가 억씨기 크다, 아나?"

그러자 선례는,

"학교다가 뭣 땜시 그런 간판을 다 붙이야? 오살맞게!"

입을 삐죽했다. 그리고 밸이 틀린 듯,

"난 집에 갈 티여— 너하고 안 놀아—"

하고 뒤도 돌아보지 않고 냅다 달리기 시작했다.

윤길이는 뛰어가는 선례의 뒤통수를 향해,

"안 놀아도 좋아! 나도 안 놀아!"

눈을 한 번 흘겨주고는, 두 손을 호주머니에 찔렀다.

그리고 타박타박 저도 집을 향해 걸었다.

## 7

그날 저녁, 밥상머리에서 윤길이는 아버지에게 물었다.

"아부지, 이 학교에는 와 고꾸따이메이쬬오가 안 붙었지예?"

"……."

"대구 우리 학교는 세 개나 붙었는데……."

"……."

한 선생은 들은 체 만 체 숟가락질만 했다.

윤길이는 흘긋 아버지의 표정을 한 번 살펴보고, 다시 물었다.

"아부지, 학교에 고꾸따이메이쬬오 붙이는 기 좋지예?"

"붙이는 기 좋더나?"

"예, 선례는 고꾸따이메이쬬오도 몰라예. 그런 거 오살맞다 안 캅니꼬."

"……."

"오살맞지 않지예? 아부지 그지예?"

"어서 밥이나 묵어."

"……."

"그런 거 붙었거나 안 붙었거나 공부만 잘함 되는 기라."

뜻밖에 아버지의 말투는 무뚝뚝했다.

이사 온 뒤로 아버지는 늘 기분이 좋은 얼굴이었다. 무슨 말을 물어도 웃는 낯으로 대답했고, 조금 잘못한 일이 있어도 너그럽게 보아주곤 했었다.

그런데 오늘 저녁, '고꾸따이메이쬬오'에 대해서는 왜 이렇게 무뚝뚝하게 나오는 것인지 알 수가 없었다. 그런 것이 붙었거나 안 붙었거나 공부만 잘하면 된다니, 마치 선례 가시나 편을 드는 것 같아, 윤길이는 기분이 잡쳐졌다.

시무룩해가지고 국 국물만 곧장 훌짝훌짝 떠먹으면서도, 윤길이는 국 국물, 참 맛도 아무것도 없다고 생각했다.

2학년짜리 철없는 윤길이는 이렇게 매사에 있어서 이 학교가 못마땅하고 보잘것없게 여겨지는 것이었으나, 한 선생은 물론 그게 아니었다. 정반대였다.

학교 교사에 그 어마어마한 세 가지의 표지가 붙어 있지 않은 것부터가 시원한 일이었고, 직원실 벽에도 히노마루(日本旗), 니쥬바시(二重橋)*(일본 왕이 살고 있는 천황성 어귀에 있는 다리)니, 천황폐하, 황후폐하, 혹은 메이지 천황의, 약간 옆을 보고 있어서 한쪽 귀가 카무플라주 된 우중충한 초상(肖像) 같은 것들이 걸려 있지 않아 기분이 개운하기만 했다. 교실에 역시 그런 구질구질한 것들은 하나도 눈에 띄지가 않았다.

그러니까 학교 전체를 두고 보아도 조금도 일본제국주의의 입김이 서려 보이지가 않는 것이었다. 그저 생도들에게 글을 가르치는 학교라는 느낌이 들 뿐이었다. 조금도 긴장감이나 위화감 같은 것을 주지 않는, 수수하고 아늑한 분위기였다.

그것은 한 선생에게 있어서 일종의 놀라움이 아닐 수 없었다. 지금까지의 공립학교에서는 결코 맛볼 수 없던 느낌이었다. 이제야 비로소 학교다운 학교에 몸을 담았구나 하는 생각이 들어, 한 선생은 가슴이 뿌듯해지기도 했다.

그러니 자연 의욕이 솟을 수밖에 없었다. 한 선생은 아침상을 물리기가 바쁘게 학교로 향했고, 저녁 먹을 무렵이 되어야만 학교에서 물러나오는 것이었다.

한 선생은 3,4학년 복식학급을 맡고 있었다. 물론 임시였다.

이제 학년말도 얼마 남지 않았으니, 신학년도에 정식으로 담임 학년이 결정되면 그때 처음부터 차근차근 한 번 잘해나갈 생각이지만, 그러나 3학기로 들어와서 중도에 임시로 맡은 학급이라고 해서 아무렇게나 건성으로 넘길 수는 없는 노릇이었다.

3,4학년 교실 옆에 1,2학년 교실이 있었다. 1,2학년 담임은 송혜심 선생이었다. 그러니까 윤길이는 송혜심 선생 반이었다.

한 선생이 송혜심 선생에게 은근히 관심을 가지게 된 것은 환영회가 있은 뒤부터였다. 그녀가 그때, "그놈의 개조개, 넘어졌을 때 발로 콱 볼바버렸더라면 더 좋았을 것인디……"라는 방 선생의 말에 "참말이랑게요" 하고 맞장구를 친 일이 어쩐지 한 선생의 뇌리에서 사라지지가 않았다. 여자가 그런 경우 맞장구를 친다는 것은 결코 좋은 일로 생각되지는 않았으나, 어쨌든 그녀의 짙은 반일감정 같은 것을 느낄 수가 있는 것이었다.

그러고 보니, 송혜심 선생은 어딘지 모르게 좀 이지적인 데가 있는 인상이었다. 살결이 고와서 나이에 비해 젊어 보이기는 했으나, 화색이 좋고 항상 밝은 얼굴이라기보다는, 어쩐지 창백하고 조용한 것이 깃들어진 얼굴이었다. 때로는 침울하고 괴로워 보이기까지 했다.

그럴 수밖에 없는 것이 그녀는 혼자 사는 몸이었다. 물론 노처녀는 아니었다. 그렇다고 미망인도 아닌 것 같았다. 남편이 있긴 있는 모양이었다. 그러나 그녀의 남편이 어디서 무얼 하고 있는지, 아는 사람은 아무도 없었다. 어쩌면 이혼 상태가 되어 있는 것인지도 몰랐다. 숫제 그 점에 대해서 그녀가 입을 여는 법이 없으니, 확실한 내막을 알 도리가 없었다.

그 점에 대해서는 그녀의 백부인 송 교장도, 사촌오라버니인 송화진 부교장도 남들과 다름없는 눈치였다. 그저 막연히 어떤 말 못

할 사연이 있는 것이려니, 짐작을 할 따름인 것 같았다.

그러니까 그녀가 친정에서 학교에 출근하고 있다는 것과, 일본 동경에서 살림을 하다가 혼자 친정으로 돌아와 이 학교에 부임한 것이 삼 년 전이라는 것과, 처음부터 생산을 하지 못했는지, 아니면 남편 쪽에 떼놓고 왔는지 모르지만, 좌우간 현재 슬하에 자녀가 하나도 없다는 것 정도만이 분명한 사실이었다.

남의 그런 내막을 확실히 알 수가 없으면 없을수록 사람들은 더 관심이 기울어지는 모양이었다. 특히 혼자 사는 여자이고 보니 말이다.

한 선생이 은근히 송혜심 선생에 대해 관심이 가는 것도 솔직하게 말하면 다분히 그래서인 것이었다. 물론 그녀가 학년말까지 잠시 동안이나마 자기 아들의 담임이기 때문에 그러기도 했지만.

한 번은 방 선생과 무슨 이야기 끝에 그런 이야기가 나와 그녀의 남편에 관해서 물어보았더니,

"확실한 것은 알 수가 없으나, 아매 콩밥을 먹고 있는 눈치랑게."

이렇게 말하는 것이었다.

"콩밥을? 그래요……?"

한 선생은 의외의 말에 약간 눈이 휘둥그레지지 않을 수 없었다.

"확실헌 것은 알 수가 없당게, 한 선생. 그런 말 입 밖에 내지 말어. 확실헌 것도 아닌디, 입 밖에 냈다가……."

그녀의 남편이 징역살이를 하고 있다니, 그게 확실한 말인지 어쩐지는 모르지만, 아무튼 놀랄 일이 아닐 수 없었다. 그런 말을 들은 한 선생은 그녀의 남편이 왜 징역살이를 하고 있을까, 공연히 자꾸 궁금했다. 무슨 잘못을 저질렀을까? 설마 절도나 강도죄는

아닐 것이고, 혹시……?”

한 선생은 가만히 고개를 끄덕거리며,

“그런지도 모르지. 그런지도 몰라.”

하고 중얼거렸다.

송혜심 선생이, 콱 밟아버렸더라면 더 좋았을 것인데라는 말에 맞장구를 치던 일이 어쩐지 납득이 가는 듯했다.

## 8

어딘지 모르게 은은한 연둣빛이 들녘에 감돌기 시작했다. 그리고 날씨가 좋은 날이면 아지랑이가 아른거렸다. 서서히 봄 입김이 서리기 시작하는 것이었다.

아지랑이는 마을에서 얼마 멀지 않은 제방 위에 가장 많이 아른거렸다. 긴 냇둑이 온통 아른아른 춤을 추는 것 같았다.

방과 후나 일요일 같은 때, 윤길이와 선례는 곧잘 둑을 향해 달렸다.

윤길이는 아지랑이를 잡으러 간다고 신이 났고, 선례는 둑에 돋아나는 삘기가 구미를 돋우었다. 아직 삘기 철은 일렀으나, 잘 살펴보면 간혹 한두 개 남 먼저 돋아나고 있는 삘기가 없는 게 아니었다.

둑이 가까워지면 윤길이와 선례는 번번이 경쟁이라도 하듯 힘껏 뛰었다. 선례는 제가 뒤로 처질 것 같으면 그만 걸음을 멈추고 앉아서 삘기를 찾기 시작하는 것이었다.

둑 위로 달려 올라간 윤길이는 두리번거리며 아지랑이를 찾았다. 그러나 아지랑이는 어느새 멀리로 달아나버리고, 근처에는 없었다.

둑 위에 올라서면 언제나 시원한 바람이 불었다. 윤길이는 바람 속에 서서 후련한 강물을 바라보며 심호흡을 하기도 했고, 돌멩이를 주워서 힘껏 던져보기도 했다. 그러나 돌멩이는 강물에 가서 닿기는커녕, 겨우 냇둑 아래 픽 떨어지고 말기 일쑤였다.

한 번은 그렇게 떨어지는 돌멩이를 보고 선례가 놀렸다.

"오메— 강을 넘었으야. 겁나게 멀리 던지네. 헤헤헤……."

"까불지 마. 어디 그럼 니는 얼마나 잘 던지능강 한 번 던져 보래."

"내가 남자라면 강까지 문제없당게."

"나도 나중에 어른 되면 강까지 문제없어."

"어른이 구성없이 누가 팔매질을 한다냐."

그리고 둑 위에 올라서면 언제나 가슴을 벅차게 하는 것은 그 긴 다리였다. 그 기나긴 다리를 바라보며 윤길이는 언젠간 한 번 혼자서 저 다리를 건너보아야지 마음먹는 것이었다.

선례와 둘이 다리 중간쯤 갔다가 되돌아오고 만 일이 있었다. 가도 가도 끝이 나서지 않는 바람에 슬그머니 질리기도 했고, 다리 밑으로 꿈틀꿈틀 흘러가는 흙탕물을 내려다보니 덜컥 겁이 나기도 했던 것이다. 왜 강물이 그렇게 시꺼먼지, 경상도의 맑고 잔잔한 냇물만 보아온 윤길이로서는 알 수 없는 노릇이었다. 아무튼 전라도는 겁난다는 생각이었다.

그래서 선례에게,

"강물이 와 이러노? 파이다*('나쁘다'의 방언)!"

했더니,
"파이다가 무슨 말이디야?"
말을 못 알아듣는 것이었다.
"더럽다는 말이다. 꾸정물이다 말이다."
"강물이 어째서 꾸정물이여?"
"시커머니까 그렇지."
"시커멓다고 꾸정물이다냐? 부엌 치운 물이 꾸정물이지."
선례는 새초롬해지는 것이었다.
그렇게 시꺼먼 강물 위에서도 아지랑이는 곧잘 춤을 추었고, 다리의 가물가물한 난간 위에서도 아른거렸다.
그러나 아지랑이보다 결국은 윤길이도 삘기 찾기에 정신을 팔리고 마는 것이었다.
아직 삘기 철은 일렀으나, 선례는 곧잘 그것을 뽑았다. 그런데 어찌된 셈인지 윤길이의 눈에는 그것이 잘 띄질 않았다. 삘긴가 하고 뽑아보면 번번이 띠의 줄기가 아니면 잡풀이었다. 어쩌다가 진짜 삘기가 뽑혔을 때는 윤길이는 좋아서 절로 야— 소리가 나왔다. 꺼풀을 까고 그 속에서 나온, 아직 채 알이 차지도 않은 야들야들한 알맹이를 입에 넣을 것 같으며, 저절로 혀 위에서 녹아버리는 것 같았다. 몇 번 씹지도 않아서 벌써 달착지근한 액체가 되어 목구멍으로 흘러 넘어가는 것이었다. 그리고 입 안에는 다시 군침이 돌았다. 약간 비릿한 풀내*(코로 맡아서 느껴지는 풀의 냄새)가 나는 것 같으면서도 달보드레한, 묘한 맛이었다.
선례는 처음엔 뽑히는 족족 입으로 가져가다가, 나중에는 한 개 두 개 손에 모아 쥐는 것이었다. 그래서 한참 뒤에 보면 제법 한 옴큼이나 삘기를 쥐고 있었다. 윤길이는 슬그머니 약이 오르지 않을 수 없었다.

토요일이었다. 그날도 해질녘이 되자, 선례는 삘기를 손에 한 옴큼 쥐고 있었고, 그러면서도 계속 뽑아 올리고 있었다.

윤길이는 자리에서 벌떡 일어나 기지개를 켜고 나서 얼른 선례를 향해,

"나 좀 도고—"

소리를 질렀다.

그러자 선례는 삘기 쥔 손을 쳐들어 보이며 헬쭉 웃었다. 용용 죽겠지! 라는 듯이.

이때 둑 위에서,

"핫핫하……."

"힛힛히……."

웃음소리가 일어났다.

아이들이었다. 서너 아이가 지나가다가 멈추어 서서 내려다보며 웃는 것이었다. 그리고 냅다 소리를 질렀다.

"신랑각시—"

"선생 아들, 선생 딸, 신랑 각시—"

윤길이는 약이 오르지 않을 수 없었다. 그러나 상대방의 수효가 많아 슬그머니 켕겼다.

"얼래, 뭐뭐 했다네—"

"신랑 각시, 뭐뭐 했다네—"

"얼래, 숭 보세—"

"숭 보세—"

그러자 그만 선례가 바르르 떨며,

"뭣이 어쩌? 이 오살맞을 놈들아—!"

냅다 악을 썼다.

윤길이도 가만히 있을 수가 없었다. 소위 사내대장부가 말이다.

"뭐가 우짜고 우째?"

그러나 윤길이는 겨우 이렇게 말했다.

아이들은 가소롭다는 듯이 히들히들 웃으며,

"뭐가 우짜고 우짜고 우짠디여."

말 흉내를 내 댔다.

윤길이는 학교에서뿐 아니라, 마을에서도 곧잘 아이들의 놀림감이 되었다. 말씨 때문이었다. 경상도 사투리가 전라도 아이들에게는 어느 이국의 말씨처럼 재미있게 들리는 모양이었다.

가령 어쩌다가,

"우리 어무이가 알라 뱄다이. 곧 알라 놀 끼다, 아나."

이런 자랑이라도 할 것 같으면, 아이들은 그게 무슨 말인지, 중국사람 말이라도 듣는 듯 어리둥절하다가 우리 어머니가 아기 뱄다, 곧 아기 낳을 것이다, 라는 그 뜻을 알고는 와, 웃어젖히는 것이었다.

"너 오매 알 뱄냐이? 그러냐이?"

"몇 개 뱄디야?"

"알 까면 한 개 안 줄 티여?"

이렇게 놀려대면서.

그래서 윤길이는 아이들과 어울리는 것을 꺼렸다. 학교에 가서나 마을에서 아이들과 어울릴 때면 가급적 '고꾸고'(그러니까 그 당시로

서는 일어)를 사용했다. 그러자 이번에는 '쪽발이'(일인을 욕해서 하는 말)라는 소리를 들었다. 말하자면 어린 윤길이도 타관을 타는 셈이었다.

그 무렵만 해도 학교에서 공부시간 외에는 별로 그 고꾸고라는 것을 사용하지 않았다. 대구 학교에서는 고꾸고를 조오요오(常用)해야 한다고 자주 말이 있었으나, 심하게 굴 정도는 아니었다. 이 치인학교는 사립이기 때문에 그런지, 그에 대한 말도 거의 없었다. 물론 조회 때나 교실에서 공용으로 쓰는 말은 고꾸고였다. 그러나 선생들도 예사로 사적인 말은 우리말을 쓰는 것이었다. 그러니 생도들이야 더 말할 것이 없었다.

윤길이는 또 아이들이 자기 말씨를 흉내 내는 바람에 발칵 치솟아 그만,

"고노 빠가야로다찌(이 바보 같은 새끼들)!"

하고 내뱉었다.

그러자 그 중에서 제일 큰 아이가 히죽 웃으며,

"요것 보라! 맛 좀 보고 싶은 개비여."

했다. 그리고,

"너 왜 조선 밥 먹고 일본 똥 꾸냐? 응?"

하고 둑을 내려오는 것이 아닌가.

그는 학교도 안 다니는 아이였다.

윤길이는 겁이 나 비실비실 뒤로 물러섰다.

"왜 조선 밥 먹고 일본 똥 꾸냐 말이여?"

"……."

"요자식 하이칼라 머리하고, 건방지기 짝이 없당게."

그 아이가 와서 하이칼라 머리를 덥석 거머쥐자, 윤길이는 냅다 악을 썼다.

"놔라꾸마! 놔라!"

"못 놓겠어."

"우라부지한테 이른다 아나?"

"뭣이 어쪄? 너가버지헌티 일러?"

아이는 가소롭기 짝이 없는 모양이었다. 아무리 너의 아버지가 선생이지만, 학교 안 다니는데 이르면 어쩔 것이냐 싶은 것이었다.

"헷헷헷……."

아이는 코를 하늘로 쳐들며 웃었다.

그때였다.

누군가가 날쌔게 달려들어 아이의 다리 하나를 왈칵 잡아당겨버렸다.

선례였다. 참으로 뜻밖의 일이 아닐 수 없었다. 계집애가 겁도 없이 말이다.

"으악—!"

둑비탈이었기 때문에 아이는 그만 보기 좋게 뒤로 넘어져서 데굴데굴 둑 아래로 굴러 떨어졌다.

어느새 선례는 마구 뺑소니를 치고 있었다. 윤길이도 정신없이 냅다 뛰기 시작했다.

"핫핫하……."

어찌나 속이 후련하고 고소한지, 윤길이는 정신없이 달리면서도 킬킬킬 웃고 있었다. 그리고 앞서 내빼고 있는, 깜찍하고 겁 없는 선례가 오늘따라 몹시 좋기만 했다.

## 9

날씨가 이상했다. 나무에 움이 트고, 풀이 돋아난 지가 오랜데, 어찌된 셈인지 희끗희끗 눈잎사귀가 나부끼는 것이었다.

바람도 꽤 찼다. 마치 겨울로 되돌아가는 듯한 느낌이었다. 일요일이었다.

한 선생은 아침을 먹고 아랫목에 잠시 누워 있다가 학년말 성적 정리할 것이 있어서 춥지만 학교로 나갔다.

송혜심 선생이 일직이었다.

그녀는 혼자 교무실에서 풍금을 타고 있었다. 그녀의 풍금 솜씨는 아직 대단한 것이 못 되었다. 그러나 〈달밤의 사막〉이라는 일본 유행가를 악보도 없이 제법 매끄럽게 넘기고 있었다.

한 선생이 들어서자, 그녀는 흘긋 돌아보며 약간 수줍은 듯 웃었다.

"일직이시구만예. 날씨가 얄궂죠?"

한 선생의 말에,

"글쎄요, 도로 겨울이 되는 개비죠. 우리집 개나리꽃이 폈는디, 다 얼어버리겠어라우."

하면서, 그녀는 가만히 풍금을 멈추었다.

"더 타이소. 〈쯔끼노 사바꾸〉지예? 그 노래 저도 참 좋아합니더."

"여학교 때 배웠는디, 어찌나 좋은지 맨날 이 노래만 불렀당게요."

"저도 사범학교 때 배웠심더. 학생들이 좋아할 노래 아잉교. 사춘기의……."

"선생님이 게싱게 얼어서 못 타겠는디요. 선생님 한 번 타 보기라우."

그녀는 살포시 풍금에서 일어서며 웃었다.

한 선생은 풍금 실력이 대단했다. 사범학교 때 정식으로 배우고, 교직에 나와 계속 익혀온 터이니, 그럴 수밖에 없었다.

그러나 노래는 숙맥이었다. 음치에 가깝다고 할 수 있었다.

거의 음치라고 할 수 있는 한 선생이 한 번은 연구 공개 때, 음악 수업을 한 일이 있었다. 일부러 음악 교과를 택했던 것이다.

거의 음치이긴 하지만, 수업에는 아무 상관이 없다는 것을 입증하기 위해서였다. 그리고 은근히 풍금 실력도 과시하고 싶었던 것이다.

순전히 풍금 실력과 수업 기술만으로 무난히, 오히려 멋지게 해내어, 참관 교사들의 혀를 내두르게 했다. 군내에서 한동안 그게 화제가 되었었다. 물론 경상도의 공립학교 시절 이야기다.

한 선생은 풍금 앞에 앉았다. 그러나 〈달밤의 사막〉을 악보 없이 탈 수는 없었다.

한 선생은 손에 익은 〈황성 옛터〉를 탔다. 〈황성 옛터〉는 한 선생의 십팔 번이었다. 십팔 번이라고는 하지만, 코로 흥얼거리거나, 휘파람으로 불거나, 아니면 풍금이었다. 목소리로 제대로 노래하지는 못하는 것이었다. 참 이상한 일이었다.

콧노래나 휘파람으로는 바르게 음정을 맞출 수가 있는데, 목소리로 불러보면 어찌된 셈인지 그만 형편없어지는 것이다. 풍금으로는 얼마나 탔는지 눈을 감고도 거뜬했다.

한 선생의 〈황성 옛터〉는 직원실에 은은히 흘러넘쳤다. 부드럽고 유창하게 넘어가는 가락은 정말 일품이었다. 송 선생의 〈달밤의 사막〉에 비길 게 아니었다.

"정말 잘 타신당게."

과연 다르다는 듯이 고개를 약간 끄덕거렸다. 그리고 나지막한 소리로 풍금소리에 맞추어 노래를 부르기 시작했다.

꾀꼬리 같은 목소리는 아니었지만, 보통은 넘었다. 삼십대 후반에 접어든 여인의 어딘지 모르게 원숙미 같은 것이 느껴지는 목소리였다.

한 선생은 가볍게 온몸이 떨렸다. 짜릿한 것이 흘러내려가는 것이었다.

"아— 가엾은 이 내 몸은 그 무엇 찾으려고— 끝없는 꿈의 거리를 헤매고 있노라—"

풍금이 멎자 송 선생은,

"한 번 더 타 봐요. 참 좋당게. 정말 잘도 타셔."

하고 풍금 곁으로 바싹 다가섰다.

한 선생은 좀 멋쩍었으나, 다시 타기 시작했다. 그러자 송 선생은 처음부터, 말하자면 정식으로 노래를 부르기 시작하는 것이었다. 아까보다 약간 더 큰 목소리로.

호젓하고 조그만 교무실에 한 선생의 풍금소리와 송 선생의 노랫소리가 잘 조화를 이루어 부드럽게 넘쳐흘렀다.

한 선생은 지그시 눈을 감고, 풍금을 타 나갔다. 어딘지 훈훈하면서도 약간 짜릿한 그런 것이 가슴에 물처럼 괴어 오는 듯한 느낌이었다. 좀처럼 맛볼 수 없는 야릇한 기분이었다.

노래가 끝나자, 이번에는 한 선생이 먼저 입을 열었다.

"잘 부르시는데요. 정말 목소리가 곱심더."

그러자 그녀는 수줍은 소녀처럼 입을 가리고 한 번 쿡 웃고는,

"오메― 저 눈 좀 봐. 함박눈이 막 쏟아지네."

엉뚱하게 문 쪽으로 시선을 돌렸다.

희끗희끗 나부끼던 눈이 어느 결에 함박눈으로 바뀌어 온통 목화송이 같은 것이 푸덕푸덕 쏟아져 내리고 있었다.

"참 날씨도 얄궂다."

"곧 4월인디, 함박눈이 오다니……. 아이고― 우리집 개나리꽃 영락없이 다 얼어 죽겠는디 어쩐디야."

"송 선생님은 개나리꽃이 제일인 모양이지예. 자꾸 개나리꽃 걱정만 하시는 걸 보니……."

"제일이라기 보담 안 그런개비요. 꽃이 폈는디 눈이 오니……."

"때 아닌 눈 때문에 얼어 죽는 꽃이 가엾다 그 말씀이구만예."

"잘 아시면서 자꾸……."

그녀는 웃으면서 살짝 눈을 흘겼다.

한 선생은 묘하게 들뜨는 것 같은 기분이어서, 가만히 풍금에 앉아 있을 수가 없었다. 벌떡 일어났다.

"춥은데 난로 피웁시더."

마치 오늘과 같은 날씨가 있을 것을 예측이라도 한 듯 난로가 아직 그대로 놓여 있었다.

"석탄이 남아 있는지 몰라라우."

"내가 가 보겠심더."

"아니, 일직이 전데, 제가 피워야지라우."

"선생님은 가만히 앉아 계시이소."

한 선생은 즐거운 소년처럼 나가, 창고에서 석탄 부스러기를 한 바케스 가지고 와서, 난로에 불을 피웠다.

송 선생은 기분이 좋으면서도 미안한 듯,

"주 서방이 오늘 교장 선생님 심부름으로 이리 읍내에 나가서……."

소사 주 서방이 이리 읍내에 심부름을 간 바람에, 한 선생이 대신 손에 석탄가루를 묻히게 되었다고, 난로 피우는 곁에서 곧장 일을 거들려고 들었다.

석탄에 불이 붙은 듯, 난로가 서서히 열을 내뿜기 시작했다. 한 선생과 송 선생은 난롯가에 앉아 잠시 말이 없었다. 창밖은 여전히 함박눈이었다.

난로의 열 때문인지, 양쪽 볼이 약간 발그스레 피어오른 송 선생이, 너무 서로 말없이 앉아 있는 것이 멋쩍은 듯 입을 열었다.

"윤길이 참 아이가 귀엽당게요."

"귀엽기는예. 아주 개구쟁입니더."

"부끄럼이 많던디……."

"학교서는 그런지 모르겠심더만, 집에서는 개구쟁입니더."

"가정교육이 잘 돼 있기 땜시 그렇지라우."

"아니 가정교육이 잘 돼 있기 때문에라니예?"

한 선생은 의아스러운 표정을 지었다. 송 선생은 은근히 웃었다.

"가정교육이 잘 안 된 집 아이들을 보면 집에서는 슬금슬금 눈치를 보며 얌전한 것 같은디, 밖에 나가면 말이 아니랑게요."

"하— 참 그럴듯한 말입니더. 일리가 있심더. 그렇지만 반드시 그렇다고도 할 수 없지예."

"우리가 뭐 특별히 가정교육이라고 따로 합니꺼. 그저 잘못하는 일이 있으면 나무래고, 잘하면 칭찬해주는 정도지예. 그런데 그 녀석이 밖에 나가서는 꽤 개구쟁이 노릇을 하는 것 같애예. 어제 학교도 안 댕기는 아이하고 싸운 모양이라예."

"윤길이가 쌈을 다……?"

송 선생은 뜻밖이라는 듯, 두 눈의 속눈썹을 유난히 깜짝거렸다.

"냇둑에서 놀다가 그랬는 모양인데, 그 아이가 하도 제 말투를 흉내 내길래 구만 빠가야로 하고 욕을 해줬더니, 왜 조선 밥 먹고 일본 똥 뀌느냐고 덤비더라 안 캅니꾜, 이 자식 맛 좀 보라카면서……."

"……."

"그래서 쌈이 됐는 모양이라예."

"……."

송 선생은 아무 말도 없었다. 속으로는 무엇을 곰곰이 생각하는 것 같은 눈치였다.

"조선 밥 먹고 일본 똥 뀐다…… 참 아이들은 말도 잘 지어낸다니까예. 그 말을 듣고 속으로 얼매나 우스웠는동……."

한 선생은 지금도 우습다는 듯이 싱그레 웃었다.

그러나 송 선생은 여전히 아무 말이 없었다. 표정도 어쩐지 착잡한 듯 굳어져만 있었다. 자연히 한 선생도 말문이 닫히지 않을 수 없었다.

잠시 어색한 침묵이 흐른 다음,

"아주머니가 아주 미인인개비지요? 윤길이가 그렇게 예쁘게 생긴 걸 보니까……."

송 선생이 엉뚱한 말을 꺼냈다.

"미인은 무슨 미인예. 겨우 호박을 면했을 뿐입니더."

"겨우 호박을 면해요? 핫핫하…… 참 재미있는 말인디라우. 핫핫하……."

그녀는 조금 전과는 달리 아주 유쾌한 듯이, 하얀 이를 몽땅 드러내놓으며 웃었다.

한 선생도 공연히,

"헛헛헛허……."

좋아서 따라 웃었다.

그렇게 난롯가에 한바탕 웃음이 꽃 피고 있을 때, 현관 쪽 문이 열렸다. 허옇게 눈을 뒤집어쓴 우편배달부였다.

"춘삼월에 무슨 눈이 이렇게 오는지 모르겠어라우. 틀림없이 좋은 징조는 아이랑게요."

배달부는 대강 눈을 털고,

"몸 좀 녹이고 갈 꺼라우."

하면서 교무실로 들어왔다.

사흘 만에 한 번씩 오는 우편이었다. 그러나 오늘은 달랑 봉투 편지 하나뿐이었다.

학교장 앞으로 온 것인데, 뒤를 보니 '김제군수'라고 큼직하게 인쇄되어 있었다. 봉투도 여느 봉투와 달리 훨씬 큼지막했고, 알맹이도 두툼했다. 그리고 겉봉에 '인비(人秘)'라는 도장이 유난히 선명한 빛깔로 찍혀 있었다.

그것을 보는 한 선생과 송 선생은 어쩐지 중압감 같은 것이 슬그머니 느껴졌다. 아무래도 예사 공문이 아닌 것 같았다.

송 선생은 그것을 교장 책상 위에 갖다가 던져놓을까 하다가, 무슨 생각이 들었는지, 봉투를 들고 교무실을 나서는 것이었다.

그녀는 눈 속을 뚫어 교장 사택으로 향했다.

## 10

이튿날 아침 직원조회 때, 송 부교장이 여느 때와는 달리, 어쩐지 좀 굳어진 표정으로,

"오늘은 오전 수업으로 끝내도록 하시오. 오후에는 직원회의가 있을 것잉게."

이렇게 말했다.

그리고 소칠판에다가, '직원회의 오후 두 시부터'라고 적었다.

한 선생은 얼른 어제 온 공문 생각이 났다. 그리고 부교장의 얼굴이 어딘지 모르게 좀 침통해 보이는 것이 오늘 직원회의는 필경 심상치가 않은 내용일 것이라고 생각했다.

송 교장은 아침에는 학교에 나오질 않았다. 그러나 오후의 직원회의에는 참석했다. 두루마기에 목도리를 감고서였다.

눈은 어제 오후에 그쳤으나, 온 천지가 난데없는 함박눈으로 뒤덮여 버렸기 때문에 날씨는 여전히 쌀쌀했다. 말하자면 괴이한 춘한(春寒)이었다.

물론 직원실 난로는 열을 내뿜고 있었다.

직원회의가 시작되자, 송 교장은 목도리를 풀었다. 그러나 아무런 말 한마디도 없이 의자에 비스듬히 기대앉아, 지그시 눈을 감고

만 있었다.

회의는 송 부교장에 의해서 진행되었다. 종전의 직원회의도 물론 그렇게 진행되어 온 터이다. 그러나 전에는 송 교장도 수염을 쓰다듬으며 더러 웃기도 하고, 한마디씩 참견을 하기도 했었다. 그런데 오늘은 숫제 처음부터 눈을 감고, 마치 무슨 정물처럼 앉아만 있는 것이었다.

직원회의라고는 하지만, 종전의 토의 형식, 의견교환 형식의 회의가 아니라, 송 부교장의 일방적인 전달 형식이었다.

침통한 표정으로, 가다가 한 번씩 말이 잘 나오지 않는 듯, 꿀컥 꿀컥 침을 삼키기도 하고, 음— 음— 신음소리 비슷한 소리를 내기도 하면서 계속해나가는 송 부교장의 이야기를 선생들은 말없이 듣고만 있었다. 교무실의 공기는 무거웠다.

말할 것도 없이 어제 온 공문 내용에 대해서 이야기하는 것이었다.

종전에도 많은 공문이 하달되어 왔지만, 그러나 이렇게 유별나고 어마어마하기까지 한 공문은 이번이 처음이었다.

종전에는 사립학교이기 때문에 공립학교와는 좀 달리 취급했는지도 몰랐다. 그러나 이제부터는 그게 아니라는 것을 여실히 느낄 수 있는 그런 내용이었다. 종전에는 전혀 언급이 없던 교직원들의 근무태세 문제까지 들고 나오는 것이었다. 출퇴근시간의 엄수, 일숙직의 강화, 그리고 일본어 '고꾸고 조오요오'*(상용常用), 국방복 입기 등이었다. 국방복을 입고, 항상 '고꾸고 조오요오'를 하며, 솔선수범을 하라는 것이었다. 그러니까 이제 학교에는 한복이나, 양복에 넥타이를 매고 나와서는 안 된다는 것이었다.

그런 근무태세 문제를 비롯해서, 학교 환경정리 문제, 교실 환경 꾸미기 문제, 심지어 생도들의 용의 문제에까지 언급이 있었다. 가급적 바지저고리는 입지 말도록 할 것과, 운동화나 고무신은 아껴 신도록 할 것, 반드시 명찰을 달도록 할 것 등이었다. 그리고 학교에서는 물론이고, 가정에 돌아가서도 늘 일본어 '고꾸고 조오요오'를 하도록 지도하라는 것이었다.

신학년도부터의 교육계획에 대해서도 자세한 언급이 있었다.

끝으로 교무실의 공기를 한층 더 무겁고 우울하게 한 것은 창씨(創氏) 문제였다. 창씨제도가 시행된다는 것은 이미 신문을 통해 알고 있었으나, 이렇게 빨리 그 파도가 밀어닥칠 줄은 몰랐던 것이다. 더구나 공문으로 말이다.

"창씨를 허는디도 교원들은 솔선수범을 해야 된다는 개비요."

송 부교장은 말을 마치고는, 쩝쩝 쓰디쓰게 입맛을 다셨다. 공문 내용을 대강대강 설명했을 뿐, 학교 운영자의 입장에서는 이렇다 저렇다 아무 말이 없었다. 말하자면 하도 벙벙해서, 아직 구체적인 것은 생각해 보질 않은 상태인 모양이었다. 공문을 본 송 교장의 입에서 어제부터 아직까지 아무런 말 한마디가 안 떨어지니, 부교장의 입장에선 그럴 수밖에 없었다.

송 교장은 여전히 눈을 감은 채, 목석이었다. 가슴속에 형언할 수 없는 착잡한 것이 회오리를 치고 있는 모양이었다.

직원들의 시선은 교장에게로 집중되고 있었다. 그러나 교장은 쉬 눈을 뜰 것 같지도 않았고, 입을 열 것 같지도 않았다.

교무실 안에 묘한 침묵이 흘렀다. 말하자면 오늘 직원회의는 이것으로 흐지부지된 거나 마찬가지였다.

무거운 공기를 휘젓듯이 자리에서 벌떡 일어선 것은 송혜심 선생이었다. 그녀의 안색은 남달리 창백했다.

일어서더니, 무슨 말을 할 듯하다가 그만두고, 후닥닥 복도 쪽 문을 열고 밖으로 뛰어나가는 것이었다. 어쩐지 발작 비슷한 동작이었다. 몹시 견딜 수 없는 상태인 것만은 틀림없었다.

한 선생은 그렇게 뛰어나가는 그녀의 까만 세루치마저고리가 몹시 가슴을 찌릿하게 했다. 그녀의 지금 심정을 어쩐지 짐작할 수 있을 것 같았다.

그러나 다른 직원들은 설사 기운이라도 있어서 그러는가 싶은 모양이었다.

## 11

송운장 교장은 자리에 누워 남포등의 불빛을 멀뚱히 바라보고 있었다. 머리맡에는 약사발이 놓여 있었다. 감기에 몸살이었다.

며칠 전 직원회의 때, 어쩐지 등허리에 바람이 스며드는 듯 으스스 춥더니, 그날 저녁부터 팔다리가 쑤시며 열이 나기 시작하는 것이었다.

벌써 나흘째였다. 한약을 계속 복용했는데도 도무지 몸이 개운해지지가 않았다. 연세가 연세이니, 그럴 수밖에 없는지도 몰랐다.

그러나 그래서라기보다도 흉중이 심히 어수선하고 답답하기 때문에 신병도 쉬 치유되지가 않는 모양이었다.

머리맡의 약사발에는 약이 식은 채 그대로 담겨 있었다. 마실 생각을 앓는 것이었다.

아직 초저녁이었다. 그런데 사방은 고요하기만 했다. 송 교장은 이따금 춤을 추듯 팔륵팔륵 나부대는 불빛을 멀뚱히 바라보며, 이제 멀지 않아 저런 형편없는 석유마저 마음대로 구할 수 없는 세상이 될 것이라 생각했다. 시국 돌아가는 폼이 아무래도 심상치가 않은 것이다.

송 교장은,

"음—"

무거운 신음소리를 토했다. 그리고,

"물러서야지. 이제 물러서야지."

하고 중얼거렸다.

그리고는 지그시 두 눈을 감았다. 그것이 결론인 모양이었다.

몹시 어려운 결론을 내린 듯, 두 눈을 감은 송 교장의 얼굴은 몹시 피로해 보였고, 가라앉아 보였다.

그때 조용히 방문이 열렸다. 송화진 부교장이었다.

송화진은 송 교장 앞에 와서 앉았다.

"아버지, 좀 어떠신기라우?"

"……."

송 교장은 가만히 눈을 떴다가 도로 감을 뿐, 아무 말이 없었다.

"약이 다 식었는디, 안 잡수시고……."

그리고 송화진은 잠시 부친의 얼굴을 지켜보고 있다가 호주머니에서 종이를 한 장 꺼내며 입을 열었다.

"담임 결정을 이렇게 했는디…… 괜찮은가 봐 주기라우."

송 교장은 다시 눈을 떴다. 그러나 아들이 내미는 종이를 받지는

않았다. 끔벅끔벅 눈을 끔벅이다가,

"네가 알아서 해라."

힘없는 목소리로 이렇게 말하는 것이었다.

송화진은 몸이 불편해서 그러는 줄만 알았다. 그러나 그게 아니었다.

"모든 것을 앞으로는 너 혼자 알아서 처리해 나가도록 해라. 나는 인제 뒤로 물러 앉을란다."

"예?"

"인제 기력이 부쳐서 도저히 학교 일을 해 나갈 수가 없다."

"……."

"그러니 앞으로는 네가 잘해 나가도록 해라."

송 교장은 다시 눈을 감았다. 그리고 숨을 가다듬었다.

송화진은 약간 긴장이 된 듯한 얼굴로 묵묵히 앉아 있었다.

잠시 후, 송 교장은 눈을 뜨고, 다시 입을 열었다.

"치인학교 교장은 인제 너다. 니가 교장이다. 부교장은 없다. 교장 밑에 교두(教頭)를 두도록 해라."

"……."

"교두는 아무래도 방원모를 앉히는 수밖에 없다. 술이 과하긴 하지만, 나이도 젤 많고, 우리 밥을 십 년이나 먹었응게……."

너무나 별안간의 일이라, 처음엔 얼떨떨해서 그저 묵묵히 앉아 듣고만 있던 송화진이 그제야 입을 열었다.

"아버지, 그게 무슨 말씀인기라우. 아버지가 아직 정정허신디, 제가 어떻게 교장질을 헌당가요. 그런 말씀 마시고, 그냥 지금까지처럼 그대로 해 나갑시다요. 아버지가 교장이라는 것과 제가 교장이라는 데는 큰 차이가 있어라우. 학부형들 사이에선 물론이고, 널리 사회적으로도 말이라우."

"그렇다고 내가 언제까지나 사는 것도 아니고…… 어차피 네가 학교를 맡아서 해 나가야 할 참잉게……."

"그래도 아버지가 살아 계시는 동안은 제가 교장이 될 순 없당게요. 남들이 뭐라고 손가락질할지 몰라라우. 그렇게 그냥 이름만이라도 그대로 계시지라우."

그러자 송교장은 별안간,

"헛헛허……."

웃었다. 약간 어처구니가 없는 모양이었다. 속으로 서글픈 생각이 들기도 하는 듯했다.

송 교장은 곧 웃음을 거두고, 약간 격한 목소리로,

"남들 눈 때문에 안 되겠단 말이냐? 그걸 말이라고 하느냐?"

이렇게 말했다.

"남들이 손가락질을 하다니…… 왜 손가락질을 해? 설사 남들이 손가락질을 한다 치더라도 그게 두려워서 일을 못 하다니 그래 가지고는……."

"……."

"이번 신입생 입학식 때, 나는 퇴임한다. 그러니까 그날 입학식을 하고, 퇴임 겸 취임식을 거행하도록 해라. 학부형들도 많이 모일 것잉게……."

"……."

"알아들었나?"

"예."

송 교장은 역시 얼떨떨하기만 했다. 기분이 언짢은지 좋은지, 잘 분간할 수가 없는 그런 상태였다.

## 12

여느 해의 신입생 입학식은 운동장에서 거행되었었다. 그러나 올해는 강당에서 입학식이 있었다.

강당이 따로 있는 것은 아니었다. 교실 두 개를 터서 책상 걸상을 들어내면 일시 강당이 되는 것이었다. 전교생이라야 이백 명이니, 그것으로 충분했다.

입학식이 끝나고, 곧이어 송운장 교장의 퇴임식이 시작되었다.

퇴임식이라 해야 별다른 게 없었다. 먼저 송화진 부교장이 송 교장의 퇴임 사실을 밝히고, 그 까닭을 이야기했다.

송화진은 그 까닭을 어디까지나 송 교장의 건강에다 두는 것이었다. 그리고 그 점을 거듭 강조했다. 마치 달리 오해가 있어서는 곤란하다는 듯이.

사실 송화진은 별안간 자기 부친이 교장 자리를 자기에게 물려주려는 그 의도를 알 수가 없었다. 건강과 연세 탓이라고밖에.

혹 요전 날의 그 공문 탓으로 그런 마음을 먹게 된 것이나 아닌가 하는 생각이 들기도 했으나 지금까지의 행적으로 보아 결코 수긍할 수가 없는 일이었다. 학교를 세운 이래 가지가지 난관이 많았으나, 그럴 때일수록 더욱 사는 보람을 느끼는 듯, 어떻게든지 밀고나가 끝내 일을 해결하고야 마는 성미였다. 그런 성미가 공문 한

장 때문에 대번에 자리에서 물러나려는 마음을 먹다니 말도 되지 않았다.

말하자면 송화진은 부친의 일부만 알았지, 마음속 깊은 곳까지 헤아릴 수는 없었다.

입학식 날 뜻밖에 교장 선생이 물러난다는 말에 학부형들은 어리둥절한 표정들이었다.

두루마기를 입은, 수염이 허연 송운장 교장이 단 위에 올라서자, 실내엔 숙연한 기운이 감돌았다.

송 교장은 얼굴에 은은한 미소를 띠고 있었다. 그리고 약간 불그레한 빛이 어리고 있는 듯도 했다.

육십을 훨씬 넘어, 칠십이 멀지 않은 터이지만, 삼십 년 가까운 세월을, 다시 말하면 자기 생애의 거의 절반을 바쳐서 가꾸고 쌓아올린 학교를 아들에게 물려주고 물러앉는다는 것은 어느 모로나 감개가 무량하고 흥분이 되는 일이 아닐 수 없었다.

그리고 물러앉게 된 동기가 개운하고 기분 좋은 것이 아니기 때문에 감회가 착잡하기도 했다. 필생의 보람인 이 치인학교의 새로운 발전을 위해서 아들에게 물려주고 물러앉는 것이 아니라, 어쩐지 심상치 않게 다가오는 듯한 시국을 예감하고, 그래서 물러앉으려는 마음을 먹게 되었으니 말이다.

애당초 학교를 설립하게 된 동기가 '아는 것은 힘이다. 배움만이 사는 길이다'라는 우국적인 것이었는데, 이제 그게 아니라, 심상치 않게 돌아가는 시국에 장단을 맞추어 춤을 추어야 될 듯하니, 허연 수염을 생각해서라도 도저히 그런 짓을 할 수가 없는 것이었다. 꼬락서니를 보니, 틀림없이 앞으로 한복을 입고 학교에 나오질 못하게 될 터인데, 이미 그런 내용의 지시까지 공문으로 하달된 터이니, 늘그막에 그럼 그 국방복이라는, 넥타이도 안 매는 모양 같잖은 것을 입어야 한단 말인가.

도저히 그런 수모는 참을 수가 없는 일이었다.

그것뿐 아니라, 매사가 다 그런 식으로 돌아갈 게 뻔한 것이다.

그렇다고 일개 노인이 거대한 먹구름 같은 시국의 흐름 앞에 맞설 수는 도저히 없었다. 그러니 결국 물러앉는 길밖에.

"에— 오늘 이 자리에 서서 여러분들을 대하는 내 심정은……."

송 교장의 퇴임 인사가 시작되자, 장내는 물을 뿌린 듯 조용했다.

조용하면서도 어딘지 모르게 우울하고 무거운 실내의 공기를 가만가만 흔들며 송 교장의 퇴임 인사는 계속되었다.

송 교장의 퇴임 인사가 계속되는 동안 한 선생은 팔짱을 끼고 가만히 귀를 기울이고 있었다. 입을 한 일자로 반듯하게 다물고 있을 뿐, 별다른 표정이 없었다.

한 선생은 흘긋 맞은편 쪽 의자에 앉아 있는 송혜심 선생을 바라보았다.

그녀는 두 손을 포개어 한쪽 무릎 위에 얹고, 다소곳이 고개를 떨어뜨리고 있었다. 어딘지 모르게 수심이 어려 보였다. 그러면서도 은은한 품위가 느껴졌다.

한 선생은 그녀의 그런 모습이 무척 좋았다. 어쩐지 여자다운 여자라는 느낌이었다. 여자의 참다운 아름다움이란 저런 것이 아닐까 싶기도 했다. 섣불리 접근할 수도 없고, 함부로 범할 수도 없는 아름다움— 그런 아름다움이 진짜 아름다움일 것이라는 생각을 하면서 그녀의 모습을 가만히 바라보고 있었다.

송 교장은 자기가 걸어온 과거를 이야기하고 있었다. 이 학교를 이만큼이나마 자라게 하느라고 얼마나 힘이 들었는가 하는 이야기였다. 약간 감상조였다.

그러나 한 선생은 그 이야기보다도 송혜심 선생의 자태에 서서히 넋을 잃고 있었다. 오늘따라 그녀의 까만 세루 치마저고리는 이상하게도 몸에 어울려 보였다. 화창한 봄 날씨인데도 말이다. 동정이 유난히 희었다. 이렇게 그녀를 오래오래 유심히 바로보고 있기는 이번이 처음이었다.

다소곳이 시선을 떨어뜨리고 있던 그녀가 문득 고개를 들었다. 그리고 얼른 이쪽을 바라보는 것이 아닌가. 마치 누가 부르기라도 한 것처럼.

시선이 마주쳤다. 참 야릇한 일이었다. 어떤 교감이라도 있었단 말인가. 눈이 마주치자 한 선생은 무슨 잘못이라도 저지른 것처럼 얼른 시선을 돌렸다. 남의 위아래를 오래오래 어루만지듯 바라보고 있었으니 그럴 수밖에.

그녀도 야릇한 것을 느끼는 듯한 표정으로 얼른 고개를 교단 쪽으로 돌렸다.

송 교장의 퇴임 인사는 서서히 끝을 맺어 가고 있었다.

"아무쪼록 에— 학부형 여러분께서는 전보다 더 학교에 대해 관심을 가지고, 우리 치인학교가 앞으로 계속 발전해 나가도록 음으로 양으로 협조를 해주시기 바라며 에— 여러 생도들도 선생님들의 말씀을 더 잘 듣고 더욱 착하고 훌륭한 사람이 되도록 힘써 나가기 바랍니다. 그리고 에— 교직원 여러분도 새 교장을 중심으로 일치단결해서 앞으로 닥쳐올 에— 여러 가지 어려운 난관을 잘 극복해 나가도록…… 물러서는 이 마당에서 나로서 부탁할 말은 이 말 뿐입니다."

잠시 말을 그치고 크게 숨을 쉰 다음,

"그럼 이 늙은 사람은 인제 물러갑니다."

이렇게 끝을 맺었다.

퇴임 인사가 끝나자, 박수소리가 일어났다. 박수소리는 잠시 장내가 떠나갈 듯 계속되었다.

박수소리 속에 교단을 내려서는 송운장 교장의 허연 수염이 덜덜덜 떨리고 있었다.

## 13

도에서 시학관(視學官)이 내교(來校)한다는 통고가 온 것은 4월도 끝나가는 무렵이었다. 전에 없던 일이었다. 군에서 시학이 나오는 일은 몇 해에 한 번쯤 있었으나, 도에서 시학관이 찾아온다는 것은 아마 개교 이래 처음인지도 몰랐다. 어리둥절해지지 않을 수 없었다.

무슨 일일까. 필시 무슨 심상치 않은 일이겠지…… 하고, 누구보다도 속으로 당황한 사람은 송화진 교장이었다.

새로 교장이 된 송화진은 어쩐지 부교장 때와는 달리 어깨가 무거웠다. 학교의 모든 일이 자기의 책임이니 그럴 수밖에 없었다. 책임이라는 것이 이렇게 중압감을 주는 것이라는 것을 송화진은 처음 알았다. 도에서 시학관이 온다는 이런 경우도 책임자가 아니고, 부책임자라면 결코 이렇게 긴장이 되지는 않을 게 아닌가 말이다.

선생들 역시, 도에서 시학관이 오다니 웬일인가? 무슨 심상치 않은 일이 있는 게로구나 싶긴 했으나, 오히려 재미있는 일이라도 생겼다는 듯이 술렁거렸다. 교실 안팎의 소제에 신경을 쓰고, 자기 학급 생도들의 용의에 대해 세심한 주의들을 기울이기는 했으나, 역시 교장의 진지한 표정과는 매우 거리가 있었다.

"시학관이 뭣이디야?"

"몰라. 높은 사람인개비여."

"교장 선생님보다 높으다냐?"

"그런개비지."

교실 안팎의 소제를 하면서 아이들은 이런 소리를 주고받기도 했다. 교장 선생보다 높다는 시학관이라는 사람은 어떻게 생겼는지, 호기심이 가기도 하고 슬그머니 겁이 나기도 했다.

드디어 어느 날, 둘째 시간이 끝나고 쉬는 시간에 시학관이 당도했다. 일행은 셋이었다.

세 사람이 모두 자전거를 타고, 일렬종대로 교문을 들어섰다. 가운데가 시학관이고, 앞은 군의 시학, 뒤는 수행원이었다. 모두 센또보오시(전투 모자)를 쓰고 있었다. 그러나 각반은 맨 뒤의 수행원만 치고 있었다. 그리고 손가방도 수행원의 자전거에만 달려 있었다. 시학관의 손가방인 모양이었다.

윤길이는 철봉 근처에서 놀다가 교문으로 들이닥치는 일행을 보았다. 처음엔 면서기들인가 싶었다. 웬 면서기들이 세 사람이나 학교를 찾아오는가 했다. 먼눈으로 보니, 꼭 며칠 전 냇둑에서 본 선례네 외삼촌이라는 면서기처럼 보이는 것이었다.

며칠 전, 냇둑에서였다. 해질 무렵이었다. 선례와 둘이 삘기를 뽑고 있는데, 둑 위로 자전거를 타고 지나가던 사람이,

"선례야!"

하고 알은 체를 했다.

"외삼촌! 어디 갔다 오시능기라우?"

"부락에 좀 나갔다가…… 삐비*('삘기'의 전남 방언) 겁나게 뽑았구나."

"예, 헤헤……"

"해지는디, 그만 집에 돌아가도록 해."

"예."

선례의 외삼촌이라는 사람은 센또보오시에 각반까지 치고 있었다. 옷도 물론 국방색이었다.

선례의 외삼촌이 멀어져 가자, 윤길이는 물었다.

"헤이따이상(병정)이가?"

"아니여."

"꼭 헤이따이상 같다."

"히히…… 면소 다니셔."

"면소?"

"면소도 모르냐? 면사무소 말이여."

"면서기라 말이제? 그제?"

"그래, 멍청아."

윤길이는 두 눈을 끔벅끔벅하다가,

"면서기가 지랄같이 와 저렇게 헤이따이상처럼 하고 다니노!"

이렇게 뇌까렸다.

"뭣이 헤이따이상 같디야?"

"센또보오시에 각반까지 치고, 꼭 헤이따이상 안 같나. 대구에는 헤이따이상 많다, 아나?"

"부락에 볼일 땜시 나갈 때는 그래 갖고 나가야 된대여. 그래야 사람들이 말을 잘 듣는디여."

"무슨 말을?"

"몰라야. 내가 어떻게 안다냐."

긴 제방 저쪽으로 해가 떨어져가고 있었다.

꼭 그때 선례네 외삼촌이라는 면서기와 비슷한 사람들이 시학관 일행이라는 것을 알자, 윤길이는 약간 실망이 되는 것이었다.

교장 선생님보다 높은 시학관이라고 하면 적어도 다꾸시(택시)쯤은 타고 번쩍거리며 그럴듯하게 나타날 줄 알았는데, 면서기처럼 자전거를 타고 오다니, 시시하지 않을 수 없었다.

다른 아이들도 대체로 모두 시학관이 뭐 저래 싶은 듯 기대에 어긋난 얼굴로 멀뚱히 서서 바라보기만 했다. 그러나 간혹 몇몇 아이는,

"온다—"

"왔다—"

"자전거가 세 대랑게—"

하고 소리치기도 했다.

## 14

전교생 집합을 알리는 종소리가 울려 퍼진 것은 셋째 시간이 한창 무르익어 갈 무렵이었다. 조회 때 이외는 전교생 집합이란 좀처럼 없는 일이었다.

땡땡땡땡땡땡땡땡…….

아이들은 공연히 좋아서 와— 소리를 지르며 벌떼처럼 운동장으로 쏟아져 나갔다.

무슨 재미있는 일이라도 생긴 듯이 홀짝홀짝 뛰는 아이도 있었고, 일부러 복도를 쿵쾅쿵쾅 구르며 달리는 아이도 있었다.

선생들도 약간 긴장이 된 얼굴로 아이들과 함께 뛰어나가 부지런히 구령을 불러대며 정렬을 시켰다.

정렬이 끝나자, 교무실 현관으로 송화진 교장과 함께 시학관 일행이 나타났다.

먼저 송 교장이 조회대에 올라 시학관을 소개하는 말을 했다. 평소 송 교장의 구변은 꽤 괜찮은 편이었다. 그러나 오늘은 몹시 긴장이 되어서 그런지 약간 더듬기까지 했다.

송 교장이 내려오자, 이번에는 시학관이 올라섰다. 구령에 따라 아이들이 일제히 머리를 숙여 경례를 하자 시학관은 한쪽 손을 번쩍 들어 센또보오시 옆에다가 척 갖다 붙이는 것이었다. 그런데 그 거수경례가 어쩐지 부자연스럽고 우습게 보여, 여기저기서 킥킥거리는 소리가 일어났다.

"난다, 시스까니시로(뭐야, 조용히 해)!"

조회대 아래 섰던 군의 시학이 버럭 고함을 질렀다. 성질도 급한 시학이었다.

그러자 선생들은 당황하여 아이들 속으로 뛰어 들어가기도 하며 웃음을 가라앉히느라 애를 먹었다.

"시스까니 센또 이깡(조용히 하지 않음 안 돼)!"

시학관은 점잖은 목소리로 위엄을 보이고는 천천히 훈시를 하기 시작했다.

아이들은 열심히 시학관을 바라보고 있었다. 그러나 훈시를 열심히 듣는다기보다는 그의 코를 바라보기에 열심인 것이었다.

시학관의 코는 볼 만했다. 한마디로 좋게 말하면 사자코였다. 밑으로 내려올수록 옆으로 퍼져서, 온통 얼굴을 코가 다 차지하고 있는 것처럼 느껴졌다. 그렇게 넓적한 코가 또 익어가는 딸기처럼 불그레한 것이 아닌가. 아이들이 열심히 바라보고 있는 것은 그래서만은 아니었다. 그 커다랗고 불그레한 코가 이따금 실룩실룩 움직이면서, 두 개의 콧구멍이 벌름거리는 것이 신기하고 재미있는 것이었다.

시학관은 한 가지 말이 끝나고 다음 말로 옮아갈 때마다 거의 빼놓지 않고, '에— 또 소오시데(에— 그래서……)' 혹은 '에— 또 소레까라(에— 그리고)'…… 이런 접속사들을 붙였다. 말하자면, 그는 별로 구변이 없었다.

그런데 묘한 것은 그럴 때마다 코가 벌름벌름 움직이는 것이었다. 그러니까 아이들은 '에— 또'를 열심히 기다리며 시학관을 바라보고 있는 셈이었다. 어떤 아이는 시학관이 '에— 또' 할 때마다 저도 따라서 '에— 또' 했고, 어떤 녀석은 그의 코가 벌름벌름 움직이는 횟수를

"다섯 번, 여섯 번……."
하고, 헤아려 나가기도 했다.

그래서 아이들 속에서는 킬킬거리는, 잔잔한 물결이 가라앉을 줄을 몰랐다.

윤길이도 그 킬킬거리는 물결 속에 재미있게 서 있었다. 그러나 얼마 후, 윤길이는 그만 한 대 얻어맞은 것처럼 찔끔 목이 움츠러들고 말았다. 시학관이 하이칼라 머리를 여지없이 꾸짖기 시작했던 것이다. '에— 또' 소리와 실룩거리는 코에만 열중하고, 훈시 따위는 그저 건성으로 흘려듣고 있는데,

"하이카라와 이깡! 유루세나이!(하이칼라는 안 돼! 용서할 수 없어)!"

버럭 언성을 높이는 바람에 귀가 번쩍했던 것이다. 꼭 자기를 향해 소리를 지르는 것 같았다. 다른 아이들은 거의 모두가 빡빡 깎은 맨대가리였다. 하이칼라를 한 아이는 전교생 가운데 불과 몇밖에 되지 않았다. 윤길이는 아이들이 자기를 돌아보는 것을 느끼며 시선을 밑으로 떨어뜨렸다.

시학관은 계속 으르대고 있었다. 하이칼라 머리에 대해서뿐 아니었다. 복장에 대해서, 모자에 대해서, 그리고 '고꾸고 죠오요오'에 대해서 '에— 또, 에— 또'를 계속하고 있었다.

하이칼라 얘기가 지나가자, 윤길이는 살그머니 얼굴을 들었다. 그리고 앞에 서 있는 선생님을 바라보았다. 선생님들도 모두 하이칼라 머린데 싶었던 것이다. 아닌 게 아니라 선생님들도 모두 굳어져 있었다.

어떤 선생은 얼굴을 약간 떨어뜨리고 있었고, 어떤 선생은 얼굴을 형편없이 찡그리고 있었으며, 먼 허공을 바라보며 코로 히죽이

웃고 있는 선생도 있었다.

윤길이는 아버지 얼굴을 보았다. 아버지는 약간 화가 난 듯한 표정으로 어금니를 꽉 물고 똑바로 서 있었다. 아버지의 하이칼라 머리는 다른 선생님들 하이칼라 머리보다 유난히 반질거렸다.

교장 선생을 보니, 교장 선생은 매우 난처한 듯한 표정으로 곧장 두 눈을 끔벅거렸다. 훌렁 벗어진 이마가 오늘따라 어쩐지 희멀겋게 느껴졌다.

윤길이는 어떻게 되어가는 일인지 알 수가 없었다. 얄궂다 싶었다. 선생님들도 다 하이칼라 머린데, “하이카라와 이깡!”이라니……. 그리고 어쩐지 ‘에— 또’도 벌름거리는 코도 이제 재미가 없어지고, 저도 모르게 기분이 시무룩해지는 것이었다.

시학관의 훈시가 끝나자, 아이들은 그대로 줄을 지어 교실로 들어갔고, 곧 수업이 시작되었다. 그리고 시학관의 교실 순시가 있었다.

시학관 일행은 송 교장의 안내를 받으며 각 교실을 돌았다. 시학관은 주로 교실 환경정리를 눈여겨보는 듯했다. 그러나 시종 아무 말이 없었고, 그 사자코를 실룩거리는 일도 없었다. 그저 못마땅한 듯 무뚝뚝한 표정이었다.

윤길이는 시학관 일행이 자기네 교실로 들어서자, 슬그머니 목을 자라목처럼 움츠렸다. 그리고 마침 공책에다가 글자를 쓰고 있는 참이라, 숨도 크게 못 쉬고, 연필에만 힘을 주어 한 자 한 자 꾹꾹 눌러서 써나가기만 했다. “하이카라와 이깡” 하는 소리가 이번에는 진짜 자기 머리 위에 떨어질 것만 같았다.

그러나 시학관은 아무 말 없이 한참 서 있다가 점잖게 나가버렸다. 그제야 윤길이는 후유— 하고 숨을 크게 쉬었다.

시간 끝나는 종이 울리자, 모두 책보를 싸라는 것이었다. 1학년부터 6학년까지 오늘은 전교생 다 이것으로 끝이라는 것이었다. 그러니 곧 한 사람도 학교에 남는 일 없이 전원 집으로 돌아가라는 것이었다. 이게 웬 떡이냐고 아이들은 환성을 올렸다.

## 15

씻은 듯 아이들이 말끔히 돌아가고 나자, 곧 교무실에서 직원회의가 열렸다. 직원회의라기보다도 시학관의 일방적인 교육감사 내지 행정지시, 혹은 훈시 같은 것이었다.

그러나 어떤 대목에서는 지시나 훈시가 아니라, 숫제 힐책이었다. 그것도 상대가 선생들이라는 점을 생각해가며 하는 그런 것이 아니라, 그저 자기 마음 내키는 대로였다.

마치 선생이 잘못을 저지른 생도를 다루듯 했다. 교장이라고 별로 보아주는 것 같지도 않았다.

교장은 학교 전반의 환경구성 때문에 힐책을 당했다. 환경구성 중에서도 주로 교사 바깥벽에 '국채명징'·'내선일체'·'인고단련' 세 표지를 왜 안 붙였느냐, 그 점에 대해서 따지고 드는 것이었다. 전번의 공문을 못 봤느냐, 도대체 공문을 뭘로 아느냐, 그리고 심지어 사상이 의심스럽다는 말까지 내뱉는 것이었다.

사상이 의심스럽다는 말은 보통 말과 달리 몹시 사람을 당황하게 했고, 또 불안하게 했다. 송 교장은 구차한 변명을 늘어놓지 않을 수 없었다. 그렇잖아도 공문을 보고 그 세 표지를 만들어 달아야겠다고 생각하고, 지금 그 재료를 마련하고 있는 중이라고 말했다. 그것은 거짓말은 아니었다. 그러나 다잡아서 만들어 붙일 생각이었더라면 벌써 만들어 붙였을 것이다. 열 번도 만들어 붙이고 남았을 것이다. 별로 마음에 내키지도 않는 일이어서, 그저 붙이기는 붙여야 되겠지, 별수 없이…… 이런 정도로 생각하고, 소사에게 읍내에 나가거든 마땅한 재료나 한 번 알아보라고 막연하게 한마디 일렀을 따름이었다.

시학관의 반응은 뻔했다. 그것을 말이라고 하느냐, 이것이었다. 그런 식으로 학교를 운영해 나가다가는 머지않아 무슨 변을 당할지 모르니 알아서 하라는 것이었다. 커다랗고 불그레한 코가 한층 더 험상궂게 붉어지는 듯했다.

선생들 가운데서는 송혜심이 가장 호되게 힐책을 받았다. 역시 환경정리 때문이었다. 교실의 환경정리가 그게 뭐냐는 것이었다.

신학년도가 되면서 각 교실에는 히노마루가 정면에 나붙었다. 그리고 '니쥬우바시'와 천황폐하의 사진이 히노마루를 중심으로 양쪽에 나붙기도 했다. 그렇지 않고 히노마루를 중심으로 양쪽에 교훈과 급훈을 붙인 교실도 있었다. 전체적으로 통일이 되어 있는 게 아니라 교실에 따라 달랐다. 선생에 따라 다른 것이었다.

공문이 이렇게 시달되었으니, 제각기 알아서 하라는 것이 송 교장의 방침이었던 것이다. 말하자면 송 교장은 공문을 그대로 좇아 학교 방침을 세우기도 뭐했고, 그렇다고 전혀 공문을 도외시할 수도 없는 묘한 처지에 놓였던 것이다. 공문을 그대로 좇는다는 것은 하루아침에 학교 교육이 일본의 식민지 교육으로 변모해버리는 것을 뜻하며, 또 공문을 전적으로 도외시한다는 것은 일본 제국주의와 맞서는 결과가 되는 터이니, 난처한 노릇이 아닐 수 없었다.

송화진이 교장이 되어 처음으로 부닥친 난관인 셈이었다. 그런데 그 난관이라는 것이 운영상의 어떤 한 가지[枝]에 속하는 문제가 아니라, 온통 뿌리에 해당되는 중대한 문제여서, 어떻게 했으면 좋을지 힘에 벅차기만 했다. 그래서 그는 전 교장인 아버지에게 어떤 방침으로 나가는 것이 좋겠느냐고, 의견을 물어보았다. 전 교장인 아버지에게 물어보았다기보다도 학교 설립자에게 물어본 셈이었다.

그러나 송운장은 의견을 말하지 않았다. 모든 것을 너한테 넘겼으니 그런 문제도 이제는 네가 알아서 결정하도록 하라는 것이었다. 유의할 것은 학교가 문을 닫아버리는 일은 없도록 어떠한 난관이 닥쳐오더라도 잘 극복해 나가도록 하라는 부탁이었다.

학교가 문을 닫아버리는 일은 없도록 하라는 말은 매우 함축적인 말이었다. 결국 일본 제국주의와 정면으로 맞서지는 말라는 뜻과 마찬가지였다.

송화진은 적이 마음이 놓였다. 일본 제국주의와 맞선다는 것은 학교뿐 아니라, 자기 개인으로 보아서도 결코 현명한 처사가 못 된다는 생각이었다. 당랑(螳螂)의 거철(拒轍)이라 여겨지는 것이었다. 그렇다고 쓸개도 없이 식민지교육으로 고분고분 옮아갈 수도 없었다. 교장이 되자마자 그렇게 변모해버린다면 친일 교장이라는 누명을 뒤집어쓰지 않을 도리가 없을 것이다. 아무리 관청의 지시에 의한 것이라 하더라도, 그리고 일전 한 푼 보조를 받는 터도 아닌데, 뭐 그렇게 쩔쩔맬 것까지야 있느냐 싶었다. 그래서 결국 그런 애매한 방침을 택하기로 했던 것이다.

그런 송 교장의 방침에 대해서 겉으로 나타내지는 않았으나, 속으로 매우 불만인 것은 교두인 방 선생과 최세만 선생이었다. 그런 문제를 제각기 알아서 하라니 그 따위 학교 운영방침이 어디 있느냐 싶었다. 선생들이 책임을 지고 하라는 뜻이니, 교장으로서 일종의 책임회피라 생각되었다. 말하자면 어떻게 했으면 좋을지 불안한 것이었다.

그러나 송혜심 선생과 한 선생은 교장의 그런 방침이 퍽 마음에 들었다. 약간 의외의 일이고, 또 교장으로서 소극적인 것 같은 느낌이 들기도 했으나, 어쩐지 선생들의 인격을 존중해 주는 처사인 것 같고, 또 매우 진보적인 운영방침인 것 같아 기분이 좋았다.

그래서 결국 불안한 쪽인 방 선생과 최 선생은 공문에 시달된 대로 좇았고, 기분이 좋은 쪽인 송 선생과 한 선생은 그대로 좇질 않았다.

방 선생과 최 선생은 공문에 시달된 대로 교실 정면에 히노마루를 붙이고, 양쪽에 니쥬우바시와 천황폐하의 사진을 붙였다. 그러나 한 선생은 정면에 히노마루는 붙였으나, 니쥬우바시와 천황폐하의 사진까지는 붙이지 않았고, 대신 교훈과 급훈을 붙였다.

송혜심 선생은 숫제 히노마루까지도 붙이질 않았다. 정면에는 그저 교훈과 급훈만을 붙였다. 그러니 시학관의 비위에 거슬릴 수밖에.

시학관은 사정없이 핏대를 세웠다. 여선생이라고 해서 조금도 보아주는 구석이 없었다. 도리어 여자가 건방지게 시키는 대로 안 하고 뭐냐는 듯이 호통을 쳐댔다.

눈에서 눈물이 쏙 빠질 지경이었다. 그러나 송혜심 선생은 결코 눈물 같은 것을 보이지는 않았다. 안색이 백짓장처럼 변하기는 했으나 입을 꼭 다물고 꼿꼿하게 앉아 있었다. 그녀는 끝내 그렇게 그 호통을 견뎌내는 것이었다.

송 선생처럼 호된 것은 아니었으나, 한 선생 역시 좋지 않은 소리를 들었다. 왜 히노마루는 붙이고, 니쥬우바시와 천황폐하의 사진은 안 붙였느냐는 것이었다. 그러나 그것보다도 하이칼라와 넥타이에 대해서 더 모욕적인 말을 들었다. 도대체 학교 접장이 무슨 놈의 멋을 그렇게 부리느냐는 것이었다. 무슨 포마드를 발랐기에 여기서도 냄새가 맡아지는 것 같다면서 그 커다란 코를 일부러 벌름거리기까지 했고, 넥타이도 기생오라비처럼 그게 뭐냐는 것이었다. 머리를 빡빡 깎고 앞으로는 모두 넥타이를 매지 말고, 국방복을 입으라는 것이었다. 참 더럽고 아니꼬운 노릇이 아닐 수 없었다. 어쩌면 그렇게 몇 해 전의 그 이누카이와 닮았는지, 속으로 어처구니없는 웃음이 나오기도 했다. 마치 이누카이가 이곳 전라도까지 뒤쫓아 온 듯한 느낌이었다.

일본인들이란 본질적으로 모두 이누카이와 비슷한 족속들이로구나 하는 생각이 들자, 한 선생은 절로 온몸이 으스스 떨렸다.

아무튼 참 기가 차는 교무실 분위기였다.

## 16

일요일 아침나절이었다. 한 선생은 목천포 이발소에 가서 이발이나 하려고 집을 나섰다.

화창한 날씨였다.

혼자 건들건들 제방을 올라, 다리를 향해 둑 위를 걸어가고 있는데, 누군가가 뒤에서,

"한 선생님—"

부르는 소리가 들렸다.

돌아보니 뜻밖에도 송혜심 선생이었다.

그녀가 혼자서 저만큼 둑 밑을 부지런히 걸어오고 있었다.

한 선생은 걸음을 멈추고 그녀를 기다렸다.

숨을 헐떡거리며 가까이 온 그녀는,

"어디 가십니까?"

하고, 방글 웃었다. 몹시 반가운 모양이었다.

"목천포에 이발하러 갑니더. 선생님은 어디 가시는 길입니꾜?"

"저는 이리 읍내까지 볼일이 좀 있어서……."

"잘 됐심더. 그럼 저도 오늘은 이리에 가서 이발을 할랍니더. 오래간만에 읍내 구경도 하고……."

한 선생은 약간 멋쩍은 듯이 히죽 웃었다.

"심심하던 참인디……."

송 선생의 얼굴에도 약간 수줍은 것 같은, 그러면서도 내심 무척 좋은 듯한 웃음이 떠올랐다.

두 사람은 나란히 걷기 시작했다.

교외에서 단 둘이 만나기는 처음이었다. 교외에서 만나, 이렇게 둘이 나란히 걸으니 어쩐지 좀 야릇한 느낌이기도 했다.

다리 위를 걸어가면서 그녀가 말했다.

"선생님, 다리 참 길지라우?"

"예, 정말 깁니더."

"경상도에도 이렇게 긴 다리 있어요?"

"글씨요……."

한 선생은 허— 웃었다. 어쩐지 어린 소녀 같은 질문이라고 생각했다.

"그런데 와 전라도의 강물은 이렇지예?"

"……."

"우리 경상도의 강물은 아주 맑은데……."

그러자 그녀는,

"우리 전라도는 곡창지대라 흙이 좋아서 그래라우."
하고 웃는다.

"흙이 좋으면 강물이 시꺼먼 흙탕물이 됩니꺼?"

한 선생도 재미있다는 듯이 웃었다.

두 사람은 마치 소년 소녀가 된 듯한 기분으로 긴긴 다리를 나란히 걸어갔다.

목천포 삼거리에 이르자, 송혜심 선생은,

"정말 이리 읍내까지 가실랍니까?"
하고, 한 선생의 얼굴을 쳐다보았다.

"예."

"이발소가 저기 있는디……."

"읍내 구경도 좀 하고……."
"미안해서……."
"미안하긴요. 송 선생님 덕택에 오래간만에 읍내 구경을 하게 되는 셈인데……."
"핫핫하……."
송 선생은 유쾌하게 웃었다. 이발소가 바로 저기 있는데, 한 선생이 일부러 자기 때문에 이리 읍내까지 걸어주려는 것 같아, 기분이 좋으면서도 어쩐지 자꾸 미안한 생각이 들어 그녀는,
"그럼, 읍내에 가서 제가 점심을 내지라우."
했다.
"그렇다면 더욱 좋지예. 헛헛허……."
한 선생도 오늘 기분이 공연히 좋은 것이었다.
목천포를 뒤로, 한 선생과 송 선생은 나란히 신작로를 걸었다.
보리가 한창 파랗게 자라고 있는 들녘은 상쾌하고 후련했다. 산들산들 알맞게 불어오는 바람도 그야말로 훈풍이었다.
"선생님."
송 선생이 새삼스럽게 한 선생을 쳐다본다.
"예?"
"이발 어떻게 하실랍니까?"
"어떻게 하다니요?"
"종전대로 허시느냐, 도 시학관 말대로 빡빡 깎느냐 말이라우."
"헛헛허…… 도 시학관은 빡빡 깎으라 캤지요. 넥타이도 매지 말고……."
"아마 앞으로 별수 없이 남자 분들은 모두 그렇게 해야 될걸요."

"난 머리 빡빡 깎는 건 질색입니더. 절대 반댑니더."

"그렇지만 시국이 그렇게 돌아가는디 어떻게 헐 것이요."

"우리가 무슨 죄순가. 머릴 빡빡 깎구로……."

마치 소년과 같은 말투에 송 선생은 힉 웃었다. 그리고 나직한 목소리로 말했다.

"죄수 아닌 죄수지요."

"……."

"일본 놈들이 우릴 마치 죄수처럼 취급허니 말이라우."

"며칠 전을 보시오. 도 시학관인가 뭐인가 그 자가 우릴 뭣으로 알던가 말이라우."

"다 나라를 빼앗긴 슬픔 아닙니까."

한 선생이 이렇게 말하자, 송 선생은 활짝 표정이 밝아지며,

"빼앗긴 나라를 어떻게든지 도로 찾아야지라우."

했다.

그리고 한 선생의 반응을 살피듯 쳐다본다.

산들산들 바람이 불어올 뿐 아무도 듣는 사람이 없는 들녘의 신작로 길이지만, 어쩐지 한 선생은 슬그머니 두려운 생각이 들어, 잠시 아무 말이 없었다.

그러자 송 선생도 말없이 걸음을 옮기기만 했다. 묘한 긴장감 같은 것이 두 사람 사이에 오가는 듯했다.

잠시 후, 한 선생이 묘한 긴장감을 깨뜨리려는 듯 부드럽게 입을 열었다.

"선생님."

"예."

"일본 동경에 오래 사셨다지요?"

"뭐 오래 살지는 안 했지만……."

뜻밖의 물음에 송 선생은 말끝을 흐려버린다.

"부군께서는 아직 동경에……?"

"……."

그녀는 표정이 싹 달라진다. 가뜩이나 흰 얼굴이 더욱 새하얘진다.

"이거 실례했심더. 제가 공연한 질문을……."

"아니라우."

"……."

"우리집 양반은……."

그녀는 말을 할까 말까 망설이는 눈치가 역력하더니 입속말로,

"중국 상해로……."

하는 것이었다.

"상해로요?"

한 선생은 얼떨떨했다.

징역살이 한다는 얘기를 얼핏 들었는데, 그게 아닌 것이었다. 중국 상해로…… 그렇다면 혹시…….

'하하— 그렇구나.'

한 선생은 속으로 감탄을 했다. 어쩐지 송혜심 선생까지 놀라운 존재처럼 느껴지는 것이었다. 그러면서도 왠지 으스스한 기운이 등골을 타고 내려가는 듯했다.

읍내에 들어선 것은 해가 거의 중천에 왔을 무렵이었다. 아직 점심때는 좀 이른 편이었으나 길을 걸어서 그런지 시장기가 느껴졌다. 그리고 다리도 뻐근했다.

"어디 가서 점심을 묵읍시더."

"그럽시다. 어디로 갈꺼라우?"

"선생님 뭘 좋아하십니꺼? 선생님 좋아하시는 거 묵으러 갑시더."

"아니라우. 오늘 점심은 제가 내기로 했응게, 선생님 좋아하는 거 먹으러 가요."

"그럼 좌우간 중국집으로 갑시더."

"그럽시다."

두 사람은 나란히 중국집을 찾아갔다.

그렇게 나란히 걸어가고 있는데 누군가가 찌릉찌릉 자전거 벨을 울리며 뒤로 바싹 다가왔다. 놀라 뒤를 돌아보니, 최세만 선생이었다. 이리 읍내에서 자전거로 통근을 하는 최 선생은 커다란 목소리로,

"야— 오늘 이거 웬일이지라우?"

하고, 가느다랗게 아래로 처진 눈으로 곧장 싱글싱글 웃는다. 수상한 일이 아닐 수 없다는 듯이.

"읍내에 볼일이 있어 나왔더니, 마침 송 선생님도 읍내에 볼일이 있다고……."

한 선생은 변명을 하듯이 말했다. 그러자 송 선생도,

"점심 먹으러 가는디, 최 선생님도 같이 안 가실라요?"

한다.

"아직 점심때가 안 됐는디라우. 전 급히 정거장에 나가볼 일이 있어서…… 목포에 계시는 고모님이 이번 차로 오신다 그래서……."

그리고 최 선생은 다시 자전거의 페달을 밟으며 커다란 목소리로,

"그럼 두 분이 가서 맛있는 것 많이 잡수기라우."
하고, 싱글 웃는다.

아무래도 수상한 일이 아닐 수 없다는 듯이 최 선생이 싱글싱글 웃으며 떠나가자, 한 선생은 기분이 어쩐지 찝찝했다.

송 선생 역시 좋은 기분이 못 되는 듯 잠시 아무 말이 없었다.

한참 걸어가다가 한 선생이 기분을 전환하려는 듯 입을 열었다.

"선생님, 짜장면 편입니꺼, 우동 편입니꺼?"

"그게 무슨 뜻이지라우?"

"짜장면을 좋아하시느냐, 우동을 좋아하시느냐 그 말입니더."

"핫핫하…… 난 또 무슨 뜻이라고……."

"어느 편입니꺼?"

"전…… 짜장면이 좋아라우."

"전 우동 편인데……."

"핫핫하……."

"헛헛허……."

두 사람은 유쾌한 기분을 되찾으며 중국집을 향해 걸었다.

## 17

중국집에서 짜장면 한 그릇과 우동 한 그릇, 그리고 잡채 한 접시를 같이 먹고 난 다음, 한 선생과 송 선생은 헤어졌다.

돌아갈 때도 심심하니 같이 가자는 말을 한 선생이 꺼냈으나 송 선생은 자기 볼일이 언제 끝날지 확실한 시간 약속을 할 수가 없다면서 미안해했다.

한 선생은 그녀와 헤어지자, 이발소를 찾아갔다. 어쩐지 허전한 느낌이었다.

이발소 의자에 앉아 거울에 비친 자기 모습을 바라보며, 한 선생은 아까 신작로를 걸어올 때 송 선생이 하던 말을 되새겨보았다.

"아마 앞으로 별수 없이 남자 분들은 모두 머리를 빡빡 깎게 될 걸요."

"시국이 그렇게 돌아가는디 어떻게 헐 것이요."

"죄수 아닌 죄수지요. 일본 놈들이 우릴 마치 죄수처럼 취급허니 말이라우."

"며칠 전을 보시오. 도 시학관인가 뭣인가 그 자가 우릴 뭣으로 알던가 말이라우."

한 선생은 어쩐지 입맛이 뚝 떨어지는 것 같았다. 거울에 비친 저 숱 좋은 하이칼라 머리도 오래지 않아 빡빡 깎여버릴 운명이란 말인가.

죄수들처럼 머리를 빡빡 깎고 어떻게 지낸단 말인가. 남세스러워서.

'안 되지, 안 돼. 머릴 빡빡 깎다니, 될 말인가. 저렇게 멋있는 하이칼라 머리를…….'

한 선생은 속으로 곧장 뇌었다.

거울 속에서 잘 다듬어져가는 하이칼라 머리를 그는 흐뭇한 기분으로 바라보면서, 남들이 다 머리를 빡빡 깎더라도 자기만은 결코 깎지 않으리라 마음먹은 것이었다.

그리고 그는 이누카이의 얼굴과 며칠 전 도 시학관의 얼굴을 눈앞에 떠올렸다. 그 고약하던 이누카이. 처음으로 부임하던 날, 내민 사령장을 훑어보고 나서 흘긋 쳐다보며 엉뚱하게도,

"포마아도노 니오이 쿠사이소(포마드 냄새 지독해)." 이렇게 내뱉던 이누카이. 그리고 며칠 전, 학교 접장이 무슨 놈의 멋을 그렇게 부리느냐고, 무슨 포마드를 발랐기에 여기서도 냄새가 맡아지는 것 같다면서 커다란 콧구멍을 일부러 벌름거리기까지 하던 도 시학관.

어쩌면 일본 놈들이란 모두 그렇게 비슷한지, 참 묘한 일이라고 생각하면서, 한 선생은 그럴수록 더욱 포마드를 많이 발라 번질번질한 하이칼라 머리로 다녀야지 싶으며,

'머리도 내 맘대로 못 한단 말인가?'

하고, 속으로 투덜거렸다.

의자에 번듯이 드러누워 면도를 할 때는 한 선생은 지그시 눈을 감고, 송 선생의 남편 생각을 하고 있었다.

"빼앗긴 나라를 어떻게든지 도로 찾아야지라우."

"우리집 양반은 중국 상해로……."

송 선생의 목소리가 지금도 귀에 들리는 듯했다.

그렇다면 그녀의 남편이 중국 상해로 무엇을 하러 갔는지 훤한 노릇이었다.

그러고 보니 송 선생의 평소의 언행이 납득이 가는 것이었다. 교실에 숫제 히노마루도 붙이지 않은 그 내심을 알 수가 있었다.

한 선생은 가슴이 울렁거렸다. 어쩐지 온몸의 피가 후끈해지는 듯한 느낌이었다. 그러면서도 슬그머니 두려운 생각이 드는 것이었다.

면도칼이 턱 밑의 목줄기를 사각사각 밀기 시작했다. 한 선생은

공연히 으스스한 기분이 되고 있었다.

## 18

이튿날 저녁이었다.

한 선생은 술기가 있는 얼굴로 돌아왔다. 담배까지 한 대 척 물고 있었다. 좀처럼 없는 일이었다.

평소에 술 담배를 입에 대지 않는 한 선생이 술을 마셨다는 것은, 더구나 담배까지 피워 물었다는 것은 무슨 아주 좋은 일이 있었거나, 아니면 반대로 아주 속상한 일이 있었다는 것을 의미한다.

경선은 저녁상을 그 앞에 갖다 놓고는 표정을 가만히 살폈다. 올 들어 처음으로 밥상에 도라지무침을 얹은 것이다. 도라지무침은 한 선생이 아주 좋아하는 찬이었다.

"야, 이거 도라지 앙이가. 도라지무침이제? 야아 이거, 야아 이거……."

여느 때 같으면 이렇게 곧장 "야아 이거"일 것인데, 오늘 저녁은,

"도라지구나."

그저 한마디뿐이었다.

경선은 대뜸 무슨 속상한 일이 있었구나 하고 알아차렸다. 무슨 속상한 일이 있었을까……. 그러나 이런 경우 경선은 조용히 앉아 기다리는 여자였다.

윤길이도 윤희와 함께 한쪽에 가만히 앉아서, 벌겋게 술기가 오

른 아버지의 얼굴을 신기한 눈으로 조심스럽게 바라보고 있었다.

한 선생은 술기 때문에 숨이 가쁜 듯 식식거리면서도 곧장 젓가락을 도라지무침으로 가져가곤 했다.

윤희가 입을 열었다.

"아부지, 맛있지예?"

"응."

윤희는 잠시 또 아버지의 눈치를 살피다가,

"아부지, 술 마싰제?"

하고 헤에 웃는다.

"그래 그래."

한 선생은 그제야 빙그레 웃으며 고개를 끄덕끄덕했다. 가라앉았던 방 안 공기가 부드럽게 흔들리는 것 같았다.

그러자 이번에는 윤길이가 불쑥 나섰다.

"아부지, 나 낼 머릴 깎아버릴라예."

"……."

한 선생은 아무 말 없이 벌건 눈으로 윤길이를 바라보았다.

"깎아버리다니, 빡빡 깎는단 말이가?"

경선이 참견을 했다.

"그래, 다른 애들같이 빡빡 깎을래."

"난데없이 와?"

경선은, 본래 어린애들은 빡빡 깎는 것이 좋다는 쪽이었지만, 난데없이 그런 말을 꺼내는 게 의아해서 아들과 남편의 얼굴을 번갈아 바라본다.

"오늘 교장 선생님이 깎으라 그랬어. 우리 선생님도 깎으라 카고.

며칠 전에 시학관 선생님도, '하이카라와 이깡' 그랬단 말이야."

경선은 그제야 요즘 학교가 어떻게 돌아가는지 대강 짐작이 갔다. 그러나 아무 말도 하지 않았다.

"나 낼 깎을래. 아부지, 낼 깎아도 개않지예?"

그러자 지금까지 아무 말이 없던 한 선생이 버럭 소리를 질렀다.

"누가 못 깎게 하나? 이놈으 자식아! 와 자꾸 시끄럽게 야단이고? 응?"

신경질이었다. 목에 핏대가 떨리고 있었다.

윤길이는 겁에 질려 두 눈을 굴렁거리다가, 슬그머니 일어나 작은방으로 건너가버렸다. 윤희도 겁이 나는지 얼른 일어났다.

경선은 곧장 두 눈을 깜짝거리며 가만히 앉아 있었다.

한 선생은 잠시 또 젓가락질을 하다가 아무래도 못 참겠는 듯 냅다 뱉듯이 말했다.

"교장인가 뭔가 그 자식 한 대 갈겨 줄라다가 참았구만. 남이사 머리에 기름을 많이 바르거나 말거나 무슨 상관이고. 그놈으 자식 베란간 왜놈이 됐는지 별것을 다 지랄이라니까, 내 참 더러워서……."

"교장하고 무슨 일이 있었능교."

경선이 조심스레 입을 열었다.

"응, 오늘 직원회의가 있었는데, 글씨 그 자리에서 하필 내 머릴 가지고 지랄 안 하나. 무슨 놈의 포마드를 그렇게 많이 바르느냐고, 처음부터 눈에 거슬렸는데, 아무 말 안 하고 참았다고. 그러면서 정신을 바짝 채리야 된다는 기라. 정신을 바짝 안 채리면 무슨 일을 당할지 모른다나. 그 자식 베란간 왜놈 앞잽이가 돼도 아주

고약한 앞잽이가 됐다니까."

"……."

"명색이 교장이라면 그래도 좀 신중한 구석이 있어야 할끼 앙이라. 불과 얼마 전까지도 제각기 알아서 하라는 식이더니, 도 시학관이 한 번 다녀가고 나니 그만 하루아침에 백팔십도 달라졌다니까. 명색이 불알을 찬 놈이 그기 뭐꼬 말이다."

"……."

"시대가 그러니 할 수 없다지만, 그래도 좀 사람이 배짱이 있어야 될끼 앙이라. 까짓거 그까짓 놈 배짱이 있거나 말기나 상관할 바 아니지만, 왜 하필 내 머린 가지고 지랄이고 말이다, 지랄……."

"……."

"지 눈에 내가 만만하게 보이는가. 똥 같은 놈의 자식!"

"……."

"머릴 빡빡 깎으라고? 흥! 어디 두고 보지. 내가 머릴 깎는강. 안 깎는다 말이다! 안 깎아! 난 못 깎겠어구마!"

술기 탓인지, 괜히 자꾸 헛고함을 질러댄다.

"내가 뭐 죄순가. 머릴 깎구로. 개떡 같은 자식……."

"……."

"정말 더럽어서 몬 해먹겠다니까."

"……."

"당장 때려치우고, 어디 가서 농사나 지으면 젤 속이 시원하겠구만……."

그러자 경선이 나지막하게 한숨을 쉬며,

"농산 쉽운 줄 아능교?"

하고, 자리에서 무겁게 몸을 일으켰다. 부엌으로 숭늉을 뜨러 나가는 것이었다.

아내의 만삭이 된 배가 눈에 띄자, 한 선생은 멀건 눈을 껌벅껌벅하다가, 조용히 입을 다물고 말았다.

## 19

한 선생이 술에 취해가지고 욕지거리를 해댄 것처럼 송화진 교장은 도 시학관이 다녀간 뒤로 태도가 달라졌다기보다 학교 교육방침이 달라진 셈이었다.

그러나 한 선생이 취중에 내뱉은 것처럼 그렇게 "별안간 왜놈 앞잡이가 돼도 아주 고약한 앞잡이"가 된 것은 결코 아니었다.

송 교장으로서도 많이 생각한 결과 어쩔 수 없는 결론에 도달했던 것이다.

도 시학관한테서 그 모욕적인 힐책을 받은 뒤로 며칠 동안 송 교장은 입맛이 없었다. 너무나도 갑작스레 닥쳐온 회오리바람과도 같은 것이었다. 송 교장은 참 묘한 일이라는 생각이 들기도 했다. 마치 도에서 자기가 교장 자리에 앉기를 기다렸다가 왈칵 덮쳐온 듯한 느낌이었다.

한사코 교장 자리를 자기에게 물려주고 물러앉은 아버지가 약간 원망스럽기도 했다. 그러나 한편, 만일 그런 모욕적인 힐책이 늙은 아버지에게 떨어졌을 경우를 생각하니, 차라리 자기가 그 벼락을 당하길 잘했다는 생각이 들기도 했다.

아무튼 아버지는 선견지명이 있는 분이라 여겨졌다.

그리고 송 교장은 며칠 동안을 밤이 이슥토록 잠을 이루지 못하며, 앞으로 학교를 어떤 방향으로 이끌어나가야 할 것인지 생각해보았다. 결국 두 가지 방향이 있을 뿐이었다. 그 하나는 관청의 지시에 고분고분 응하지 않고, 지금까지와 같은 방침으로 밀고나가는 길이었고, 다른 하나는 관청의 지시에 순순히 좇는 길이었다. 말하자면 하나는 대결의 길이라고 할 수 있었고, 하나는 순응의 길이었다.

그러나 학교를 존속시켜 나간다는 것을 전제로 하고 생각할 때는 방향은 하나뿐이었다. 관청의 지시에 응하지 않고 지금까지와 같은 방침으로 밀고 나간다는 것은 결국 학교 문을 닫는다는 것을 의미하는 것이다. 이미 시국이 그렇게 기울어지고 있는 것이다. 도시학관의 그 사정없는 표정에 이미 기울어지고 있는 시국의 그림자가 잘 나타나 있었던 것이다.

그리고 송 교장은 아버지가 교장 자리를 물려주고 물러날 때, "학교가 문을 닫아버리는 일은 없도록, 어떠한 난관이 닥쳐오더라도 잘 극복해 나가라"고 하던 분부의 말을 생각해보았다. 결국 그 말은 이렇게 기울어지는 시국에 임해서는 적당히 순응을 하라는 뜻으로 해석할 수밖에 없었다. 닥쳐온 난관을 극복하는 길은 그 길밖에 달리 도리가 없는 것이다.

그래서 송 교장은 마침내 관청의 지시대로 움직여 나가기로 태도를 결정했던 것이다.

곧 교사 바깥벽에 '국체명징'·'내선일체'·'인고단련' 이 세 가지 표지가 커다랗게 나붙었고, 교무실 환경도 일신되었다. 그리고 각 교실의 환경도 일률적으로 정리하도록 했다. 제각기 알아서 하라던 방침은 이제 취소가 되고만 것이었다.

처음부터 그런 식의 방침이 어디 있느냐고, 속으로 매우 불만이던 교두인 방 선생과 최세민 선생은 그러면 그렇지 하고, 은근히 좋아하는 기색이었다.

그렇게 학교가 일정하게 보조를 맞추어 나가야지, 제각기 알아서 멋대로 나가다니, 무질서해서 어디 될 말이냐는 것이었다.

그러나 한 선생과 송혜심 선생은 은근히 못마땅했다. 소위 교장이라는 사람이 학교 운영방침을 세웠으면 다만 한 학기 동안이라도 그대로 밀고 나가야지, 불과 한 달 남짓 만에 변경을 해버리다니, 도무지 미덥지가 못한 것이었다. 물론 이해가 가지 않는 것은 아니었다. 도 시학관의 위압적이고 모욕적이기까지 한 언사를 자기 자신들도 호되게 들었으니 말이다. 그러나 교장이 그렇게 운영방침까지를 변경해서 앞장을 서지 않더라도 스스로들 알아서 적응해나갈 것인데 싶었다. 그렇게 대번에 방침을 변경해버리다니 너무 덧없는 것이었다. 너무 속도가 빠르다는 생각이었다.

그렇다고 변경된 새 방침에 좇지 않을 도리는 없었다. 교장의 방침에 따르지 않는다는 것은 곧 학교를 그만둔다는 것을 의미하는 터이니까. 특히 사립학교이니 말이다.

그리고 방침이 바뀜에 따라 종전에는 일주일에 한 번 있을까 말까 하던 종례가 매일 있는 것이었다. 그것도 일과가 끝나고 퇴근하기 전에 형식적으로 모였다가 헤어지는 종례가 아니라, 숫제 직원회의라고 할 수가 있었다.

그러니까 매일 직원회의가 열리는 셈이었다.

선생들은 그 종례라는 것이 무엇보다도 귀찮았다. 특히 한 선생은 그랬다. 직원조회는 하루의 시작이니 할 수 없다 치더라도, 종례는 꼬박꼬박 매일 할 필요가 무엇인가 말이다.

종례라고 모였으니, 그냥 절만 나누고 헤어질 수도 없는 듯, 공연히 별일도 아닌 것을 끄집어내 가지고 이러쿵저러쿵 시간을 끌어대기 마련이었다. 말하자면 교장의 잔소리 솜씨만 늘어가는 셈이었다.

그래서 그날은 교실에서 종례를 알리는 종소리를 듣고도 한 선생은 일어나지 않았던 것이다. 묘하게 그날은 종소리에 짜증이 나고, 반발심 같은 것이 솟는 것이었다. 종소리가 어쩐 일인지 여느 때보다 유별나게 귀청을 울려왔기 때문인지도 몰랐다.

한 선생은 학생들의 도화(圖畫)를 채점하고 있었다. 이제 얼마 남질 않아서 그것을 마저 하고 일어나려고 창변에 기대어 계속 빨강 연필로 갑이니, 을이니, 병 같은 것을 매겨나가고 있었다.

잠시 후에 소사가 와서 교실 문을 드르릉 열며,

"한 선생님, 뭐 허시능기라우, 종렌디……."

하고, 소리를 질렀다.

그제야 한 선생은 하는 수 없이 몇 장 안 남은 도화 위에 빨강 연필을 던져놓으며 자리에서 일어났다.

한 선생이 교무실로 들어서자 송 교장은 대뜸,

"아니 뭐하고 있었소? 종소리 못 들었소?"

하고, 이맛살을 찌푸렸다.

그 말에 한 선생이 아무 대꾸를 않고, 그냥 미안한 듯 뒤통수라도 한 번 긁으며 자리에 가 앉았더라면 별일 없었을 것이다.

그러나 한 선생은 나직하나마 무뚝뚝한 소리로,

"도화 점수 매기고 있었심더."

이렇게 말했다. 웬일인지 공연히 자꾸 비위가 틀리는 것이었다.

"뭐요?"

송 교장은 그만 발끈해졌다.

"뭐, 도화 점수를 매기고 있어."

"……."

한 선생은 그제야 자기가 옳지 않았다는 생각을 하며 말없이 자리에 가 앉았다.

"도화 점수 매기는 것이 그렇게 급헌가? 종례 종소릴 듣고도 도화 점술 매기고 있다니……."

송 교장은 생각할수록 괘씸하고 분하기까지 한 모양이었다. 번들번들 벗어진 이마에 핏대가 솟기까지 했다.

"몇 장 남지 않아서……."

한 선생이 변명 비슷하게 말했으나, 소용이 없었다. 이미 엎질러진 물이었다.

그렇게 해서 그날 종례는 그만 엉망이 되고 말았던 것이다.

송 교장이 한 선생에게 일방적으로 퍼붓는 종례 아닌 종례가 되고만 것이었다.

머리에 기름을 발라도 좀 적당히 바르지 않고 너무 번들번들하게 바른다는 둥, 처음부터 눈에 거슬렸는데 아무 말 안 하고 참았다는 둥, 정신을 바짝 안 차리면 무슨 일을 당할지 모른다는 둥, 별별 감정적인 소리가 다 퍼부어졌으나, 한 선생은 가만히 참고 있는 도리밖에 없었다. 말하자면 말 한마디 잘못한 벌을 단단히 받는 셈이었다.

그래서 퇴근길에 그대로 집으로 돌아갈 기분이 나지 않아 평소에 입에 대지도 않는 술을 마시러 방 선생과 함께 주막을 찾아갔던 것이다.

## 20

그런 일이 있은 며칠 뒤의 아침이었다. 직원조회 시간이 됐는데도 어찌된 셈인지 송 교장이 출근을 않는 것이었다.

송혜심 선생이 주번이었다. 그녀는 곧장 교무실 벽에 걸린 시계에 눈을 주었다. 교장이 출근을 안 했는데도 직원조회 종을 칠 것인가 어쩔 것인가 망설이고 있는 중이었다.

"직원조회 안 합니까?"

이렇게 말한 것은 한 선생이었다. 며칠 전 종례에 늦어서 더럽게 욕을 먹은 그 일에 대한 은근한 반발이 깃들어 있는 말이었다.

"교장 선생님이 출근 안 하셨는디, 쪼깨(조금) 더 기다려봅시다."

이렇게 말한 것은 최세만 선생이었다.

"그럼, 교장 선생이 출근 안 하면 생도들 공부도 그만둡니꺼?"

다시 한 선생이 이렇게 나오자, 난처한 것은 송혜심 선생이었다. 그녀는 교두인 방 선생을 바라보며,

"어떻게 헐꺼라우?"

물었다.

방선생도 얼른 결정을 내리기가 뭐한 듯,

"시간이 넘었는디 왜 안 나오신디여."

시계를 바라보며 우물쭈물하기만 했다.

그렇게 십 분가량이 지나갔다.

그제야 송 선생은 할 수 없다는 듯이 자리에서 성큼 일어나며,

"그럼, 우리끼리 시작해 볼꺼라우."

하고, 종을 치러 현관 쪽으로 걸어갔다.

그때 현관문이 꺼드르릉 열렸다. 그리고 웬 국방복을 입은 사람이 불쑥 들어서는 것이었다. 머리는 중대가리처럼 빡빡 깎고 있었다.

송 선생은 우뚝 멈추어 섰다. 선생들의 시선도 모두 그 사람에게로 집중되었다. 꼭 도 시학관 같았다. 그러나 도 시학관이 이렇게 아침 일찍 불쑥 나타날 턱이 만무했다.

교장이었던 것이다. 송 교장이 하룻밤 사이에 그런 모습으로 바뀌어 가지고 나타난 것이다.

지금까지 하이칼라 머리이던 것을 빡빡 깎아서 그런지, 머리 밑이 유난히 새하얘 보였고, 얼굴 전체도 전보다 훨씬 작아진 것 같았다.

넥타이를 맸던 목에는 넥타이 대신 새로 맞춘 국방복의 깃이 바짝 죄어져 있었다. 어쩐지 어색하고 우스운 모습이었다.

송 선생은 나오려는 웃음을 얼른 참았다. 다른 선생들의 얼굴에도 웃음이 떠올랐다가 얼른 사라지고 있었다.

송 교장 자신 역시 멋쩍은 듯 씩 웃었다. 그리고 한 손으로 맨대가리가 된 머리를 두어 번 어루만지며,

"머릴 깎아버링게 기분은 상쾌헌디, 어쩐지 허전허당게."

했다.

땡, 땡, 땡, 땡…….

직원조회 종을 치는 송 선생은 어쩐지 자꾸 우스우면서도 한편 서글픈 생각이 드는 것이었다. 이제 우리 치인학교도 다 되었구나 싶은 것이었다. 도에서 시학관이 한 번 나와서 으름장을 놓으니 그만 삼십 년 공든 탑이 기우뚱 한쪽으로 기울어지는 것 같아 한심한 생각이 들기도 했다. 큰아버지가 그대로 교장 자리에 눌러앉아 있었더라면 이렇게 덧없이 기울어지지는 않을 텐데 싶으니 별안간 입맛이 쓰디썼다.

그렇게 송 교장이 솔선수범을 하듯 머리를 빡빡 깎고 새로 맞춘 국방복을 입고 나오자 재빨리 그 뒤를 따른 것은 최세만 선생이었다.

미리 집에 국방복을 맞추어놓고 대기하고라도 있었는 듯 그 이튿날 제꺽 국방복에 맨대가리가 되어 출근을 하는 것이었다.

그런 최세만 선생의 모습을 보고 한 선생은 어이가 없었다. 어쩌면 그렇게 사람이 윗사람의 뒤를 좇아도 염치도 없이 좇는지, 경멸감이 안 갈래야 안 갈 도리가 없었다.

송 선생 역시 놀라고 있었다. 머리를 깎는 거야 마음만 먹으면 간단한 노릇이라 치더라도, 어느새 옷까지 맞추어 입고 나오느냐 말이다.

게다가 그는 전투 모자까지 사서 쓰고 자전거를 비비며 출근을 했던 것이다.

며칠 뒤, 방 선생도 머리를 깎았다. 그러나 방 선생은 국방복을 입고 나오지는 않았다. 입고 나오지 않는 것이 아니라, 입고 나올 국방복이 없는 것이었다. 맞출래야 맞출 돈이 없었다.

머리를 빡빡 깎고 넥타이를 맨 모습은 국방복을 입은 모습보다 어쩌면 더 희극적으로 보였다. 방 선생의 경우, 그것은 희극이라기보다도 비극에 가까운 것이지만 말이다.

그렇게 모두 변모해가는 속에서 한 선생은 버티고 있었다. 머리를 깎지 않을 뿐만 아니라, 국방복을 맞출 생각도 하지 않았다.

교장을 비롯해서 모두 그렇게 변모를 하는데, 자기만 혼자 버틴다는 것은 여간 힘이 씌는 노릇이 아니었다. 그것은 어쩌면 교장에 대한 불복이라고도 볼 수 있으니 말이다.

한 선생은 솔직히 말하면 국방복을 입는 것은 별로 싫지가 않았다. 그러나 머리를 빡빡 깎는 것만은 질색이었다. 그렇다고 하이칼라 머리에 국방복을 입는다는 것도 우스웠다. 넥타이에 맨대가리가 되는 것처럼 말이다. 그러니 버티는 도리밖에.

그러나 한 선생의 하이칼라 머리도 전처럼 그렇게 번질거리지는 않았다. 어쩐지 푸수수하게 빛을 잃어가고 있었다. 심란한 것이었다.

## 21

어느 날, 둘째시간이 끝나고, 쉬는 시간이었다.

한 선생은 몹시 목이 말라, 끝나는 종이 울리자, 분필을 던지고 교무실로 갔다.

교무실 문을 열고 들어선 한 선생은 주춤했다. 난데없이 웬 칼을

찬 순사가 한 사람 교장 책상 앞에 앉아 송 교장과 얘기를 나누고 있었던 것이다.

순사가 흘긋 쳐다보자, 한 선생은 얼른 시선을 돌리고 주전자가 있는 쪽으로 갔다. 그리고 주전자의 물을 거푸 두 컵이나 마셨다.

물을 마시면서도 한 선생은 곧장 신경이 순사 쪽으로 가는 것이었다.

어쩐지 순사가 자기를 지켜보고 있는 것만 같이 느껴졌다. 특히 자기의 하이칼라 머리를 말이다. 아무래도 공기가 심상치 않았다.

그러나 한 선생은 아무렇지도 않은 얼굴로 자기 자리에 가서 앉았다. 순사는 계속 송 교장과 무슨 얘기를 주고받고 있었다.

조용조용히 나누는 얘기가 돼서 잘 알아들을 수가 없었으나, 얼핏 들으니 송혜심 어쩌고 하는 것이 송 선생에 관한 이야긴 듯했다. 한 선생은 바짝 귀를 곤두세웠다.

틀림없는 송 선생에 관한 이야기였다.

송 선생에 관한 순사의 질문에 송 교장이 답변을 하고 있는 것이었다. 송 교장의 미간에는 주름살이 여러 날 잡혀 있었다.

곧 방 선생이 들어오고, 뒤따라 최 선생이 들어왔다. 그들 역시 약간 얼떨떨한 표정이었다.

그리고 잠시 후, 송혜심 선생이 조용히 문을 열고 들어섰다. 송 선생은 순사가 앉아 있는 것을 보자, 주춤하며 살짝 안색이 변했다. 그러나 곧 입술에 꼭 힘을 주며 자기 자리로 갔다.

그러자 순사는 송 교장에게,

"저 선생입니까?"

묻는다.

"예."

송 교장의 대답은 맥이 없다.

순사는 옆구리에 찬 칼을 철거럭거리며 자리에서 일어났다. 그리고 송 선생 쪽으로 다가가며,

"선생, 잠시 서까지 좀 갑시다."

대뜸 이렇게 말을 던졌다.

"예?"

송 선생은 당황하는 빛을 감추지 못했다.

"가서 잠시 좀 물어볼 말이 있으니까요."

"여기서 물어보시면 안 됩니까?"

"빨리 일어서요!"

순사의 목소리가 별안간 높아진다.

송 선생은 할 수 없는 듯 가만히 자리에서 일어났다. 얼굴엔 핏기가 하나도 없었다.

선생들은 무슨 영문인지 알 수가 없어, 눈이 휘둥그레 가지고 숨도 제대로 못 쉬고 있었다.

한 선생은 아랫입술을 가늘게 떨고 있었다. 실내에 팽팽한 긴장이 감돌았다.

순사의 앞을 서서 교무실을 나서려던 송 선생은 무슨 생각이 떠올랐는지, 걸음을 멈추고 벽에 걸린 시계를 쳐다보았다. 그리고 현관 추녀 밑에 매달린 종을 가서 치기 시작하는 것이었다.

땡땡땡, 땡땡땡, 땡땡땡…….

수업 시작을 알리는 종소리였다.

운동장에서 놀던 생도들이 일제히 교실로 뛰어 들어가기 시작

했다.

땡땡땡, 땡땡땡, 땡땡땡…….

여느 때와는 달리 송 선생은 힘껏, 그리고 끝없이 종을 울려대는 것이었다. 마치 이것이 마지막 종이라는 듯이, 아랫입술을 자그시 물고 있는 그녀의 양쪽 볼을 타고 두 줄기 눈물이 흘러내리고 있었다.

그리고 송혜심 선생은 순사의 앞을 서서 운동장을 걸어 나갔다.

## 22

난데없이 송혜심 선생이 순사에게 연행되어 가자, 선생들은 모두 어안이 벙벙했다. 도대체 어찌 된 영문인지 알 수가 없었다.

그런데 송 선생이 마치 체념이라도 한 것처럼 현관 추녀 끝에 매달린 종을 울리면서 주르르 눈물을 흘린 것을 보니 그럴 만한 무슨 곡절이 있긴 있는 모양이었다. 경찰에 연행되어 갈 만한 무슨 사연을 그녀가 간직하고 있었던 것일까. 정말 의외의 일이며, 놀랄 일이 아닐 수 없었다.

송 교장은 넋을 잃은 사람처럼 회전의자에 기대 앉아 멀뚱히 천장을 바라보고 있었고, 한 선생은 창가에 서서 송 선생이 사라져 간 교문 쪽을 하염없이 내다보고 있었다.

방 선생과 최 선생 역시 교실에 수업하러 갈 생각을 잊은 듯이 자리에 앉아 휘둥그레진 눈을 멀뚱거리고만 있었다.

창가에 서서 바깥을 내다보고 있는 한 선생은 짐작되는 바가 없는 게 아니었다. 빼앗긴 나라를 어떻게든지 도로 찾아야지라우—얼마 전, 이리 읍내로 가는 신작로를 함께 걸으면서 그녀가 하던 말. 혹시 그런 일로 연행되어 가는 게 틀림없다면…… 싶으니, 별안간 기분이 으스스해지는 것이었다.

한 선생은 가볍게 온몸을 떨며 얼른 자기 자리로 가서 교과서를 집어 들고 교실로 향했다. 그러자 방 선생과 최 선생도 그제야 자리에서 일어났다.

잠시 물어볼 말이 있다고 연행되어 간 송 선생은 이튿날도 그 다음 날도 놓여나오지 않았다. 한 선생이 짐작한 대로 그녀는 '빼앗긴 나라를 도로 찾는' 그런 일에 관련된 혐의로 구속이 되고 만 것이었다.

두 차례나 이리경찰서에 호출되어 가서 그녀에 관한 여러 가지 심문을 받고 온 송 교장의 입에서 마침내 모든 것이 밝혀졌던 것이다.

기독교인들이 중심이 되어 전국적으로 비밀리에 전개하고 있던 반전공작운동에 그녀가 가담을 한 것이었다.

그녀는 기독교 신자는 아니었다. 그러나 그 운동에 찬동을 했던 것이다. 그리고 그녀는 그 운동을 위한 모금에 나섰던 것이다.

그런데 전국적으로 모금된 그 돈의 일부가 국외의 독립운동자금으로 흘러나갔던 것이다.

국내에 잠입해서 그 돈을 받아 가지고 압록강을 건너가던 사람이 그만 경찰에 체포되어 결국 모든 것을 불고 말았던 것이다.

그 여파로 이리지구의 공작운동에 가담해 있던 그녀에게까지 화가 미치게 된 것이었다.

그런 사실을 안 한 선생은 짐작은 했으면서도 새삼스럽게 가슴이 덜컥 내려앉았다. 정말 그녀가 그처럼 어마어마한(한 선생으로서는 정말 그런 일은 어마어마한 일이 아닐 수 없었다) 일에 손을 대고 있었던가 싶으니 두려운 생각에 얼얼해지면서도 어쩐지 그녀가 몹시 숭고한 존재처럼 여겨지는 것이었다. 그런 일에 관련되어 구속이 되었다면 쉽게 놓여나오기는 틀린 것이다. 틀림없이 몇 해는 징역살이를 해야 될 것이라 생각하니 남의 일이지만 암담해지지 않을 수 없었다.

그러고 보니 얼마 전 일요일, 이리 읍내에 간 것도 그런 일 때문이었던 모양이다. 그렇다면 혹시 그날 자기가 이리까지 동행을 했으니, 그런 이야기가 그녀의 입에서 나와서 자기에게까지 무슨 화가 미치지 않을까 슬그머니 겁이 먹어지기도 했다. 자기는 전혀 아무런 관련이 없고, 그런 눈치를 챈 일도 없지만, 그녀의 입에서 빼앗긴 나라를 어떻게든지 도로 찾아야 된다는 말을 들은 터이니 말이다.

말하자면 약간은 밑이 구린 셈이었다.

그리고 공연히 사람의 마음을 더 불안하게 하는 것은 송 교장의 부연이었다.

송 교장은 그녀가 구속된 까닭을 이야기하고 나서,

"우리 학교에 대한 감시가 심해질 것잉게, 모두 정신들 바짝 채리야 될 것이요. 한 선생도 머리를 깎고 국방복을 입는 것이 좋을 것인디……."

이렇게 덧붙였던 것이다.

송 교장의 말에 즉각 반응을 나타낸 것은 한 선생이 아니라, 오히려 최세만 선생이었다. 그는 이미 머리도 빡빡 깎았고, 국방복도 입고 있는 터인데, 이번에는 창씨를 서두르는 것이었다.

"다까무라(高村)가 좋겠어라우? 다까야마(高山)가 좋겠어라우?"

이렇게 교무실에서 서슴없이 창씨 이야기를 꺼내는 것이었다.

어차피 안 하고 못 배길 바에야 질질 끌 것 없이 순순히 좇아나가는 것이 마음 편하다는 주의인 모양이었다. 어쩌면, 못 배길 것 같아 순순히 좇는 것이 아니라, 그렇게 하는 것이 옳은 길이라고 생각하고 있는 것 같기도 했다. 말하자면 내선일체를 마음속으로부터 찬성하는 파인 셈이었다.

머리만 빡빡 깎고, 허름한 양복에 넥타이를 매고 있던 방 선생도 어떻게 마련했는지 국방복을 입고 나오게 되었다.

그러니까 이제 하이칼라에 넥타이를 매고 있는 것은 오직 한 선생 한 사람뿐이었다. 그러니 한 선생의 마음이 편할 리가 만무했다. 뒤숭숭하고 심란하기만 했다.

그런 중에 송 교장은 송혜심 선생의 면직을 발표했고, 후임으로 마땅한 여선생을 한 사람 물색 중이라는 이야기를 했다.

한 선생은 세상의 차가움을 새삼 피부로 느끼는 듯했다. 그리고 웬일인지 몹시 허전하고 쓸쓸하기까지 했다. 까만 세루치마 저고리를 입은 송혜심 선생의 모습이 자꾸 눈앞에 떠오르는 것이었다.

## 23

그런 어느 날이었다.

오후가 되면서부터 어쩐지 공기가 눅눅해지며 수상한 구름이 몰려들더니, 저녁이 되자 빗줄기가 쏟아지기 시작했다. 처음에는 냅다 퍼부어대는 것이었다.

번개가 번쩍거리고, 천둥이 우르릉거렸다. 굉장한 소나기였다.

저녁을 먹고 나자, 이번에는 바람까지 일기 시작했다. 어쩐지 바람소리도 수상하게 들리더니, 마침내 태풍으로 변하고 마는 것이었다.

장대처럼 쏟아지는 비와 노도처럼 휘몰아치는 바람— 문자 그대로 폭풍우였다. 함석지붕이 곧 날아갈 듯 덜커덩거렸다.

한 선생은 신문을 들고 앉아 있었으나, 바깥의 비바람 소리에 도무지 기사가 잘 눈에 들어오지 않았고, 경선은 약간 질린 듯한 얼굴로 곧장 숨을 허덕거리며 아랫목 벽에 기대앉아 있었다. 그녀의 배는 숨이 가쁠 정도로 부풀어 있는 것이었다.

윤길이와 윤희는 아랫목 이불 속에 파묻혀서 얼굴만 내놓고 눈을 말똥거리고 있었다.

남폿불도 이따금 겁을 집어먹은 듯 화르르 타오르고 있었다.

겁나는 밤이었다.

그러나 그날 밤의 공포는 폭풍우뿐이 아니었다. 밤이 이슥해지자, 경선이 갑자기 신음소리를 발하기 시작했던 것이다. 진통이 오기 시작한 것이었다.

한 선생은 이불을 박차고 일어났다. 잠이 든 윤길이와 윤희는 이

불에 똘 말린 채 한쪽 구석으로 밀어붙여졌다.

뒤뜰에서는 복숭아나무가 비바람에 부대끼느라고 곧장 찢어지는 것 같은 소리를 지르고 있었다.

폭풍우와 함께 경선의 진통은 밤새도록 계속되었다. 방바닥을 기고 이불을 물어뜯고, 심지어 벽을 할퀴기까지 했다. 정말 목불인견이었다.

한 선생은 어쩔 줄을 몰라 그저 바짝바짝 식은땀만 흘렸다. 바깥의 비바람소리 같은 건 귀에 들어오지도 않았다.

새벽녘에야 경선은 해산을 했다. 아들이었다. 한 선생은 손수 삼을 가르고, 솥에 불을 지피고, 도무지 정신이 없었다.

그리고 그렇게 사납게 굴던 비바람은 아침이 되자 언제 그랬냐는 듯이 말끔히 가시고 말았다. 하늘도 말갛게 얼굴을 드러냈다. 참 어처구니가 없는 하룻밤이었다.

뒤뜰의 복숭아나무는 결국 넘어져 있었다. 이제 겨우 밤알만큼씩한 복숭아가 무수히 떨어져 땅바닥에 깔려 있었다.

"햐— 복상(복숭아) 많이 떨어졌다!"

"야— 많다! 오빠, 이 복상 먹어도 되나?"

"안 된다. 아직 안 익었는데 어떻게 묵노."

"쪼끔 익은 것도 있네."

"어디?"

"이것 봐, 쪼끔 빨갛지. 이런 건 묵제?"

"어디, 도고. 보자."

윤길이와 윤희는 복숭아를 줍느라고 좋아서 야단이었다. 윤길이는 얼마 전에 빡빡 깎은 머리가 어느새 제법 까맣게 길었다.

한 선생은 그 곁에 서서 넘어진 복숭아나무와 낙과를 멀뚱히 바라보고 있었다. 마치 넋 나간 사람 같았다. 눈에는 핏발이 불그레서 있었다. 꼬박 하룻밤을 한눈도 못 붙인 탓인지, 밤새도록 산모와 함께 땀을 바짝바짝 흘린 탓인지, 골이 휑하고 입안이 떨떠름하기만 했다.

그리고 한 선생은 어떤 야릇한 공포감 같은 것에 휩싸이고 있었다. 지나간 하룻밤이 마치 커다란 공포의 덩어리처럼 느껴지는 것이었다. 공포의 덩어리라도 그냥 겁나기만 하는 덩어리가 아니라 어떤 야릇한 흥분과 신비한 느낌마저 들게 하는 그런 덩어리였다. 사나운 빗줄기 소리, 겁나는 바람 소리, 천둥치는 소리, 그리고 산모의 처절한 진통의 소리가 한 덩어리가 되어 지금도 귀에 울리는 듯, 한 선생은 으스스 몸을 떨었다. 넘어진 복숭아나무와 수없이 떨어져 흩어진 열매들도 한 선생의 눈에는 그냥 도목(都目)과 낙과로만 여겨지지 않았다. 어떤 거대한 힘에 떠밀리고 짓밟힌 잔해처럼 느껴지는 것이었다.

한 선생은 묘하게 피로해지면서, 내부에서 지금까지 비교적 견고하게 버티고 있던 것이 서서히 허물어지기 시작하는 것 같았다. 한 선생은 지그시 두 눈을 감았다.

"아웅 아웅 아웅……."

방 안에서 갓난애 울음소리가 들려왔다. 고추를 달고 나온 놈이라 그런지, 울음소리가 여간 다부지지가 않았다.

한 선생은 눈을 번쩍 떴다. 그리고 푸수수한 머리를 손으로 대구빗어 넘기며 앞뜰로 돌아나갔다.

윤희도 밤알만큼씩 한 복숭아를 두 손에 가득 쥐고,

"알라 운다. 가 보자—"
하면서 뒤를 따른다.

## 24

한 선생이 머리를 깎으러 목천포 이발소를 찾아간 것은 그날 오후였다. 그날은 토요일이었다.

집을 나서며 한 선생은 윤길이에게,

"이발하고 오꾸마."
했다.

여느 때 같으면 윤길이는,

"아버지, 나도 같이 가예."
하고, 따라나서려 했을 텐데, 그날은 어쩐지 아버지의 표정이 무뚝뚝하게 굳어져 있어서 윤길이는 그런 소리가 입에서 나오질 않았다.

이발하러 간 한 선생이 해질녘이 되어도 돌아오지 않자 경선은 어찌 된 일인가 하고 윤길이에게,

"너거 아부지 와 이렇게 늦노."

걱정스런 얼굴을 했다.

"어무이, 아부지 오시능강 가 보까?"

"그래, 다리까지 좀 나가 보래."

"응."

어머니 곁에 앉아서, 새근새근 잠이 들어 있는 갓난애를 신기한 듯이 들여다보고 있던 윤길이는 발딱 자리에서 일어났다.

윤길이가 혼자 둑을 향해 터벅터벅 걸어가고 있는데,

"윤길아— 어디 가냐?—"

선례가 뒤쫓아 온다.

"어디 가냐?"

"우라부지 마중 간다."

"너거 아버지 어디 갔는디?"

"목천포 이발하러……."

"그럼 목천포까지 마중 가냐?"

"아니, 다리까지 간다."

"같이 가자. 강에 물이 많다더라. 홍수가 나서……."

"야— 가보자—"

윤길이가 뛰기 시작했다. 그러자 선례도 지지 않을세라 마구 뛰었다.

먼저 제방 위에 올라선 윤길이가,

"햐—"

소리를 지르자, 뒤따라 올라온 선례도,

"오메— 저 물 보랑게—"

입을 딱 벌렸다.

굉장한 홍수였다. 온통 벌건 흙탕물이 강 저쪽 둑에서 이쪽 둑까지 벙벙하게 흘러가고 있는 것이었다. 꼭 바다처럼 느껴졌다.

"우리 경상도에도 이보다 더 큰 강 있다. 아나?"

윤길이가 말했다.

"거짓말 말어. 이보다 더 큰 강이 어디 있다냐."

"우리 경상도에는 있네. 낙동강이라고……."

윤길이는 전라도로 이사 오던 날 밤, 낙동강 철교를 건너며 차창 밖으로 내다본 시꺼먼 바다 같은 강물 생각이 났던 것이다.

"낙동강이 무엇이다냐. 이름도 참 요상허네."

"와? 이름이 어떠노?"

"요상허다 말이다. 낙동강이 뭣이어. 개똥강이 좋겠다!"

그리고 선례는 얼른,

"오메! 저것이 뭣이다냐?"

딴전을 부려 버린다.

벌건 강물 위로 무엇인지 시꺼먼 것이 떠내려 오는 것이었다.

윤길이도 그쪽으로 시선을 던졌다.

"아니, 집 앙이가?"

"오메— 지붕이네, 지붕!"

"맞다, 지붕이다, 지붕!"

"지붕이 떠내려 오네—"

"핫핫핫하……."

"핫핫핫하……."

초가지붕이 물위로 둥실둥실 떠내려 오고 있는 것이었다.

윤길이와 선례는 까르르 웃으면서 다리 위를 냅다 달리기 시작했다. 그 떠내려 오는 초가지붕을 가까이 가서 내려다보려고.

벌건 홍수가 온통 벙벙히 넘쳐흐르는 위를 달린다는 것은 겁나는 일이었다. 그러면서도 어쩐지 기분 좋은 맛이 있었다. 으스스한 쾌감인 것이었다.

다리 난간에 조심스럽게 다가서서 윤길이와 선례는 떠내려가는 초가지붕을 언제까지나 바라보고 있었다. 참 신기하고 재미가 좋았다. 그런 것이 자꾸 떠내려 왔으면 싶었다.

그러고 있는데, 누군가가 노래를 부르면서 다리를 건너오고 있었다. 꽤 거리가 멀었다. 그런데도 노랫소리가 들리는 것이, 큰 소리로 방가(放歌)를 해대는 모양이었다. 그리고 멀리서 보아도 분명히 비틀비틀 갈지자걸음을 걷고 있는 것이었다.

"누구다냐?"

"글씨……."

"술 취했는개비다 잉?"

"응."

"너거 아버지 아니냐?"

"우라부지가 어디 술 묵나? 너거 아부지가 술 잘 묵지."

"……."

"너거 아버지 술 취해 갖고 오는 거 앙이가?"

"우라버지 집에 계시는디."

선례는 뾰로통해진다.

잠시 후, 선례는 그만,

"핫핫핫하……."

웃음을 터뜨렸다. 그리고 냅다 소리를 질렀다.

"너거 아버지랑게! 너거 아버지!"

"……."

"맞지, 보랑게!"

비틀비틀 갈지자걸음을 걸으면서,

"울려고 내가 왔던가— 웃으려고 왔던가—"

어쩌고, 냅다 노래를 불러대며 오는 사람이 다름 아닌 아버지라는 것을 알자, 윤길이는 눈이 휘둥그레졌다.

그런데 보니, 머리를 빡빡 중대가리로 깎은 것이 아닌가.

"핫핫핫하……."

선례가 또 까르르 웃었다. 재미가 참 좋다는 듯이.

아버지의 중대가리 머리를 보자, 윤길이도 힉! 웃음이 나왔다. 그러나 곧 민망스러워서 얼굴이 붉어지는 것이었다.

윤길이와 선례를 보자, 한 선생은 다리 한가운데에 우뚝 멈추어 섰다. 그러나 곧 쓰러질 듯 휘청거렸다. 못 먹는 술을 얼마나 마셨는지, 목줄기까지 온통 홍당무였다.

"윤길이가? 윤길아! 아부지 어떠노? 잘났나 어떠노? 머리를 깎으니 멋있나 어떠노?"

혀 굳은 소리를 해대더니 그만,

"헛헛헛허……."

웃는 것이었다.

그리고 비틀비틀 다시 걷기 시작하며,

"머릴 깎다니, 안 되지 안 돼! 안 되고말고. 다시 길러야지, 다시 길러! 내가 머릴 깎을 줄 알어? 깎을 줄 알어? 다시 척 멋있게 길러 가지고 상해로 갈끼다, 상해로! 나도 상해로 갈끼다 말이다—"

악을 쓰듯 냅다 소리를 질렀다.

그러면서 한 선생은 비실비실 한쪽으로 기울어져가는 것이었다. 벙벙한 강물이 기울어지고 있는 것이었다. 다리도 기울어지고 있었고 하늘도 기울어지고 있었고 온통 세상이 기울어지고 있는 것이었다.

한 선생은 취중에도 넘어지지 않으려고 무척 애를 쓰는 것 같았으나, 결국 다리바닥에 보기 좋게 쓰러지고 말았다.

"아부지이!"

윤길이가 놀라 아버지에게로 달려들었다.

《한양》(1972. 10~12)

『한국현대문학전집 34』(삼성출판사, 1978) 재수록

# 보랏빛 연가

## 1

오후 여섯 시, 퇴근시간이다. 냉방장치가 되어 있는 건물인데도 후덥지근하다. 이만저만한 더위가 아닌 모양이다.

냉방이 되어 있는 방의 후덥지근함이란 보통 방의 더위와 또 다르다. 몹시 불쾌한 무더움이다. 말하자면 불쾌지수가 높은 것이다.

그러나 윤형규는 별로 불쾌한 줄을 모르고 있다. 내일부터 휴가 일주일. 여름 보너스도 받은 것이다. 비록 불경기 탓으로 여느 해처럼 백 프로가 아니고, 칠십 프로이긴 하지만, 아무튼 기분이 나쁠 턱이 없다.

그래 그런지, 오늘은 어쩐지 바로 집으로 직행하고 싶지가 않다. 어디 가서 시원한 맥주라도 두어 조끼 기울이고 싶은 것이다.

어디로 갈까? 혼자서는 아무래도 싱겁고…… 누구한테 전화를 걸어 볼까?

그러고 있는데 미스 김이,

"부장님 전화예요."

한다.

이런 때의 전화는 공연히 반가운 법이다.

"오! 재두, 웬일이야?"

"오래간만이다. 더운데 뭐하고 앉았니?"

"뭐하고 앉았긴…… 월급쟁이가 덥다고 근무 안 하나?"

"빨리 나와, 잔소리 말고, 여섯 시 퇴근 아니니?"

"어디야? 거기."

"맥주홀이다. 맥주홀……."

"야, 너 경기 좋구나. 대낮부터 맥주홀에……."

"대낮은 무슨 대낮이야. 퇴근시간인데…… 좌우간 빨리 오라구. 기가 막힌 정보 하나 알려줄 테니까."

"기가 막힌 정보라니?"

"그러니까 빨리 오란 말이야. 맥주 값이나 톡톡히 가지고……."

"어느 맥주홀인데?"

"칠 번지야. 칠 번지."

"칠 번지?"

"봄에 같이 갔던 맥주홀 말이다. 무교동……."

"응, 알았어. 곧 가지."

그렇잖아도 목이 컬컬하던 참인데 잘 되었다 싶으며 형규는 자리에서 일어났다.

중학교 동기생이다. 이따금 한 번씩 이렇게 불쑥 전화를 걸어오는, 영등포 쪽 변두리에서 당구장을 경영하고 있는 친구다.

'기가 막히는 정보'라니, 난데없이 무슨 수작일까? 형규는 후덥지근한 건물 속을 빠져나가, 차라리 정신이 바짝 차려지는 거리의 뙤약볕 속으로 성큼 들어섰다.

맥주홀 칠 번지의 문을 밀고 들어서니 재두는 저켠 한쪽 가에 천 시시짜리 커다란 조끼를 앞에 놓고 혼자 앉아 있었다.

"난 누구하고 같이 있는 줄 알았지. 혼자 무슨 멋이야?"

형규의 말에 재두는 빙그레 웃으며,

"이렇게라도 해야 더러 만나볼 수 있을 게 아냐."

하고 번쩍 손 하나를 내밀었다. 오래간만이니 악수라도 나누어야 될 게 아니냐는 듯이.

형규 앞에도 천 시시짜리가 갖다 놓여졌다.

"그래, 재미는 어떻니?"

"요새 당구장도 영 세월이 없군. 파릴 날리기가 일쑤야."

"그러면서 이렇게 맥주만 마시니 재주가 좋군."

"맥주 값 걱정은 없이 마시는 거야."

"……?"

"네가 낼 게 뻔하니 말이야."

"뻔한 거 좋아하는군."

"내가 냈으면 좋겠다마는, 그렇게 되면 네 체면이 말이 아니라서……."

"헛헛허……."

"헛헛허……."

언제나 만나면 이렇게 농이다. 그래서 학생시절 친구는 좋은 것인지도 모른다. 더구나 한창 개구쟁이 중학교 시절의 친구는 말이다.

형규와 재두는 중학교 3학년 때, 한동안 함께 하숙을 한 사이였다.

벌컥벌컥…… 목이 컬컬하던 참이라, 잘도 넘어간다. 단숨에 삼분의 일가량을 비우고 나서 형규는 크르르…… 트림을 하며,

"기가 막히는 정보라니, 도대체 무슨 얘기야?"

하고 물었다.

"정말 기가 막히는 정보지. 그래서 오늘 이렇게 일부러 나온 거야."

"무슨 일인데?"

형규는 바짝 더 궁금해진다.

"다름이 아니라…… 며칠 전에 볼일이 있어서 고향엘 다녀왔지."

"그런데?"

"오늘 맥주 무진장 사야 돼."

"그래, 어서 얘기나 해봐."

"고향에 가서 들은 소식인데, 해인사에서 말이지……."

"……."

"혜림이가 있다는 거야."

"혜림이?"

"응, 지혜림이 말이야."

"……."

"옛날 네 애인."

"애인은 무슨……."

형규는 히죽 웃었다. 기가 막힐 것도 아무것도 없다는 표정이다. 그러나 속으로는 약간 놀라지 않을 수 없었다. 뜻밖의 소식인 것

이다.

“애인 아니고 뭐야. 그렇게 몸이 달아가지고 설친 건 누구지?”

“그래, 그런데…… 해인사에서 혜림이가 뭘 하고 있다는 거야? 중질*(‘중노릇’을 낱잡아 이르는 말)을 하고 있다는 거야?”

“중질을 하고 있는 게 아니라, 식당을 차려놓고 있다는 거야.”

“식당?”

“응, 가야산장이라는…… 음식도 팔고 맥주 같은 것도 팔고 그러는 모양이야.”

“…….”

“그런데 아마 과분 모양이라고 하더군, 과부.”

‘과부’라는 말에 유난히 힘을 주며 재두는 빙그레 웃는다. 과연 기가 막히는 정보가 아니냐는 듯이.

형규는 조끼를 들어 올려 벌컥벌컥 들이켜 댄다. 어쩐지 좀 창피한 것 같은 느낌인 것이다. 그러면서도 가슴은 은근히 설레었다.

“한 번 찾아가 보라구, 이십 몇 년 전의 첫사랑을 찾아서…… 멋있는 일 아니니.”

“…….”

형규는 비시그레 웃을 뿐 말없이 맥주를 기울이기만 했다.

## 2

형규가 중학교 4학년, 중학교 고등학교가 분리되기 전 때의 일이었다.

그 무렵 형규가 다닌 중학교는 남녀공학이었다.

늦은 봄, 어느 날 오후였다. 형규는 교재원(敎材園)의 소제를 하고 있었다.

교재원에는 가지가지 꽃이 만발해 있었다. 어떤 것은 벌써 바람에 나부껴 팔랑팔랑 꽃잎이 지고 있었다. 사방은 온통 향긋한 꽃내음에 젖어 있었고, 나비들이 수없이 날고 있었다.

꽃 덤불 사이로 요리조리 뻗어 있는 오솔길을 형규는 비를 들고 쓸어나가고 있었다. 오솔길에 떨어져 있는 것은 주로 꽃잎사귀들이었다. 노오란 꽃잎이 소복이 떨어져 있기도 했고, 분홍빛, 빨간빛의 꽃잎들이 흩어져 있기도 했다. 마치 땅에다가 가지가지 빛깔과 모양의 무늬를 수놓은 듯 여간 곱지가 않았다. 빗자루로 쓸어버리기가 안타까울 지경이었다.

"참 고운 꽃길이구나."

중얼거리면서 꽃잎사귀들을 쓸어나가고 있던 형규는,

"아!"

깜짝 놀랐다.

하마터면 어떤 여학생과 보기 좋게 부딪칠 뻔했다. 여학생 하나가 급히 오솔길을 달려왔던 것이다. 마침 오솔길이 약간 꺾어진 대목이었다.

"어머나!"

여학생은 호들갑스럽게 놀라며 우뚝 멈추어 섰다.

형규도 비를 든 채 우뚝 섰다.

두 사람의 시선이 마주쳤다.

여학생은 놀란 데다가 부끄럽고 무안해서 어쩔 줄을 모르겠는 듯 온통 발그레 얼굴을 물들였다. 그리고 방긋 웃었다. 방긋 웃는 그녀의 양쪽 볼에 보조개가 예쁘게 파이고, 윗입술 한쪽 밑으로는 하얀 덧니 하나가 살짝 내다보였다. 그래 그런지 앳되어 보이면서도 어여뻤다. 몹시 매력이 있는 얼굴이었다.

형규도 절로 귀밑이 화끈 달아올랐다. 그리고 저도 모르게 벙글 웃음이 나왔다.

그러자 여학생은 얼른 차려 자세를 취하더니,

"아이, 미안합니다."

하고 머리를 납작 숙여 절을 했다.

그리고 후닥닥 형규 곁을 지나 오솔길을 냅다 달려가는 것이었다.

형규는 돌아서서 그녀의 뛰어가는 뒷모습을 멀뚱히 바라보았다. 까만 단발머리를 나풀거리며 꽃 덤불 사이를 달려가는 곤색 세일러복의 여학생— 마치 한 마리의 사슴 같았다. 한 마리의 앳된 암사슴이 수사슴에게 놀라 부끄럽게 뛰어 달아나는 것 같았다.

오솔길을 꺾어 돌아 꽃 덤불 속으로 여학생의 모습이 사라져버리자, 형규는 그제야 가슴이 걷잡을 수 없이 두근거리는 것을 느꼈다. 야릇한 기분이 온몸을 자르르 흐르는 듯도 했다.

형규는 빗자루를 쥔 채 멀뚱히 서서 가볍게 몸을 한 번 떨었다. 참 묘한 기분이었다.

한 학년 밑의 여학생이었다. 그러나 이름이 무엇인지는 알 수 없었다.

그날 밤, 형규는 도무지 잠을 이룰 수가 없었다. 그 무렵, 형규는 재두와 함께 하숙을 하고 있었다. 하숙방 구석에 누워 형규는 밤이 이슥토록 잠을 이루지 못하고 멀뚱멀뚱 천정을 바라보며 낮의 그 일을 생각하고 있었다. 발그레 물든 얼굴로 방긋 웃을 때 양쪽 볼에 예쁘게 파이던 보조개, 그리고 살짝 내다보이던 하얀 덧니……
공연히 그는 끙끙 앓는 소리를 하며 애꿎은 이불을 휘감아댔다.

열일곱에 처음으로 느껴보는 애타는 심사였다.

그 후로도 형규는 몇 차례 그 여학생과 마주쳤다.

한 번은 음악실로 가는 복도에서였다. 형규는 줄줄이 스쳐가는 많은 여학생들의 얼굴 가운데서 그녀의 얼굴을 발견했다. 언뜻 눈에 들어온 얼굴이 바로 그녀였던 것이다.

그런데 묘한 것은 그가 그녀를 발견하자 동시에 그녀도 그를 힐끗 바라보는 것이 아닌가. 마치 무슨 야릇한 인력이라도 작용한 것처럼.

시선이 마주치자 그녀는 얼굴을 화끈 물들이며 웃었다. 그리고 얼른 들고 있던 음악 교본으로 살짝 얼굴을 가리는 것이었다.

형규 역시 얼굴이 화끈했다. 가슴이 두근거리면서 야릇한 것이 온몸에 자르르 퍼지는 듯했다.

음악실에 들어가 앉아 공부를 하면서도 형규는 도무지 마음을 가라앉힐 수가 없었다. 그녀 역시 확실히 자기에 대해서 보통과는 다른 어떤 야릇한 부끄러움을 간직하고 있다는 사실을 안 셈이니 그럴 수밖에. 곧장 가슴이 설레고 기분이 묘하게 좋았다.

그녀의 이름이 지혜림이라는 것을 안 것은 개교기념일의 예술제 때였다.

신록이 눈부신 어느 날, 강당에서 예술제가 개최되었다. 강당을 빽빽이 메운 남녀 학생들은 무대 위에서 벌어지는 가지가지 프로에 박수를 쳐대고, 갈채를 보내고, 웃음을 터뜨리기도 했다.

형규도 물론 그 속에 묻혀 기분이 매우 들떠 있었다.

“다음은, 다음은 3학년 학생을 대표해서 지혜림 양의 독창이 있겠습니다. 지혜림 양의 독창…… 부를 곡목은 〈로렐라이 언덕〉, 〈로렐라이 언덕〉…….”

마이크에서 이렇게 지혜림의 이름이 두 번이나 소개되었으나, 형규는 그게 누군지 전혀 모르고, 그저 지혜림이라는 3학년 여학생이 독창을 하는구나 싶었을 따름이었다.

그러나 무대 한복판으로 걸어 나오는 여학생의 얼굴을 본 형규는 깜짝 놀라지 않을 수 없었다. 절로 입이 딱 벌어졌다. 바로 다름 아닌 그녀가 아닌가. 정말 뜻밖의 일이었다.

형규는 공연히 가슴이 두근두근 뛰었다. 그리고 속으로,

‘지혜림, 지혜림…….’

하고 그녀의 이름을 뇌어보았다. 이름도 썩 멋지다고 생각하면서.

그녀는 살짝 웃으며 절을 하고는 노래를 부르기 시작했다.

그녀의 노랫소리는 어딘지 모르게 약간 비음이 섞여 있는 듯했다. 그래서 여느 여학생들의 노래와는 달리 오히려 독특한 매력을 풍겼다.

부드럽고 싱싱하면서도 어딘지 모르게 비음이 느껴지는 듯한 그녀의 독특한 노랫소리가 울려 퍼지자, 장내는 온통 물을 끼얹은 듯 조용했다. 형규는 숨을 죽이고, 그녀의 독특한 음성의 노래에 뭐라고 형언할 수 없는 상태로 도취되어 있었다.

노래가 끝나자, 장내는 박수로 떠나갈 듯했다.

“앙콜!”

“앙콜!”

여기저기서 소리를 질러대기도 했다.

형규도 정신없이 박수를 쳐댔다. 그러나 잠시 후 그는 야릇한 심정이 되어 있었다. 어쩐지 초조하고 약간 불안하기도 했다. 자기만이 남몰래 알고 있던 소중한 물건이 여러 사람 앞에 공개되어버린 것 같은 그런 안타까움이었다.

예술제가 있은 뒤로 형규는 마음을 걷잡을 수가 없었다. 지혜림, 그녀를 어떻게든지 자기만이 간직해야 되겠는데, 어떻게 했으면 좋을지 몰랐다.

그런 어느 날 오후, 형규는 역시 교재원의 오솔길을 쓸고 있었다. 한 손으로 비를 들고 그저 건성으로 슬슬 쓸어나가고 있는데, 저쪽 큰길에서 여학생의 까르르 웃는 소리가 들렸다. 여학생의 웃음소리와 함께 남학생의 뭐라고 떠벌여대는 소리도 들려왔다.

무심히 그쪽으로 고개를 돌린 형규는 그만 우뚝 멈추어 서고 말았다. 혜림이 딴 여학생과 둘이 어떤 남학생의 뒤를 따르며 그렇게 호들갑스럽게 웃어대고 있는 것이 아닌가. 잘 보니 남학생은 형규보다 한 학년 위인 '야구빳다'라는 별명을 가진 학생이었다. 야구선수가 돼서 곧잘 야구 배트를 들고 다니기 때문에 그런 별명이 붙기도 했겠지만, 그보다도 그 배트를 가지고 곧잘 하급생을 갈기기 때문에 붙은 별명이었다.

그 야구빳다가 뭐라고 떠벌여대는 소리를 듣고 좋아서 혜림이 그렇게 호들갑스럽게 웃어대는 것이 아닌가. 형규는 어떤 야릇한 감정이 온몸의 피를 거꾸로 치솟게 하는 것을 느꼈다.

그날 밤, 마침내 형규는 그녀에게 줄 편지를 썼다. 말하자면 난생 처음으로 써보는 러브레터인 것이었다. 그대를 내 목숨보다도 더

사랑 하노라는 식의 편지를 찢고 또 찢으며 길게 길게 썼다.

러브레터를 가슴에 품고 형규는 이튿날부터 혜림이에게 그것을 건네줄 기회를 찾아 서성거렸다. 그러나 그런 좋은 찬스는 좀처럼 와주질 않았다.

사흘째 되는 날 방과 후, 드디어 그는 혜림의 뒤를 밟을 수가 있었다. 어떤 여학생과 나란히 집으로 돌아가고 있는 혜림의 뒤를 그는 가슴 두근거리며 따랐다.

그녀네 집은 학교에서 그다지 멀지 않은 곳에 있었다. 커다란 간판이 붙은 잡화상이었다. 가게 옆에는 수양버들이 한 그루 서 있었다.

혜림이네 집이 잡화상을 하는 집이라는 것을 알았을 때, 형규는 어쩐지 약간 실망이 되는 것이었다. 혜림이가 기껏 눈깔사탕 집 딸인가 해서 말이다.

그러나 이튿날, 날이 새기가 무섭게 형규는 그 집 근처에 가서 서성거렸다. 그리하여 마침내 기회를 붙잡아 가슴에 고이 간직한 러브레터를 그녀에게 건넬 수가 있었다.

집에서 나와 골목길로 접어든 그녀의 앞을 가로막고 불쑥 편지를 내밀었던 것이다. 그러자 그녀는 깜짝 놀라 어쩔 줄을 모르며 온 얼굴을 함박꽃처럼 붉혔다.

그러나 형규가,

"받아 줘요. 얼른…… 누가 봐요."

간절한 목소리로 다가서자, 그녀는 정말 어디서 누가 볼까 봐 겁이 나는 듯 얼른 그것을 받아 쥐었다. 그리고 냅다 골목길을 달려가는 것이었다.

형규는 새끼사슴이 뛰어가는 듯한 혜림의 뒷모습을 바라보며 난생 처음으로 무슨 대단한 일을 한 가지 해낸 것 같은 흐뭇하고 대견한 기분에 젖어들었다.

그러나 며칠 후에 그를 찾아온 것은 그게 아니었다. 아주 엉뚱한 것이었다. 배트 방망이였다.

한 학년 위인 야구빳다에게 불려가 녹초가 되게 얻어맞은 것이다. 어떻게 된 영문인지, 혜림에게 준 러브레터가 야구빳다의 손에 들어가 있었다.

야구빳다는 손에 편지를 들고 필요이상으로 상판을 찌푸리며 악을 썼다.

"야, 이 새끼야! 네가 감히 혜림이에게 손을 대? 혜림이가 누군 줄 알고……. 이 새끼 맛 좀 봐라! 맛 좀! 맛 좀!"

그러면서 마구 배트질이었다. 눈에서 불이 번쩍번쩍했다. 한 번 더 혜림이에게 손을 뻗치기만 하면 죽여 버리겠다는 것이었다.

그렇게 몽둥이 뜸질을 당하고 나자 형규는 그만 정나미가 뚝 떨어지고 말았다. 알고 보니 야구빳다가 혜림이의 의(義)오빠라는 것이었다. 알 만한 수작이었다.

형규의 첫사랑의 싹은 그렇게 무참히 야구빳다에게 짓뭉개져버리고 말았던 것이다.

함께 하숙을 하고 있던 재두가 그런 사실을 알고는 재미 좋다는 듯이,

"헛다리 짚었구나. 남의 것을 욕심내니 골병 들 수밖에……."

혹은,

"노래에 반했구나, 네가. 가수 서방 될려고 그랬니?"

이렇게 놀려대며 웃었다.

처음으로 그런 열병 비슷한 것을 치르고 난 형규는 입맛이 뚝 떨어지고 말았다. 학교에 가나 어딜 가나 만사가 시들해서 그저 멍하게 허공을 바라보기가 일쑤였다.

그러나 형규는 언제까지나 그렇게 탈맥이 되어 있지는 않았다. 멍든 가슴을 달래기 위해서 운동에 열중하게 되었다. 아픔을 딛고 일어선 것이다.

본래 형규는 육상경기에 소질이 있었다. 백 미터 달리기와 높이뛰기는 제법 두각을 나타내고 있었다. 특히 높이뛰기는 학년 기록을 가지고 있었다. 일 미터 오십오까지 뛰었다. 전교 기록은 일 미터 육십이였다. 그러니까 앞으로 칠 센티만 더 뛰면 전교 선수가 될 수 있었다.

반드시 전교 선수가 되어야겠다는 그런 생각에서가 아니라, 멍든 가슴을 달래기 위해서, 허전하고 쓸쓸한 생각을 털어버리기 위해서 형규는 방과 후면 훌훌 벗고 운동장으로 뛰어나가 해가 뉘엿뉘엿 서산에 기울어질 때까지 백 미터를 달리고 또 달리고, 높이뛰기틀의 장대를 조금씩 높였다 내렸다 하며 뛰고 또 뛰었다.

그런 결과인지 그해 가을 시내 중학교 종합 체육대회에서 형규는 높이뛰기 선수로 출전해서 일 미터 육십삼을 뛰어 최우승의 영광을 차지했다.

그리고 이듬해 봄 형규는 전학을 갔다. 통운(通運)에 근무하고 있던 아버지가 타도로 전근이 되었던 것이다.

그 후 지금까지 형규는 혜림을 한 번도 만난 일이 없으며, 소식도 들은 적이 없다. 말하자면 이성에 눈뜰 무렵의 한 짤막한 추억으로,

영영 머릿속에 묻혀버리고 만 것이다.

그런데 오늘 뜻밖에 재두로부터 그녀의 소식을 듣게 된 것이다. 형규는 흔적도 없이 사라졌던 첫 연정의 상처가 다시 아물아물 되살아나는 듯한 느낌이다. 비록 짝사랑으로 끝나버린 씁쓸한 추억이긴 하지만.

### 3

형규가 해인사에 도착한 것은 해가 서산에 기울어질 무렵이었다.

이번 휴가에는 서해에 새로 생긴 해수욕장에나 가볼까 싶었는데, 재두로부터 뜻밖에 혜림의 소식을 듣고는 예정을 바꾼 것이다.

아내 윤숙은 해인사에 간다는 말에 시들하게 웃었다.

"이 더위에 절에는 뭘 하러……."

따분한 모양이었다. 혼자 가라는 것이었다. 자기는 건강이 좋지 않아, 금년 여름은 포기한다고 했다.

형규는 속으로 썩 잘 되었다 싶었다. 그러나 겉으로는,

"혼자 가기가 미안한데…… 그럼 다녀올께. 당신은 집에서 푹 쉬어요."

어쩌고 했다.

여관을 정하자, 형규는 대뜸 보이에게,

"가야산장이 어디야?"

물었다.

"가야산장예? 바로 저기 저기 아닙니꾜."

창문 밖을 내다보니 바로 '가야산장'이라는 간판이 눈에 띄었다.

건너편 계곡 기슭이었다. 누각 비슷한 아담한 집이었다. 울창한 숲을 배경으로 계곡가의 바위 위에 자리 잡고 있어서 정취가 그만이었다. 계곡에는 맑은 물이 흐르고 있었다. 산장 난간가에 앉아 계곡을 내려다보고 있는 손님들의 모습도 보였다.

형규는 어쩐지 약간 가슴이 울렁거리는 듯 묘한 기분이었다.

"가야산장이라……."

히죽 웃으며 형규는 수건과 비누를 들고 밖으로 나갔다. 여관 마당에 우물이 있었으나 계곡으로 내려갔다.

우선 땀부터 좀 씻고 볼 일이다.

## 4

형규가 가야산장을 향해 여관을 나선 것은 제법 사방이 어두워져서였다. 여관에서 저녁을 먹지 않고 가야산장으로 가서 먹기로 한 것이다.

저녁을 먹으러 간다기보다도 혜림을 만나보러 가는 셈이다.

이십 몇 년 만의 혜림이— 어떤 모습으로 변했을까? 많이 변했겠지. 어쩌면 알아볼 수가 없을지도 모르지. 열대여섯 살이던 소녀가 어느덧 지금은 중년부인이니…… 그러나 아무리 변해도 양쪽 볼의 보조개와 하얀 덧니 하나는 그대로 남아 있겠지.

계곡에 걸린 다리를 건너 가야산장을 찾아가는 형규는 마치 이십 몇 년 전의 소년처럼 가슴이 두근거리기도 했다. 그리고 어쩌면 이십 몇 년이라는 세월을 거슬러서 그 옛날을 찾아가고 있는 듯한 느낌이기도 했다. 사방에 불빛이 반짝거리기 시작하는 산협의 밤은 더욱 그런 느낌을 뒷받침해 준다.

돌계단을 올라 가야산장 현관 앞에 이르자 형규는 약간 긴장이 되었다. 마치 이십 몇 년 전, 러브레터를 가슴에 품고 혜림이네 집 근처에서 그녀를 기다리고 서성거리던 그 아침의 긴장과도 비슷했다.

홀로 들어서자,

"어서 오이소."

예쁘장한 아가씨가 반긴다.

"이리 앉으이소."

아가씨는 앉을 자리까지 친절히 안내해 준다.

꽤 넓은 홀이다. 계곡 쪽 난간가에는 빈자리가 하나도 없이 손님들이 앉아 있다. 하는 수 없이 형규는 아가씨가 안내해주는 대로 아무 데나 자리를 잡았다.

전축에서는 '흘러간 노래'가 은은히 흘러나오고 있다.

"뭐 드시겠어요?"

"가만 있자. 뭘 먹을까……."

그러자 형규의 시선은 벽에 붙은 메뉴에 가는 것이 아니라 우선 카운터 쪽으로 향한다. 카운터에 원피스를 입은 여인이 앉아 있다.

"양식도 되고, 한식도 되고, 맥주도 있십더. 커피도 있고예."

아가씨가 생글 웃는다.

"뭐가 좋을까……."

그러면서도 형규의 시선은 카운터에 앉아 있는 여인의 얼굴에서 떨어지질 않는다.

무엇을 그렇게 보는가 싶은지 아가씨도 힐끗 카운터 쪽을 돌아본다.

그러자 카운터에 앉은 여인의 얼굴도 이쪽으로 향한다.

카운터의 여인과 시선이 마주치자 형규는 얼른 얼굴을 돌렸다. 그리고,

"보자, 에—."

그제야 눈을 메뉴로 가져간다.

"산나물백반이 뭐야?"

"우리 식당 명물 아닙니꺼. 반찬이 주로 산나물이라예."

"좋아. 그거하고 맥주 한 병."

"예."

아가씨가 돌아서자 형규는 다시 힐끗 카운터 쪽을 바라본다.

카운터의 여인은 여전히 아무 변화가 없는 표정으로 앉아 있다. 연한 쑥색 무늬의 원피스다. 칠팔 미터쯤 떨어진 거리일까. 그러나 잘 눈여겨보면 얼굴의 사마귀까지 분간할 수가 있을 듯하다.

그런데도 어찌된 셈인지 형규는 도무지 그녀가 혜림인지 아닌지 알 수가 없다. 머리에 떠오르는 이십 년 전의 혜림의 얼굴과 지금 지금 저만큼 앉아 있는 여인의 얼굴 사이의 아무런 유사성도 없는 것만 같다. 첫째, 머리에 떠오르는 이십 몇 년 전의 혜림의 얼굴부터가 도무지 희미하고 아리송한 것이다. 그녀가 가야산장을 경영하고 있다는 소리를 듣고 왔기 망정이지, 그렇지 않았다면 누가 저 여인을 보고 옛날의 혜림이를 생각하겠는가 말이다.

어쩌면 딴 여인이 카운터에 앉아 있는 게 아닌가 싶기도 했다. 그

러나 나이로 보나, 그 차림새로 보나, 종업원들을 부리는 투로 보나 이 산장의 주인임에는 틀림없는 듯했다.

잠시 후, 형규는 눈이 번쩍 뜨였다. 여인의 웃는 얼굴을 본 것이다.

맥주를 반주 삼아 산나물백반을 맛있게 먹고 있는데, 카운터 쪽에서 웃는 소리가 들렸다. 식사를 하면서도 곧장 신경을 카운터 쪽으로 보내고 있던 형규는 얼른 그쪽을 바라보았다.

아가씨와 무슨 말을 주고받던 여인이 활짝 웃고 있는 것이었다.

여인의 웃는 얼굴— 형규는 순간 두 눈이 번쩍 뜨이며 얼굴이 화끈해지는 듯했다. 보조개였다. 분명히 두 개의 보조개가 여인의 양쪽 볼에 파인 것이다. 그리고 참 이상하게도 도무지 아리송하고 서먹서먹하기만 하던 여인의 얼굴이 그만 틀림없는 이십 몇 년 전의 혜림이의 얼굴로 바뀌어 보이는 것이 아닌가. 마치 지금까지 가면 속에 감추어져 있던 얼굴이 활짝 드러나는 듯한 착각을 일으키게 했다.

양쪽 볼에 보조개를 지으며 웃는 얼굴, 그것은 틀림없는 지혜림 그녀였다. 그러니까 말하자면 형규의 기억 속에는 그녀의 웃는 얼굴만이 남아 있었던 모양이다.

형규는 밥을 어떻게 먹었는지 모른다. 온통 신경이 그녀 쪽으로 가 있어서 밥을 먹어도 통 맛도 알 수가 없을 지경이었다.

식사를 마치고 나서 커피까지 한 잔 시켜 마셨다. 그동안 형규와 그녀는 두어 차례 시선이 마주쳤다. 그러나 그녀는 표정에 아무런 변화가 일지 않았다. 전혀 누군지 알아보지 못하는 모양이었다.

그렇다고 형규 쪽에서 아는 체를 할 수도 없었다. 그런 분위기가 아니었다. 홀에 손님이 끊일 사이 없이 붐비고 있었던 것이다.

커피 잔을 비우고 나서 담배를 한 개비 다 태운 다음 형규는 자리에서 일어나 카운터 쪽으로 갈까 하다가 어쩐지 머뭇거려져 아가씨를 불러서 계산을 했다. 그리고 힐끗 또 한 번 카운터에 앉아 있는 혜림을 바라보았다. 그녀도 이쪽을 보고 있었다. 그러나 여전히 담담한 표정이었다.

형규는 뭐 저래 싶으며 약간 웃음이 나왔다.

산장을 나와 천천히 다리를 건너면서 그는,

"내일은 좋은 찬스를 잡아야지. 좋은 찬스를……."

속으로 이렇게 중얼거렸다.

그리고 공연히 유쾌해져서 후이익— 가볍게 휘파람을 한 번 계곡으로 날렸다.

## 5

이튿날 새 지저귀는 소리에 형규는 잠이 깨었다. 이른 아침이었다. 세면도구를 들고 계곡으로 내려갔다.

이른 아침의 산협은 신선하기 이를 데 없었다. 나무도 풀도 바위도 온통 싱싱하기만 하고, 공기도 그럴 수 없이 상쾌했다. 지저귀는 새 소리도 선명하고 물소리도 한결 서늘했다.

형규는 물가 바위 위에 서서 가야산장을 바라보며 북북 칫솔질을 했다. 가야산장도 이슬에 젖어 마치 물속에서 방금 건져낸 듯 신선했다.

새 한 마리가 삐삐 호르르 호르르— 지저귀면서 물 위를 스치듯 지나갔다. 노란 바탕에 초록색 무늬가 선명한 고운 새였다.

어쩐지 형규는 별세계에 온 듯한 느낌이었다.

세수를 마치고 여관으로 돌아온 형규는 아침도 가야산장으로 갈까 하다가 아침에는 영업을 안 하는 것 같았고, 설사 영업을 한다 하더라도 아침부터 찾아가기는 어쩐지 쑥스러워 그만두었다.

여관에서 아침을 먹고, 오전 중에 절 구경을 하고 계곡을 따라 폭포가 있는 곳까지 갔다 왔다. 그리고 점심을 먹으러 가야산장으로 갔다.

두 번째 찾아가는 터였으나, 역시 다리를 건너 돌계단을 올라갈 때는 좀 가슴이 설레었다.

아직 점심때가 좀 이른지 홀은 한산했다. 혜림의 모습은 보이지 않고, 어젯밤에 그 예쁘장한 아가씨가 카운터에 앉아 있었다.

아가씨는 형규를 보자 자리에서 발딱 일어나며,

"어서 오이소! 아저씨."

하고 방긋 웃는다.

그리고 쪼르르 다가와 자리를 안내한다. 벌써 구면이라고 어지간히 친절하다. 서울의 음식점에서는 좀처럼 볼 수 없는 상냥한 아가씨다.

이번에는 계곡 쪽 난간가에 자리를 잡을 수 있었다.

"뭐 드시겠어예? 오늘도 산나물백반 드실랍니꺼?"

"오늘은 딴 것으로……."

"딴 것 뭐예?"

"에— 오늘은 오무라이스나 먹을까. 오무라이스하고 맥주 한 병."

"예."

아가씨가 돌아서려 하자 형규는,

"아주머니는 어디 갔니?"

슬쩍 물었다.

"와예?"

"그저…… 안 보이길래……."

"안에 계십니더."

그리고 아가씨는 묘하게 눈웃음을 웃는다.

난간 밖으로 계곡의 시원한 물을 내려다보기도 하며, 오므라이스에 맥주를 들이켜고 있는데, 안에서 혜림이 나타났다. 어제 저녁과 똑같은 원피스 차림이다.

그녀는 카운터에 나와 앉으며 형규와 시선이 마주치자 약간 표정이 달라진다. 엷은 미소 같은 것이 스치고 지나가는 것이다.

그러나 그것은 이십 몇 년 전과 관련이 되는 그런 것은 전혀 아니다. 단순히 어제 왔던 손님이 또 왔구나 하는, 말하자면 장삿속으로 반기는 그런 투의 표정이다.

형규는 어쩐지 재미있으면서도 씁쓰레한 기분이다. 자기가 처음에 전혀 그녀를 분간할 수 없었던 것처럼 그녀 역시 자기를 알아차리지 못 하는 것을 보니 자기의 외모도 무척 변한 게로구나 싶으며 형규는 그동안 흘러간 이십 몇 년이라는 세월을 실망하는 듯 허망하고 속절없는 기분이기도 했다.

차츰 손님이 찾아들기 시작하더니 형규가 식사를 마쳤을 때는 어느덧 난간가의 자리는 다 차 있었고, 딴 곳도 자꾸 메워져가고 있었다.

식사를 마치고 나서 언제까지나 좋은 자리를 차지하고 앉아 있기가 뭣했고, 또 그렇게 앉아 있어 보아야 그녀와 얘기를 나누어 볼 기회가 마련될 것 같지도 않아, 식사 때가 아닌 조용한 틈을 다시 타기로 하고, 형규는 자리에서 일어났다.

좀 어색하고 기분이 묘하긴 했으나, 이번에는 계산을 하러 뚜벅뚜벅 카운터 쪽으로 걸어갔다. 그녀와의 거리가 한 발자국 한 발자국 가까워지자 형규는 절로 낯빛이 조금씩 조금씩 붉어지는 듯했다. 가슴도 약간 뛰었다.

그러나 혜림은 무심히 앉아 볼펜으로 끌쩍끌쩍 식사대를 계산하고 있다.

"얼맙니까?"

형규가 카운터 앞에 멈추어 서며 묻자 그녀는 예사로,

"구백 원입니다."

하면서 쳐다본다.

시선이 마주친다. 순간, 형규는 그녀의 표정이 약간 이상하게 변하는 것을 느꼈다.

그러나 그 변화 역시 이십 몇 년 전과 연결이 되는 그런 성질의 것은 아닌 듯했다. 말하자면 이쪽을 알아보는 듯한 표정은 아닌 것이다. 다만, 어제 오늘뿐 아니라, 어디선가 많이 본, 낯익은 얼굴이라는 그런 표정이다.

어디서 보았는지 잘 짐작이 되지 않는 듯 그녀의 표정은 얼른 도로 담담한 쪽으로 바꿔버렸다.

그렇지 않고, 그 표정이 좀 더 계속되었더라면 형규는 가만히 있질 못했을 것이다. 하다못해 싱글 웃으며,

"날씨가 꽤 덥군요."

이런 소리라도 한마디 꺼냈을 것이다.

그러나 그만이었다. 형규는 곧 빙그레 벌어지려는 입을 도로 꾹 다물어버리며 돈을 치렀다. 그리고 돌아서 홀을 걸어 나갔다.

밖으로 나가며 힐끗 한 번 돌아보니 그녀는 역시 어디서 많이 본 사람이라는 듯이 가만히 바라보고 있다가 얼른 시선을 거두었다.

## 6

오후에는 낮잠을 늘어지게 잤다. 얼마나 잤는지 일어나 보니 비가 내리고 있었다. 여름 날씨라 지나가는 비려니 했으나, 그게 아니었다. 온통 하늘이 찌박듯이 흐리고, 추적추적 장맛비처럼 내리는 것이다.

비는 해질 무렵이 되어도 그치질 않았다. 오히려 더 빗줄기가 굵어지는 듯했다. 피서를 와서 비에 갇힌 꼴이 되었다.

산중의 비는 또 다른 정취를 자아내긴 했으나, 소나기처럼 지나가는 것이 아니라, 추적추적 그칠 줄을 모르고 내리니 역시 지겹다.

하는 수 없이 저녁을 여관에서 먹었다.

비는 밤에도 여전히 내렸다.

형규는 빗소리를 들으며 번듯이 누워 있다가 별안간 무슨 생각이 났는지 벌떡 일어나 창밖을 내다본다. 그리고 주섬주섬 옷을 주워 입는다. 밤이 꽤 깊었고, 이렇게 비가 오는 데도 가야산장에는 아직 불빛이 훤했던 것이다.

형규는 여관집 우산을 빌려 쓰고 빗속으로 가야산장을 향했다.

세 번째 찾아가는 걸음이다. 그런데도 역시 들뜬 기분이다. 비 오는 산중의 밤이라 그런지 어쩐지 더 묘한 느낌이다. 오늘밤엔 만나 얘길 나눌 수 있겠지 싶으니 슬그머니 가슴이 벅차오르기도 했다.

홀에는 한 쌍의 남녀가 앉아 있을 뿐이었다. 카운터에는 아가씨가 꾸벅꾸벅 졸고 있었다.

형규는 난간가에 가서 자리를 잡았다.

쏴— 비는 더 세차게 쏟아진다.

계곡으로 쏟아지는 비를 내다보고 있다가 형규는 카운터 쪽을 향해,

"이봐, 아가씨!"

소리를 질렀다.

꾸벅꾸벅 졸고 있던 아가씨는 깜짝 놀라 자리에서 일어나며 눈을 비빈다. 그리고,

"어서 오시이소, 깜빡 잠이 들었었네."

생글생글 웃으며 다가온다.

맥주와 마른안주를 시켰다.

잠시 후, 형규는 맥주 기운이 좀 오르자 아가씨에게,

"아주머니는? 자니?"

물었다.

"와예?"

"그저……."

"아직 주무시진 않을 낍니더."

아가씨는 의미 있는 웃음을 눈으로 웃었다. 이 아저씨가 오늘 낮

에도 그러더니, 참 얄궂다는 듯이.

"그럼 말이지……."

"……?"

"가서 아주머니한테 손님이 좀 보잔다 그래."

"예? 보잔다고예?"

"응, 좀 물어볼 말이 있다고……."

"물어볼 말예?"

"그래."

아가씨는 알 수 없는 일이라는 듯이 고개를 약간 기울인다. 그리고 돌아서며,

"안 주무시는지 모르겠심더."

한다.

아가씨가 안으로 들어갔다 나오고, 잠시 후, 하얀 모시 치마저고리 차림으로 혜림이 나타났다. 어제 저녁이랑 오늘 낮에는 원피스 차림이더니 말이다.

혜림은 카운터 앞에 멈추어 서서 아가씨와 말을 두어 마디 주고받더니 이쪽을 바라본다. 그리고 잠시 머뭇거리더니 이쪽으로 온다.

형규는 맥주 컵을 들어 꿀컥꿀컥 들이켠다. 어쩐지 좀 긴장이 되는 것이다.

가까이 온 혜림이 약간 어색한 듯 머뭇거리며 입을 연다.

"무슨 볼일이……."

"예, 저…… 이리 좀 앉으세요."

형규의 말에 혜림은 마지못한 듯 권하는 자리에 앉는다. 조용하고 담담한 표정이다. 그러나 어딘지 모르게 약간 쑥스러운 것 같은

기색이다.

시선이 마주친다. 형규는 얼른 시선을 피하며 또 컵을 들어 꿀컥 한 모금 마신다. 그리고

"저……."

우물쭈물하다가,

"실례지만 ××중학을 다니셨죠?"

아랫배에 지그시 힘을 주며 물었다.

"예, 어떻게 아십니까?"

혜림은 의외로 담담한 반응이다.

"저…… 혹시 지혜림 씨 아니세요?"

그러자 혜림은 깜짝 놀라는 기색을 짓는다.

"절 어떻게 아세요? 혹시 선생님도 ××중학을 다니셨어요?"

아직도 자기를 알아보지 못하는구나 싶으니 형규는 어쩐지 좀 창피한 생각이 들었다. 씁쓰레한 기분이다.

"예, 저도 그 학교를 좀 다녔었죠."

형규는 또 꿀컥 맥주를 한 모금 마신다. 그리고 잠시 머뭇거리다가 불쑥,

"저 모르겠습니까?"

하고 웃었다.

"……."

아무 반응이 없다.

"저 윤형규입니다."

"……."

"윤형규, 모르겠어요?"

"……."

그녀는 역시 모르겠는 듯 살짝 웃음을 짓기만 한다. 살짝 웃어도 그녀의 양쪽 볼에는 보조개가 파였다. 이십 몇 년 전의 그 보조개가…….

그러나 형규는 이제 완전히 기분을 잡쳤다. 이름을 대도 모르다니, 일종의 봉변이 아닐 수 없다. 뭐 이런 여자가 다 있나 싶으며, 형규는 화끈 얼굴을 붉혀가지고 잠시 무안해서 어쩔 줄을 몰랐다. 애꿎은 맥주만 자꾸 기울였다. 비는 여전히 내리고 있다. 카운터에 앉은 아가씨가 마치 주인아주머니와 손님과의 분위기를 돋우어 주기나 하려는 것처럼 전축을 튼다. 아— 신라의 밤이여— 하는 옛 유행가가 흘러나온다. 형규는 다시 얼굴에 웃음을 돌이켰다. 그리고,

"나 높이뛰기 선수였어요. 가을 종합 체육대회 때 일 미터 육십삼이던가…… 뛰었죠."

이렇게 말했다. 그러자 혜림은,

"아, 그러세요. 일 미터 육십삼을 뛰시다니, 그럼 우리 키보다 더 높게 뛰었군요. 제 키가 일 미터 육십이예요."

하고 호호호…… 한쪽 손으로 입을 가리며 웃는다.

"헛헛헛허……."

형규도 그만 웃음이 터져 나와 버린다. 재미있기도 하고 어처구니가 없기도 한 그런 웃음이다.

한바탕 웃고 난 형규는 그만 벌떡 자리에서 일어났다. 더이상 할 말이 없었고, 이제 끝이 났다는 생각이 들었다. 그렇게까지 말해도 자기를 알아보지 못하는 여자 앞에 더 앉아서 무얼 하겠는가 말이

다. 사내대장부로서 창피한 노릇이었다.

"아니, 벌써 가실라구요?"

"예, 가서 잘랍니다."

"……."

순간 혜림의 얼굴에는 야릇한 표정이 지나갔다. 어쩐지 쓸쓸하고 안타까운 듯한 표정이었다.

형규가 셈을 치를 때도 그녀는 몹시 미안한 듯한 몸가짐이었고, 어쩐지 조금 안절부절 못하는 듯도 했다.

그러나 형규는 이제 모든 일을 끝낸 사람처럼 성큼성큼 홀을 걸어 나갔다.

형규는 빗속으로 다리를 건너 여관으로 돌아가며,

"뭐 자기 키보다 더 높게 뛰었다고? 자기 키가 일 미터 육십이라고 그럼 일 센티 더 높이 뛰었군. 헛헛허……."

웃었다. 그리고 중얼거렸다.

"내일도 비가 오려나…… 그만 그쳤으면 좋겠는데…… 내일은 돌아가야지."

형규가 빗속으로 돌아가고 있을 때, 혜림은 가만히 난간가에 서서 모시저고리 한쪽 섶을 만지작거리고 있었다. 어둠 속을 내다보고 있는지, 빗소리를 듣고 있는지…… 그저 조용히 서 있기만 했다.

그러다가 그녀는 중얼거렸다.

"옛날 얼굴은 별로 없다니까, 보자…… 이십 몇 년이고…… 그러니 그럴 수밖에."

쓸쓸하고 허전한 표정이었다.

그러나 잠시 후, 그녀는 약간 불안하고 안타까운 듯한 표정으로

바뀌며,

"혹시 내일 떠나버리면…… 안 되지, 안 되고 말고. 그냥 이렇게 떠나보낼 수는 없지."

하고 뇌었다.

멀리 해인여관의 대문을 밀고 들어가는 형규의 우산 쓴 모습이 대문간의 전등 불빛에 선명히 보이자 혜림은,

"해인여관에 들어 있군, 됐어 됐어."

그제야 마음이 놓이기라도 하는 듯 가만히 큰 숨을 몰아쉬었다.

## 7

이튿날 아침, 비는 여전히 내리고 있었다. 어쩌면 장마로 들어섰는지도 모른다. 빗줄기가 그다지 굵지는 않지만, 좌우간 언제 그칠지도 모르게 부슬부슬 곧장 내린다.

아침밥상을 물리고 난 형규는 담배 한 대를 피우면서 잠시 생각한다. 날씨가 좋지 않지만, 오늘 떠날 것인가, 어쩔 것인가 하고. 버스가 다니지 못할 정도의 비는 결코 아닌 것이다. 비 때문에 길이 끊겼다거나, 다리가 떠내려갔다거나 하기 전에는 버스는 예정대로 다니기 마련이다. 그렇다면 아무 재미있는 일도 없는데, 여관방에 갇혀 있을 까닭이 없다. 가야산장의 볼일도 어젯밤으로 끝난 것이 아닌가.

"떠나자, 미련 없이……."

형규는 담배연기를 길게 내뿜었다. 그리고 여관 보이를 불렀다.

달려온 보이에게 버스 시간을 알아보고 있는데, 그때, 여관 정문으로 우산을 받쳐 든 아가씨가 들어선다.

아가씨는 보이를 보더니,

“저…… 손님 중에 윤형규 씨라고 있는가 좀 알아봐 도고.”
한다.

“윤형규 씨?”

“응.”

그러자 형규는 싱긋 웃으며,

“바로 내가 윤형규 씨지. 왜 그래?”
하고 아가씨를 바라본다.

“우야꼬! 바로 이 아저씨네. 아저씨, 잘 주무셨어예?”

아가씨는 다정한 미소를 띠며 인사를 한다.

“응. 가야산장 아가씨로구먼. 난 또 누구라구.”

“저…… 아저씨, 우리 주인아주머니가 아저씨 초대를 하신답니다.”

“뭐? 초대를 해?”

“예. 점심에 초대하신다고, 꼭 와 주시래예.”

“아, 그래……?”

“꼭 오시야 됩니대이. 안 오시면 안 됩니대이.”

“응. 그래, 가지.”

그러자 아가씨는 약간 의미 있는 듯한 웃음을 씽긋 웃으며,

“아저씨가 우리 주인아주머니 선배 되신다지예? 중학교 때…….”
하고는 얼른 돌아선다.

도로 여관방에 벌렁 드러누운 형규는 어쩐지 기분이 묘하다. 공

연히 조금 가슴이 울렁거리는 것도 같고, 어쩌면 일이 재미있게 되겠는데…… 싶기도 하다.

"출발 연기다."

이렇게 내뱉으며 형규는 천정을 향해 빙그레 웃는다.

## 8

혜림은 창가에 앉아 하염없이 내리는 비를 내다보고 있다.

형규를 점심에 초대하기 전까지는 공연히 기분이 들뜬 듯하더니, 막상 초대를 하고, 또 그쪽에서 오겠다는 응낙이 있고 나니, 공연히 기분이 뒤숭숭하고 심란하기까지 하다. 초대를 해서 뭘 어쩌자는 것인지…… 좀 허전하고 안타깝기는 하나 그냥 그대로 헤어지는 편이 훨씬 현명한 일인데…… 싶기도 하다.

지금까지 수많은 남성들로부터 청혼도 있었고, 유혹도 받았으나, 그럴 때마다 혜림은 마치 인생에 대해 근본적으로 실망을 한 사람처럼 별 흥미도 느끼지 않고 담담하게 물리치곤 했던 것이다.

그녀의 그런 체념 비슷한 태도에는 그럴 만한 까닭이 있었다. 한마디로 말하면 남성에 대해 어떤 공포증 같은 것을 잠재적으로 지니고 있는 것이었다.

그리고 그 공포증은 빗소리와 밀접한 연관이 있었다.

무슨 까닭인지 형규에 대해서만은 다른 수많은 남성들한테와는 달리 오히려 이쪽에서 안타까운 심정이 되어 접근을 시도하게 되었으나, 그러나 역시 잠재의식 속에 깃들어 있던 공포증 같은 것이 슬그머니 머리를 쳐든 것이다. 그래서 뒤숭숭하고 심란하기까지 한 것이다.

어쩌면 창밖에 내리는 빗소리 때문인지도 모른다.

5학년 2학기가 시작되고 얼마 되지 않은 어느 비 오는 날이었다. 물론 이십여 년 전 일이다. 혜림이는 혼자서 백남하 선생 하숙을 찾아갔다. 백남하 선생은 음악 선생으로 아직 독신이었다.

혜림이는 음악부 친구 몇몇과 함께 일요일이면 곧잘 백 선생 하숙으로 놀러가곤 했다.

백 선생은 여학생들이 하숙으로 놀러오는 것을 무척 좋아했다. 여학생들이 놀러오면 꽤 잘생긴 허여멀쑥한 얼굴에 곧잘 벙글벙글 웃음을 띠며 과자니 과실 같은 것을 사다가 내놓기도 했고, 슈베르트니 쇼팽이니 하는 유명한 음악가들의 청춘담 같은 것을 들려주기도 했고, 트럼프놀이를 가르쳐주어 가며 즐기기도 했다.

여학생들 역시 학교 음악실에서 거의 매일같이 대하는 선생님이지만, 그 하숙방에서 만나면 묘하게 더 친밀감이 느껴지고, 재미가 나는 모양이었다.

혜림이 역시 마찬가지였다. 오히려 다른 여학생들보다 그녀가 더 열심이었다. 한 번도 일요일에 거르는 일이 없었고, 또 손꼽아 일요일을 기다리기도 했다.

그러다가 혜림이는 어느 비 오는 날 혼자서 백 선생 하숙을 찾아가게 되었던 것이다. 일요일은 아니었으나 무슨 휴일이었다.

처음엔 혼자 놀러갈 생각이 아니었다. 영애라는 친구하고 같이 가려고 영애네 집을 찾아갔더니 마침 심부름을 가고 없었다. 그래서 그만둘까 했는데, 아무래도 그냥 집으로 돌아갈 수가 없었다.

이상하게도 그날은 여느 때보다 더 놀러가고 싶었다. 어쩌면 가을비 탓이었는지도 모른다.

혼자 약간 가슴을 두근거리며 하숙을 찾아가자, 백 선생은 좀 놀라는 표정을 지었다.

"혼자 왔어?"

"예."

"아 그래, 어서 들어와. 어서…… 이렇게 비가 오는데……."

놀란 듯한 표정은 금세 어디론지 사라지고, 백 선생의 온 얼굴엔 활짝 반가운 빛이 떠올랐다.

백 선생의 하숙방은 안채와 뚝 떨어져서 돌아앉은 바깥채에 있었다. 바깥채에는 백 선생의 방 하나와 대청과 곡간이 있을 뿐이었다. 그러니까 마치 딴 집 같았고 호젓하기만 했다.

비가 오는 터이라 집 안은 더욱 호젓했다.

백 선생은 이불 속에 누워서 책을 읽고 있었던 듯 아랫목에 이불이 깔려 있었다.

"자, 이리 앉어. 오늘은 비가 와서 그런지 뜨뜻한 아랫목이 좋은데……."

그러면서 백 선생은 이불을 걷어붙였다.

그러나 혜림은 아랫목으로 가질 않고 그냥 아무 데나 윗목에 다소곳이 앉았다.

"아니, 거긴 차다니까. 이리 와 이리……."

"괜찮아요. 선생님."

"괜찮긴…… 어서 이리 내려와. 거긴 차워."

"차긴요. 벌써 뭐 겨울인가요? 차게……."

"겨울이 아니라도 오늘은 제법 썰렁하잖아. 그리고 손님이 웃목에 앉았으면 주인이 미안하잖아."

"하하하…… 선생님도…… 손님은 무슨 손님이에요."

혜림은 웃으면서 조금 아래로 내려앉았다.

바깥의 빗소리는 차츰 더 굵어지고 있었다.

"잘 왔어. 정말…… 심심하던 참인데…… 우리 트럼프놀이나 할까?"

백 선생은 부드러운 미소를 지으면서 책상서랍에서 트럼프를 꺼냈다.

트럼프놀이는 너덧 사람이 둘러앉아 해야 재미가 있지, 단 둘이서는 별로 흥이 나질 않는 법이다.

그러나 백 선생과 혜림은 단 둘이서 트럼프놀이를 해도 묘하게 재미가 있기만 했다. 트럼프놀이 자체가 재미있다기보다도 단 둘이 마주앉아 놀이를 한다는 그 사실이 야릇하게 기분을 설레게 하는 것이었다.

아랫목에 이불이 깔린 호젓한 방. 그리고 바깥에서는 추적추적 가을비가 내리고…… 그렇잖아도 기분이 심상찮을 그런 분위기인데, 그런 분위기 속에 단 둘이 얼굴을 마주보고 앉아 트럼프놀이를 하는 터이니 기분이 야릇하게 설레고 재미가 좋을 수밖에.

백 선생은 한 번 웃어도 될 것을 두 번 웃었고, 살살 쳐도 될 것을 공연히 농담을 섞어가며 힘을 주어 카드를 쳐댔다.

혜림이 역시 곧잘 양 볼에 보조개를 지으며 생글생글 웃었고, 혹시나 질까 봐 필요 이상으로 안달을 했다.

여러 사람이 둘러앉아 하던 여느 일요일의 트럼프놀이 때보다 이렇게 단 둘이 하는 트럼프놀이가 훨씬 더 신명이 나는 것이었다.

처음 두어 번은 그냥 치다가, 나중에는 심패 때리기 내기를 하기로 했다. 이긴 사람이 진 사람의 손목을 한 대 때리는 것이었다.

"좋아요. 좋아요."

혜림이는 공연히 좋아서 호들갑을 떨었고,

"정신 바짝 차려. 혜림이. 내 손매가 얼마나 매운 줄 알기나 해?" 하고 백 선생은 싱글벙글 자꾸 웃었다.

트럼프놀이는 더욱 열을 올렸다.

혜림이는 기어이 이겨서 선생님의 손목을 아프게 때려주어야겠다고 아등바등 덤볐다. 그러나 결국 지고 말았다.

"자 혜림이, 어서 손목을 내."

백 선생은 기분이 좋은 듯 오른손의 두 손가락에 곧장 입김을 묻혀댔다. 조금도 사정이 없다는 듯이.

"아이고 아이고……."

혜림이는 맞기도 전에 엄살부터 떨며 한쪽 손목을 내밀었다.

백 선생은 혜림이의 손을 덥석 거머쥐고 교복 소맷자락을 밀어 올렸다.

"아이고, 선생님 선생님……."

그러나 소용이 없었다. 백 선생은 그녀의 그 포동포동하고 하얀 손목을 냅다 내리쳤다.

"아야!"

손목에 불이 번쩍하는 느낌이었다. 혜림이는 눈을 크게 그러나 곱게 한 번 흘기고 나서,

"좋아요. 어서 해요. 어서……."

이번에는 꼭 이겨서 보복을 하겠다는 듯이 이를 악물었다.

다시 트럼프는 열을 품었다.

그러나 이를 악문다고 해서 되는 게 아닌 듯 이번에도 혜림이가 졌다.

"어머나, 아이고 어쩌나—"

그녀는 곧 울상을 지었다.

"자, 어서 내. 어서."

백 선생은 재미가 좋다는 듯이 두 손가락을 입술로 가져가며 빙글빙글 웃었다.

이번에는 아까보다는 좀 사정을 두고 때리는 듯했다. 그러나 역시 손목이 얼얼할 지경이었다.

그런데 참 이상한 것은 그처럼 손목이 얼얼하도록 맞으면서도 결코 싫지가 않았다. 화끈화끈한 아픔이라고나 할까. 묘하게 기분이 좋고, 온몸에 야릇한 열이 오르는 것 같기도 했다.

"자, 어서 해요. 이번에는, 이번에는……."

기어이 이겨서 보기 좋게 설욕을 해야겠다는 듯이 그녀는 도사렸다.

마침내 혜림이가 이겼다.

"야! 신난다. 어서 손목 내요. 어서요."

그녀는 좋아서 어쩔 줄을 몰랐다.

백 선생은 히죽이 웃으면서,

"자, 때려 봐."

하고 불끈 주먹을 쥔 팔뚝을 내밀었다. 까짓것 조금도 두려울 게 없다는 듯이 힘줄이 불끈불끈 내돋은 백 선생의 팔뚝은 마치 장작

개비 같았고, 주먹은 돌 뭉치 같았다.

그 돌 뭉치 같은 주먹을 혜림이의 하얗고 부드러운 손이 살그머니 잡았다. 그리고 힘껏 때렸다.

찰싹! 제법 야무진 소리가 났다.

그러나 백 선생은 아무렇지도 않은 듯 싱그레 웃으면서 말했다.

"약간 따끔하군. 오히려 기분이 좋은데…… 자, 또 하자."

"또 해요. 문제없어요."

이제 자신이 있다는 듯이 혜림이는 하얀 덧니를 살짝 드러내며 카드를 자기가 치기 시작했다. 이긴 사람이 카드를 쳐서 나누는 것이다.

이렇게 서로 이기기도 하고, 지기도 하면서 화끈화끈한 아픔을 즐겨나가다가였다.

백 선생이 져서 혜림이가 때릴 차례였다. 백 선생은 문득 재미있는 수작이 머리에 떠올랐다. 졌다고 해서 그냥 순순히 맞아준다는 것은 이제 좀 싱거웠다. 그래서 때리는 쪽이 오히려 아프도록 해주어야겠다는 생각이었다.

아닌 게 아니라 혜림이는 백 선생의 손목을 냅다 때리고 나더니,

"아야야!"

오히려 자기가 아파서 못 견디겠는 듯 비명을 질렀다.

그녀가 때리는 순간, 백 선생은 팔목을 살짝 옆으로 돌렸던 것이다. 그래서 팔뚝의 불거진 뼈를 냅다 때린 셈이니, 때린 쪽이 오히려 아플 수밖에.

"으흠—"

백 선생은 기분이 매우 좋다는 듯이 싱글벙글했다.

그냥 가만히 있을 혜림이가 아니었다.

"안 돼요, 안 돼요. 다시요, 다시요."

"어허— 어허—"

"반칙이에요. 반칙. 안 돼요. 새로요. 새로요."

사실 그것은 반칙인 셈이었다.

혜림이는 기어이 새로 때려야지 안 된다고 떼를 썼다. 백 선생의 손을 도로 잡으려고 마구 달려들었다. 부끄러움이고 뭐고 그런 것 생각할 겨를도 없는 듯했다.

혜림이가 그렇게 떼를 쓰며 덤비는 것이 오히려 기분 좋기만 한 듯 백 선생은 싱글벙글 웃으면서 팔목을 뒤로 감추어댔다.

뒤로 감추어대는 그 팔목을 혜림이는 한사코 잡아서 앞으로 끄내려고 벌겋게 달아서 야단이었다. 마구 백 선생의 몸에 자기 몸이 닿아도 상관이 없는 모양이었다. 어쩌면 기어이 새로 때리고 싶어서 그런다기보다도 그렇게 떼를 쓰는 것이 기분이 좋아 그러는 것만 같았다.

그럴수록 백 선생은 더욱 재미가 나는 듯 슬그머니 몸을 뒤로 눕혀가며 팔목을 한사코 보호해댔다.

슬그머니 뒤로 넘어지는 백 선생의 몸뚱이 위로 혜림이는 그만 덮치듯이 대들었다. 가슴과 가슴이 맞닿고, 곧 얼굴과 얼굴도 맞닿을 지경이 되었다.

순간, 백 선생은 두 눈에 야릇한 빛이 번뜩였고, 벌겋게 얼굴이 달아올랐다. 그리고 별안간 숨결이 거칠어지며 가슴 위로 덮쳐온 혜림이를 덥석 안아버리는 것이었다.

좍— 바깥에서는 비가 더욱 기세 좋게 쏟아지고 있었다.

……이십여 년 전 그날의 빗소리가 혜림의 귀에 지금도 선하다.

정말 생각만 해도 얼굴이 화끈해지고, 머리가 내흔들려진다. 소위 '선생님'이라는 사람이 제자에게 설마 그렇게까지 나올 줄이야…… 이를 악물고 버둥거리던 일, 그러면서도 웬일인지 냅다 고함을 질러버릴 수도 없던 일. 그저 두렵고 무서우면서도 야릇하게 헐떡거리던 숨결, 터질 듯하던 가슴, 먼 어느 다른 세상에서 들려오는 듯 귓전에 가물거리던 빗소리…….

그녀의 여자로서의 최초의 두려움은 그렇게 빗소리 속에서 전개되었다.

그러나 그녀가 남성에 대해 공포심 같은 것을 갖게 된 것은 그때 일 때문이 아니다. 그때 일 역시 남성에 대해서 어떤 두려움을 갖게는 했으나, 결코 잠재적인 공포증까지를 유발하지는 않았다.

그야말로 끔찍한 일을 그녀는 당했던 것이다.

그로부터 몇 해 후의 일이었다. 그때는 혜림이는 어느덧 남의 아내가 되어 있었다. 남의 아내라고 하지만 다름이 아니라 바로 백 선생의 아내였다.

백 선생은 혜림이 학교를 졸업하자 기어이 자기 아내로 맞아들이고 말았던 것이다. 주위의 온갖 비난과 험담을 무릅쓰고, 심지어 타지의 삼류 중학교로 좌천을 당하기까지 하면서 말이다.

어느 날, 그날 역시 비가 내리고 있었다. 밤늦게 만취가 되어 돌아온 백 선생은 무슨 기분 좋은 일이라도 있었던 듯 마루에서 덩실덩실 한바탕 춤을 추었다.

백 선생은 술버릇이 좋지 않았다. 만취가 되어 돌아오면 그냥 곱게 자는 일이 별로 없었다. 무슨 주정을 해도 한바탕 주정을 해야만 직성이 풀리는 모양이었다.

어떤 때는 아내를 마치 사창가의 창녀 다루듯 했다.

"혜림아! 일어서!"

냅다 고함을 지르면 혜림은 고양이 앞의 쥐처럼 꼼짝을 못했다.

그럴 때의 그들의 관계는 남편과 아내의 관계라기보다도 선생과 학생의 관계라고 하는 편이 옳을 것이다. 남편의 명령에는 맞설 수가 있지만, 선생의 명령에는 맞설 수가 없는 것이다. 선생의 명령을 거역할 수 없는 학생처럼 혜림은 하라는 대로 했다.

"옷을 벗어! 전부 다! 홀랑홀랑……."

혜림은 어처구니가 없었다. 환한 전깃불 아래서 말이다. 그러나 역시 하라는 대로 하는 수밖에 도리가 없었다. 거역할 수 없는 선생의 명령이기도 하지만, 그것보다도 실상은 그 헤아릴 길이 없는 황당한 취기가 겁나는 것이었다. 만일 시키는 대로 안 하면 어떤 날벼락이 떨어질지 모르는 일이니 차라리 순순히 응하는 편이 현명하다는 것을 그녀는 겪어서 알고 있었다.

그날 밤도 역시 덩실덩실 한바탕 마루에서 춤을 추고 나서 방으로 들어온 백 선생은,

"일어서란 말이야! 일어서!"

냅다 고함을 질렀다. 그리고,

"못 알아듣겠니? 야, 혜림아! 못 알아듣겠어?"

하고 노려보기까지 하는 것이 아닌가.

초점이 흐려진 듯한 눈이 덜컥 겁이 나 혜림은 슬그머니 일어섰다.

"일어서기만 하면 뭘 해. 다음은 어떻게 하는지 모르겠니? 이 바보야! 옷을 입고 서 있으면 어떡허냐 말이야!"

"……."

혜림은 아무 군소리 없이 얼른얼른 옷을 벗기 시작했다.

"암, 그래야지 그래야지. 허허허 허허허…… 우리 마누라가 최고야, 최고."

그러면서 백 선생은 또 덩실덩실 춤을 추기 시작했다.

지금까지 그저 추적추적 내리던 비가 별안간 쏴— 소리를 내며 퍼붓기 시작했다. 소낙비로 바뀐 것이다. 밤 소낙비는 어쩐지 으스스한 분위기를 자아내기 마련이다.

그러나 백 선생은,

"야— 신난다— 퍼부어라. 퍼부어, 퍼부어."

그저 기분이 후련하고 좋기만 한 듯 더욱 신명나게 덩실거린다.

그러다가 거의 나체가 다 되어가고 있는 아내를 보자 별안간 생각이 난 듯,

"허허허 허허허……."

웃으면서 자기도 옷을 벗어던지기 시작한다.

좍— 빗줄기는 더욱 기세가 사나워진다. 쏴— 쏴— 게다가 바람까지 이는 모양이다.

좍— 퍼붓는 빗줄기와 쏴— 쏴— 불어오는 바람소리.

"허허허허…… 히히히히……."

백 선생은 마치 실성한 사람처럼 웃어대며 아내에게로 다가든다.

에덴동산의 이브처럼 고운 자태가 되어 서 있는 혜림은 어쩐지 으스스 등골이 떨린다. 믿음직한 아담이라기보다도 꼭 낮도깨비 같은 모습으로 우쭐거리며 다가오는 남편이 오늘밤 따라 이맛살이 찡그려지고 무섭기까지 하다. 어쩌면 바깥의 비바람 소리 때문에

그런지도 모른다.

여느 때는 이런 일을 당해도 무조건 싫은 것만은 아니었는데 말이다. 물론 이런 해괴망측한 꼴을 처음 당했을 때는 정나미가 떨어지고 싫기만 했지만 차차 그런 일이 거듭되자 덮어놓고 싫은 것만은 아니었다. 쑥스럽고 얄궂긴 했지만, 그러나 한편 묘하게 기분이 괜찮기도 했다. 깜깜한 어둠 속이라면 오히려 마다할 게 없을 것 같았다.

그러나 오늘밤은 그게 아닌 것이다. 좍— 좍— 무섭게 퍼붓는 빗줄기, 쏴— 쏴— 몰아치는 바람소리, 덜컹거리는 창문 소리.

그리고 별안간 전깃불이 꺼졌다가 켜지고, 꺼졌다가 켜지고 한다. 전선 어디가 합선이 되려다가 말곤 하는 모양이다. 정말 으스스한 밤이다.

그런데 백 선생은 이런 밤이 더 기분이 좋은 듯 허옇게 앞니를 드러내 보이며,

"히히히히…… 허허허허……."

곧장 웃어댄다.

얼마나 지났을까.

천정에 매달린 전깃불이 이제 꺼졌다가 켜졌다가 하지는 않는다. 그 대신 건들건들 흔들리는 것 같다.

그녀의 귀 곁으로 좍— 빗소리가 몰려오는 듯하다. 쏴— 바람소리도 몰려오는 듯하다.

그녀는 약간 온몸이 썰렁해진다. 이제 그만 푹 잠을 잤으면 싶다.

그러나 백 선생은 그게 아니다.

환하던 전깃불이 깜박 또 꺼진다. 그리고 얼른 켜진다. 꺼졌다 켜

졌다, 꺼졌다 켜졌다…… 이번에는 마치 전깃불이 경련이라도 일으킨 듯 아까보다 훨씬 빠르게 꺼졌다 켜졌다 한다.

방 안이 밝아졌다 어두워졌다 하는 것이 혜림은 몹시 기분이 나쁘다. 바짝 불안해지기까지 한다.

그때다. 백 선생은 별안간 감전이라도 된 듯 바싹 굳어져서 냅다 비명을 지른다.

고통을 이기지 못 하는 것 같다. 백 선생은 점점 더 굳어지며 온몸을 바르르 바르르 떨어댄다.

"어머나!"

소스라치게 놀라며 혜림은 얼른 일어난다.

그러자 백 선생은 힘없이 방바닥으로 굴러 떨어진다.

신음소리도 차츰 힘을 잃어간다.

"아이고 이게 무슨 일이야! 이게, 이게……."

혜림은 정신이 하나도 없다. 덜덜덜 사시나무 떨 듯 하면서 옷을 대강 주워 입기가 바쁘게 냅다 밖으로 내닫는다.

병원 문을 두들겨서 잠자는 의사를 깨워가지고 황급히 돌아왔으나, 그러나 이미 때는 늦었다.

백 선생은 그만 싸늘한 시체가 되어 있는 것이 아닌가.

"어머머, 아이고! 아이고—"

혜림은 그만 그 자리에 풀썩 무너지듯 주저앉아버리고 만다. 그리고 목 놓아 울기 시작한다.

"하하— 쯧쯧쯧……."

의사도 그저 혀를 차며 멀뚱히 서 있을 따름이다.

그렇게 어처구니없게 남편을 잃어버리고 난 혜림은 한동안 넋이

나간 사람 같았다. 그날 밤 일을 생각하면 전신에 오스스 소름이 돋곤 했다.

좍— 좍— 퍼붓던 빗소리. 쏴— 쏴— 거세게 불어 닥치던 바람소리. 덜커덩거리던 창문 소리. 그리고 꺼졌다 켜졌다 하던 전깃불.

마치 이 세상이 끝나는 듯한 밤이더니, 결국 그런 끔찍한 일이 벌어지고 만 것이다. 생각만 해도 몸서리가 쳐지는 일이었다.

그런 끔찍한 죽음이 있다는 얘기는 들었으나, 설마 그런 무서운 죽음이 자기의 가정에 찾아올 줄이야. 그래서 자기를 청상으로 만들어버릴 줄이야.

혜림은 운명이 야속하고 한스럽기만 했다. 청상이 되더라도 남편이 병사를 했다거나, 그렇지 않으면 교통사고 같은 것으로 횡사를 했다 하더라도 이렇게까지 참혹한 심정은 아닐 것인데 말이다.

그런 끔찍하고 무서운 일을 겪은 뒤로 그녀에게는 남성 공포증이 생긴 것이다. 남자라면 모두가 그런 무참한 죽음을 할 가능성이 있는 겁나는 존재로 여겨지는 것이다.

그런 생각은 세월이 흘러도 좀처럼 가셔지지가 않았다. 잠재의식이 되어 깊숙한 내부로 스며든 모양이다.

그래서 혜림은 아이도 하나 없는 몸인데도 재혼을 하지 않고 십칠팔 년을 혼자 살아오고 있는 것이다. 그동안 많은 청혼도 있었고, 유혹도 받았으나, 다 물리쳐버린 것이다. 남성 공포증을 가지고 있는 터이니 그럴 수밖에.

그런데 어제부터 형규에 대해서만은 다른 남성들한테 와는 달리 안타까운 심정이 되어 있는 것이다. 그러면서도 역시 가슴이 마냥 설레기만 하는 것이 아니라, 어쩐지 뒤숭숭하고 심란하기까지

하다.

창밖에 내리고 있는 빗소리 탓인지도 모른다.

## 9

형규는 팔뚝시계가 정각 열두 시가 되자 여관을 나섰다. 너무 일찍 찾아가는 것도 무엇하고, 그렇다고 늦게 가는 것도 안 좋은 것 같아, 정각 열두 시가 되면 나서기로 했던 것이다.

비는 여전히 내리고 있다.

우산을 받쳐 들고 계곡에 걸린 다리를 지나면서 형규는 기분 좋게 심호흡을 서너 번 한다. 가슴이 뿌듯해지는 느낌인 것이다.

바로 저만큼 가야산장이 비에 젖고 있다.

—아저씨가 우리 주인아주머니 선배 되신다지예? 중학교 때…….

심부름 왔던 아가씨가 씽긋 웃으며 하던 말이 생각난다.

재미있다. 물론 선배다. 그러나 단순한 선배만은 아닌 것이다. 러브레터를 보낸 선배란 말이다. 그런데 그런 줄을 모르고, 그냥 단순한 선배인 줄만 알고 점심에 초대하다니…… 재미있다. 여자란 그렇게도 건망증이 심한 것일까. 자기에게 러브레터를 보낸 사람까지 기억 못하다니…… 그렇다면 이제부터 시치미를 뚝 떼고, 그냥 단순한 선배 행세를 해주는 수밖에…….

형규는 마치 자기가 이제부터 무슨 배우라도 된 듯한 느낌이 들어 빙그레 웃는다.

산장에 홀로 들어서자 카운터에 앉았던 아가씨가 자리에서 발딱 일어나며 반긴다.

"아저씨, 어서 오시이소."

그리고 후닥닥 내실 쪽으로 달려가서,

"아주머니, 선배 되시는 분이 오셨심더."

한다.

형규는 약간 멋쩍은 기분이 되며 그쪽으로 다가간다.

아직 점심때가 일러서 그런지 홀에는 손님이 두어 사람밖에 없다.

화사하게 화장을 한 혜림이 내실에서 나오면서 약간 수줍은 표정을 짓는다.

"이리 들어오시죠."

"예, 예."

형규는 물이 흐르는 우산을 한쪽에 세워놓고 내실로 들어간다.

방에 들어선 형규는 약간 놀란다. 가구가 고급이라거나 실내장식이 화려해서가 아니다. 물론 가구들도 값진 것이고, 장식도 깨끗하게 되어 있지만, 그것보다도 불상이 눈에 띄었던 것이다.

불상도 그냥 일종의 장식품처럼 경대 위나 장 위 같은 데에 놓여 있는 것이 아니다. 방 한쪽에 제법 불단이 마련되어 있는 것이 아닌가.

얼른 보아도 독실한 불교 신도라는 것을 알 수 있다. 방 안에 불단을 마련해 놓을 정도면 보통 신도가 아닌 것이다.

형규는 어쩐지 좀 기분이 묘하다. 혼자 사는, 아직 젊은 여인이 방 안에 불단까지 마련해 놓고 있다니…….

"예."

자리에 앉자 다시 힐끗 불단 쪽을 보며 말한다.

"불교를 단단히 믿으시는 모양이죠?"

"……."

혜림은 말없이 웃을 뿐이다. 그런데 그 웃음이 어쩐지 쓸쓸하고 좀 어색하게 느껴진다.

그리고 혜림은 얼른 화제를 돌리듯이,

"별 준비한 것도 없는데 오시라고 해서 미안합니다."

한다.

"아닙니다. 초대를 해 주셔서 감사합니다. 아침 먹고 떠날까 했는데, 초대를 해주셔서……."

"어머, 그럼 저 때문에 공연히……."

"아닙니다. 실은 더 있고 싶었는데, 비는 오고, 별 재미있는 일은 없고 해서……."

"산중이라 재미있는 일이 뭐 있겠어요. 혼자 오셨나요?"

"예."

"혼자 오시니까 더 재미가 없죠. 가족이나 친구분들하고 함께 오셔야 재미가 있죠."

"일부러 혼자 왔는걸요."

"일부러 혼자 오시다뇨? 왜요?"

혜림은 알 수 없는 일이라는 듯한 표정을 짓는다. 그러나 그가 왜 일부러 혼자 이곳을 찾아왔는지 속으로는 다 알겠는 것이다. 어제 저녁의 태도로 보아서 자기가 이곳에 있다는 것을 알고 찾아온 게 틀림없는 것이다.

형규는 일부러 혼자 찾아온 까닭을 밝힐 수가 없다. 이제부터 시치미를 뚝 떼고 단순한 선배로서 행세하기로 하지 않았는가 말이다. 체면을 생각해서라도 그렇게 해야 하는 것이다. 어제 저녁에 자기 이름까지 밝혔는데도 못 알아보는 여자 앞에서 '내가 옛날에 당신한테 러브레터를 보낸 바로 그 사람이요' 하고 나설 수는 없는 노릇이다.

그래서 형규는 그저 허허허…… 웃기만 했다.

그러자 혜림은 약간 짓궂게,

"고독을 무척 좋아하시는 모양이죠?"

하고는 자기도 호호호…… 웃는다.

웃는 그녀의 윗입술 한쪽 밑으로 살짝 덧니 하나가 내다보인다. 옛날에 보던 바로 그 덧니다. 그리고 양쪽 볼에 살짝 보조개도 파인다.

형규는 불현듯 온몸이 후끈해지는 듯한 느낌이다. 마치 이십 몇 년 전 그 시절로 되돌아간 듯한 기분이다. '여보, 혜림 씨! 나 정말 모르겠소?' 이런 소리가 곧 입에서 튀어나올 것만 같다.

그런 그의 표정을 보자 혜림은 얼른 고개를 돌려 바깥 주방 쪽을 향해,

"아직 상 덜 차렸니?"

소리를 지른다.

"다 됐심더. 곧 가지고 갑니더."

형규는 담배에 불을 붙여 쭉 크게 빨아들인다.

잠시 후, 상이 왔다.

상을 본 형규는 약간 당황할 지경이었다. 점심식사라기보다도 요정의 요리상 같았다. 어쩌면 요정의 요리상도 이처럼 정성스럽지

는 않을 것이다. 가지가지 음식이 깨끗하고 먹음직스럽게 상 가득 차려져 있었다.

물론 식당이니까 여느 가정집보다는 요리 솜씨가 월등하겠지만, 좌우간 형규는 근래에 이처럼 푸짐하고 먹음직스럽게 잘 차린 상은 처음이다. 마치 새로 장가를 온 신랑이 큰상을 받은 느낌이다.

"아니, 뭘 이렇게 거창하게 차렸어요?"

"뭐 별로 자실 것도 없어요."

"아이고, 이거 미안해서……."

"미안하긴요. 선배님이신데……."

그러면서 혜림은 생글 웃는다.

술은 물론 맥주였다. 그리고 맥주 외에 네모진 병에 담긴 것이 있다.

혜림은 맥주보다 먼저 그 술병을 들며,

"이 술 한 잔 맛보세요."

한다.

"무슨 술인데요?"

"송엽주예요."

"아, 송엽주, 솔잎 술 말이군요."

"아하— 이게 송엽주구먼."

송엽주가 몸에 좋은 술이라는 것은 들어서 알고 있으나, 직접 보기는 처음인 것이다.

형규는 앞에 놓인 조그마한 잔을 든다. 앞에 맥주 컵과 조그마한 잔 두 가지가 놓여 있는 것이다.

혜림이 두 손으로 공손히 술을 따른다. 약간 파르스름한 빛이 도는 액체가 잔에 담긴다.

형규는 우선 잔을 입에 갖다 대어 맛을 본다.

"야— 향기가 좋은데요."

"이 년 묵은 송엽주예요."

"그래요?"

"오래 둘수록 좋다더군요."

"흠—"

형규는 단숨에 쭉 마셔버린다. 맛도 그만이다. 뭐라고 형언했으면 좋을지 모를 그런 향긋한 맛이다.

"자, 한잔 받으세요."

그러면서 잔을 그녀 앞으로 내민다.

혜림은 수줍은 듯 두 손으로 잔을 받으며,

"저는 잘 못 해요. 조금만 주세요."

한다.

혜림의 잔에 술을 쳐주고 나서 형규는 젓가락을 우선 송이 요리로 가져간다.

그렇게 마주앉아 술잔을 주거니 받거니 하며 점심을 먹었다.

말로는 잘 못 한다고 곧장 사양을 했으나, 그러나 혜림은 의외로 술이 센 편이었다. 송엽주는 독해서 그녀는 한잔으로 끝내고, 맥주를 마시기는 했으나 말이다.

그녀는 제법 맥주를 서너 컵이나 비웠다. 그런데도 눈언저리가 약간 발그레할 뿐 별로 취기가 있는 것 같지 않았다.

오히려 취기는 형규 쪽에 있었다. 그는 말만 들었던 송엽주라 맥주보다도 주로 송엽주를 마셨던 것이다.

주기가 오르자 그는 곧장 '나 정말 누군지 모르겠어요?' 이런 소리가 입 밖으로 튀어나오려고 해서 애를 먹었다.

그런데 뜻밖에 혜림이 이런 말을 했다.

"선배님, 저…… 학교 때 높이뛰기 선술 뿐 아니라, 저…… 글짓기도 잘 했죠."

"예?"

"글짓기 말이에요. 작문…… 호호호……."

형규는 얼른 그 말의 뜻을 알아차리지 못하고,

"글짓기에는 별로 소질이 없었는데요."

한다.

그러자 혜림은 재미있다는 듯이,

"호호호 호호호."

온 얼굴이 발그레해지도록 웃어댄다. 그리고 말을 잇는다.

"글짓기 중에서도 주로 편지 쓰는 거 말이에요."

"예?"

그제야 형규는 정신이 번쩍 든다. 알아차린 것이다. 절로 웃음이 빙그레 온 얼굴에 떠오른다. 그리고 야릇한 빛이 담뿍 담긴 눈으로 그녀를 똑바로 쏘아본다.

혜림은 자기도 모르게 살짝 고개를 숙여버린다.

그러자 형규는 거침없이,

"연애편진 잘 썼죠."

하고는 껄껄껄 웃는다.

혜림도 고개를 숙인 채 킥킥킥 웃는다.

"혜림 씨!"

형규의 뜨거운 목소리다.

혜림은 말없이 고개를 든다. 시선이 마주친다. 조금 전과는 전혀 다른 그런 시선들이다.

"내가 누군지 아셨군요."

"……."

"그래서 찾아온 겁니다. 그런데 어젯밤에 내 이름을 대도 글쎄, 알아보지 못 하잖아요. 화가 나서 오늘 떠나버릴까 했던 겁니다."

그러자 혜림은 미소를 지으며 말한다.

"어제 점심때 벌써 알아보았어요."

"점심때요?"

"예, 카운터에 오셔서 계산을 하실 때……."

"아, 그래요? 그런데 왜 모르는 체……."

"아는 체 하면 뭘 하겠어요."

"뭘 하다뇨? 그럼 오늘은 왜 이렇게 초대를 했죠? 생각해보니 도저히 안 되겠던 모양이죠?"

"어머, 몰라요, 몰라요."

"허허허……."

형규는 기분 좋게 웃는다.

어느덧 창밖에 비가 멎었다. 하늘 한쪽이 서서히 열리고 있다.

## 10

계곡의 물소리를 들으며 형규와 혜림이 나란히 걸어간다. 해가 제법 서쪽으로 기울어졌다.

비가 걷히고 햇빛이 쏟아지는 계곡은 눈이 부시도록 신선하기만 하다. 바위를 씻으며 흘러내리는 물도 한결 시원해 보인다.

점심을 마치고 혜림이 권하는 대로 형규는 그 자리에 누워서 낮잠을 한숨 잤다. 그리고 일어나, 날씨도 활짝 걷혔고 해서 그녀와 함께 산책을 나선 것이다.

계곡을 거슬러 자꾸 올라간다.

"해인사 첨이세요?"

혜림이 묻는다.

"아닙니다. 십여 년 전에 한 번 와본 일이 있죠."

"이 계곡을 쭉 올라가면 백련암이라는 암자가 있어요."

"그래요?"

"거기까지 가볼까요?"

"가봅시다. 식당 일은 지장이 없겠어요?"

"오늘 같은 날 지장이 좀 있으면 어때요."

혜림은 나긋한 미소를 띠며 힐끗 형규를 바라본다.

"허허허…… 그렇죠."

형규는 매우 기분이 좋다. 그녀의 입에서 그런 말이 나온다면 일은 다 된 거나 마찬가지라는 생각이 든다.

해인사를 찾아올 때는 그저 막연히 이십 몇 년 전 짝사랑하던 소녀가 지금은 어떤 모습이 되어 있는가 한 번 보고 싶은 호기심뿐이었는데, 의외로 일이 이렇게 진전을 한 셈이다.

형규는 담배를 꺼내 불을 붙인다. 그리고 연기를 훅— 기분 좋게 내뿜는다.

비비비비 호루루호루루…… 비비비비 호루루호루루…….

어디선지 산새 우는 소리가 들려온다.

"저게 무슨 새죠?"

비비 호루루호루루 비비비비 호루루 호루루…….

매우 특이하고 듣기 좋은 새소리라고 생각하면서 형규가 묻는다.

혜림은 미소를 지으며,

"산새죠."

하고 장난기 어린 말투로 대답한다.

"허허허…… 산에 사는 새니까 물론 산새겠죠. 이름이 뭐냐 말이에요."

"글쎄요. 확실한 이름은 잘 모르겠는데, 이곳에서는 그저 비새라고 부르죠. 비비하고 울잖아요. 저 새가 울면 비가 온다는 거예요."

"엉터리 새군요."

"왜요?"

"비가 그쳤는데 비비하고 우니 말입니다."

"또 비가 오라고 우는 거겠죠."

"아이 지겨워. 또 비가 오면 어떡해요. 아마 우리 둘이 이렇게 산책을 하는 것이 샘이 나는 모양이죠?"

"호호호……."

"안 그래요?"

"글쎄요……."

두 사람은 마냥 즐겁기만 하다.

잠시 말없이 걸어가다가 형규는 또 불쑥 입을 연다.

"그때가 아마 5월이었죠?"

"그때라뇨? 언제 말이에요?"

"혜림 씨가 독창을 하던 때 말입니다."

"제가 독창을 하던 때라뇨?"

"앙콜 앙콜하고 학생들이 온통 떠들어대던 일 기억 안 나세요?"

"예술제 때 말이군요."

"맞았어요. 예술제가 5월에 있었죠?"

"글쎄요…… 그런 것 같군요."

"그때 정말 저는 가슴이 울렁거려서 혼났어요."

"왜요?"

"혜림 씨가 노래를 너무 잘 불러서 말입니다."

"호호호…… 잘 부르긴요."

"그리고 어쩐지 초조하고 불안하기도 했죠."

"초조하고 불안하다뇨? 건 또 왜요?"

"혹시 다른 녀석들이 혜림 씨의 노래에 반해서 혜림 씨에게 눈독이나 들이지나 않을까 해서……."

"어머, 호호호……."

"정말이에요. 안타까운 심정이더군요. 허허허……."

형규와 혜림의 시선이 마주친다. 두 눈빛이 야릇한 교류를 이룬다. 마치 양전기와 음전기가 살짝 부딪쳐 반짝하고 고운 불빛을 일으키는 듯하다.

약간 얼굴이 상기된 혜림은 얼른 시선을 돌려 빗물에 젖어 눈부시게 반짝이는 산허리의 무성한 숲을 바라본다. 그리고,

"비 온 뒤는 정말 기분이 상쾌해요."

하고 화제를 돌리려는 듯이 말한다.

그러나 형규는 그게 아니다. 비 온 뒤의 기분이 상쾌하거나 말거나 그런 건 상관없다. 여전히 화제를 옛날 그 무렵으로 몰고 간다.

"혜림 씨, 오빠가 한 사람 있었죠?"

"오빠요? 전 오빠가 없는데요. 제가 맨 위에요."

"의오빠 말이에요."

"의오빠……?"

혜림은 여전히 무슨 말인지 알 수가 없는 모양이다.

형규는 내뱉듯이 말한다.

"야구빳다 말이에요. 야구빳다."

그러자 그만 혜림의 표정이 달라진다. 지금까지 따스한 피가 돌던 얼굴이 별안간 싸늘하게 굳어지는 것 같다.

"요즘 뭘 하고 있습니까?"

"……."

"그 야구빳다한테 빳다 방망일 얼마나 맞았는지…… 혜림 씨한테 손을 대지 말라고 말이에요. 지금도 그때 일을 생각하면 궁둥이가 욱신욱신해지는 것 같애요. 허허허……."

그러나 혜림은 여전히 굳어진 표정으로 말이 없다.

그녀의 그런 표정을 보자 형규는 아차! 싶다. 야구빳다 이야길 꺼낸 것은 잘못이라는 생각이 든다. 야구빳다와 그녀와의 관계가 어떠했는지 알 수가 없으니 말이다. 혹 야구빳다와 결혼을 했었는지도 모르는 일이 아닌가. 그렇다면 그녀의 가장 아픈 데를 건드린 셈이 된다. 야구빳다와 사별을 했는지, 생이별을 했는지는 알 수가 없는 일이지만…….

이렇게 생각한 형규는 얼른 말머리를 돌린다.

“좌우간 과거를 생각한다는 것은 즐거운 일이에요.”

“…….”

“괴로웠던 일도 즐겁게 회상되니 말이에요. 실연했던 일도 아프게 회상되는 게 아니라, 아름답게 여겨지거든요.”

“…….”

혜림은 여전히 말이 없다.

그래서 형규도 자연히 기분이 무거워져 말없이 걷는다. 공연히 야구빳다 이야길 꺼냈구나 하고 속으로 후회를 하면서.

그러나 잠시 후, 혜림은 굳어졌던 기분이 활짝 풀린 듯,

“다 왔군요. 저기 저 보이죠. 저 집이 백련암이에요.”

손으로 가리키며 말한다.

“아, 그래요.”

형규도 무거웠던 기분이 확 걷혀버렸다.

## 11

백련암은 조그마한 암자였다. 그러나 고색이 창연하면서도 단아한 느낌을 주었다.

혜림은 법당으로 들어가 부처님에게 공손히 예배를 드렸다.

혜림이 예배를 하는 동안 형규는 법당 문밖에 서서 그녀의 경건한 모습을 지켜보았다. 그 태도로 보아 정말 독실한 불교 신도라는 것을 알 수 있었다. 방에 불단을 마련해 놓을 정도면 보통 신도가 아니라는 것을 이미 알고 있는 터이지만 말이다.

형규는 숙연해지는 느낌이었다. 그리고 어쩐지 좀 측은한 생각이 들기도 했다. 그녀가 그처럼 독실한 신도가 된 계기를 짐작할 수 있기 때문이었다.

사별을 했는지, 아니면 생이별을 했는지 알 수가 없지만, 좌우간 그녀가 남편을 잃지 않고, 자식을 낳아, 가정이라는 따뜻한 울타리 안에서 사는 몸이라면 결코 그 나이에 벌써 그처럼 종교에 깊이 몸을 담지는 않았을 게 아닌가 말이다.

종교 가운데서도 특히 불교는 대체로 노년에 깊이 몸을 담게 되는 법인데…… 아직 젊은 여인이 벌써부터 방 안에 불단까지 마련해 놓을 정도면 아무래도 보통 일이 아닌 것이다.

형규는 그녀가 틀림없이 사별했을 것이라고 생각한다. 그렇지 않고 그냥 생이별을 했다면 그처럼 불교에 깊이 귀의할 까닭이 없는 것이다.

그리고 설사 남편과 사별을 했다 하더라도 요즘 세상에 재혼을 하지 않고 혼자 살다니……. 더구나 자식도 하나 없는데 말이다. 알 수 없는 일이다. 아무래도 무슨 깊은 까닭이 있을 것만 같다.

법당에서 예배를 마치고 나온 혜림에게 형규는 그 점을 물어볼까 했다. 그러나 입이 떨어지지 않았다. 조금 전에도 야구빳다 이야기를 꺼냈다가 후회를 하지 않았는가 말이다. 공연히 또 그녀의 기분을 상하게 할 필요가 없는 것이다.

"저…… 불교를 어떻게 생각하세요?"

혜림이 묻는다.

"좋은 종교라고 생각하죠."

"정말이에요?"

"정말이죠."

"그럼 믿으시지…… 왜……?"

"그런데 어쩐지 아직 믿고 싶은 생각은 나지 않아요."

"왜요?"

"아직 종교는 좀 이른 것 같애서……."

"이르다뇨?"

"종교는 아무래도 좀 나이가 들어서야…… 특히 불교는 말이에요."

"그럼, 나이가 드시면 불교를 믿으시겠군요."

"예, 그럴 예정이에요. 집의 어머니는 아주 독실한 불교 신도십니다."

"아, 그래요? 반가워라."

혜림은 진정으로 반가운 표정을 짓는다.

"혜림 씨는 언제부터 불교를 믿게 되셨나요?"

형규는 예사로 묻는다. 그러나 의문되는 점을 향해 슬그머니 질문을 던지는 셈이다.

"벌써 오래 됐어요."

"몇 살 때부터 믿기 시작했는데요?"

"글쎄요…… 몇 살 때부터인지 확실히 기억이 나지 않지만, 좌우간 십여 년 됐어요."

"십여 년 됐으면 보자…… 스물댓 살 때부터겠군요.

"아마 그럴 거예요."

"굉장히 빨리부터 종교를 믿기 시작했군요."

"빠르긴 뭐가 빨라요. 어린애 때부터 종교를 믿는 사람도 많은

데…….”

“교회에는 어릴 때부터 나가는 수가 많지만 절에는 누가 그렇게 일찍부터 다니나요.”

“왜요. 요즘은 학생들도 많이 불교를 믿는걸요. 서울의 조계사 같은 데 가 보세요. 젊은 사람들도 얼마나 많이 오는가.”

“…….”

“형규 씨도 불교를 믿으시도록 하세요. 빠르지 않아요. 빠르긴 뭐가 빨라요. 오히려 늦은 셈이죠.”

“그래요? 그럼 믿어 보기로 하죠. 혜림 씨의 명령이라면…….”

“호호호…… 종교를 무슨 남의 명령에 의해서 믿나요. 마음으로부터 신심이 우러나야지.”

“혜림 씨가 명령을 하시니까 별안간 신심이 불끈 솟는 것 같군요. 허허허…….”

형규는 기분 좋게 웃는다.

혜림은 고운 눈빛으로 형규를 살짝 한 번 흘겨본다.

어디선지 매미가 운다. 찌— 맴맴맴맴…… 찌— 찌— 맴맴맴맴…….

비 온 뒤라 매미 우는 소리도 한결 시원하기만 하다.

형규는 담배를 꺼내 불을 붙인다. 그리고 훅— 담배연기를 내뿜고 나서 조심스럽게 입을 연다.

“그렇게 일찍 불교를 믿게 된 동기가 뭡니까?”

“…….”

“무슨 동기가 있었을 게 아니겠어요?”

형규는 혜림의 표정을 가만히 본다. 혹시 또 그녀의 표정이 싸늘하게 식어지면 곤란한 것이다. 마치 무슨 쉽사리 깨어지는 그릇을 다루듯 조심스럽기만 하다.

그러나 혜림은 아까 야구빳다 이야기가 나왔을 때처럼 그렇게 굳어지지는 않는다. 담담하게 가라앉은 목소리로 말한다.

"세상 인연이라는 것이 하도 허망해서……."

"예? 세상 인연요?"

"예, 사람과 사람과의 만남이 물거품처럼 허무하다는 생각이 들어서……."

"흠— 십여 년 전에 벌써 그런 생각이 드셨나요?"

"예."

"아주 무슨 큰 충격을 받으셨던 모양이죠?"

"예."

"어떤 충격인데요?"

"……."

혜림은 대답이 없다.

힐끗힐끗 그녀의 표정을 훔쳐보며 형규는 곧장 담배연기를 날린다.

말없이 혜림이 걷는 대로 형규는 따라간다.

암자를 나서 숲속으로 들어간다. 비 온 뒤라 숲속은 눅눅하다. 그러나 기분 나쁘게 눅눅한 것이 아니라, 산뜻한 맛을 주는 그런 습기다.

두 사람은 적당한 자리에 가서 앉는다.

마치 세상과 차단이 된 듯 숲속은 고요하기만 하다. 이따금 다람쥐라도 지나가는 듯 바스락바스락 하는 소리가 들리고, 새 우는 소리가 간간이 흘러올 뿐이다.

너무 숲이 깊고 호젓하기 때문인지 형규는 어쩐지 기분이 서먹하다.

그런 서먹하고 약간 쑥스럽기까지 한 분위기를 휘젓듯이 혜림이 불쑥 입을 연다.

"야구빳다도 죽었어요."

"예?"

형규는 가볍게 한 대 얻어맞은 듯한 느낌이다. 불쑥 그녀의 입에서 튀어나온 소리가 너무나 뜻밖이었던 것이다. 야구빳다가 죽었다는 사실이 뜻밖이 아니라, 아까는 야구빳다 이야길 꺼내니까 그처럼 굳어지더니, 이제 자기 입으로 먼저 그런 말을 내뱉다니 말이다.

그리고 '야구빳다는 죽었어요'가 아니라, '야구빳다도 죽었어요'가 아닌가. 그렇다면 누가 또 죽었다는 말인가.

형규는 약간 긴장이 되며 바짝 호기심이 동한다.

혜림은 마치 무대에서 연기를 하는 배우처럼 뇌까린다.

"자살을 했답니다. 이 세상이 싫어서……."

"자살을 해요? 야구빳다가요?"

"예."

"왜요?"

"글쎄, 이 세상이 싫어서 자살을 했다니까요. 호호호호……."

혜림은 마치 살짝 실성을 한 사람처럼 웃는다.

형규는 그녀의 웃는 모습을 가만히 지켜보다가 혼자 중얼거리듯이 말한다.

"야구빳다가 자살을 하다니…… 야구빳다는 결코 자살을 할 그런 사람이 아니었는데…….”

“어째서요?”

“그렇게 마음이 약한 사람이 아니잖아요. 야구빳다라는 별명만 보아도 알 수 있듯이 마음이 약하기는 고사하고, 오히려 무쇠처럼 강한 사람이었죠. 야구빳다를 가지고 하급생을 마구 두들기는 그런 심장을 가진 사람이 자살을 하다니…….”

“강한 쇠가 오히려 쉽게 부러지는 것 아니겠어요.”

“글쎄요. 좌우간 야구빳다가 자살을 했다니…… 세상사란 정말 알 수 없는 것이군요.”

“…….”

“왜 자살을 했을까……?”

야구빳다 같은 강심장을 가진 사람이 자살한 원인이 무엇일까 몹시 궁금한 듯 형규가 약간 고개까지 기울이자, 혜림이 불쑥 대답한다.

“제가 결혼을 하자 그만…….”

자기도 모르게 그런 소리가 흘러나온 듯 혜림은 약간 당황하는 기색이다.

“혜림 씨가 결혼을 하자 자살을…… 그럼 혜림 씨와의 관계가 보통이 아니었던 모양이죠?”

그러자 혜림은 펄쩍 뛰듯이 말한다.

“관계라뇨? 아무 관계도 없었어요. 그저 자기가 혼자서 야단이었죠. 저는 조금도…….”

“그래요? 그럼 짝사랑을 했던 셈이군요.”

“…….”

"짝사랑을 하다가 자살을 하다니…… 그 사람 참…… 허허허허……."

형규는 자기도 혜림에 대해 짝사랑을 했던 터이라 약간 쑥스럽기도 한 듯 필요 이상으로 껄껄 웃는다. 그리고 대고 고개를 끄덕인다. 일이 그렇게 되었구나 싶은 듯…… 그렇다면 혜림은 누구와 결혼을 했던 것일까. 역시 궁금하다.

그래서 형규는 그녀의 표정부터 힐끗 한 번 살핀다. 그리고 조심스럽게 입을 연다.

"이런 질문을 해서 실례가 아닌지 모르겠습니다만…… 그럼 혜림 씨는 어떤 분하고 결혼을 하셨던가요?"

"……."

대답이 없다. 그러나 그녀의 표정이 싸늘하게 식어들거나 굳어지는 것은 아니다. 도리어 어떤 묘한 미소가 얼굴에 떠오른다. 자조적인 것도 같고, 쓸쓸하기도 한 그런 웃음이다.

"실례된 질문을 했는지 모르겠군요."

"아니에요."

그러나 혜림은 역시 질문에 대한 대답은 하질 않는다. 자꾸 묘하게 웃기만 한다.

잠시 침묵이 흐른다. 어디선지 푸드득 푸드득…… 새 날개 치는 소리가 들린다.

혜림은 마치 무슨 결심이라도 하듯 형규를 바라본다. 그리고 약간 얼굴을 붉히는 듯하며 입을 연다.

"저…… 백남하 선생 아세요?"

"백남하 선생……?"

"예, 음악 선생 말이에요."

"예, 예, 알죠. 허옇게 잘생겼던 젊은 선생 말이죠? 늘 음악실에서 살다시피 하던……."

"예."

"그런데요?"

"호호호……."

혜림은 쑥스러운 듯 웃고 나서,

"그 선생님하고 결혼을 했어요."

내뱉듯이 말한다.

"예?"

형규는 그만 두 눈이 휘둥그레지고 만다. 그 선생하고 결혼을 하다니…… 그럼 사제지간이 부부지간이 되고 말았단 말인가. 놀라운 사실이 아닐 수 없다.

그러는 형규는 놀란 표정을 얼른 거두어버린다. 너무 그렇게 놀라면 그녀가 무안해할 뿐 아니라, 구체적인 이야기를 들을 수 없는 것이다. 다시 입을 다물어버릴 게 빤하니 말이다.

형규는 애써 예사로운 표정을 지으며 가만가만 고개를 끄덕인다. 그럴 수도 있고말고요…….

그러나 그녀는,

"5학년 때였어요."

하고 수줍은 듯 그러나 애써 담담한 어조로 이야기를 털어놓기 시작한다. 이제 숨길 필요가 없다는 듯이. 오히려 털어놓아야 자기변명도 된다는 듯이.

그녀의 이야기를 듣는 동안 형규는 왠지 숨도 크게 쉴 수가 없었다. 무척 재미있으면서도 묘하게 긴장이 되는 것이었다.

"결혼을 하고도 한동안은 그저 죽고 싶은 생각밖에 없더군요. 사람과 사람의 만남이란 참 알 수 없는 것이에요. 제가 자기를 가르친 선생님하고 부부간이 될 줄이야……."

이렇게 이야기를 끝맺고 나서 혜림은 나지막하게 한숨을 쉬었다.

담배를 꺼내 입에 물고 탁! 라이터를 켜면서,

"백 선생님 돌아가셨나요?"

담담하게 묻는다.

"예."

"어디가 아프셨던가요?"

"……."

"그렇지 않음 무슨 사고라도……?"

"……."

혜림의 표정이 싸늘하게 식어든다. 얼굴에서 핏기가 싹 가시며 입술까지 파리해지는 것 같다.

그런 그녀의 얼굴을 보자, 형규는 아차! 싶다. 또 질문이 지나쳤구나 하는 후회가 번쩍 온다.

싸늘하게 굳어져서 잠시 정물처럼 앉아 있던 혜림이 별안간 벌떡 일어선다. 그리고 약간 떨리는 듯한 목소리로 말한다.

"돌아가요. 어서요. 숲속이 무서워요. 무서워요."

마치 무슨 겁나는 것이라도 본 어린애 같다.

형규는 어찌된 영문인지 알 수가 없었으나, 얼른 일어나 그녀를 따른다.

숲 밖으로 나오니 아까까지 걷혀가던 하늘이 다시 서서히 덮이고 있는 것이 아닌가. 정말 변덕이 심한 날씨다.

"또 구름이 끼는군요."

형규의 말에 혜림은,

"보세요. 아까 비새가 울고 지나갔잖아요. 비새가 울면 글쎄 틀림없이 비가 온다니까요."

하고 웃는다. 이제 기분을 돌이킨 모양이다.

"엉터리 샌 줄 알았더니 그게 아니군요."

"그게 아니라니까요."

"또 비가 오다니…… 아— 지겨워."

한참 계곡을 내려가다가 형규는 문득 생각이 난 듯 말한다.

"오늘 저녁은 제가 혜림 씨를 초대하죠. 여관으로."

"……."

"괜찮죠? 점심 초대를 받았으니 저녁 초대를 해야죠. 그래야 예의죠."

"호호호……."

혜림은 말없이 웃는다. 승낙하는 표정이 분명하다.

그들이 여관에 도착했을 때는 어느덧 사방에 땅거미가 내리고 있었다.

## 12

똑똑똑…… 노크 소리가 나더니 여관 보이가,

"상 가지고 왔심더."

한다.

혜림이 얼른 일어나 방문을 연다.

두 사람 분의 저녁 밥상이다. 그저 여관의 밥상일 뿐 별다른 게 없다. 돈을 더 줄 테니 좀 괜찮게 차리라고 했는데도 말이다. 상 한가운데에 냄비가 하나 놓여 있는 게 여느 때의 밥상과 다를 뿐이다.

점심에 혜림이 초대해서 차려 내놓은 밥상에 비하면 아무것도 아니다.

"맥주는 안 가지고 오니?"

"예, 예. 갖다 디리지예, 몇 병 가지고 올까예?"

"서너 병 가지고 와."

"예, 예."

보이는 공연히 싱글벙글 웃으며 필요 이상으로 굽실거린다.

가야산장 마담인 혜림이 여관 손님방에 와서 함께 앉아 있기 때문에 그러는 모양이다.

맥주를 가지러 가면서 보이는,

"당신을 알고부터— 당신을 알고부터— 사랑을 알았습니다—"

어쩌고 하는 노래를 일부러 낮고 목이 쉰 듯한 괴상한 소리로 내뽑는다.

여관방에서 남자와 단 둘이 밥상을 가운데 놓고 앉으니 혜림은 어쩐지 기분이 묘하다. 낮에도 형규와 단 둘이서 술을 주고받으며 점심을 먹은 터이지만, 그때는 자기 집 안방이라 별로 그런 줄을 몰랐는데 말이다. 보이 녀석이 어쩐지 사람을 이상하게 보는 것 같아 슬그머니 기분이 언짢기도 하다.

그러나 그런 내색을 할 수는 없다. 어차피 여관 보이 녀석들이란 그런 녀석들이고, 또 사실 남자와 단 둘이 여관방에 들어와 앉았으니 그런 눈으로 보아도 도리가 없는 것이다. 더구나 낮도 아니고, 저녁이 아닌가.

후두두두…… 창문에 별안간 빗방울이 와서 부딪쳐 부서진다.

"어머, 비가 오는군요."

혜림이 호들갑스럽게 말한다. 무슨 놀라운 일이라도 되는 듯이.

"글쎄요, 또 비가……."

그러나 형규는 별로 관심이 없다는 투다.

그때, 맥주를 가지러 갔던 보이가 역시 목이 쉰 듯한 낮고 괴상한 목소리로,

"사랑을 알고부터— 사랑을 알고부터— 행복을 알았습니다."

노래를 부르며 돌아왔다.

"맥주 가지고 왔심더. 네 병입니다. 한 분 앞에 두 병씩예."

그리고 보이는 싱글 웃는다.

"많이 잡수이소. 또 무신 심부름 시킬 일 있으면 부르이소."
하고는 이번에는 휘파람으로 가볍게,

"나아는 가슴이 울렁거려요. 아아르켜 드릴까요. 열일곱 살이에요."

어쩌고 하는 옛날 유행가를 부르며 멀어진다.

"허, 그 녀석……."

형규는 약간 어이가 없는 듯 웃는다.

그러자 혜림은,

"이런 데 있는 애들은 왜 저런지 모르겠어요. 열이면 열 다 그렇

거든요.”
하면서 이맛살을 찌푸린다.

“자, 컵을 드세요.”

그런 데 뭐 신경을 쓸 필요 있느냐는 듯이 형규는 맥주병을 집어 든다.

“아니에요. 제가 먼저 따라 드릴게요.”

“아닙니다. 오늘 저녁은 내가 주인인 셈이니까…… 어서 컵을…….”

마지못한 듯 혜림이 두 손으로 컵을 들자, 형규는 맥주를 넘치도록 부어준다.

“어머머…….”

혜림은 넘치는 거품으로 얼른 입을 가져가 훅 빨아들인다. 그리고 약간 수줍은 듯 킥 웃으며 이번에는 자기가 맥주병을 든다.

형규는 컵에 맥주가 가득 차자,

“자, 건배를 합시다.”
하면서 그녀의 컵에 자기 컵을 가지고 가서 찰각 부딪친다.

좍— 밖에서는 비가 쏟아진다.

“밤에 소낙비가…….”

혜림은 곧장 비에 신경이 가는 모양이다.

그러나 형규는 그게 아니다. 비야 오거나 말거나 아랑곳없는 것이다. 오히려 밤비가 좍— 쏟아지니 산중의 정취가 더하는 느낌이다. 이색적인 정취라고나 할까.

그것도 다 혜림이와 단 둘이 호젓한 여관방에 앉아 맥주 컵을 기울이고 있기 때문이다. 그렇지 않고 어젯밤처럼 혼자 쓸쓸히 앉아 있는 처지라면 밤 소낙비가 조금도 달가울 턱이 없다. 지랄같은 비가 또…… 하고 짜증을 부렸을 것이다.

"낮에는 아주 성찬을 대접 받았는데, 이렇게 보잘것없는 저녁 대접을 해서……."

"아이 별 말씀을……."

"나그네 신세니 양해하세요. 허허허……."

"호호호…… 나그네 신센데 제가 대접을 받아서 이거……."

혜림은 '나그네 신세'라는 말이 무척 호감이 가는 듯 함빡 미소를 짓는다. 그녀의 특징인 윗입술 한쪽 밑의 하얀 덧니 하나와 양 볼의 보조개가 유감없이 드러난다.

그녀의 하얀 덧니와 보조개를 보자 형규는 어쩐지 기분이 야릇해진다. 옛날 중학생 시절의 그 가슴 두근거림이 되살아나는 듯한 느낌이다. 다분히 맥주 기운 탓이기도 하겠지만.

"그때가 봄이었죠, 아마……."

"……."

난데없는 말에 혜림은 두 손으로 맥주 컵을 쥔 채 가만히 형규를 바라본다.

"기억 안 나세요?"

"무슨 기억 말이에요?"

"학교 교재원에서 하마터면 부딪칠 뻔했던 일 말입니다."

"글쎄요……."

"나는 소제를 하고 있었죠. 그런데 혜림 씨가 교재원 오솔길을 막 뛰어오셨잖아요."

"……."

"그래서 하마터면 서로 박치기를 할 뻔했죠. 그래도 기억 안 나세요?"

"글쎄요……."

혜림은 수줍은 듯 살짝 한손으로 입을 가리며 미소를 짓는다.

"건망증이 심하군요. 그런 일을 잊어버리시다니…… 혜림 씨를 내가 처음 본 게 그때였어요."

"그랬었나요? 호호호……."

그러고 보니 그런 일이 있었던 것도 같고…… 아리송하다.

혜림의 기억에는 어느 날 아침, 집을 나서 골목길을 접어들었을 때 남학생이 하나 불쑥 나타나 편지를 내밀어서 깜짝 놀라 어쩔 줄을 모르다가,

"받아줘요. 얼른…… 누가 봐요."

하는 바람에 그것을 받아 쥐고 도망치듯 뛰어간 일부터가 떠오르는 것이다. 그전에 교재원에서 형규와 부딪칠 뻔한 일 같은 것은 전혀 잊고 있었는데, 그렇게 이야길 하니 그런 일이 있었던 것 같기도 하다.

"그때 혜림 씨는 아이 미안합니다, 하면서 차려 자세를 취하더니 넙죽 절을 하더군요. 허허허……."

"그랬어요? 호호호…… 상급생이니까 그랬던 모양이죠?"

"그랬던가 봐요. 그리고 냅다 달아나듯이 오솔길을 뛰어가 버리던데요."

"……."

"그때가 한창 봄이었어요. 꽃 덤불 사이로 뛰어가던 모습이 지금도 눈앞에 선한걸요."

그러면서 마치 그날의 혜림을 바라보는 듯 형규는 좀 황홀한 듯한 시선으로 그녀를 본다. 눈언저리에 약간 술기가 올라 발그레하다.

형규의 그런 시선과 마주치자, 그녀 역시 기분이 야릇해진다. 약간 가슴이 두근거리기까지 한다. 그래서 살짝 고개를 숙여버린다.

이십 몇 해 전의 일을 그렇게 상세하게 기억하고 있다니…… 그가 얼마나 순정적인 사람인가를 알 수 있는 듯하다. 지금까지 그때 일을 잊지 않고 간직하고 있다가, 어떻게 알고 이곳 해인사까지 자기를 찾아오다니…… 혜림은 가슴에서 무엇인가 따뜻한 것이 뭉클하게 녹아내리는 듯한 느낌이다. 그만 그의 가슴에 무너지듯 안겨버리고 싶기도 하다.

"자, 어서 식사도 하세요."

"……."

"여관 음식이라 별로 맛이 없군요."

그때 창문이 덜커덩덜커덩 소리를 낸다. 바람이 몰아치는 것이다.

"어머, 바람까지 부는군요."

혜림이 깜짝 놀란 듯 말한다. 야릇하게 설레던 기분이 확 날아가버린 느낌이다. 그녀는 이상스럽게 자꾸 날씨에 신경이 쓰인다.

"태풍이 불 모양인가……."

그러나 형규는 여전히 별로 관심이 없는 듯한 태도다. 소낙비가 퍼붓거나 태풍이 불어오거나 그런 건 상관없고, 그저 오늘밤이 소중하고 가슴 설레기만 하는 모양이다.

"태풍이 불면 어쩌죠?"

혜림이 근심스레 묻는다.

"어쩌긴 뭘 어째요. 여기서 주무시고 가면 되죠."

"어머."

"왜요?"

"……."

"여기서 주무시면 안 되나요?"

"몰라요."

혜림은 살짝 눈을 흘긴다. 주기 탓인지 한결 눈매가 곱다.

"모르긴요. 허허허…… 이 방엔 마음대로 들어올 수는 있어도 마음대로 나갈 수는 없어요."

"그런 법이 어딨어요."

"단 혜림 씨 혼자만 그렇단 말이에요."

"어머, 제가 뭐 노옌가요."

"노예가 아니라, 포로죠."

"호호호……."

"포로가 어디 자기 마음대로 가고 싶다고 갈 수가 있나요. 안 그래요?"

"이거 야단났군요."

"야단날 것 없어요. 주인이 시키는 대로 하면 되는 거예요. 그게 포로의 임무예요."

그러면서 형규는 혜림을 똑바로 바라본다. 주기 탓인지 두 눈이 이상스럽게 번들거린다. 야릇한 빛이 담뿍 담긴 그런 시선이다.

형규의 그런 시선을 대하자 혜림은 얼굴이 화끈 달아오르는 느낌이다. 가슴이 이상하게 두근거린다. 그리고 온몸에 찌릿한 기운이 자르르 퍼지는 것도 같다.

참으로 오래간만에 느껴보는 육신의 야릇한 상태다.

혜림은 더워 오르는 숨을 가만히 내쉬며 창문 쪽으로 시선을 돌린다. 형규의 그 눈길을 똑바로 받고 있을 수가 없었던 것이다.

그때, 창문이 번쩍한다. 번개가 친 것이다.

"어머, 번개가……."

혜림은 깜짝 놀란다.

"글쎄요."

형규는 오히려 재미있다는 듯이 빙그레 웃는다.

곧, 우루루루 쾅! 쾅! 우루루루 우루루루…… 우렛소리가 진동한다.

"어머, 무서워."

혜림은 목을 찔끔 움츠리며 두 손으로 얼른 귀를 막는다.

우렛소리가 사라지더니, 좍— 빗줄기가 쏟아진다. 무서운 기세다.

혜림은 이 날씨가 어쩌려고 이러나 싶은지 이맛살을 찌푸린다. 정말 이러다간 집에 돌아가지 못할지도 모르는 것이다. 그렇다면 이곳에서 형규와 함께 잔단 말인가. 어쩐지 얼떨떨하고 기분이 이상하기만 하다. 마치 무엇에 홀린 듯한 느낌이기도 하다. 제법 술기가 혼혼해서 더욱 그런 느낌이다.

슬그머니 식당일이 걱정되기도 한다. 오후에 산책 나올 때, 혹시 늦게 돌아올지도 모르니, 그쯤 알고 지장 없이 영업을 하라고 일러 놓기는 했지만 말이다.

"자, 어서 듭시다. 비가 오거나 번개가 치거나 무슨 상관이에요."

형규는 내사 아무 걱정 없다는 듯이, 오히려 날씨가 험해져서 더 일이 잘 됐다는 듯이 번들번들한 웃음을 웃는다. 그리고 맥주 컵을 들어 꿀꿀꿀 마셔댄다.

네 병 가지고 온 맥주가 한 병밖에 안 남았을 무렵엔 형규도 꽤나 취해 있었다. 맥주 두세 병 정도로 크게 취할 형규는 아니었으나, 점심때도 송엽주랑 맥주를 제법 마셨던 터이라 그런지 꽤 정신이 몽롱했다.

혜림은 반 병 조금 넘게 마신 터인데도 역시 낮술도 있어서 그런지 눈언저리가 복사꽃 같았다. 그리고 그녀는 어쩐지 눈앞에 엷은 아지랑이가 낀 듯한 느낌이기도 했다.

"저녁 더 안 드시겠어요?"

형규가 약간 혀 짧은 듯한 소리로 묻는다.

"많이 먹었어요. 그만 먹을래요."

"맥주 아직 한 병 남았는데, 맥주나 더……."

"아니에요. 그만 할래요. 배가 불러서 더 들어갈 데가 없어요. 그리고 취했구요."

"나도 취했어요. 나도 배가 불러서 더 들어갈 데가 없고요."

"호호호……."

"허허허…… 그럼 상을 치웁시다."

그러면서 형규는 맥주 컵 두 개와 안주 될 만한 것 두어 가지를 내려놓는다. 그리고 일어나 상을 들고 바깥으로 나가려 한다.

그러자 혜림이 얼른 일어나 자기가 굳이 상을 받아 방문을 밀고 마루로 내다놓는다.

상을 내다놓고 방으로 들어서던 그녀는 그만 질겁을 한다.

언제 번개가 쳤는지, 번갯불은 보이지 않았는데, 난데없이 우루루 콰쾅! 하고 우레가 터졌던 것이다. 그 우렛소리도 아까번의 것과는 비교가 안 될 정도로 엄청난 것이었다. 아마 바로 근처 어디에 벼락이 떨어진 모양이었다.

"아이곰마!"

냅다 비명을 지르며 혜림은 그만 자기도 모르게 왈칵 형규에게로 달려들었다.

그러자 엉겁결에 형규도 그만 그녀를 덥석 안아버린다. 정말 순간적인 일이었다. 그리고 거의 무의식적인 행동이었다.

우루루 콰쾅! 콰쾅! 우루루루 우루루루…….

우레는 무서운 기세로 포효해댄다.

번쩍! 번쩍! 번개도 계속 친다.

혜림은 형규의 가슴에 쓰러지듯 안겨 있다는 사실을 알고 왈칵 부끄러운 생각이 들었으나 그에게서 벗어날 수가 없었다. 형규가 놓아주지 않아서가 아니라, 그에게서 떨어지려 하자, 다시 콰쾅! 콰쾅! 하는 것이었다.

마치 우레가 그녀를 형규에게 갖다 안겨놓는 형국이었다.

좍— 좍— 빗줄기도 무섭다.

우렛소리가 잠잠해지자, 혜림은 그제야 수줍은 듯 얼굴을 붉히며 형규에게서 벗어나려 한다. 그러나 이번에는 형규가 말을 들어주지 않는다. 그녀를 안은 팔에 지그시 힘을 더한다.

그리고 나직하나 뜨거운 듯한 목소리로,

"혜림 씨."

부른다. 약간 떨리는 것도 같다.

혜림이 얼굴을 들어 그의 눈빛을 본다. 야릇하게 두 눈이 타고 있다.

혜림은 그저 얼떨떨하고 멍멍하고 이상하기만 하다. 방금 우렛소리에 놀라서 싸늘하게 움츠러들었던 가슴에 별안간 후끈한 것이 와닿는 듯한 느낌이다.

"혜림 씨."

또 부른다.

그리고 그의 입술이 다가온다.

"어머나."

혜림은 약간 당황한다. 이 일을 어쩌나 싶은 것이다.

형규는 약간 떨리는 듯한 목소리로,

"정말 만나고 싶었어요."

한다.

혜림은 아무 말도 못한다. 어쩐지 숨도 제대로 쉴 수가 없다.

"혜림 씨."

그리고 그의 입술이 와락 다가든다.

"어머."

혜림은 얼른 고개를 돌린다.

그러나 소용이 없다. 활활 타는 듯한 그의 입술이 쫓아와 덥석 덮쳐버린다.

그녀는 그만 비명 비슷하기도 하고, 신음소리 비슷하기도 한 야릇한 소리를 지르며 지그시 두 눈을 감아버린다.

형규는 굶주린 짐승처럼 그녀의 입술을 만끽한다.

바깥에서는 여전히 쫙— 쫙— 비가 쏟아지고 있다. 쏴— 쏴— 바람소리도 들린다.

한참 뒤 그녀의 입술에서 떨어져나간 형규는 달큰한 숨을 몰아쉰

다. 그리고 이글거리는 눈으로 그녀를 바라보다가 빙그레 웃는다.

그녀도 발그레 웃는다.

형규는 다시 와락 그녀에게로 달려든다. 이번에는 보다 황홀한 세계로 들어서려는 것이다.

그 황홀한 세계를 그녀 역시 이미 각오를 한 듯 형규가 하는 대로 내맡긴다.

그러나 그녀는 곧 새파랗게 질리고 말았다.

창문이 덜컹거리기 시작한 것이다. 쏴— 쏴— 마구 바람이 몰아치는 것이다.

콱— 콱— 무섭게 퍼붓는 빗줄기, 쏴— 쏴— 몰아치는 바람소리, 그리고 덜커덩거리는 창문 소리.

그러나 그것뿐이었다면 그런대로 찔끔 눈을 감고 황홀한 세계를 위해 참을 수가 있었을는지도 모른다.

번쩍! 또 번개가 치고, 우루루루 쾅! 하더니, 그만 전깃불이 팔딱 가버리는 것이 아닌가. 그런데 꺼졌던 전깃불이 곧 또 환하게 켜진다. 그리고 또 팔딱 꺼진다.

"어머나!"

혜림의 입에서 절로 비명 비슷한 소리가 튀어나온다. 새파랗게 질리지 않을 수가 없다.

전선 어디가 합선이 되려다가 말곤 하는 모양인지, 곧장 전깃불이 팔딱팔딱 꺼졌다가 켜지고, 꺼졌다가 켜지고 한다.

콱— 콱— 빗소리, 쏴— 쏴— 바람소리. 덜커덩거리는 창문 소리. 그리고 경련이라도 일으킨 듯 꺼졌다가 켜지고, 꺼졌다가 켜지고 하는 전깃불.

"아이고—!"

냅다 비명을 지르며 혜림은 벌떡 일어난다.

"아이고 무서워! 아이고 무서워!"

그녀는 마치 실성한 사람처럼 소리를 지르며 후닥닥 밖으로 튀어나간다.

"아니, 여보! 여보!"

어찌된 영문인지 알 수가 없어, 형규는 허둥지둥 뒤쫓아나간다.

그러나 그녀는,

"싫어요! 싫어요! 아이고 무서워—"

소리를 지르며 신을 신기가 바쁘게 좍— 마구 퍼붓는 빗줄기 속으로 뛰어든다.

"혜림 씨! 혜림 씨!"

그러나 소용이 없다.

"아이고 무서워! 아이고! 아이고!"

그녀의 비명소리는 어느덧 여관을 나서 가야산장 쪽으로 냅다 달리고 있다. 그리고 곧 퍼붓는 빗줄기 소리에 삼켜져버린다.

"허, 그것 참."

형규는 허망하기 짝이 없다. 뭐 저런 여자가 다 있나 싶다.

방으로 들어온 형규는 무너지듯 아무렇게나 벌렁 드러누우며,

"별 희한한 여자도 다 보겠네, 나 참……."

하면서 입맛을 쩝쩝 다신다. 전깃불은 마치 요술을 부리기라도 한 듯 이제 아무렇지도 않게 환하게 방 안을 비추고 있다.

## 13

이튿날, 해인사를 떠나는 첫 버스에 형규는 몸을 실었다.

날씨가 활짝 걷히지는 않았으나, 비바람은 멎어 있었다.

떠나는 버스의 창밖으로 가야산장이 보이자, 형규는 씁쓰레하게 웃었다. 그리고 입맛을 쩝쩝 다셨다.

알 수 없는 일이었다. 도대체 어젯밤에 혜림이 왜 그렇게 놀라서 실성한 사람처럼 빗속을 뛰어서 달아났는지, 아무리 생각해도 잘 알 수가 없었다. 잠시 전깃불이 꺼졌다 켜졌다 한다고 그렇게 놀라서 냅다 비명까지 지르며 우중을 달아나다니…… 도무지 이해가 되질 않았다.

"알 수 없는 여자군."

형규는 입속으로 중얼거렸다. 그리고 담배를 꺼내어 불을 붙였다.

훅— 내뿜는 담배연기가 차창 밖으로 하늘하늘 나부껴 사라진다.

가야산장이 있는 쪽 풍경이 점점 멀어지면서 연한 보랏빛으로 변한다.

형규는 좀 허전하고, 약간 쓸쓸하기도 하다. 그러면서도 좌우간 이번 바캉스는 재미있었다는 생각이 든다.

《통운 동아》(1976. 1~6)

# 십오야(十五夜)

## 1

"달려라!"

개찰구를 빠져나온 병태는 자기도 모르게 냅다 소리를 질렀다. 그리고 마치 자기가 지른 그 소리에 놀라기라도 한 것처럼 후닥닥 뛰기 시작했다. 한쪽 손에 든 큼지막한 백을 냅다 덜렁거리면서.

병태가 달리기 시작하자, 상만이도 엉겁결에 그의 뒤를 쫓아 뛰었다. 상만이는 짐이 두 개였다. 한쪽 어깨에 백을 걸쳤고, 손에는 보따리를 들었다. 그러나 병태 못지않게 잘 뛰었다.

병태와 상만이만이 달리는 것이 아니었다. 개찰구를 빠져나온 승객은 열이면 아홉은 정신없이 달리는 것이었다. 부산행 야간열차를 타려는 승객들이었다.

밤 열한 시 이십 분 전이었다.

열차를 향해 우루루 앞을 다투어 뛰어가는 승객들로 플랫폼은 마치 무슨 큰 변이라도 일어난 것 같았다.

병태와 상만이는 사람들이 덜 들어선 듯한 칸을 골라 재빨리 뛰어올랐다. 그래서 재수 좋게 앉을 자리를 차지할 수가 있었다. 그것도 바로 차창 쪽이었다. 서로 차창 쪽을 차지하고 마주앉았던 것이다. 정말 큰 행운이 아닐 수 없었다. 시발역부터 이렇게 승객이 넘치는 판이니, 자리를 차지하지 못하면 꼼짝없이 하룻밤을 서서 견뎌야 할 형편인 것이다.

자리를 잡고 앉자 병태는 창밖을 내다보며,

"달려라! 달려! 달려!"

장난기 어린 목소리를 질렀다.

"흐흐흐 흐흐흐……."

상만이는 기분이 좋아서 코를 쳐들며 웃는다.

이제 자기들은 좌석을 차지했기 때문에 남들이 정신없이 달리고, 차에 밀고 들어오는 것이 재미있기만 한 것이다.

그런 들뜬 기분은 좀처럼 가라앉지가 않았다. 승객들이 끝없이 달려오고, 꾸역꾸역 밀고 들어오기 때문이기도 했지만 한편 무척 오래간만에 기차를 탔기 때문이었다.

병태는 사 년 만이고, 상만이는 삼 년 만이었다. 사 년, 삼 년 만에 그들은 기차를 타고 고향을 찾아가는 것이다. 추석 전날 밤이다.

기차는 열한 시 출발인데, 무려 이십 분이나 연발을 했다. 아무튼 그 많은 승객들을 어디에다가 다 집어 담았는지, 기차는 뚜— 소리를 지르며 스르르 미끄러지듯 움직이기 시작했다.

차가 움직이기 시작하자 병태와 상만이는 공연히 또 가슴이 울렁거리는 듯했다. 그들은 마주보며 빙글 웃었다.

서울을 떠난다. 사 년, 삼 년 만에 고향을 찾아간다— 약간 감개가 무량하지 않을 수 없었다.

플랫폼에 차렷 자세로 서 있는 역원을 보자, 병태는 창밖으로 얼굴을 내밀며,

"이십 분 연발이다!"

냅다 고함을 질렀다. 마치 질책이라도 하는 것처럼.

그러자 승객들이 웃음을 터뜨린다.

잠시 후, 차창 밖을 내다보고 있던 상만이가,

"아이, 배고프다."

하면서 일어나 선반 위에 얹어놓은 백을 내려 그 속에서 호떡 봉지를 꺼낸다.

병태가 그것을 받아 서슴없이 자기부터 한 개 입에 갖다 넣는다. 그리고 불룩불룩 씹으면서,

"맛있는데……."

한다.

지금까지는 긴장이 되어서 배고픈 줄도 모르다가, 차가 떠나자 이제 마음이 푹 놓여서 그런지 별안간 시장기가 치밀었던 것이다.

저녁을 먹지 않은 터이니 그럴 수밖에 없다. 오후 여섯 시경부터 벌써 역에 나와 줄을 짓고 앉았던 것이다. 밤 열한 시 차를 타려고 말이다. 차표는 하루 전에 미리 끊어가지고서.

그러니까 무려 다섯 시간을 역 광장에 앉아서 기다린 것이다. 그렇게라도 했으니 좌석을 차지할 수가 있었지, 그렇지 않았으면 어림도 없는 것이다.

개찰을 기다리는 줄이 이리 꾸불 저리 꾸불 계속 뻗어나가는 것을 보고 병태가,

"핫따. 촌놈들 어지간히도 많이 서울에 기어 올라왔구나."

냅다 뇌까린 것도 무리가 아니었다.

정말 엄청나게 많은 사람의 물결이었다. 역 광장이 온통 서울을 빠져나가려는 승객들로 메워지다시피 했다.

명절을 전후해서 임시로 운행하는 열차까지 총총히 기차가 출발하는데도 광장의 인파는 도무지 줄어들 줄을 몰랐다. 빠져나가면 밀려들고…… 밤이 이슥토록 끝이 없었다.

구정 때나 추석 때 서울역에 나가보면 비로소 서울에 얼마나 많은 지방 사람들이 올라와 있는가 하는 것을 실감할 수가 있다.

"이렇게 많은 사람들이 다들 서울에 올라와서 뭘 해먹고 살지?"

상만의 말에 병태는,

"니처럼 보세공장 직공 노릇도 하고, 나처럼 동대문에서 덤핑장사도 하고, 안 묵고사나."

이렇게 말하며 웃기도 했다.

병태는 동대문 쪽에 있는 신평화시장이라는 곳에서 의류장사를 하고 있다. 그러나 점포를 가지고 앉아서 하는 장사가 아니라, 공장에서 덤핑되어 나오는 물건을 떼다가 시장 상인들에게 파는 일종의 중간상인 노릇을 하고 있는 것이다. 그러니까 말하자면 서서 돌아다니며 하는 장사다.

그 중간상인 노릇도 몇 백만 원의 자금을 가지고 덤핑되어 나오는 물건을 무더기로 사서 차로 실어 나르는 그런 규모가 아니라 무더기로 흘러나온 덤핑물을 조금씩 떼다가 이 점포 저 점포 찾아다

니며 파는, 다시 말하면 보따리장수인 것이다.

상만이는 노량진 쪽에 있는 보세공장에서 직공 생활을 하고 있다. 역시 의류품 공장이다.

그러니까 더러는 상만이네 공장에서 흘러나오는 의류품을 병태가 보따리에 싸가지고 뛰어다니기도 하는 것이다.

그들은 한 고향, 한 마을 친구일 뿐 아니라, 국민학교 중학교까지 동기동창이기도하다.

나이는 병태가 한 살 위다. 호적상으로는 동갑이지만, 실제 나이는 병태가 한 살 위인 것이다.

그래서 걸핏하면 병태는 상만이에게,

"야 이놈아, 동생 녀석이……."

혹은,

"야, 형님에게 함부로……."

이런 식으로 나온다.

호적 나이도 같기 때문에 군대에도 함께 나갔다. 같은 부대에 근무한 것은 아니지만 자연히 제대도 같은 무렵에 했다.

그러나 제대를 한 뒤, 서울에 올라간 것은 병태가 일 년 먼저다. 병태는 제대를 하자 곧 서울로 올라와 동대문시장 쪽에 발을 들여놓은 것이다. 외사촌 형 되는 사람이 그곳에서 장사를 하고 있었던 것이다.

장사를 해야 돈을 벌지, 시골에서 땅을 파서는 백 년 가야 소용이 없다는 일념으로 무조건 고향을 등졌던 것이다. 부모의 반대를 무릅쓰고—

그러나 상만은 일 년 동안을 얌전히 고향에서 농사를 짓다가, 아무래도 시원찮아 병태의 권유를 좇아 상경했던 것이다.

지금 다니고 있는 보세공장에 들어간 것도 병태 덕분이었다. 병태는 장사 관계로 그런 공장에 줄이 좀 닿았다.

그런데 그들이 상경한 뒤로 지금까지 한 번도 고향엘 가지 않은 데에는 그만한 까닭이 있다면 있다.

병태는 물론이고 상만이 역시 부모의 만류를 무릅쓰고 고향을 떠났던 것이다. 부모들은 한결같이 고향에서 농사를 짓길 원했다.

병태는 장남이었다. 그래서 그의 부모는 그에게 농사를 맡아서 꾸려나가 주기를 바란다. 그러나 병태는 끝내 거절하고, 서울에 가서 장사를 해서 큰돈을 벌어 가지고 돌아올 테니 보라고, 큰소리를 치고는 도망치다시피 고향을 떠났던 것이다. 더구나 집에 있는 돈까지 훔쳐내 가지고 말이다.

그러니 도저히 빈손으로는 고향을 찾을 수가 없었다. 하다못해 기십만 원이라도 거머쥐어야 부모를 뵐 낯이 있지, 그렇지 않곤 도무지 면목이 없었던 것이다.

장사를 하면 곧 큰돈을 벌 수 있을 것처럼 생각되더니, 막상 부딪쳐보니 그렇게 쉬운 노릇이 아니었다. 운이 없는지, 장사 수완이 부족한지, 어찌된 셈인지 항상 그저 그 모양이었다. 혼자 조그마한 사글세방을 얻어 잠만 자고 밥은 사먹는 생활인데, 겨우 그 생활을 꾸려나갈 정도밖에 되지가 않았다.

간혹 좀 큰돈이 안 벌리는 것은 아니었으나, 뭉청 목돈이 들어오는 것이 아니고 보니 좀처럼 저축을 할 수가 없었다. 술 생각도 나고, 여자 생각도 나고 해서 돈이 좀 벌리면 절로 걸음이 그런 방면으로 향하기도 했다. 말하자면 병태는 허리끈을 졸라매는 그런 형이 못 되었다.

그리고 장사란 자칫하면 손해를 보는 수도 있었다. 특히 그런 덤핑물 중간상인 노릇은 일종의 도박 같은 것이었다.

상만이 부모는 병태네 부모처럼 그렇게 완강히 상경을 반대하지는 않았다. 그러나 역시 만류를 했고, 고향에서 계속 농사를 짓다가 적당한 처녀를 물색해서 속히 장가를 들길 희망했다.

상만이는 장남이 아니다. 오히려 막내였다. 그래서 부모가 슬하에 두려고 애를 쓰는 모양이었다. 속히 장가를 들여서 막내며느리를 보고 싶은 것이었다. 낯선 서울에 가면 얼마나 고생이 되겠느냐, 서울에는 깡패도 많고, 협잡꾼도 많다는데…… 이런 식이었다.

그러나 상만이는 고향에서 일 년을 농사에 종사해보니 아무래도 시원찮았다. 젊은 놈이 촌구석에서 이렇게 처박혀서 썩어야 하느냐 싶었다. 시골에서 농사짓는 일은 어쩐지 처박혀서 썩는 일처럼 생각되었다. 군대에 복무할 때, 도회지의 화려하고 활기에 찬 듯 바삐 돌아가는 생활양상을 보았기 때문에 그런 생각이 드는지도 몰랐다.

그리고 간혹 날아오는 병태의 편지는 그런 생각에 부채질을 했다.

그래서 결국 고향에서의 농사생활을 일 년으로 끝내고 봇짐을 쌌던 것이다.

병태처럼 집의 돈을 훔쳐내 가지고 도망치다시피 한 것이 아니니, 상만이는 빈손으로는 부모를 대할 면목이 없어서 고향에 다니러 못 갈 그런 처지는 아니었다.

그러나 일단 부모의 만류를 뿌리치고 고향을 떠난 이상 어떻게든지 성공을 해가지고 찾아가야지, 그냥 가고 싶다고 훌쩍 찾아가는 그런 식으로는 하고 싶지가 않았다.

그래서 상만이는 상경하는 기차 속에서 백만 원을 모으기 전에는 고향에 다니러 가지 않겠다고 마음먹었다.

그러나 막상 서울에 닿아서 보세공장이라는 데에 몸을 담고 보니, 백만 원을 모은다는 사실이 도무지 허황하게만 느껴졌다. 월급을 한 푼도 쓰지 않고 전액 저축을 해도 삼 년이나 사 년이 걸려야 그 액수가 되는 것이었다. 그러니 아무리 허리끈을 졸라매도 십 년은 걸려야 그 돈이 될 것 같았다. 십 년 동안이나 고향에 안 가다니, 비현실적인 이야기였다.

그래서 목표액을 오십만 원으로 내렸다. 절반이 된 것이다.

그러나 그 오십만 원도 오래 가질 않았다. 몇 달 월급봉투를 타서 써보고 나니 오십만 원도 아득히 거리가 먼 액수였다. 다시 절하하는 수밖에 없었다.

그래서 결국 삼십만 원으로 매듭을 지었던 것이다. 삼십만 원을 모아야 고향에 다니러 간다— 이렇게 단단히 결심을 하고 허리끈을 조였다.

말하자면 상만이로서는 삼십만 원을 모으는 것이 곧 성공을 의미하는 셈이었다.

그러나 삼 년이 된 지금까지 그 목표액에 도달을 못했다. 다시 말하면 아직 성공을 못한 것이다.

그러니까 병태, 상만이 둘 다 아직 고향을 찾아갈 자격이 없는 셈이다. 그러나 십여 일 전에 만난 그들은 이번 추석에는 고향에 한 번 다녀오기로 합의를 한 것이다.

"야, 추석이 닥쳐오는구나."

먼저 병태가 말했었다.

그 말투에는 추석이 닥쳐오니 고향 생각이 간절하구나 하는 뜻이 담겨 있었다. 그리고 그렇게 말하는 그의 표정에도 고향 그리운 정이 내비쳐 보였다.

"글씨, 고향을 떠난 지도 삼 년이 되는구나."

상만이도 이렇게 말했다.

"나는 사 년 안 됐나."

"그렇지. 나는……."

"상만아."

"응?"

"너 아직 그 목표액인가 뭔가 삼십만 원 그거 안 됐나?"

"흐흐흐……."

상만이는 대답 대신 힘없이 웃었다.

"야, 너 꼭 그 삼십만 원 거머쥐어야 고향에 다니러 갈 끼가?"

"흐흐흐……."

상만이는 곧장 웃기만 했다.

"그러지 말고, 이번 추석에는 한 번 안 갈래?"

"고향에?"

"그래."

"그럴까……."

"한 번 가자. 나도 큰돈을 쥔 다음에 갈 생각이었다마는, 그러나 환갑 진갑이 돼도 몬 갈따. 그놈의 큰돈이 어른을 몰라보고, 어디로 굴러다니는지…… 시팔!"

"흐흐흐……."

이렇게 해서 고향행을 합의했던 것이다.

그리고 어제는 미리 차표를 샀고, 오늘밤 이렇게 대만원인데, 좌석을 차지하고서 기분 좋게 출발인 것이다.

호떡을 다 먹고 나자, 병태는 봉지를 북북 구겨서 창밖으로 내던지며,

"그 호떡 더럽게 맛도 없다."

한다.

실컷 잘 먹고 나서 맛이 없다니, 꽤나 익살꾼이다. 먹기 시작할 때는 "맛있는데……" 하더니 말이다.

상만이는 그런 병태의 익살이 마음에 들고, 어쩐지 믿음직하게 여겨지기도 했다. 자기는 도무지 그런 익살이 없는 터이라 부럽기도 했다.

그런 익살은 어쩌면 서울 같은, 사람이 버글버글 끓다시피 하는 곳에서 살아가는 데는 매우 필요한 무기인지도 모른다. 그런 익살, 그런 외향성 때문에 병태는 동대문의 시장바닥에서 잘 배겨날 수 있는지도 모르는 것이다. 비록 아직 돈을 벌지는 못했지만 말이다.

상만이 자기는 어쩐지 도저히 시장바닥에서 더구나 점포도 없이 돌아다니며 하는 중간상인 노릇은 해낼 것 같지가 않았다. 다분히 내향적인 그는 그저 맡은 일을 꼬박꼬박 하고, 월급이나 받는 월급쟁이 노릇이 안성맞춤인 듯했다.

호떡 봉지를 창밖으로 버리고 나서 병태는 또 이렇게 말했다.

"다른 거 뭐 또 묵을 거 없나?"

"흐흐흐……."

"야, 시시하게 겨우 호떡 한 봉지가?"

염치도 좋다. 실컷 먹고 맛도 없다더니, 뭐 더 안 사왔느냐고, 오히려 시시하단다.

상만이뿐 아니다, 주위의 승객들도 웃음을 터뜨린다.

익살이란 이렇게 미덕이라면 미덕이다. 만원 차 속에도 웃음꽃을 피게 하니 말이다.

상만이는 좀 미안한 듯 반격을 시도한다.

"지는 호떡 한 봉지도 안 사 와놓고 큰소리고."

"내사 사 올라면 시시하게 호떡 같은 거 안 사 온다. 맥주 같은 것을 사 온다."

"호호호……."

"허허허……."

"하하하……."

또 웃음들이 터진다.

호떡을 먹고 나니 목이 컬컬해서 맥주 생각이 나는 모양이다. 병태는 술을 꽤 좋아하는 편이다.

상만이는 반격을 해도 소용이 없겠는지 입을 다물어버린다.

병태는 기분이 좋은 듯 담배를 한 대 척 꼬나문다.

잠시 담배를 피우고 있던 그는 또 불쑥 입을 연다.

"야, 너 솔직히 말해 보래."

"……?"

난데없이 솔직하게 말해 보라니, 상만이는 어리둥절해진다.

"얼마나 젊어지고 가나?"

"……?"

"목표액에는 아마 아직 도달 못 했는 것 같고, 얼마나 모았노?"

"난 또 무신 소리라고……."

"그기 뭐 그리 비밀이가?"

"……."

"솔직히 말해 봐, 남자는 솔직담백해야 되는 기라. 군대에서 몬 배웠나?"

그리고 병태는 허허허…… 웃는다. 자기가 한 말에 자기가 우스운 듯.

상만이는 왈칵 싫은 생각이 든다. 단 둘이 같으면 모르지만, 여러 승객들 앞에서 그런 소릴 꺼내다니…… 더구나 일부러 모두 들으라는 것처럼 큰소리로 말이다.

"남이사 얼마를 모았든지 와?"

상만이는 언짢은 표정으로 병태를 바라보고는 얼른 고개를 창쪽으로 돌려버린다.

순간, 병태는 좀 지나쳤나 하는 생각이 든다. 그러나,

"야, 상만아, 너 와카노? 베란간 호떡 묵은 기 얹혔나?"

여전히 익살이다.

주위의 승객들은 터져 나오려는 웃음을 참느라고 애를 먹는다.

상만이의 표정이 쉬 풀리지 않자, 그제야 병태는 말없이 담배를 피운다.

잠시 후, 기차가 역에 정거를 한다.

그러자 병태는 창문을 활짝 올리고, 얼굴을 창밖으로 쑥 내민다. 강생회 판매원을 찾는 것이다. 기차가 하도 만원이라서 차내로는 판매원도 다니지 않았던 것이다.

"여보! 여보!"

냅다 고함을 질러서 병태는 소주 이홉짜리 한 병과 조그마한 종이컵 두 개, 그리고 새우깡 한 봉지를 샀다.

"야, 상만아, 쐬주나 한잔 하자."

그러면서 병태는 병마개를 잇바디로 딴다.

"이 다치겠다 야."

상만이가 말한다. 이제 기분이 누그러진 모양이다.

"내 잇바디가 이래 봬도 다이야몬드 잇바디다."

"다이야몬드 좋아하네."

"이 보라 말이다."

아닌 게 아니라 병마개가 뚝 떨어진다.

"자, 한잔 하자."

그러면서 병태는 종이컵 하나를 상만이에게 내민다.

술 마시는 것도 둘은 대조적이다. 병태는 쭉 단숨에 비워버리고는 카— 하면서 안주를 한입 집어넣는 식이고, 상만이는 찔금찔금한 모금씩 마시고는 안주를 씹는 식이다.

카— 하고는 병태는 옆에 앉은, 나이가 좀 든 승객에게 잔을 권하며,

"한잔 하이소."

한다.

"아니요. 어서들 드시오."

"자, 한 잔만 받으이소."

"이거 미안해서……."

마지못한 듯 승객은 잔을 받는다.

병태는 두어 잔 하고 나더니, 술기가 오르는 듯 또 지껄여대기 시

작한다.

"돈 버는 좋은 아이디어가 하나 있는데……."

또 시시한 소리 시작이구나 싶으며 상만이는 새우깡을 바스락바스락 씹을 따름이다.

"상만아, 좋은 아이디어가 하나 있는데, 니하고 나하고 한 번 합자해서 안 해볼래?"

"……."

"응? 상만아?"

그제야 상만이는 그저 건성으로,

"무신 아이디언데?"

묻는다. 십중팔구 장난으로 그러는 게 뻔한 것이다.

"무신 아이디언고 하니 말이지, 아주 기가 맥히는 아이디어지."

"……?"

"바닷물을 파는 기라."

"뭐? 바닷물을 팔아?"

"그래."

"흐흐흐……. 바닷물을 팔다니, 김선달인가?"

"와? 거짓말 같으나? 너 '아나고'회 묵어봤나?"

"아니."

"아나고*('붕장어'의 비표준어)가 뭔지 알기는 아나?"

"나 참, 사람을 어떻게 보는 기고."

"요새 서울에 아나고 횟집이 부쩍 안 늘었더나. 그런데 그 아나고는 바닷물에 넣어둬야 사는 기라."

"그래서?"

"아나고 횟집에서는 유리그릇에 아나고를 산 채로 안 넣어 놓았더나. 그 물이 바로 바닷물인 기라."

"그래서?"

"그 물장살 한단 말이다."

"흐흐흐…… 어떻게?"

"어떻게는 뭐 어떻게나. 바닷물이사 바다에 가면 얼마든지 안 있나. 그것을 퍼다가 아나고 횟집에 팔만 되는 기라. 아나고 횟집뿐 아니라, 산낙지 집에서도 바닷물을 쓰거든 어떤노? 아이디어 좋지?"

"인천에 가서 물지게로 퍼다 나르면 되겠구나. 밑천도 한 푼 안 들고, 흐흐흐……."

"허허허……."

병태도 껄껄 웃는다.

기차는 쾌속으로 달리고 있다. 어느덧 열두 시가 훨씬 지났다. 통로에 서서 꾸벅꾸벅 졸고 있는 승객도 있다.

## 2

기차가 D시에 도착한 것은 새벽 다섯 시경이었다.

역에 내린 병태와 상만이는 약간 어리둥절하지 않을 수 없었다. 역 앞의 시가지가 도무지 새로 보는 도시 같았던 것이다. 삼사 년 전과는 판이하게 달랐다.

반듯하고 널찍하게 새로 다듬어진 도로 여기저기 솟구친 빌딩,

그리고 가로수까지 심어져 깨끗한 시가를 이루고 있는 것이 아닌가. 마치 낯선 도시에 내려선 것 같은 느낌이었다.

"야, 이것 봐라. 이기 어디고?"

"글씨 말이다. 꼭 낯선 곳 같제?"

"정말 놀랠 노짜네……."

병태는 잠이 부족해서 약간 핏발이 선 듯한 두 눈을 곧장 끔벅거린다. 상만이 역시 푸수수한 얼굴로 사방을 두리번거린다.

세상은 정말 놀랍게 달라지고 있는 것이다.

그 전에는 십 년이라는 세월이 흘러도 별로 달라진 게 없고, 그저 그렇고 그렇던 세상이 이 근년에 와서 바짝 눈에 띄게 변해가고 있는 것이다.

병태와 상만이의 눈을 번쩍 뜨이게 한 것은 비단 D시의 역전 광경뿐이 아니었다. 그들이 버스를 타고 또 걸어서 고향 마을에 당도할 때까지 몇 차례나 감탄사를 발했는지 모른다.

그들의 고향 마을은 D시에서 버스로 한 시간가량 가서, 또 걸어서 삼사십 분 걸리는 곳에 있었다.

역전 뒷골목의 해장국집에서 국밥 한 그릇씩을 먹고 첫 버스를 탄 병태와 상만이는 기분이 마냥 좋았다. 소주를 마시고 기차에 흔들리며 좀 자기는 했지만 역에 내리니 잠이 부족해서 기분이 어설프기만 하더니, 이제 속에 뜨끈한 국밥이 한 그릇 들어가고 보니 온몸에 훈훈한 기운이 쫙 퍼지는 것이다.

병태는 해장으로 탁주 한 사발까지 마셨으니 더욱 기분이 그만이다.

더구나 버스는 인적도 드문, 희읍스름 밝아오는 새벽 가로를 신나게 달리는 것이 아닌가. 산뜻한 초가을의 새벽 공기가 코언저리에 상쾌하게 와닿는다.

그런데 차창 밖으로 내다보이는 풍경이 도무지 낯설지가 않는가. 도로가 확장이 되고 집들이 새로 들어서서 그런지 아니면 아예 길이 딴 곳으로 뚫렸는지 잘 알 수가 없다.

"상만아, 너 이 길 알겠나?"

해장술에 눈언저리가 약간 불그레해진 병태가 불쑥 묻는다.

"글씨, 어쩐지 첨 보는 길 같제?"

"이거 빠스 잘몬 탄 거 앙이가? 여보! 운전수 양반!"

병태는 서슴없이 큰소리로 운전수를 부른다.

운전수가 힐끗 뒤를 돌아본다.

"이 빠스 어디로 가는 빠슨교?"

"……."

운전수는 싱거운 자식도 다 보겠다는 듯이 대답도 않고 얼른 얼굴을 돌려버린다.

그러자 차장 아가씨가,

"어디 가는데예?"

되묻는다.

"고천서 내리느마."

"고천예? 고성리 지나서 말이지예?"

"예."

"맞게 탔심더, 걱정 마이소."

아가씨는 상글 웃는다. 하얀 덧니가 하나 살짝 내보이는, 인상 좋은 차장 아가씨다.

"아가씨, 그런데 길이 우짜다가 이래 됐능교?"
"우짜다가 이래 되다니예? 와예?"
"와 이렇게 넓어졌는가 말이구마."
"호호호…… 그야 도로 확장을 했으니까 넓어졌지예. 난 또 무신 말이라고……."
"그럼 전에 있던 길을 넓혔다 말잉교?"
"예."
"그런데 꼭 첨 보는 길 같다니까."
병태는 새삼 유심히 바깥을 내다본다. 그러다가 깜짝 놀란 듯이 말한다.
"아하! 여기가 바로 전에 거기지."
"전에 어디?"
"거기 말이다, 거기."
알기는 알겠는데, 어디라고 얼른 설명이 안 되는 모양이다.
그러자 승객들이 웃음을 터뜨린다. 차장 아가씨도 까르르 웃는다. 새벽 버스 속에서도 병태는 손님들을 웃기는 것이다.
달라진 것은 D시의 도로나 시가지뿐이 아니었다. 버스가 시내를 벗어나 아스팔트길을 쾌속으로 달리자, 차창 밖으로 들녘 풍경이 전개되는데 그 풍경도 삼사 년 전과는 판이하게 달랐다. 우선 마을의 집들이 거의 전부 기와집으로 바뀌어 있는 것이 아닌가. 기와집으로 바뀌었을 뿐 아니라 파랑 노랑 빨강 등 갖가지 빛깔로 도색까지 되어 있는 게 새벽 어스름 속에서도 인상적이다.
그리고 어딘지 모르게 얼른 보아도 마을이 잘 가다듬어진 듯 정갈해 보인다. 마을로 통하는 길도 전처럼 꼬부랑꼬부랑한 좁은 길이 아니라 제법 자동차 한 대가 다닐 수 있을 만한 반듯한 길로 바뀌었다.

회관이 건립되어 있는 마을도 많고, 가다가는 큼직한 창고 비슷한 건물이 눈에 띄기도 했다.

"차장 아가씨, 저건 뭔교?"

병태가 다시 불쑥 묻는다.

"뭐예?"

"저거 말이구마. 저 창고 같은 거."

"새마을공장 아닝교."

아가씨는 그것도 모르느냐는 듯이 눈으로 웃는다.

그러자 이번에는 상만이가,

"아, 저기 새마을공장이구나."

하면서 유심히 창밖을 내다본다.

보세공장의 직공이라 역시 관심이 남다르다.

"어떤노? 너거 노량진 보세공장보다 크나?"

병태가 히죽이며 말한다. 또 익살을 시작할 모양이다.

"우리 공장보단 작을 거 같은데……."

"그려? 그럼 너 저 공장에 오면 공장장 노릇 안 하겠나."

드디어 익살이다.

상만이는 멋쩍게 웃을 따름이다.

"시시하게 보세공장 직공 노릇 하지 말고, 고향의 새마을공장에 와서 공장장 노릇이나 하시지. 어떤노? 내가 발령을 내주마."

"발령 내는 거 좋아하시네. 동대문 시장바닥에서 굴러묵는 놈이 무신 재주로 그런 발령을 내노? 흐흐흐……."

"야, 너 말 한 번 잘 한다. 보세공장 직공 노릇 삼 년에 말도 제법 늘었는데……. 헛헛헛……."

억지로 너털웃음을 웃어댄다.

서로 상대방을 폭로해대는 바람에 승객들도 큭큭 킥킥 고소를 금치 못한다.

버스는 가로수가 우거진 새벽 아스팔트 도로를 신나게 달린다.

병태와 상만이의 눈이 휘둥그레지고, 입이 정말 크게 벌어진 것은 버스에서 내려 고향 마을로 가는 길을 걸어서 삼십 분가량 가다 가였다.

거기에 냇물이 있었다.

그런데 삼사 년 전 그들이 고향을 떠날 때만 해도 징검다리가 놓여 있었는데 이제 그게 아니었다.

징검다리는 간데온데없고, 그 대신 큼직한 교량이 그 자리에 들어서 있는 것이 아닌가.

"야, 이것 봐라!"

"이기 우째 된 일이고?"

그들은 그 콘크리트 다리를 보자, 동시에 감탄사를 발했다. 정말 뜻밖이었던 것이다.

가까이 다가가 보니 '백산리 새마을교'라는 글자가 난간 기둥에 새겨져 있었다. 백산리는 바로 그들의 고향 마을 이름이었다. 고향 마을을 흰멧골이라고도 한다. 흰 메 즉 백산(白山)인 것이다.

"고향 사람들이 만든 모양이지?"

"그런 모양인데. 새마을교라고 했는 걸 보니."

"야, 이거 정말 놀랬는데……."

"놀랠 노짜 하고도 남는데……."

이렇게 감탄사를 연발하며 다리 위를 걷는 그들은 가슴이 뿌듯하게 부풀어 오르기만 했다.

고향 사람들의 힘으로 이런 큼지막한 다리를 놓았다니 놀랍기도 했고 얼떨떨하기도 했고 한편 약간 미안스러운 생각이 들기도 했다.

자기들은 조금도 힘이 되지 못한 데 대한 가책 비슷한 것이었다.

요즘 방방곡곡에서 새마을사업이 활발하게 진행되고 있다는 이야기는 신문이나 라디오, 혹은 텔레비전에서 많이 듣고 보고 했지만, 그 성과를 직접 피부로 느껴보기는 이것이 처음인 셈이다.

지금까지는 그저 먼 남의 이야기로만 생각했었는데 말이다.

버스를 타고 오면서 본 새마을공장 같은 것도 어쩐지 자기들과는 별로 관계가 없는 남의 이야기로 생각되더니 고향 마을 앞의 냇물에 이런 큼지막한 다리가 새마을운동의 일환으로 들어선 것을 보니 그게 결코 남의 이야기가 아니라 직접 자기들과 관계가 있는 이야기로 확 가슴에 다가온 것이다.

다리 밑을 흐르는 냇물을 감개무량한 듯이 내려다보며 걷던 병태가 별안간 엉뚱하게도,

"금숙이 가시나 시집갔는지 우쨌는지 몰라."

이렇게 뇌까렸다.

"베란간 금숙이는 와?"

"이 냇물을 건널 때마다 금숙이 생각이 나거든 허허허……."

병태는 약간 멋쩍은 듯이 웃는다.

"그래? 야, 그런 줄은 몰랐는데……."

상만이는 재미있다는 듯이 호기심이 반짝이는 눈으로 병태를 바라본다.

"니도 안 아나. 국민학교 때 내가 주로 금숙이를 업고 이 냇물을 안 건넜떠나. 물이 불어나기만 하면 말이다."

"응. 그랬지."

"그러니 생각이 날 수밖에. 안 그러나? 허허허……."

"야, 시시하다. 그래서 시집갔는지 우쨌는지 궁금하단 말이가?"

"그렇지 뭐."

"시집 안 갔으면 우짤 긴데?"

"우짜긴 우째, 낚아 올리지."

"낚아 올려?"

"그래."

"흐흐흐…… 낚시질하러 고향에 왔구나."

"허허허……."

금숙이는 국민학교 시절 병태와 상만이보다 두 학년 밑이었다. 그러니까 지금은 어느덧 스물댓 살 처녀인 것이다. 물론 한 마을 처녀다. 병태는 이번에 고향을 찾게 되자 은근히 그녀 생각이 났다. 그녀가 아직 시집을 안 가고 처녀의 몸으로 있어 주었으면 싶었다. 병태는 어느덧 스물여덟이다. 남자 나이라고 하지만 스물여덟이면 이제 결혼을 서둘 만한 나이인 것이다.

그래서 병태는 내심 그녀가 아직 미혼으로 있으면 이번에 그녀에게 장가를 들 교섭을 해볼까 하고 생각했다.

반드시 그녀가 아니라도 좌우간 이번 기회에 적당한 마누라 감을 물색하고 싶었다. 서울에도 아는 처녀가 많고, 더러 사귀어본 처녀도 있지만, 서울 처녀는 마누라 감으로는 틀렸다고 병태는 생각하는 것이다. 아무래도 마누라 감은 시골 처녀라야 된다고 생각한다. 도회지의 얼룩덜룩한 때가 묻지 않은 순박한 시골 처녀라야 장차 살아가는 형편이 어려워도 잘 꾸려나가지 그렇지 않고 도시의 허영에 물이 든 처녀는 형편이 어려워지면 어떤 태도로 나올지 미덥지가 않은 것이다. 그리고 첫째 도시 처녀들은 처녀로서 도무지 믿기지가 않는 것이다.

순박한 시골 처녀 그것도 같은 값에 고향 처녀 그리고 또 이왕이면 국민학교 시절 곧잘 업어서 냇물을 건네주기도 한 금숙이 같으면 좋겠는 것이다.

그런 생각을 하며 다리를 건너 멀리 바라보이는 마을을 향해 걸음을 옮기는 병태는 묘하게 기분이 설레기도 했다.

상만이는 상만이대로 삼 년 만에 돌아온 고향이 가슴을 울렁거리게 하는 듯 크게 심호흡을 하기도 한다.

마을로 가는 들길도 전의 길보다 한결 넓고 반듯하게 다듬어졌다. 어느덧 날이 활짝 밝아 이슬에 젖은 산촌의 풍경이 한결 산뜻해 보인다.

## 3

마을 어귀에서 상만이와 헤어진 병태는 큼지막한 백을 들고 골목길로 들어섰다.

마을의 골목길도 어쩐지 그전과 달리 깨끗하게 느껴졌다. 길가에 코스모스가 피어 하늘거리기도 했다.

저만큼 자기 집 사립문이 보이자 병태는 약간 가슴이 두근거렸다. 좀 긴장이 되는 느낌이기도 했다. 부모의 반대를 무릅쓰고 집에 있는 돈까지 훔쳐내 가지고 고향을 떠난 터이니 그럴 수밖에 없다. 서울에 가서 큰돈을 벌어가지고 돌아올 테니 두고 보라고 큰소리를 쳤으니 백 속에 돈을 두둑하게 담아가지고 왔다면 또 문제가 없겠는데 그것도 아니니……. 말하자면 불효자식이 다니러 왔습니다— 하는 심정인 셈이었다.

그러나 병태는 서슴없이 사립문을 들어섰다.

그리고 마당을 성큼성큼 걸어 들어가며,

"어무이예—"

하고 어머니를 불렀다.

그러자 부엌에서 여동생 순옥이가,

"우야꼬! 오빠 오네—"

하면서 뛰어나온다.

방문이 열리며 어머니 노실댁도,

"아이고 야야 오나?"

놀란 표정의 얼굴을 내민다.

"아부지는 어디 계시능교?"

"사랑에 안 계시나."

병태는 큼지막한 백을 마루에 털썩 내려놓고 바로 사랑채로 간다.

사랑방 문 앞에서 병태는,

"혬!"

헛기침을 한 번 하고는,

"아부지 저 왔심더."
한다.
그러자 방 안에서,
"누고? 병태가?"
하는 소리가 난다.
"예."
병태는 굳어졌던 몸이 확 풀리는 듯 얼른 방문을 열고 안으로 들어간다.
윗목에 와서 말없이 꿇어앉은 병태를 임 생원은 약간 화가 난 듯한 얼굴로 말없이 바라본다.
병태는 입속말로,
"아부지 그동안 별고 없으셨능교."
우물우물 말한다. 그리고 슬그머니 고개를 떨구어버린다.
잠시 아무 말이 없던 임 생원은 불쑥,
"가서 어서 제사 지낼 준비나 해라."
한다.
"예."
병태는 얼른 일어나 가볍게 밖으로 나간다. 모든 것을 용서받은 셈이니 기분이 가벼울 수밖에 없다.
마침 시간을 잘 맞추어 집에 도착한 셈이다. 큰방에서 어머니가 제사상을 차리고 있었던 것이다. 추석과 설, 두 명절 제사는 아침에 지내는 것이다.
병태는 위로 시집간 누님이 둘 있고 밑으로 남동생 하나와 지금 부엌에서 일하고 있는 여동생 순옥이가 있다. 그러니까 모두 오남

매인 것이다. 남동생 병국이는 고등학교를 졸업하고 간부후보생으로 나가 지금은 소위 계급장을 달고 전방에 근무하고 있다.

그러니까 결국 집에는 아버지와 어머니, 그리고 순옥이가 있을 뿐인 것이다. 병태의 상경을 굳이 반대한 까닭을 알 만하다.

게다가 임 생원은 삼대독자여서 오늘 같은 명절 제사에도 찾아오는 제사꾼*(제사에 참여하는 사람)이 아무도 없는 것이다. 병태까지 안 왔더라면 임 생원 혼자서 지낼 뻔했다.

병태는 왜 아버지가 자기를 집에 붙들어 두려고 하는지 그 까닭을 이제야 절실히 알겠는 듯 매우 죄송스러운 기분이었다.

제사상이 다 차려지고, 사랑에서 아버지가 건너오자, 병태는 얼른 백을 끌렀다. 그리고 우선 병 하나를 꺼냈다. 다른 선물은 다 나중에 꺼내기로 하고—.

병은 네모진 길쭉한 병이었다. 속에 말간 액체가 가득 담겨 있고, 병 거죽에 알룩달룩 요란한 상표가 붙어 있다.

물론 술병이다.

"거기 뭐고?"

어머니가 눈을 깜짝거리며 묻는다.

"술입니더."

"술? 진로도 앙이고, 무신 술이고?"

"양주 아닝교."

"양주?"

"예."

"양주가 무신 술이고?"

"서양 사람들 술을 양주라 안 카능교."

그러자 옆에서 듣고 있던 순옥이가,

"양주 억씨기 독하다 카더라."

한다.

"독하고말고, 오십 돈가 육십 도 될 끼다."

병태는 자랑스럽게 말한다.

말없이 그 양주병을 바라보고 있던 임 생원이 입을 연다.

"이거 샀나?"

"예."

"얼매 줬노?"

"얼매 안 줬심더. 국산 양주라 별로 안 비쌉니더."

"글씨, 얼매 줬노 말이다."

"사천육백 원 줬심더."

"뭐, 사천육백 원?"

임 생원은 깜짝 놀란다.

노실댁과 순옥이도 눈이 휘둥그레진다. 술 한 병에 사천육백 원이라니 어처구니가 없는 모양이다.

"이거 한 병에 사천육백 원 줬다 말인가?"

임 생원은 아무래도 믿어지지 않는 표정이다.

"예, 진짜 양주는 한 병에 만 원, 이만 원 안 합니꾜. 이건 양주는 양주지만 우리나라에서 만든 양주라 헐심더."

"헐어?"

"……."

"야, 니 정신이 있나 없나, 술 한 병에 글씨 사천육백 원이 헐타 말이가? 쌀 두 말 값이 훨씬 넘는데…… 내 참."

그러자 노실댁도,

"야, 그 돈으로 고무신을 샀으면 열 켤레도 더 사겠다."

하면서 눈을 흘긴다.

"어무이, 고무신도 사 왔심더, 염려 마이소."

병태는 두두룩한 백을 두어 번 툭툭 두들겨 보인다.

"모처럼, 아부지 잡숴보시라고 한 병 사 왔는데…… 제사도 지내고……."

남의 심정도 몰라주느냐는 듯이 말한다.

"뭐? 제사를 양주로 지내?"

"양주로 지내면 안 되능교? 조상들에게 만날 텁텁한 탁주만 대접할 게 앙이라 양주 같은 것도 한 번씩 대접해야지예."

"야야, 조상들이 질겁을 하겠다. 조상들이 양주 맛을 안다 카더나."

그러자 임 생원이,

"제사를 양주로 지내는 법이 어디 있노? 무신 장난인 줄 아나."

하면서 이마에 굵은 여덟팔자를 거꾸로 세운다. 순옥이와 시선이 마주치자 병태는 히죽 웃으며 뒤통수를 긁는다. 제사를 지내고 나서 네 식구가 상을 둘러앉자 병태는 양주병을 땄다. 그리고 말간 액체를 잔에 가득 부어 아버지 앞에 갖다 놓는다.

"들어 보이소 맛이 어떤가……."

"독하다면서?"

임 생원은 술을 꽤 좋아하는 편이다. 비싼 술을 사 왔다고 언짢은 표정을 짓기는 했지만 막상 이렇게 아들에게서 잔을 받으니 기분이 나쁘지는 않다. 잔을 들어 한 모금 마신다.

"윽, 카—"

절로 이맛살이 찌푸려진다. 눈을 끔쩍끔쩍하면서,

"핫다, 그놈의 술 억씨기 독하다."

하고 입맛을 다셔댄다.

병태는 빙그레 웃으며 또 잔에 절반가량을 따라서 이번에는 어머니에게 권한다.

"어무이도 맛을 보이소."

"아이고 얄궂어라, 꼭 소주 같은데 그렇게 비싸나?"

노실댁은 잔을 들어 조심스럽게 입으로 가져간다. 노실댁은 그저 탁주 한잔 정도 한다. 잔을 입에 대어 찔끔 한 모금 마시고는,

"어메!"

정신이 번쩍 드는 모양이다.

"아이고, 목이야, 목구녕이 쌔— 하대이. 이렇게 독한 술을 서양 사람들은 어떻게 마시능공? 창자가 안 녹아나는강?"

"허허허……."

"야야. 서울엔 이런 술 많나."

"많고말고예."

"니는 부디 이런 술 마시지 마래이. 창자가 도저히 성해내지 몬할따."

그러자 임 생원이 무뚝뚝한 어조로 말한다.

"창자야 우째 됐든지가 이런 술 마실 돈이 어디 있노. 백만장자라도 이런 술만 마시다간 판이 날따*('판나다'로 '끝장이 나다'라는 뜻). 패가망신하기 알맞은 술이구마는."

그러면서 임 생원은 또 잔을 입으로 가져가서 조심스레 한 모금

넘긴다.

"카—"

지독하게 독하면서도 묘하게 맛이 좋은 모양이다. 코 밑의 수염에 묻은 것도 없는데 탁주 마시던 버릇으로 쓱 한 번 쓰다듬어 내린다.

순옥이가 힉 웃는다.

## 4

제삿밥을 먹고 나서 병태는 잠을 한숨 잤다. 지난밤에 기차에 흔들리며 오느라고 잠이 부족했던 탓으로 아침을 먹고 나자 곧장 하품이 나왔다. 그러자 노실댁이,

"한숨 자거라. 한숨 자고 일어나거든 성묘하로 떠날 끼니까."

했던 것이다.

제사를 지내고, 제삿밥을 먹고 나면 곧 산소를 찾아나서는 게 도리지만, 아들이 서울서 밤차로 내려오느라 잠을 못 자서 하품을 해대는데, 바로 성묘하러 떠나자고 할 수가 없었던 것이다. 돌아가신 선조보다는 아무래도 살아 있는 자식 쪽이 더 소중한 셈이었다.

노실댁이 그렇게 말하자, 임 생원도,

"그려, 좀 자거라."

하였다. 그리고 임 생원은 방문을 열고 사랑으로 나가면서,

"당신은 어서 성묘 갈 채비를 하소."

이렇게 말했다.

간접적으로 병태에게 자도 조금만 자고 일어나라는 뜻이었다.

삼십 분가량만 자고 일어나려 했으나 병태는 거의 두 시간이나 자고야 눈을 떴다. 잠을 깬 병태는,

"몇 시나 됐노?"

하면서 기지개를 켰다. 그리고 팔뚝시계를 본다.

"벌써 열 시 반이 다 돼 가는구나."

그러자 윗목에 혼자 앉아서 오빠가 선물로 사 온 목걸이를 목에 걸어보기도 하고, 벗겨서 쳐들고 이리저리 돌려보기도 하며 좋아서 곧장 눈을 반짝거리고 있던 순옥이가,

"오빠, 서울 처녀들은 모두 목걸이를 하고 댕기나?"

묻는다.

"요새 목걸이가 바짝 유행하더라. 하고 댕기는 처녀가 많지. 어떤노? 그거 마음에 드나."

"응, 참 이쁘고 좋아. 우야만 이렇게 이쁘게 만들지? 오빠, 이기 보석은 아니제?"

"진짜 보석 같으면 야, 멫 십만 원, 멫 백만 원 하구로."

"꼭 보석 같다니까. 오빠, 이거 얼매 줬노?"

"얼매나 줬겠노?"

"오천 원?"

"……."

병태는 말없이 웃으며 고개를 가로 내젓는다.

"그럼, 구천 원?"

"그렇게 비싸진 않다."

"그럼, 사천 원?"

"아니."

"삼천 원?"

"아니."

"이천 원?"

"아니."

"그럼, 천 원?"

"아니."

"그럼, 얼매 줬노? 천 원도 안 줬다 말이가?"

순옥이는 약간 실망이 되는 표정이다.

"팔백 원 안 줬나."

"팔백 원?"

의외로 싸다 싶은 모양이다.

"우리 시장에서 사서 안 그러나. 시장에 잘 아는 아지무이가 악세사리 장사를 하는데 특별히 헐케 준 기라. 도매 값으로 준 기지. 딴 데 가서 살라카면 아무래도 천오백 원은 줘야 될 끼다. 그리고 똑같은 이런 것도 백화점에 가면 삼천 원, 사천 원 하는 기라."

"어메— 백화점은 그렇게 비싸나? 백화점은 와 그렇게 비싸노?"

"비싸야 좋은 긴 줄 알고 산단 말이다. 백화점에 가는 사람들은 대개 돈이 많은 사람들이라 헐은 것은 나쁜 긴 줄 알고 안 사거든. 그리고 외제라 카면 덮어놓고 좋은 긴 줄 알고…… 좌우간 웃기는 기라."

그러자 순옥이는 제법 경멸하는 어조로,

"정신들이 틀려먹었구나. 서울에는 새마을운동이 없는강?"

이렇게 말했다.

그 말에 병태는 야 이것 봐라, 싶었다. 순옥이의 입에서 그런 소리가 다 나오다니, 정말 뜻밖이었다.

병태는 미소를 띤 얼굴로 순옥이를 바라보며 말한다.

"서울에도 새마을운동이 있기사 있지. 그렇지만 서울 사람들은 약아서 지 살 궁리만 안 하나. 남이야 어떻게 되든, 나만 잘 살면 그만이라는 식이라."

"큰일 났구나. 협동을 해야 잘 살게 되는 기지, 나만 혼자서 어떻게 잘 살게 되노 말이다."

'협동'이니 '잘 살게 된다'느니 하는 말을 예사로 해대는 순옥이를 놀랍고 대견한 듯이, 약간은 어색하기도 한 그런 느낌으로 바라보며 병태는,

"우리 동네는 새마을운동을 아주 잘하는 모양이제?"

하고 묻는다.

"응, 잘하는 편이지. 우리 마을보다 더 잘하는 마을도 많지만, 우리 마을도 제법 잘하는 편에 든다 카더라."

"제법이 아니라, 아주 잘하는 것 같던데……."

"오빠가 우예 아노?"

"오면서 안 봤나. 냇물에 다릴 놓았던데."

"응, 작년 가을에 완성 안 했나. 그 다리 놓는 데 얼매나 모두 욕봤다고."

"글씨 말이다. 백산리 새마을교라고 한 걸 보니 우리 마을 단독으로 놓은 모양이제?"

"그 다리 놓을라고 몇 해 동안 온 마을이 얼매나 협동했다고. 우리 부녀회에서도 하루에 쌀 한 줌씩 모으기도 하고, 새마을 판매소

를 운영하기도 하고, 심지어 공동 품팔이까지 해서 그 수익금을 다리 놓는데 안 보탰나."
"공동 품팔이라니?"
"모심기할 때나 나락 벨 때, 우리 부녀회 회원들이 이웃 마을까지 가서 품을 판단 말이다."
"흠— 놀랠 노짠데……."
"그렇게 마을 사람들이 애를 쓰니까 군에서도 알고 비용을 보태주고, 많이 거들어주던데."
"음—"
병태는 뭐라고 한마디 익살을 부리려 했으나 도무지 익살이 나오지가 않는다. 장난기가 동하질 않는 것이다. 어쩐지 가슴이 뿌듯해지는 느낌이다.
"그래, 순옥이 니도 부녀회 회원이가?"
"응."
"처녀도 회원이 되나?"
"그럼. 처녀들도 되고, 시집간 사람도 되고……. 여자는 누구나 들 수 있어."
병태는 금숙이도 회원이가? 이렇게 금숙이 말을 끄집어내 보고 싶었다. 그러나 어쩐지 좀 속을 드러내 보이는 듯해서 얼른 그 말이 나오지가 않는다.
그런데 순옥이가 불쑥 말한다.
"회장은 금숙이 앙이가."
"그래?"
병태는 귀가 번쩍한다.

"금숙이가 회장이라? 금숙이 아직 시집 안 갔나?"
"응."
"그렇구나. 아직 시집 안 갔구나. 버얼써 시집간 줄 알았더니……."
병태는 예사로 이렇게 말했다. 그러나 가슴 속은 별안간 울렁울렁 울렁거리기 시작한다.
"참, 오늘 저녁에 새마을 잔치가 있어."
순옥이는 깜빡 생각이 난 듯이 말한다.
"새마을 잔치?"
"응."
"추석이라고 술 마시고 노는 기가?"
"핫핫핫핫……."
순옥이는 그만 까르르 웃음을 터뜨린다.
"와 웃노?"
"오빠는 술 마시고 노는 거밖에 몰라."
"잔치니까, 술 마시고 노는 기지, 뭐고?"
"새마을 잔치는 술 마시고 노는 그런 잔치가 앙이라 말이다."
"그럼?"
"술 없는 잔치라 말이다."
"술 없는 잔치라? 술 없는 잔치가 어디 있노. 그럼 아무 재미도 없겠는데……."
"핫핫하…… 술 없으면 재미가 없능강?"
"그렇지 뭐."
"저녁에 보래. 아주 재미있다. 이번에 새마을회관을 지었거든. 그래서 오늘 저녁에 축하회를 벌이는 기라. 추석날이기도 해서……."

"어디서?"

"새마을회관에서. 오빠, 새마을회관 오면서 몬 봤나?"

"몬 봤는데…… 어디다 지었는데?"

"금숙이네 집 옆에 빈 마당이 안 있었나? 널찍한……."

"응. 그래."

"거기다 안 지었나."

"거기니까 몬 봤지. 야— 회관까지 다 짓고……."

병태는 절로 고개가 끄덕거려진다. 정말 놀랄 일이 아닐 수 없는 모양이다.

그때, 노실댁이 방문을 역고 들여다보며,

"깼구나. 깼으면 자, 어서 성묘하로 가야지."

한다.

## 5

병태네 선산은 마을에서 오 리가랑 떨어진 곳에 있었다.

흰 두루마기를 입은 임 생원이 앞장을 서고, 댓 걸음 뒤를 병태와 노실댁이 따랐다. 병태는 한손에 뿌연 탁주가 든 술병을 들었고, 노실댁은 보자기를 덮은 함지를 머리에 이고 있다. 말할 것도 없이 묘사를 지낼 음식이다.

벼가 익어 누우렇게 물결치는 들길을 모처럼만에 성묘를 하러 가는 터이다. 병태는 마냥 기분이 후련하고 좋다. 고향에 왔구나 하는 실감이 비로소 드는 것 같다.

시골 바람은 맑고 시원해서 정말 좋다. 이런 좋은 공기를 두고, 서울의 그 혼탁한 공기와 소음 속에서 아귀다툼을 하듯이 살아온 일이 우습게 여겨지기도 한다.

병태는 휘파람이라도 날리고 싶은 기분이다. 그러나 저만큼 앞서 가고 있는 아버지 때문에 차마 휘파람이 나오지가 않는다.

모처럼만에 아들과 함께 선산을 찾아가는 임 생원과 노실댁의 기분도 마냥 좋다. 임 생원은 선산에 누워 있는 선조들에게 금년은 면목이 서는 듯 걸어가는 걸음걸이가 여느 때보다 한결 기운이 있어 보인다. 두루마기 자락이 기운 있게 펄럭거린다.

노실댁 역시 마찬가지다. 아들 뒤를 바짝 따르며 곧장 대견한 듯이 병태의 뒷모습을 훑어보곤 한다.

그러다가 노실댁은 생각이 난 듯 불쑥 입을 연다.

"병태야, 니 인제 장개를 들어야 안 되겠나."

"……."

"응? 병태야."

"장개요?"

병태는 어머니를 돌아보며 힉! 웃는다. 기분이 좋은 모양이다.

"그래, 장개를 들어야지."

"어디 좋은 색싯감 있능교?"

"있고말고. 있고말고."

노실댁은 기분이 매우 좋다. 우선 마음이 놓이는 것이다.

요즘 서울 같은 도회지에서는 흔히 결혼도 하지 않고 함께 붙어 사는 그런 가시나 머슴애가 허다하다는데 혹시 병태도 부모 승낙도 없이 저희끼리 벌써 살림을 차리고 있는 것이나 아닐까…… 은근히 그런 걱정도 되던 터이었으니 말이다.

그리고 또 병태를 어떻게든지 고향에 내려와 농사를 지으며 함께 살도록 하려면 아무래도 고향 쪽 처녀에게 장가를 들여야지, 서울 쪽 처녀한테 장가를 가도록 해서는 안 되겠다는 생각도 하고 있는 것이다.

그런데 병태의 입에서 "어디 좋은 색싯감 있능교?" 하는 말이 나왔으니 기분이 좋고, 안심이 될 수밖에.

노실댁은 머리에 음식 함지를 이기는 했으나 걸음이 한결 가벼워진 것만 같다.

"병태야, 저…… 내일이나 모레 선 보로 가자."

"예? 선 보로예?"

병태는 약간 놀란다. 너무나 홍두깨식인 것이다. 결혼 이야기를 방금 꺼내놓고서 내일이나 모레 벌써 선을 보러 가자니 말이다. 진작부터 색싯감을 물색했던 모양이다.

"너거 외숙모가 좋은 자리가 있다고 몇 번이나 카더라. 소뿔은 단김에 빼야 되니라. 내일이나 모레 가보자."

"어딘데예?"

"봉학골이라 카더라. 너거 외숙모 친정 곳 말이다. 색시가 너거 외숙모 뭐 된다 카더라…… 응, 육촌 조카라 카더라."

"외숙모의 육촌 조카? 허허허……."

병태는 어쩐지 웃음이 나온다.

"색싯감이 그렇게 좋을 수가 없단다. 그저 그만이라 카더라."

"뭐가 그렇게 좋은가예?"

"인물도 좋고, 무엇보다 어른들한테 공손하고, 일 잘하고…… 나무랄 데가 없다는 기라."

"그런 처녀가 와 시집을 몬 가서……."

"시집을 몬 가는 기 앙이라, 너무 중신이 많이 들어와서 어느 신랑을 골라잡았으면 좋을지 모른다는 기라."

"허허허…… 웃기는구먼."

"웃기다니, 와 웃겨?"

"……."

"정말 그렇단다, 야."

"정말 그러면 눈이 높아질 대로 높아졌겠는데 우리집에 시집올라 카겠능교? 학교는 어디까지 댕깄능가예?"

"핵교는 국민핵교밖에 안 댕깄다 카지 아매."

"국민학교밖에 안 댕깄으면 뭐 별로 좋은 자리도 아니구마는."

"국민핵교만 나와도 여자는 됐능 기라. 글자나 읽을 줄 알고, 편지나 쓸 줄 알면 됐지, 집에서 살림하는데 여자가 그 이상 무신 필요가 있노."

"그란심더*('그렇지 않습니다'의 영천말). 요새는 여자도 중학교 정도는 나와야 됩니더. 그래야 좀 세상 돌아가는 물정도 알고……."

"국민핵교만 나와도 얼매든지 세상 돌아가는 물정 안다. 공부 많이 한 여자는 눈만 높으고 건방져서 몬 쓰니라."

"요새 중학교 나오는 기 어디 공부 많이 한 긴교. 고등학교 대학교 나온 여자들도 수두룩한데……."

"그런 여자들은 농촌에 와서는 몬 사는 기라. 맨 눈에 보이는 기 허영뿐 앙이가. 그러니 우예 농가에 시집와서 농사지으며 살겠노. 아무 소리 말고 내가 시키는 대로 해라. 내일이나 모레 선 보로 가자."

"……."

"그래서 금년 안으로라도 성례를 해야지. 니 장개가 너무 늦었다. 스물여덟이면 남자 나이라도 너무 늦다 앙이가."

"……."

병태는 말없이 그저 웃기만 한다. 어머니, 금숙이는 어떤교? 이런 소리가 곧 입 밖으로 나올려 했으나, 저만큼 앞에 아버지가 걸어가고 있는 터이라 그만두었다.

모르는 체하고 걸어가고 있지만, 임 생원 역시 뒤따라오며 모자간에 주고받는 말에 신경을 쓰고 있다. 혼사 이야기이니 그럴 수밖에 없다.

노실댁 못지않게 임 생원도 병태가 고향 쪽 처녀한테 어서 장가를 들어서 집으로 내려와 농사를 맡아주길 바라고 있는 것이다. 그리고 며느리도 보통 며느리가 아니라, 아이를 무 뽑듯 쑥쑥 잘 뽑아내는 그런 며느리를 보았으면 싶다. 그래서 고추 달린 놈을 내리다지*('계속해서' 또는 '거듭해서'의 영천말)로 한 댓 개 뽑아내 주었으면 고맙겠는 것이다. 자기가 삼대독자이니 그런 생각이 들 만도 하다.

그래서 임 생원은 걸음을 늦추어서 모자간의 대화에 함께 어울려, 너거 어머니 시키는 대로 하는 게 너도 좋고, 우리 집안도 좋다고 얘길 할까 하다가 그만두었다. 아직 자기가 개입할 단계는 아니라는 생각이 든 것이다. 매사는 순서가 있는 법이니까 말이다.

산기슭에 있는 선산에 도착한 그들은 가지고 온 송편과 과일 따위 음식을 묘 앞에 차려놓고 술을 치며 차례를 올린 다음 앉아서 그 음식을 먹기 시작했다.

오래간만에 선산을 찾아와서 병태는 약간 송구스러운 듯한 느낌이면서도 매우 기분이 좋았다. 마치 부모님을 모시고 어디 소풍이라도 나온 듯한 기분이었다.

쭉— 탁주잔을 비우고 난 임 생원은,

“자, 니도 한잔 해라.”

하면서 잔을 병태 앞에 놓는다.

“예.”

예사로 대답하며 병태는 병에 든 술을 잔에 친다. 그러나 속으로는 약간 당황하고 있다. 아버지한테 이렇게 술잔을 받기는 난생 처음인 것이다. 우리 아버지도 이제 꽤 개명이 됐구나 싶다.

그러나 임 생원이 개명이 돼서 그런 게 아니다. 모처럼만에 아들과 함께 선산을 찾아와서 기분이 좋아 그러는 것이다. 그리고 또 병태의 기분을 맞추고 싶은 생각이 은연중 마음 밑바닥에 있기도 한 것이다. 그래서 어떻게든지 이번에 병태의 마음을 고향 쪽으로 돌리려고 말이다.

자작한 잔을 두 손으로 든다. 그리고 얼굴을 아버지 반대편으로 돌리고 쭉 마신다.

잔을 비운 병태는,

“아부지, 한잔 더 하실랍니꾜?”

묻는다.

“한잔 더 할까.”

그러자 병태는 잔을 두 손으로 공손히 아버지에게 건네고, 술을 친다.

두 잔을 마시고 나자, 임 생원은 눈언저리가 불그레해진다.

"자, 당신도 조금 하소."

잔을 노실댁에게 권한다.

"조금만 치소."

노실댁도 반 잔 가량을 거뜬히 한 번에 비운다.

날씨도 이만저만 좋지가 않다. 구름 한 점 보이지 않는다.

그렇게 세 사람이 앉아서 술잔을 나누며 송편이니 감, 사과 같은 것을 먹고 있는데, 저 아래 큰길에 웬 까만 택시가 한 대 나타난다.

큰길이라 해야 차가 마음대로 서로 비켜 다닐 수 있는 그런 도로가 아니라, 그저 리어카가 겨우 비킬 수 있는 길이다. 논둑길보다는 큰 길이란 말이다.

그러니까 그 길에 차가 나타난다는 것은 흔히 있는 일이 아니라, 일 년에 한두 번 군청 차가 새마을 관계로 볼일이 있어 나타날 정도다.

그런데 저렇게 멋진 택시가 저 길을 굴러오다니…….

"아니, 저 무신 차제?"

맨 먼저 그 택시를 발견한 노실댁이 약간 눈이 둥그레진다.

"글씨, 웬 차고?"

임 생원도 코 밑의 수염을 곧장 쓰다듬으며 그 차를 눈여겨본다.

"웬 택시가 다……."

병태도 약간 신기한 듯이 바라본다. 서울바닥에는 길가의 돌보다도 흔한 게 택시지만, 벼가 누우렇게 익어가는 고향의 들길을 까만 택시가 굴러오니 어쩐지 신기한 느낌이 드는 것이다.

세 사람은 잠시 말없이 그 택시를 바라보고 있다.

까만 택시는 마치 방게처럼 미끄러지며 멀리 백산리 쪽으로 향한다.

"아니, 우리 동네로 안 가나."

"글씨, 우리 동네로 가는데."

임 생원과 노실댁은 놀란 듯이 서로 얼굴을 마주본다. 택시가 자기네 마을로 가는 게 무슨 큰일이라도 되는 것처럼. 그런 아버지와 어머니의 표정이 재미있어서 병태는 빙글 웃는다. 과연 시골은 시골이구나 싶기도 하다. 택시 하나에 그렇게 놀란 표정이 되니 말이다.

"누가 오는공?"

"글씨……."

그러다가 임 생원은 별안간,

"아하, 맞다! 맞아! 그렇구나. 틀림없이 그렇구나."

하고 곧장 고개를 끄덕인다.

"누군교? 누구란 말잉교?"

노실댁이 바짝 궁금해진다. 마을에 저런 멋진 택시를 타고 올 사람이 누군지 도무지 알 수가 없는 것이다.

"금숙이 큰아부지여. 틀림없어."

"금숙이 큰아부지?"

"응, 일본 산다는 금숙이 큰아부지 말이다. 이번에 모국방문단이라 카던가 뭐라 카던가…… 거기 함께 온다 안 카더나."

"우야꼬! 맞다. 맞다. 그런 모양인디……."

그제야 노실댁도 고개를 끄덕이며 참 희한한 일이라는 그런 표정을 짓는다.

"금숙이 아부지가 서울까지 마중을 갔으니, 저 택시로 같이 오는 모양이지.”

“그런 모양이구마, 아이고 얄궂어라, 얄궂어라…….”

그제야 병태도 무슨 말인지 알아듣고,

“아, 그렁교? 금숙이 큰아부지가 일본에 있었능교?”

약간 놀란 표정을 짓는다.

“그래, 일정시대 징용을 가서 아직까지 안 나오고 그대로 일본에 산다 안 카나. 뭐라 카더라, 뭐 조총용……?”

“조총련 아닝교. 조총련.”

“그래 그래, 그기 빨갱이라매?”

“예, 빨갱인데, 이번에 개심을 하고 많은 사람이 모국을 찾아온다는 기라예.”

“글씨, 그렇단다. 금숙이 큰아부지도 그래서 온다는 기라.”

“아, 그렇구만예.”

병태도 곧장 고개를 끄덕인다. 금숙이 큰아버지라고 하니 어쩐지 여느 남과는 좀 다르게 생각된다.

## 6

서서히 미끄러져오는 택시를 본 마을 사람들은 모두 눈이 둥그레졌다.

“웬 차지?”

“글쎄, 우짠 택시가…….”

“야, 그 택시 멋지다. 새카만 기 번들번들하네.”

마을 어귀에 서서 수군거리던 사람들은 택시가 저만큼 가까워지고, 안에 탄 사람이 누구라는 것을 알아보게 되자, 그만 깜짝 깜짝들 놀란다.

“우야꼬! 오는구나!”

“금숙이 큰아부지가 오는구나!”

“야— 온다! 온다!”

예삿일이 아닌 모양이다. 그럴 수밖에 없다.

일제 때 징용에 나갔던 사람이 이제야 고향에 얼굴을 나타내는 터이니 말이다. 무려 삼십오륙 년 만에.

금숙이 큰아버지가 이번에 제일동포 추석성묘단의 한 사람으로 모국을 방문하게 되었다는 소식을 마을 사람들은 모두 알고 있는 것이다.

그리고 며칠 전 금숙이 아버지가 서울로 그 형을 마중하러 간 사실도.

그런데 택시 뒷좌석에 나란히 타고 있는 두 사람을 보니 한 사람은 금숙이 아버지가 아닌가. 그렇다면 그 옆의 사람은 금숙이 큰아버지에 틀림없는 것이다.

택시가 앞을 지나가자 사람들은 우루루 뒤를 좇았다. 금숙이 아버지는 창밖을 내다보며 곧장 벙글벙글 웃고 있다.

그러나 그 옆에 앉은 사람은 웃는 표정이 아니다. 얼떨떨하고, 감개가 무량하고, 울음이라도 복받치는 듯한 그런 얼굴이다.

택시는 금숙이네 집 옆에 있는 새마을회관 앞에서 멎었다.

여기저기서 마을 사람들은 택시 주위로 모여든다.

택시 문이 열리고, 먼저 금숙이 아버지가 내렸다. 그리고 뒤따라 금숙이 큰아버지가 내린다.

금숙이 큰아버지 한성운 씨는 삼십오륙 년 만에 디뎌보는 고향 마을의 흙이 발밑에 밟히는 순간 가슴이 뭉클해지는 듯 그만 두 눈이 불그레해지며 핑 물기가 어린다. 걷잡을 수 없는 감회가 복받쳐 오르는 모양이다.

그럴 수밖에 있겠는가. 본의 아니게, 일제의 강제에 못 이겨 끌려가듯 고향 마을을 떠난 지가 어느덧 삼십오륙 년, 해방이 되고도 바로 귀국하지 못하고 어쩌다가 그만 일본에 눌러앉게 되었는데, 세상 물정을 잘 몰랐던 탓으로 조총련인가 뭔가 하는 것들의 유혹에 넘어가 그들과 한통속이 되어 고향의 부모형제와 고국을 등지고 살아온 그동안의 세월이 그저 원통하고 후회스럽기만 하지 않겠는가 말이다.

차에서 내려선 한성운 씨는 잠시 넋을 잃은 사람처럼 멀뚱히 서서 사방을 두리번거린다. 마치 엉뚱한 낯선 마을에 나서기라도 한 것처럼.

운전수는 택시 뒤 트렁크를 열어서 짐을 꺼내고 금숙이 아버지 성철 씨는 그 짐을 받아든다. 큼직한 백이 두 개다.

"형님, 어서 집으로 갑시더."

양손에 백을 든 성철 씨가 넋을 잃은 사람처럼 멀뚱히 서서 사방을 두리번거리고 있는 한성운 씨에게 말한다. 그리고 성큼성큼 앞장을 선다.

동생의 뒤를 따라 한성운 씨도 걸음을 떼 놓는다. 집으로 향하는 한 걸음 한 걸음이 그저 감개가 무량하기만 한 모양이다. 한성운 씨의 얼굴은 약간 불그레 상기되어 있다.

그때 노인 한 사람이 불쑥 한성운 씨에게 다가들며,

"아이고, 자네 성운이 앙이가?"

하고 눈이 휘둥그레진다.

"예."

한성운 씨는 얼떨떨하기만 한 듯 멀뚱한 표정이다.

"아, 이 사람아, 나 모루겠는가? 나 박성암일세."

"……?"

"박성암, 말이네, 모루겠나?"

"글쎄요, 누구신지……."

한성운 씨는 약간 혀가 잘 안 돌아가는 듯한 발음으로 말하며 누군지 짐작이 안 가는 듯, 한 손으로 슬그머니 뒤통수를 긁는다.

"몰라볼 만도 할 끼다. 벌써 몇 해가 됐노. 삼십 년이가 사십 년이가……?"

"……."

"자네 징용 가기 몇 해 전에 우리 참외밭에서 참외 따먹다가 나한테 들켜 억씨기 혼났띠라, 그래도 모르겠나?"

"아, 예, 박 생원. 예, 예, 알겠습니더."

"인제 알겠나?"

"예, 예, 알겠습니더. 알겠습니더."

그러면서 한성운 씨는 몇 번이나 머리를 숙여 절을 해댄다. 꼭 일본 사람처럼 말이다.

주위에 모여든 마을 사람들은 구경거리라도 되는 듯 곧장 싱글벙글 웃는다.

삼십오륙 년 만에 고향을 찾아온 한성운 씨를 알아본 사람은 박성암이라는 이 노인 한 사람뿐이다. 나이 많은 축들이 대부분 성묘를 간 터이라 그렇기도 하지만 좌우간 삼십오륙 년 만의 고향은 낯설기만 했다.

한성운 씨가 집 대문 가까이 갔을 때,

"아이고 야야! 아이고 야야—"

마치 실성을 한 듯 소리를 지르며 냅다 달려 나온 사람은 어머니 영산댁이었다. 그러니까 금숙이 할머니다. 머리가 파뿌리처럼 하얗게 세고 허리까지 약간 굽어진 영산댁은 큰아들이 도착했다는 바람에 신도 신지 않고 정신없이 냅다 달려 나온 것이다.

"아이고, 니가 오나! 니가 오나!"

"어마니—"

달려 나온 어머니를 보는 순간 한성운 씨는 두 눈에 눈물이 핑 고인다. 그리고 품 안으로 달려든 어머니를 덥석 안으며 그만 주르륵주르륵 눈물을 쏟는다.

영산댁의 눈에서도 눈물이 지르르 흘러내린다.

"아이고, 이놈아야, 이놈아야— 와 인자 오노, 와 인자 와—"

"어무니, 어무니—"

머리가 하얗게 센 늙은 어머니와 얼굴에 주름살이 굵게 맺힌 중로의 아들이 삼십오륙 년 만에 만나 흘리는 눈물은 정말 보는 사람들의 가슴을 뭉클하게 하는 것이었다. 지켜보고 있는 마을 사람들의 눈에도 눈물이 비치고 있었다.

할머니의 뒤를 따라 좇아 나온 금숙이도 덩달아 질금질금 울고 있었다.

큰아버지가 일제 때 징용에 나가 돌아오지 않고 그대로 일본에 눌러앉아 살고 있다는 이야기는 들어서 알고 있었으나 금숙이는 큰아버지의 얼굴이 어떻게 생겼는지도 전혀 모르는 터이다. 큰아버지가 징용에 나가고 어쩌고 할 무렵에는 그녀는 아직 세상에 나올 생각도 하지 않고 있었던 것이다. 해방이 되고도 오륙 년 있다가 태어났으니 말이다.

그러니까 큰아버지에 대한 정 같은 것은 전혀 느껴지지가 않는 터이지만, 그러나 할머니와 큰아버지가 서로 끌어안고 우는 장면을 보니 그녀도 질금질금 눈물이 녹아내렸다. 남들도 눈에 눈물이 어리는 터인데, 혈육이니 그럴 수밖에.

금숙이는 질금질금 울면서도 아버지의 손에서 큼직한 백을 받아 든다.

잠시 후, 눈물을 거둔 영산댁이,

"야야, 어서 집으로 들어가자."

하면서 큰아들의 손을 이끌고 대문을 들어선다.

어머니에게 손을 이끌려 대문을 들어서는 한성운 씨는 기분이 야릇하기만 하다. 삼십오륙 년 만에 고향집에 왔구나 하는 감격과 함께 어쩐지 도무지 낯선 집에 들어서는 듯한 묘한 느낌이기도 한 것이다.

우선 대문부터가 낯선 것이다. 옛날 자기가 집을 떠날 무렵에는 기울어져가는 사립문이었는데, 그 사립문은 간 곳이 없고, 대신 슬레이트 지붕까지 얹어놓은 버젓한 대문이 앞에 놓여 있는 것이 아닌가. 그리고 옛날에는 수숫대로 엮은 울타리였는데 이제 튼튼한 담이 대신하고 있었다.

대문을 들어선 한성운 씨는 또 한 번 어리둥절했다. 아무래도 옛날 자기가 살던 집이 아닌 것만 같았다. 옛날 집은 나지막한 초가집이었는데, 그 초가집은 자취를 감추고, 기와를 인 반듯한 집이 그 자리에 들어서 있는 것이 아닌가. 나지막하기는 옛날과 같았으니 말이다. 그러니까 옛날 그 집을 기와지붕으로 고치고 마루니 벽, 문짝 같은 것을 새로 손본 듯했다.

그리고 옛날에는 아래채가 따로 없고, 다 기울어져가는 어설픈 헛간채가 있었을 뿐인데, 이제 반듯한 아래채가 마련되어 있었다.

우물도 옛날에는 돌로 듬성듬성 만들어진 어설픈 것이었는데, 이제 시멘트로 깨끗하게 가다듬어져 있었다.

마당 한쪽에는 조그마한 꽃밭까지 만들어놓았다.

그리고 한성운 씨의 눈을 휘둥그레지게 한 것은 우물가에 서 있는 감나무였다. 옛날 자기가 징용을 떠날 그 무렵에는 이제 겨우 감이 몇 개씩 열리는 조그마한 나무에 불과했는데, 이제는 감이 주렁주렁 수없이 열린 거목이 되어 있는 것이 아닌가.

그동안에 흘러간 삼십오륙 년이라는 세월이 그 감나무로 하여금 실감되는 듯 한성운 씨는 웃옷을 벗고 우물에서 세수를 하면서도 곧장 신기하고 감개무량한 얼굴로 그 감나무를 우러러보곤 했다.

한성운 씨가 오자, 금숙이네 집은 마치 잔칫집 같은 분위기가 되었다. 성묘를 갔다가 돌아온 마을의 나이 많은 축들은 한성운 씨가 왔다는 말을 듣고 너도나도 금숙이네 집으로 모여들었다.

금숙이네 집은 정말 추석명절 같았다. 경사도 이만저만한 경사가 아니니 그럴 수밖에.

고향집의 명절 술을 한잔 마시고 나서 한성운 씨가 동생 성철 씨와 함께 성묫길에 나서자, 조무래기들은 우루루 그 뒤를 따랐다.

무슨 재미있는 구경거리라도 되는 듯 슬금슬금 산소까지 따라가는 어른도 몇 있었다.

## 7

그날 저녁, 마을회관에서는 낙성축하회가 개최되었다. 남녀노소 할 것 없이 온통 회관이 비좁도록 모여들었다. 마을에 처음으로 새 마을회관이라는 것이 생겨 기쁘기도 했고, 또 마침 추석날 밤이라 더욱 즐거웠고 축하회를 어떻게 하는 것인지 호기심들이 대단해서 모두 앞을 다투어 모여들었다.

그리고 오늘 저녁의 축하회는 새마을회관의 낙성을 기념하는 것이면서 동시에 삼십오륙 년 만에 고향을 찾아온 재일동포 추석성묘단의 한 사람인 한성운 씨를 환영하는 모임이 되기도 했다. 그래서 더욱 너도나도 모여들었던 것이다.

늦게 와서 회관 안으로 들어가지 못한 사람들은 밖에서 창문을 통해 안을 들여다보며 구경을 했다.

"저기 금숙이 큰아부지 앉아 있네."

"글씨, 금숙이 아부지하고 꼭 닮았대이."

"형제간에 그럼 안 닮았을까 바."

"금숙이 아부지보다 뚱뚱하고 신수가 좋네."

"일본서 제법 부자로 잘 산단다."

"그런데 와, 조총련인가 뭔가, 그런 데 들었지?"

"속아서 그렇겠지 뭐. 공산당들은 거짓말을 밥묵듯이 안 하나."

이런 말을 수군수군 주고받는 아낙네들도 있었다.

축하회는 먼저 마을의 새마을지도자의 인사로부터 시작되었다.

새마을지도자인 김 씨는 먼저 마을회관을 짓는 데 많은 수고를 한 마을 사람들의 노고를 치하하고, 낙성된 이 회관을 앞으로 십분 이용해서 보다 살기 좋고, 잘 사는 마을 만들어나가는데 모두 힘을 모으자고 말했다.

그리고 김 씨는 다음과 같은 말로 옮아갔다.

"그리고 에— 오늘밤은 새마을회관의 낙성을 축하할 뿐 아니라 이번에 삼십 몇 년 만에 에— 모국을 방문하신 재일동포 한성운 씨를 환영해야 하겠습니다. 한성운 씨로 말하자면 일찍이 에— 일제 말기에 징용으로 끌려가셨다가 귀국을 못 하시고 지금까지 일본에 살고 계시는 분입니다. 우리 마을의 유지이신 한성철 씨의 형님도 되시는 분이라는 것은 에— 여러분 모두 잘 알고 계시리라 믿습니다. 그럼 곧 한성운 씨의 인사가 있을 것이니 에— 여러분 많은 박수로 환영해 주시기 바랍니다."

김 씨가 단에서 내려서자 걸상에 앉았던 한성운 씨가 곧 등단했다.

한성운 씨가 단 위에 올라서자 장내에는 한참 동안 박수소리가 요란했다.

박수소리가 가라앉자, 한성운 씨의 약간 상기된 표정으로, 그러나 차근차근 인사말을 하기 시작했다.

"방금 소개받은 한성운이라는 사람입니다. 에— 이렇게 고향의 여러분들을 대하니 뭐라고 말을 했으면 좋을지 가슴이 먹먹할 따름입니다. 여러분 가운데는 에— 나를 아는 분이 많이 계실 것입니다만, 모르는 분이 더 많으리라 생각합니다. 에— 그럴 수밖에 없는 것이 제가 고향을 떠난 지도 어느덧 에— 삼십 년이 훨씬 지났으니 말입니다. 삼십오 년인가 육 년 되었습니다."

여기서 잠깐 말을 멈추고 한성운 씨는 손수건을 꺼내어 공연히 입언저리를 닦았다. 너무 벅차오르는 감회를 억누르는 모양이었다.

장내는 물을 끼얹은 듯 조용했다.

한성운 씨의 말은 계속되었다.

"십 년이면 강산도 변한다는데, 삼십오륙 년이면 강산이 변해도 에— 세 번 이상이나 변한 긴 세월입니다. 나는 그 긴 세월을 고향을 등지고, 모국을 등지고 살아왔습니다. 지금 생각하면 에— 어리석기 짝이 없습니다. 이번에 모국에 돌아와서 여러 가지 산업시설을 돌아보고 또 명승고적을 관람하고는 그동안 터무니없는 거짓말에 속아왔다는 것을 뼈저리게 느꼈습니다. 일본에 있는 조총련은 거짓말을 해도 에— 이만저만한 거짓말을 한 것이 아닙니다. 여러분 들어보세요. 조총련에서 뭐라고 선전을 하는가 하면, 남조선에 가면 굶어서 죽는 시체가 길거리에 수없이 늘어져 있는 형편이라는 것입니다. 거러지가 우글우글하다는 것입니다. 그 말을 우리는 정말인 줄 알았었지요. 에— 그런데 이번에 와보니 생판 다르지 않습니까. 나는 어이가 없어 입이 딱 벌어질 지경이었습니다. 자동차가 일본의 오오사까 못지않게 에— 물결치는 서울 그리고 시원하게 내뻗은 고속도로, 곳곳의 놀라운 산업시설, 잘 가꾸어진 명승고적, 그리고 새마을운동으로 에— 살기 좋아진 농촌…… 이 모든 것이 나의 눈을 번쩍 뜨게 했습니다. 나뿐 아니라, 이번에 같이 모국을 방문한 삼백여 명의 동포들 모두가 그동안 조총련의 새빨간 거짓말에 속아왔다는 사실을 깨달았습니다. 그래서 이번에 일본으로 돌아가면 에— 나는 깨끗이 조총련에서 탈퇴할 것입니다. 나뿐 아니라 이번에 같이 온 삼백여 명 모두가 그렇게 하리라 확신합니다."

그러자 장내에 요란한 박수소리가 터졌다.

장내뿐 아니라, 밖에서 창으로 들여다보고 있는 사람들도 냅다 박수를 쳐댄다.

그러나 더욱 놀라운 일이 일어난 것은 그 다음이었다. 박수소리가 가라앉자 한성운 씨는 말을 이었다.

"그리고 오늘 낮에 동생과 함께 차를 타고 오면서 나는 감격을 했습니다. 고향의 여러분들이 새마을운동을 얼마나 열심히 하고 있는가 하는 것을 에— 눈으로 똑똑히 본 것입니다. 마을 앞의 냇물에 놓은 다리를 보았습니다. '백산리 새마을교'라고 쓰여 있는 것을 보고 정말 놀랐습니다. 동생한테 그 다리를 놓기까지의 이야기를 듣고 더욱 감동했습니다. 정말 남의 일이 아니라고 생각했습니다. 그리고 에— 지금 이렇게 축하회가 벌어지고 있는 이 회관도 여러분의 힘으로 이루어진 것이라니 놀랄 수밖에 없습니다. 여러분, 그래서 나는 에—."

한성운 씨는 다시 손수건을 꺼내어 입언저리를 닦았다. 그리고 말했다.

"여러분들의 새마을운동을 조금이라도 도와드리기 위해서 약소하나마 에— 오십만 원을 희사하겠습니다."

그 말이 떨어지자 장내는 별안간 떠들썩해졌다.

"뭐? 오십만 원?"

"오십만 원을 내놓는단 말인가?"

"그런 모양인데…… 야—"

"야— 신나는데……."

모두 눈들이 휘둥그레져가지고 수군거렸다.

그리고 감격의 물결 같은 박수소리가 장내에 넘쳤다.

"야— 오십만 원 놀랠 노짠데—"

박수를 치면서 이렇게 냅다 소리를 지른 것은 병태였다. 약간 주기가 있는 병태도 회관 뒤쪽에 들어와 앉아 있었다. 곁에 상만이도 앉아 있었고 또 몇몇 마을의 친구들이 앉아 있었다.

한성운 씨의 오십만 원 희사는 정말 뜻밖의 일이었고, 또 마을로서는 큰 선물이 아닐 수 없었다.

한성운 씨는 미리 오십만 원 희사할 것을 작정하고 있었던 듯 선뜻 안 포켓에서 두툼한 흰 봉투를 꺼냈다. 그리고 단에서 내려가 그것을 새마을지도자 김 씨에게 내미는 것이었다.

김 씨는 얼른 자리에서 일어나,

"감사합니다. 정말 감사합니다."

깊이 머리를 숙여 절하면서 그것을 받았다.

다시 장내에 박수의 물결이 넘쳤다. 어떤 노인은 일부러 자리에서 일어나 한성운 씨 앞으로 와서 그의 손을 잡고 흔들며,

"자네, 정말 장하네. 장해, 정말 고맙네."

하였다. 그리고,

"삼십 몇 해 동안이나 일본에 살았는데, 어떻게 우리말을 안 잊어뻐리고 그렇게 잘 하제."

하고 신기한 표정을 짓기도 했다.

이렇게 감격적인 장면이 지난 다음, 오늘밤 축하회의 본 프로가

시작되었다.

먼저 '새마을 노래' 합창이 있었다. 마을의 남녀 이십여 명이 나와 합창을 했다. 꽤 연습을 한 듯 제법 곡조가 매끄러웠다.

뒤쪽에 앉아 구경을 하고 있는 병태는 합창하는 여자들 가운데서 동생 순옥이를 발견하고 히죽 웃었다. 그리고 금숙이가 눈에 띄자 공연히 가슴이 조금 두근거렸다. 금숙이는 몰라보게 얼굴이 훤했다. 한창 피어오른 박꽃처럼 느껴졌다. 처녀로서 참 좋은 나이니 그럴 수밖에 없었다. 어쩐지 여자들 가운데서 제일 나아 보였다. 그런 금숙이를 바라보며 병태는 맥없이 침을 한 덩어리 꿀컥 삼켰다.

합창이 끝나자, 다음은 만담이었다. 두 젊은이가 단 위에 나와 서서 제법 익살스럽게 한참 만담을 늘어놓는 것이었다.

허허허 히히히 후후후…… 장내엔 곧장 웃음이 넘쳤다. 텔레비전의 '새마을 잔치'에 나오는 구봉서 흉내는 일품이었다. 다음은 무용이었다. 무용은 마을의 새마을소년단원들이 했다.

소년단원들은 거의가 국민학교 학생들인데, 그 가운데서 여학생 여남은 명이 나와서 '협동과 근면'이라는 제목의 춤을 추었다. 제법 힘차면서도 부드럽고 경쾌한 춤이었다. 여학생들이 무용을 할 때 한성운 씨는 유난히 감회에 넘치는 표정으로 지켜보고 있었다. 어쩌면 자기가 옛날 소학교에 다니던 시절을 회상하고 있는지도 몰랐다.

무용 다음은 그림연극이었다. '아아, 백산리 새마을교'라는 제목의 그림연극인데 중학교에 다니는 학생이 혼자 나와서 자기가 그린 여러 장의 그림을 그림틀에 넣어가지고 그것을 한 장 한 장 빼가면서 이야기를 진행시켜 나가는 것이었다. 그림을 보여주면서 혼자서 여러 사람의 목소리를 내며 연극을 해나가는 셈이었다.

내용은 백산리 새마을교를 완성시키기까지의 여러 가지 이야기였다. 그림도 제법 잘 그려져 있었다. 그리고 혼자서 여러 사람의 목소리를 내는데 아주 제법이었다. 끝나자 박수소리가 가장 높았다. 다음 차례는 웅변이었다. '새마을운동과 우리의 각오'라는 제목으로 고등학교에 다니는 학생이 나와서 주먹을 휘두르며 열을 뿜었다. 학교에서 웅변을 꽤 해본 듯 보통 솜씨가 아니었다. 장내가 물을 끼얹은 듯 조용했다.

웅변이 끝난 다음 마지막으로 연극이 있었다.

새마을 소인극(素人劇)인 셈이었다. 〈해 뜨는 우리 마을〉이라는 제목의 연극인데, 내용은 어려운 형편 속에서 마을 사람들이 한마음 한뜻으로 새마을회관을 완성시켜 나아가는 이야기였다. 주인공은 금숙이였다. 금숙이를 중심으로 부녀회원들이 벌이는 이야기가 꽤나 흥미 있게 전개되었다. 물론 남자들도 등장했다. 무대장치는 별것이 없었으나 분장들은 제법 그럴듯했다. 그리고 연습도 꽤 한 듯 소인극치고는 수준급이었다. 주인공인 금숙이의 열연은 많은 박수를 불러일으켰다. 그럴 때마다 병태는 남달리 힘차게 박수를 쳐댔다. 묘한 기분으로. 물론 순옥이도 연극에 등장했다.

연극을 구경하면서 병태는 속으로, 촌 가시나들 제법인데…… 싶었다. 그리고 오늘밤에 어떻게 해서든지 금숙이를 만나야지. 어떻게 하면 단 둘이 호젓이 만나 이야기를 나눌 수 있을까…… 하고 고개를 기울이며 궁리를 하기도 했다.

# 8

달은 어느덧 중천에 둥실 높이 떠올랐다. 정말 잘 생긴 명경 같은 달이다. 한가위의 달이니 그럴 수밖에 없다.

금숙이는 하얗게 달빛이 깔린 길을 사뿐사뿐 걸어간다. 달이 밝아서 그런지 오늘 저녁 마을회관 낙성 축하회가 무사히 잘 끝나서 그런지 한결 기분이 좋기만 하다.

지금 외숙모가 급히 좀 오란다는 전갈을 받고 가는 길이다.

"무슨 일일꼬……?"

금숙이는 입속말로 중얼거린다.

작은 외숙 집이 같은 마을에 있는 것이다. 같은 마을이긴 하지만, 좀 떨어져 있다. 마을에서 약간 떨어진 곳에 과수원이 하나 있는데 그게 작은 외숙 집인 것이다.

외숙모는 요즘 산후의 몸이어서 바깥출입을 못하고 있다. 오늘 저녁의 축하회에도 못 나왔다.

그런데 무슨 일인지 급히 좀 오라는 전갈이 온 것이다.

외숙 집에 갈려면 도토리나무숲을 지나야 한다. 별로 크지 않은 숲이지만, 밤으로는 약간 으스스한 느낌이 든다.

그러나 금숙이는 예사로 숲길로 들어선다. 밤으로도 곧잘 외숙 집에 놀러 다니는 터였고, 또 오늘밤은 달이 밝은 한가윗날이라 그런지 거의 그런 느낌이 들지가 않는다.

그러나 걸음은 절로 빨라진다.

사뿐사뿐 잰걸음으로 숲길을 걸어가던 금숙이는,

"어메!"

약간 놀라면서 주춤 멈추어 선다.
저만큼 도토리나무 그늘에 누군가가 서 있는 게 아닌가.
금숙이가 주춤 걸음을 멈추자, 그 그림자는 앞으로 걸어 나오며,
"금숙 씨 오래간만입니더."
한다.
"……?"
금숙이는 얼른 누군지 알아보지 못한다.
"나 누군지 모르겠능교?"
벙글벙글 웃으면서 다가오는데 보니 뜻밖에 병태가 아닌가.
"우야꼬!"
금숙이는 너무나 뜻밖의 일에 얼굴이 화끈 붉어진다. 병태가 다니러 왔다는 소식은 들었지만, 이렇게 밤에 도토리나무 숲에서 불쑥 나타날 줄이야…… 자기가 외숙 집에 가는 줄을 알고 기다리고 있기라도 한 것처럼.
병태는 금숙이 앞에 와 서더니,
"이렇게 나와 주어서 고맙심더."
하고 곧장 벙글벙글 웃는다.
이렇게 나와 주어서 고맙다니…… 금숙이는 뭣이 어떻게 된 영문인지 알 수가 없다.
"난 혹시 안 나올까 싶어서 걱정을 안 했능교 허허허……."
"그럼……."
그제야 금숙이는 눈치를 알아챈다.
"금숙 씨, 용서하이소. 거짓말을 해서 미안합니더. 외숙모가 급히 오라고 부른 기 아니라 내가 불렀심더, 허허허……."

"우야꼬, 난 그런 줄을 모르고……."

금숙이는 약간 분한 듯이 눈을 흘긴다. 그러나 웃음이 담긴 눈이다.

"오늘 저녁에 연극 참 잘하던데요."

"구경하셨어예?"

"예, 정말 좋았심더."

"뭘예. 연습이 부족해서……."

"아닙니더, 그만하면 아주 훌륭합띠더. 극장에서 하는 시시껄렁한 연극보다 훨씬 낫습띠더."

"……."

"모두 잘 하는데, 그중에서도 특히 주인공이 젤 잘하던데요."

"어메, 호호호……."

금숙이는 수줍은 듯이 웃는다. 자기가 연극의 주인공이었으니 그럴 수밖에.

"정말입니더. 언제부터 그렇게 연극에도 소질이……?"

"학교 댕길 쩍에 학예회 때 한 번 동극을 해봤심더."

"아, 그랬능교? 좌우간 일류배우 빰치겠습띠더."

"어메 어메……."

"정말입니더. 아주 감동을 했심더. 그래서 한 번 만나 칭찬을 해드리고 싶어서…… 허허허……."

병태는 싱겁게 웃는다.

"그래서 거짓말로 불러냈능교? 참 얄궂대이."

금숙이는 또 살짝 곱게 눈을 흘긴다.

"그리고 금숙 씨 큰아부지가 오래간만에 다니러 오신 데 대해 축하한다는 인사도 디릴 겸……."

"호호호……."

금숙이는 그만 까르르 웃음이 나와 버린다.

학교 다닐 때부터 잘 까불고 짓궂기도 하고 좌우간 재미있더니, 어른이 되어서도 역시 싱겁고 능글능글하구나 싶은 생각이 든다. 결코 싫지가 않다. 오히려 그런 그가 남자답게 느껴져 은근히 마음에 든다.

그렇지 않고 이렇게 밤중에 단 둘이 만나서 얌전만 빼고 고지식한 소리만 한다면 얼마나 멋쩍고 낯간지럽겠느냐 말이다. 그리고 그런 남자 같았으면 이런 식으로 능청스럽게 거짓말을 꾸며서 단 둘이 만날 엄두도 못 냈을 것이겠지만…….

"와 웃능교? 삼십 몇 년 만에 큰아부지가 다니러 오셨는데, 축하 디리면 나쁜교?"

병태는 기분이 좋고 재미가 나는 듯 싱글벙글하면서 곧잘 익살 투다.

"호호호…… 누가 나쁘다 카능교?"

"정말 금숙 씨 큰아부지 훌륭합띠더. 오십만 원이나 되는 돈을 선뜻 내놓다니…… 어디 보통사람이 그렇게 할 수 있능교. 아무리 돈이 많아도……."

"돈이 많으면 그렇게 할 수 안 있겠능교."

"아닙니더. 서울에 살면서 보니 돈 많은 사람들이 더 무섭띠더. 어림도 없십더. 오십만 원을 선뜻 내놓다니, 택도 없십더."

"자기 고향의 새마을운동을 위해서도 안 내놓을까요."

"안 내놓고말고요. 보통사람은 안 내놓십더. 삼십 년이 아니라,

삼백 년 만에 다니러 와도 안 내놓는다니까요."

"호호호…… 삼백 년 만에 다니러 오는 사람도 있능교?"

"허허허…… 좌우간 오늘밤에 나는 많은 감동을 했심더. 금숙 씨 연극 솜씨에 감동했고, 금숙 씨 큰아부지가 내놓은 오십만 원에 감동을 했고……."

"그것 뿐입니꾜?"

"또…… 에— 우리 고향의 새마을운동에 감동을 했심더. 정말 우리 마을이 이렇게 달라졌을 줄이야……."

"우리 마을보다 훨씬 잘하는 마을도 많아예."

"물론 더 잘하는 데도 있겠지만, 좌우간 그렇게 어설프기만 하던 우리 마을이 영 낯선 마을처럼 탈바꿈을 한 데 놀랬심더. 오늘 식전에 오면서 냇물에 놓인 다리를 보고 정말 깜짝 놀랬다니까요."

"그 다리 놓기 위해서 정말 모두 고생께나 했어예. 서울 같은 데가 있다가 고향에 돌아오는 사람은 그 다리를 보고 절을 한 번씩 해야 될 낍니더, 호호호……."

"정말입니더. 한 번이 아니라, 백 번은 해야 되겠습띠더. 그리고 마을회관도 보니까 아담하게 잘 지었고……."

"인제 마을의 환경 정비는 어지간히 된 셈입니더. 앞으로는 소득 사업을 좀 알차게 벌려나갈까 해예."

"……."

"살기 좋은 마을에서 잘사는 마을로 전진해나가는 기라예."

잠시 말없이 그녀의 얼굴을 바라보고 있던 병태는,

"정말 놀랠 노짠데요."

하고 고개를 크게 끄덕인다.

동생 순옥이의 입에서 “서울에는 새마을운동도 없는강” 혹은 “협동을 해야 잘살게 되는 기지, 나만 혼자서 어떻게 잘살게 되노 말이다” 이런 말이 나왔을 때 속으로 이것 봐라 싶으며 놀랍고 대견하기도 하면서 약간은 어색하기도 한 그런 느낌이 들었듯이, 금숙이의 입에서도 예사로 “소득사업을 알차게 벌여나간다”느니 “잘 사는 마을로 전진해 나간다”느니 하는 말이 나오자, 역시 그런 느낌이 들었던 것이다.

고향 처녀들의 입에서 예사로 그런 말이 나오다니, 그런 점에서도 세상은 많이 달라졌구나 싶다. 오 년 전 자기가 서울로 떠날 때까지만 해도 그런 말은 처녀들의 입에서는 고사하고 이장 같은 사람의 입에서도 전혀 들을 수가 없었던 것이다.

“순옥이한테 들으니까 금숙 씨가 부녀회 회장으로 아주 일을 많이 한다지요?”

“뭘예, 별로 한 일도 없심더.”

금숙이는 역시 처녀답게 꽤나 수줍어한다.

병태는 그런 그녀가 썩 마음에 든다. 무슨 회장이다 뭐다 해서 마치 감투라도 쓴 듯이 여자가 특히 처녀가 수줍음도 없이 자기를 과시하려 든다면 아무리 일을 많이 했다 치더라도 결코 호감이 가질 않을 것이다.

“좌우간 우리 고향도 인제 쨍하고 해 뜰 날이 멀지 않은 것 같심더.”

“호호호…….”

‘쨍하고 해 뜰 날’이라는 말을 유난히 세게 발음하는 바람에 금숙이는 절로 웃음이 나온다.

그때, 마을에서 개 짖는 소리가 일어난다.

개 짖는 소리가 들리자, 병태와 금숙이는 약속이라도 한 듯이 얼른 그쪽으로 시선을 돌린다.

누군가가 한 사람 마을에서 걸어 나오는 게 보인다.

둘이는 가만히 그 움직이는 그림자를 지켜보고 있다. 그 사람이 이 도토리나무숲 쪽으로 오는가, 아니면 다리가 있는 쪽으로 똑바로 내려가는가 살펴보고 있는 것이다.

잠시 후, 금숙이의 입에서,

"우야꼬! 이쪽으로 오네."

약간 비명에 가까운 소리가 흘러나온다.

"글쎄."

병태도 좀 당황한다.

이렇게 단둘이 밤중에 숲속에서 이야기를 나누고 있는 장면이 발각되면 곤란한 것이다. 금숙이는 말할 것도 없이 아주 난처한 일이지만, 남자인 병태 역시 절로 그런 생각이 든다.

서울 같으면 밤에 남녀가 둘이 만나는 것은 예사다. 으슥한 곳에서 서로 껴안고 있어도 허물이 되질 않는다. 아무도 그것을 흉보질 않는 것이다. 밤뿐 아니라 대낮에도 젊은 남녀가 팔짱을 끼고 대로를 활보하는 게 보통이다.

젊기 때문에 오히려 당연히 그래야 된다는 식이다.

그런 서울바닥에서 굴러먹는 병태지만, 그러나 여기는 서울이 아니고, 고향의 호젓한 숲속인 것이다. 서울의 빌딩 그늘이나 가로 모퉁이 같으면 누가 보거나 말거나 아무렇지도 않지만, 고향의 숲속에서는 곤란한 것이다.

서울은 절반 이상 서양 나라를 닮아가고 있지만, 고향은 아직 별로 때 묻지 않은 우리 한국이다. 그래서 본능적으로 사람의 눈이 염려가 되는 것이다.

병태는 얼른 금숙이의 손목을 덥석 잡아끌며,

"저리 갑시더. 저리……."

한다.

금숙이는 얼굴과 손목께가 화끈 달아오르는 느낌이다. 남자의 우악스런 손아귀에 별안간 손목이 잡혔으니 그럴 수밖에.

그러나 자기도 모르게 약간 허리를 굽히며 병태가 이끄는 대로 재빨리 따라간다.

숲 저쪽의 밭머리에 가서 몸을 숨기며 나란히 앉은 그들은 숲속 길로 들어서는 사람을 유심히 바라본다.

도토리나무 사이로 흘러드는 달빛에 젖으며 휘청휘청 걸음을 옮기는 그 사람을 가만히 보고 있던 금숙이는,

"어메, 외삼촌이네."

약간 놀라는 듯, 그러나 묘한 웃음을 띤 그런 표정으로 병태를 바라본다.

"외삼촌인교?"

"예, 외삼촌이 인제 돌아가시는 모양이네예."

"좀 취했는 것 같은데요. 약간 비틀비틀 안 하능교, 그죠?"

"예, 호호호……."

금숙이는 한 손으로 입을 가리며 나지막한 목소리로 웃는다.

그런 금숙이가 무척 좋은 듯 병태도 허옇게 앞니를 드러내 보이며 소리 없이 웃는다.

외삼촌의 모습이 저만큼 멀어져가자, 금숙이는 별안간 왈칵 쑥스럽고 부끄러운 생각이 든다. 사람을 피하느라 황급히 이 밭머리 쪽으로 옮겨오기는 했으나, 막상 이렇게 호젓하고 후미진 곳에 단둘이 나란히 앉아 있고 보니 무슨 남다른 사이라도 되는 것 같아 기분이 이상해진 것이다.

실은 아무런 사이도 아닌데…… 그저 한 마을에서 나서 자라 서로 너무나 잘 알 뿐, 그 밖에 다른 관계는 요만큼도 없는데 말이다.

오늘밤 이렇게 단둘이 만나게 된 것도 어쩌다가 속아서 우연히 그렇게 되었을 뿐, 무슨 다른 생각이 있었던 것도 전혀 아니다.

그래서 왈칵 쑥스러워진 금숙이는 마치 정신이 번쩍 드는 것처럼,

"나 그만 갈라예."

하고 자리에서 일어났다.

그러나 허사였다.

일어서는 그녀의 치맛자락을 병태가 덥석 잡은 것이다.

"안 됩니다, 앉아요. 할 애기가 있심더."

"……."

"할 애기가 있다니까요."

병태는 치맛자락을 제법 힘주어 당긴다.

"아이고, 치마 찢어집니더. 와예, 앉겠심더, 앉겠심더."

금숙이는 마지못한 듯 도로 슬그머니 자리에 앉는다. 그러나 싫은 기색은 별로 없다. 오히려 은근히 기쁜 듯한 그런 표정이다.

그녀의 그런 표정을 보자, 병태의 기분이 매우 흐뭇하다. 벌써 일은 절반 이상 된 거나 마찬가지라는 생각이 든다. 에헴! 싶다.

"할 애기가 뭔데예?"

도로 자리에 앉은 금숙이는 아까와는 달리 어쩐지 자꾸 가슴이 설레는 듯해서 지그시 배에 힘을 주며 애써 아무렇지도 않은 듯이 묻는다.

병태는 대답이 없다. 얼른 뭐라고 말이 나오질 않는 것이다.

"예? 무슨 얘긴데예?"

"……."

"어서 말해 보이소."

그러자 병태는 중천에 둥실 떠 있는 달을 우러러보며,

"달 참 좋지요?"

엉뚱한 소리를 한다.

"호호호……."

금숙이는 그만 웃음이 나와 버린다.

"그기 할 얘기라예?"

"가만히 있어요. 뭐 그리 급한고?"

"밤이 제법 깊었어예. 빨리 집에 돌아가야 해예."

"추석날 밤인데 뭐. 모두 지금쯤 술에 곤드레가 됐을 낍니더. 염려 마이소."

"좌우간 무신 얘긴지 빨리 애기해 봐요."

금숙이는 속으로 대강 무슨 얘기가 나올 것이라는 것을 짐작하고 있으면서도 시치미를 뚝 떼고, 약간 짓궂게 다그쳐댄다.

병태가 오히려 수세에 몰린 셈이다. 무슨 얘기냐고 자꾸 독촉을 해대니, 뭐라고 이야기를 꺼냈으면 좋을지 알 수가 없다.

그러나 계속 그렇게 미루고 있을 수도 없는 노릇이다.

"무슨 얘긴가 하면 말이죠…… 험!"

병태는 공연히 헛기침을 한 번 한다. 그리고 꿀컥 침도 한 번 넘긴다.

금숙이는 무슨 말이 나오는가 하고 두 눈을 반짝거리며 병태를 바라보고 있다.

"……."

"……?"

"저…… 다름이 아니라……."

곧장 머뭇거려지는 모양이다. 평소에 익살을 잘 부리고 매사에 서슴없는 그가 별안간 사람이 달라진 듯한 느낌이다.

"어서 말해 봐예."

금숙이는 킥! 웃는다. 평소에 얌전한 편인 금숙이 쪽이 도리어 활달하다.

"금숙 씨, 저…… 서울에 갈 생각이 없능교?"

마침내 병태는 말이 떨어진다. 그러나 역시 아직 매우 간접적이다.

"서울에예?"

"예."

"뭐 하로예?"

"……."

병태는 또 말이 막힌다.

"식모살이나 하로 서울에 간다 말입니꾜? 내사 싫심더. 좋은 내 고향을 두고 뭐 하로 서울 같은 데 갑니꾜. 사서 고생을 할라고예."

금숙이는 정말 싫은 모양이다. 약간은 실망을 한 듯한 표정이기도 하다. 기껏 그런 소리를 하려고 그랬던가 싶은 것이다. 금숙 씨, 나는 당신을 사랑해요, 어쩌고 그런 화끈하고 짜릿한 말이 나오리라 은근히 기대하고 있었는데 말이다.

"고생하로 가는 기 아니라, 저……."

"……?"

"나하고 같이 가잔 말입니다."

"예? 같이 가예? 호호호…… 같이 가서 창경원이랑 남대문이랑 구경시켜 준다고 말잉교?"

"허허허…… 그기 아니라…… 물론 창경원이라 어디라 구경을 시켜주고말고요. 그기 아니라……."

"그기 아니라 뭐예?"

"서울에서 살잔 말입니다. 같이……."

"우야꼬! 같이 살다니예? 그기 무슨 소리예?"

"무슨 소리는 무슨 소리라요. 같이 살림을 하자는 말이지."

"어메! 얄궂대이!"

금숙이는 깜짝 놀란다. 달빛 아래서도 얼굴이 화끈 붉어지는 것이 역력히 보이는 듯하다.

"얄궂기는 뭐가 얄궂어요? 같이 살림을 하자는데……."

"몰라예! 몰라예!"

"허허허…… 그러지 말고 잘 생각해 봐요. 말은 낳으면 제주도로 보내고, 사람은 낳으면 서울로 보낸다는 말도 안 있능교. 사람은 서울에 가서 살아야지, 시골에서는 천 날 만 날 별수 없단 말입니더."

"별수 없는 거 좋아하시네."

금숙이는 눈을 크게 한 번 흘겨준다. 그러나 역시 눈매에 야릇한 교태 같은 것이 흐른다.

"그러지 말고, 같이 서울에 가서 살림을 차립시더."

"몰라예! 결혼도 안 하고 살림을 어떻게 차리능교?"

그 말에 병태는 귀가 번쩍한다. 이제 일은 다 된 거나 마찬가지라는 생각이 든다.

"결혼을 와 안 해요. 누가 결혼을 안 하고 살림을 차리자 카능교? 당당히 결혼식을 올리고서 서울에 가서 당당히 살림을 차리자는 기지."

"얄궂대이."

금숙이는 그만 고개를 숙여버린다. 야릇하게 가슴이 뛰고, 목까지 화끈거리는 듯해서 그냥 얼굴을 들고 앉아 있을 수가 없었던 것이다. 그런 그녀를 병태는 흐뭇한 미소를 지으며 지그시 내려다본다. 별안간 그녀가 못 견디게 좋기만 하다. 생각 같아서는 와락 껴안아버리고 싶다.

그러나 아직 그럴 때가 아니라는 듯이 병태는 뜨거운 침을 한 덩어리 꿀꺽 삼킨다. 너무 성급히 굴면 오히려 역효과가 날 수도 있다는 것을 그는 잘 알고 있는 것이다.

그래서 한결 은근하고 다정스러운 목소리로 속삭이듯이 말한다.

"금숙 씨, 금숙 씨는 나를 어떻게 생각해 왔는지 모르겠지만, 나는 벌써 오래 전부터 금숙 씨를 남몰래 사모해 왔심더. 정말입니다."

"……."

"국민학교 댕길 때부터 금숙 씨를 사모했다고 해도 과언이 아닙니다."

"호호……."

금숙이는 그만 킥! 웃음이 나온다.

"와 웃능교? 거짓말인 줄 아능교? 국민학교 댕길 때 생각 안 나능교? 비가 와서 큰물이 지면 언제나 내가 금숙 씨를 업고 냇물을 안 건넜능교. 잊어버렸능교? 그기 다 은근히 사모하고 있었기 때문에……."

"호호호……."

금숙이는 도저히 참을 수가 없다는 듯이 웃음을 터뜨려버린다. 국민학교 때부터 사모를 하다니…… 웃음이 안 나올려야 안 나올 수가 없다.

"허허허…… 정말입니더. 허허허……."

자기도 생각해보니 우스운 듯 병태는 코를 쳐들며 너털웃음을 웃는다.

마을에서 또 개 짖는 소리가 일어난다.

그러자 금숙이는 깜짝 놀라는 듯 벌떡 자리에서 일어난다.

"그만 갈라예."

"안 됩니더. 안 됩니더."

병태도 후닥닥 따라 일어나며 금숙이를 와락 껴안으려 한다.

"우야꼬—"

금숙이는 그만 자기도 모르게 비명 같은 소리를 지른다.

"얘기 좀 더 들어요. 얘기 좀……."

병태는 안타까운 표정이다.

"싫어예, 이러면 정말 싫단 말이예. 밤이 너무 깊었어예."

"그럼 내일 밤 또 만납시더. 여기서…… 꼭 나와야 돼요."

금숙이는 말없이 눈을 곱게 흘긴다.

이튿날 밤 역시 달은 휘영청 밝았다

병태는 도토리나무숲에 나가 금숙이가 이제나 오는가, 이제나 오는가 하고 기다렸다. 그러나 그녀는 좀처럼 모습을 나타내지 않았다.

어젯밤 그녀의 태도로 보아 틀림없이 나올 터인데, 어찌된 영문인지 알 수가 없었다. 병태는 초조해서 공연히 자꾸 애꿎은 담배만 빨아댔다.

그리고 그는 내심 몹시 후회를 하고 있었다. 시간 약속을 깜박 잊었던 것이다. 몇 시에 만나자는 시간을 말 안 했으니, 언제 나올지 알 수가 없다.

어쩌면 자기가 나오기 전에 벌써 숲을 찾아왔다가 그냥 돌아가버렸는지도 모른다. 그런 생각이 들자 안절부절 어쩔 줄을 모르겠는 모양이다. 아직 절반도 안 탄 담배를 땅바닥에 픽 던지고는 썩 구두바닥으로 문질러버린다. 마치 그 담배개비가 재수 없기라도 한 것처럼.

그러나 그럴 리가 없다고 생각한다. 자기가 나오기 전에 벌써 나가다니…… 그럴 턱이 없는 것이다. 이런 경우, 여자란 언제나 늑장을 부리기 마련이다. 남자보다 서둘러 나와서 기다리는 여자는 열에 하나도 드물다. 두 사람의 사이가 무르익었을 무렵에는 몰라도, 처음에는 으레 여자 쪽에서 일부러라도 늦게, 못 이기는 체하고 나타나는 법이다. 특히 도시의 반질반질 까진 여자들이 아니다. 아직도 수굿한 데가 많은 시골 여자인 경우는 말이다.

마음을 느긋하게 먹으며 병태는 팔뚝시계를 들여다본다. 달빛을 받아 시계의 문자판이 반짝 빛난다.

아홉 시 반이 다 되어 간다.

여덟 시 조금 지나서 나왔으니, 한 시간 반가량 기다린 셈이다. 더럽다는 생각이 슬그머니 든다. 여자가 뭐 저뿐이어서 이러는 줄 아는가 말이다. 서울바닥에는 낚아 올리려고 마음만 먹으면 하루에도 두 마리 세 마리 낚아 올릴 수 있을 만큼 시글시글한 게 여자인 것이다.

그런 생각을 하면서 약간 화가 난 사람처럼 마을 쪽을 노려보고 있는데, 킥! 웃는 소리가 들린다. 뜻밖에 반대쪽에서 말이다.

병태는 얼른 뒤를 돌아본다.

금숙이다. 금숙이가 저만큼 서서 재미있다는 듯이 장난기 어린 표정으로 웃고 있다.

"아니……."

병태는 약간 어이가 없다. 금숙이가 마을 쪽에서 나타나는 것이 아니라 반대편에 서 있다니…… 그럼 자기보다 일찍 나와서 지금까지 어디에 숨어 있었단 말인가.

아무튼 반갑기 그지없다. 기분이 활짝 개인 병태는 벙글 웃으면서 그녀에게로 다가간다.

"얼매나 기다렸는지 아능교? 그런데 어느 길로 왔길래 이쪽에서 나타나지요?"

그러자 금숙이는 시치미를 뚝 떼고,

"외숙 집에 심부름을 갔다 오는 길이라예."

한다.

말하자면 만나고 싶어 나타난 것이 아니라는 뜻이다.

"뭐요? 심부름요?"

병태는 요 깍쟁이 봐라 싶다. 결코 여자의 그만한 마음을 모르는 병태가 아닌 것이다.

"밤중에 심부름을 갔다 오시느라 대단히 수고가 많으십니더."

익살스럽게 말하고는 허허허…… 웃는다.

금숙이도 키득키득 웃는다.

"자, 어서 저쪽으로 갑시더. 어젯밤 그 자리로……."

웃음을 거두고 난 병태가 말하자, 금숙이는 고개를 내젓는다.

"아니라예. 가야 돼예. 집에서 기다립니더."

"와 이라능교? 그카지 말고 빨리 저쪽으로 갑시더."

"정말이라예. 안 됩니더. 큰일 납니더."

"큰일 나기는 뭐가 큰일 나능교?"

"정말입니더. 안 됩니더."

금숙이는 싹 자르듯이 말한다. 달빛에 그녀의 표정이 싸늘할 지경이다.

병태는 말문이 막힌다. 뭐 이래, 싶다. 그렇다면 정말로 심부름을 갔다 오는 길이란 말인가. 재미 더럽다.

병태가 입맛이 뚝 떨어진 듯한 얼굴로 멀뚱히 바라보자, 금숙이는 약간 표정을 누그리며 불쑥 내뱉듯이 말한다.

"서울 주소나 가르쳐 주이소."

"서울 주소요?"

"예."

"뭐 할라고요?"

"……."

"서울로 찾아올랑교?"

"호호호…… 찾아오는 거 좋아하시네."

금숙이는 또 웃는 얼굴이 된다.

"그럼……?"

"……."

"뭐 할라고 주소는"

"편지 하겠심더."

"편지요?"

"예."

"음—"

편지를 하겠다는 말에 병태는 별안간 기분이 묘해진다. 아주 기분이 좋은 듯하면서 한편 그녀와의 일이 후일로 미루어지는 듯해서 어쩐지 좀 허전하기도 하고 안타깝기도 한 그런 느낌이다. 좌우간 금숙이가 자기를 마다고 하지 않는 것만은 틀림없는 일이어서 병태는 약간 상기된 기분으로 다가든다.

"물론 편지도 하지만, 우선 오늘밤에 콱 끝을 맺어버립시더. 소뿔은 단김에 뺀다는 말도 모르능교? 뭘 우물쭈물할 필요가 있능교. 안 그렁교? 자, 어서 저쪽 밭머리로 갑시더. 어젯밤 그 자리로……."

"싫어예. 단김에 뺄 일이 따로 있지, 그런 중대한 일을 어떻게 단김에 뺍니꾜? 안 됩니더. 잘 생각해보고 나중에 편지로 대답할 끼니까, 서울 주소나 가르쳐 주이소."

"허, 그러지 말고, 자! 어서!"

공연히 마음이 달아오르는 듯 병태는 그만 금숙이의 한쪽 손목을 덥석 잡는다.

“안 돼예! 안 돼예!”

금숙이는 한사코 뿌리쳐버린다. 그리고 다시 싸늘한 표정을 지으며,

“이러면 서울 주소고 뭐고…… 그냥 집에 가버릴 끼라예!”

냅다 쏘아붙여버린다.

“허— 그것 참…….”

병태는 닭 쫓던 개 울타리 쳐다보는 듯한 기분으로 쩝쩝 입맛을 다신다.

“자, 어서 서울 주소나 가르쳐 줘예.”

“보자…… 서울특별시 동대문구하고 뭐더라…….”

병태는 그런 와중에도 또 익살기가 동한다.

“일정한 주소도 없는 모양이지예?”

“없기는 와 없어요. 동대문구 창신동하고 보자— 몇 번지더라…….”

그러면서 병태는 호주머니를 뒤져 주소를 적을 종이와 볼펜을 찾는다. 종이는 다 부스러진 휴지가 집혀 나왔으나, 안 지니고 다니는 볼펜이 있을 턱이 없다.

“이거 볼펜이 없어서 뭐로 적지, 야단났는데…….”

“그럴 줄 알고 미리 준비해 가지고 왔심더. 자, 여기 적어 주이소.”

금숙이는 치마에 붙어 있는 포켓에서 종이와 볼펜을 꺼냈다.

병태는 그것을 받아 들며 속으로 약간 놀란다. 보통 용의주도한 여자가 아닌 것이다. 금숙이가 그처럼 용의주도한 여잔 줄은 미처 몰랐다.

마을 부녀회 회장직을 맡고 있다더니 역시 다르구나 싶다.

병태는 몹시 기분이 흐뭇하다. 여자는 용의주도하고 짭짤해야 하는 것이다. 덜렁덜렁 되는 대로 덤벙거리는 여자는 질색이다. 서울의 동대문 쪽 시장에서도 보면 장사를 해도 어떤 아주머니는 용의주도하게 빈틈없이 잘해 나가는데, 어떤 아낙네는 그저 주먹구구식으로 되는 대로 덤벙덤벙, 몰고 나가다가 뺑하고 나자빠지고 마는 것이다.

그렇게 나자빠지는 아낙네를 볼 때마다 병태는 부디 자기에게 차례 오는 여자는 그런 덤벙대는 여자가 아니길 간절히 바라고 싶은 심정이었다. 비록 장사를 안 하고 집에서 살림을 하더라도 용의주도하고 짭짤한 여자라야 주부 감으로 합격인 것이다.

그런데 금숙이가 그처럼 빈틈없는 여자라니…… 흐뭇한 일이 아닐 수 없다.

도토리나무 사이로 흘러드는 달빛을 받으면서 종이에 서울의 주소를 적고 있는 병태는 공연히 가슴이 뿌듯하게 부풀어 오르는 듯해서 가만히 심호흡을 한 번 한다.

"자, 여깃심더. 이리 편지 하이소."

금숙이는 말없이 종이쪽지를 받아 반듯하게 두 번 접어서 치마 포켓에 넣는다.

"이 볼펜은 나 주이소. 기념으로 가지고 갈랍니더."

병태는 빙글 웃으면서 볼펜을 척 자기의 윗 포켓에 꽂아버린다.

금숙이도 킥! 웃는다. 그런 하찮은 것을 기념으로 가지고 가겠다니 약간 쑥스러운 모양이다.

"그럼 편지할께예."

금숙이는 나긋한 웃음을 담은 두 눈으로 병태를 힐끗 바라보고는 얼른 돌아선다.

"잠깐만! 잠깐만!"

병태는 무슨 요긴한 일이라도 남아 있는 듯이 황급히 불러 세운다.

"저…… 금숙 씨!"

그러면서 그는 그만 그녀에게로 와락 달려들어 그녀를 덥석 품에 안아버린다.

"우야꼬!"

금숙이는 깜짝 놀라 바르르 떤다.

바르르 떠는 그녀를 불끈 안고 병태는 그만 못 견디겠는 듯 그녀의 볼에다가 자기의 볼을 냅다 비벼댄다. 사정없다. 마치 별안간 왈칵 뜨거워진 짐승 같다.

"어메 어메……."

그녀는 몸부림을 친다. 그러나 그녀 역시 싸늘하던 얼굴이 화끈 달아오른다.

그녀의 탐스러운 머리카락이 온통 병태의 얼굴을 묻는다. 머리카락과 머리카락이 마구 뒤엉킨다.

물씬 풍기는 야릇한 여자의 머리카락 냄새…… 병태는 어쩔 줄을 모른다. 마치 무엇에 취한 사람처럼.

"음—"

뜨거운 신음소리를 내뱉으며 이번에는 뜨끈한 입술로 그녀의 입술을 더듬는다.

"아이고 아이고……."

그녀는 고개를 내저으며 얼굴을 뒤로 젖힌다. 그러나 한사코 그의 입술을 피하려는 것은 아니다. 체념이라도 한 듯 가만히 눈을 감아버린다.

그녀의 입술 위에서 병태의 입술은 마구 벌겋게 무르녹는다.

달빛이 그들의 이 뜨거운 장면 위로 쫙— 퍼붓듯이 쏟아진다.

잠시 후, 병태는 그녀를 안은 채 그 자리에 쓰러지려 한다.

그러자 금숙이는 마치 찬물이라도 끼얹힌 듯 깜짝 소스라친다.

"안 돼예! 안 돼예! 싫어예 싫어예!"

냅다 소리를 지르며 혼신의 힘을 다해 그의 품에서 벗어나버린다. 그리고 후닥닥 달아난다. 치마를 팔락거리며 마구 달려가는 금숙이를 넋 잃은 사람처럼 바라보고 있던 병태는 숨을 몰아쉬고는,

"편지 빨리 해야 돼요. 빨리—"

하고 고함을 지른다.

숲속 길을 달려가면서 금숙이는 힐끗 뒤를 돌아보며 약간 장난기 어린 목소리로 대답한다.

"몰라예, 몰라예— 안 할 끼라예—"

서울로 돌아온 병태는 도무지 일이 제대로 손에 잡히지가 않았다. 공연히 기분이 붕 뜬 것 같고, 뒤숭숭하기만 했다.

추석을 지낸 동대문 쪽 덤핑 시장은 어느새 겨울 옷가지 준비에 부산했다. 벌써부터 겨울철에 팔 옷가지가 무더기로 쏟아져 나오는 판이었다. 상인들은 모두 그것을 잡으려고 눈이 시뻘개가지고 설쳐댔다.

그러나 병태는 어찌된 셈인지 도무지 눈이 시뻘개지지가 않았다. 마치 이제 장사에 흥미를 잃은 사람처럼 그런 것 시들하게 여겨지

는 것이 아닌가. 참 별일이었다. 그전 같으면 누구 못지않게 이리 뛰고 저리 뛰고 할 터인데 말이다.

사람들이 북적북적 들끓는 시장바닥에서도 그는 곧잘 고향 생각이 머리에 떠오르곤 했다.

특히 고향의 그 도토리나무숲이 눈앞에 어른거려 견딜 수가 없었다. 말하자면 고향에 갔다가 야릇한 병에 걸려 가지고 돌아온 셈이다.

그의 그런 변화를 동료 상인들도 눈치 채고,

"이번에 고향에 다녀오더니 사람이 어째 시들시들해진 것 같은데…… 어디 아픈가?"

하기도 했고,

"병태, 어쩐지 자네 꼭 꿈을 꾸고 있는 사람 같네. 넋 나간 사람 같다니까. 이상한 일인데……."

혹은,

"꼭 실연한 사람 얼굴 같잖아."

하면서 웃기도 했다.

아닌 게 아니라, 병태는 꼭 실연한 사람처럼 밤으로 잘 잠을 이룰 수가 없었다. 자정이 넘도록 잠을 이루지 못하고 공연한 이불만 이리 휘감고 저리 휘감기가 일쑤였다.

말할 것도 없이 금숙이 생각 때문이었다. 그녀의 물큰하던 몸뚱어리가, 보들보들하던 볼이, 야릇한 향기를 물씬 풍기던 머리카락이 그리고 야들야들하고 뜨끈뜨끈하게 무르녹던 입술이 곧장 지금도 피부에 와닿는 듯해서 견딜 수가 없었다.

그런 육체적인 괴로움과 함께 슬그머니 불안한 생각이 엄습해오기도 했다. 그녀한테서 편지가 오지 않기 때문이었다.

서울로 돌아온 지도 어느덧 열흘이 넘었는데 아직 편지가 안 오다니, 혹시 편지할 생각이 정말 없어져버린 것이나 아닌지…… 불안하고 초조하지 않을 도리가 없었다.

마지막에 자기가 너무했던 것이나 아닐까. 슬그머니 후회가 되기도 했다. 입맞춤까지는 좋았는데, 그다음 그녀를 안은 채 쓰러지려 했던 것이 잘못인 것 같다. 그러자 그녀가 발끈 반발을 했던 것이 아닌가. 그리고 냅다 달아나지 않았는가.

달아나면서 편지 빨리 하라는 말에,

"몰라예, 몰라예. 안 할 끼라예."

하고 대답하지 않았는가 말이다.

약간 장난기 어린 목소리여서 크게 걱정이 되지는 않지만, 혹시 그 소리가 진정이 되고만 것이나 아닌지…… 생각할수록 잠은 멀리 달아나버리는 것이었다.

지금까지 여자라는 것을 모르는 그런 병태는 물론 아니다. 오히려 그 나이에 비해 여자를 많이 안 편이라고 할 수 있다. 군대생활을 할 때, 그리고 서울에 올라와 장사를 하면서 꽤 많은 여자를 겪은 것이다. 그러나 그것은 하룻밤 풋사랑식의 것이지, 결코 마음의 뿌리가 흔들리는 그런 관계는 아니었다.

그처럼 많은 여자를 겪은 터인데도 어찌된 셈인지 병태는 이번에 고향의 도토리나무숲에서 껴안고 입맞춤 정도로 끝난 금숙이와의 관계가 그저 제일로 느껴졌다. 온통 마음의 밑바닥부터 흔들리는 듯했다. 말하자면 비로소 참 여자를 만났구나 하는 생각이었다.

그런데 그녀로부터 와야 할 편지가 안 오니, 잠이 안 올 수밖에.

그렇게 잠이 안 오는 밤이면 병태는 또 슬그머니 어머니에 대해 죄송한 생각이 들기도 했다. 어머니는 남의 속도 모르고 봉학골인가 어딘가 있는 외숙모 육촌 조카뻘 되는 처녀한테 장가를 들도록 하라고, 선을 보러 가자고 성화였는데, 끝내 빙글빙글 웃으며 거절을 하고 떠나왔던 것이다.

그렇다고 금숙이한테 장가를 들 생각이구마, 하고 자기 마음을 밝힐 수도 없었다. 아직껏 그녀의 다짐을 받지 못한 터이고, 그런 단계가 아니라는 생각이 들었던 것이다.

그래서 퍽 미안하지만 어머니 잠깐만 기다려 주이소, 하는 심정으로 떠나온 것인데, 마을 앞의 새마을다리까지 따라 나오며,

"야야, 잘 생각해보고 장가를 들도록 해라. 장가 들 생각이 나거든 언제든지 내려오느라, 언제든지…… 알았제?"

간곡하게 애원하듯이 말하던 늙은 어머니의 모습이 떠오르니 새삼 죄송한 마음을 금할 수가 없었다.

이래저래 말하자면 잠은 더 멀어져가는 것이었다.

어느덧 보름이 지나고 이십 일이 가까워지는 데도 금숙이의 편지는 오지 않았다.

병태는 불안하고 초조하다 못해 슬그머니 화가 치밀기 시작했다.

"시팔 가시나. 지 아니면 어디 예편네 감이 없어서 그러는 줄 아나."

그런 소리가 불쑥 입에서 튀어나오기도 했다.

그리고 자연히 술집으로 걸음이 향하곤 했다.

그날도 시장에서 일을 마치고 혼자 포장마차 집에 들러 소주 이홉들이 한 병을 마셨다. 이홉들이 한 병이면 꽤 취한다.

꽤 취기가 있는 걸음으로 숙소로 돌아가며 병태는 혼자 뇌까렸다.

"편지 안 해도 좋다! 내가 뭐 그까짓 편지에 죽고 살고 하는 놈인 줄 아나? 이래 뵈도 나는 대장부다. 대장부 사내란 말이다. 알겠나 시팔 가시나야."

한참 가다가는,

"가시나 지가 먼저 편지 하겠다고 주솔 가르쳐 달라 그랬지, 누가 편질 하라 그랬나 뭐라 그랬나. 나 참 더러워서…… 편지 쓰기가 그렇게 힘 드는강."

이렇게 어조가 누그러지더니,

"아 참, 그렇구나! 그런지도 모르지."

깜빡 무슨 생각이 떠오른 듯 자기 이마빼기를 손바닥으로 찰싹 때리며,

"그걸 몰랐구나!"

한다.

먼저 편지를 내기가 쑥스러워서 망설이고 있는지도 모른다고 생각이 떠오른 것이다. 요즘 도시 여자들 같으면 먼저 편지 내는 일 따위는 아예 아무렇지도 않는 일이겠지만, 그래도 아직 수줍음을 간직하고 있는 다소곳한 시골 처녀로서는 어쩌면 자기가 먼저 남자에게 편지 내는 것을 부끄럽고 흉 되는 일로 생각하고 있는지도 모르는 것이다.

"아, 그걸 몰랐어, 그렇다면 당장 오늘밤에 편질 써야지. 내가 먼저 편질 보내야지."

병태는 공연히 지금까지 초조하게 기다리기만 했다는 생각이 들어 코를 하늘로 쳐들고,

"아, 그걸 몰랐다니까. 허허허허……."

기분 좋게 웃어댄다.

병태는 취기에 약간 비틀거리면서도 문방구점을 찾아가 편지지와 봉투를 사가지고 숙소로 돌아왔다. 대문을 들어서자, 수돗가에서 김칫거리를 씻고 있던 주인아주머니가,

"가시골에서 편지 왔던데요."

한다.

"예?"

병태는 정신이 번쩍 든다.

"아마 좋아하는 사람인 모양이죠? 글씨가 예쁘던데요."

하면서 아주머니는 물 묻은 손을 툭툭 털고 일어나 얼른 방으로 들어가 편지를 가지고 나온다.

편지를 받아든 병태는 정신없이 자기 방으로 뛰어 들어가 우선 뒷봉부터 본다. 틀림없다. 금숙이한테서다.

"왔구나—"

절로 환성이 나온다. 그러나 봉을 뜯는 손이 약간 떨린다. 뭐라고 써있는지 조마조마한 것이다. 술기운이 싹 아래로 내려가 버리는 듯한 느낌이다.

병태 씨에게

편지가 늦어서 미안합니다. 서울로 잘 돌아가셔서 별고 없이 계시는지요?

이곳 고향에는 가을이 무르익고 있습니다.

지금은 벼 베기가 한창입니다. 오늘도 우리 부녀회 회원

들은 공동으로 벼 베기를 했습니다. 하루 종일 일을 하고 나면 허리가 아프기도 합니다. 그러나 기분은 한없이 좋습니다.

저는 농촌을 떠나서는 살 수 없을 것 같습니다. 그동안 잘 생각해 보았는데, 아무리 생각해도 저는 농촌을 떠나 서울 같은 복잡한 곳에 가서 살고 싶지가 않습니다. 아무 가치가 없는 생활일 것 같습니다.

그래서 고향을 떠나지 않기로 작정했습니다. 고향에서 앞으로 할 일이 많은데, 떠나버린다는 것은 잘못이라고 생각합니다. 저는 고향을 지키고 가꿀 결심입니다.

병태 씨도 고향으로 돌아오신다면 얼마나 좋을까요.

밤이 깊었습니다. 간단하나마 이만 펜을 놓을까 합니다.

다 읽고 난 병태는,

"흠— 그래? 흠—"

곧장 혼자 빙글빙글 웃었다. 그리고 큰소리로 중얼거렸다.

"병태 씨도 고향으로 돌아오신다면 얼마나 좋을까요…… 그래? 그렇다면 가야지, 가야지, 고향으로 돌아가야지. 신물 나는 서울을 떠나야지. 떠나야 하고말고. 미련 없이 떠나야지 아— 지긋지긋한 서울……."

별안간 서울이 그만 진절머리가 나는 듯 머리까지 설레설레 내흔든다. 그리고 병태는,

"난데없이 고향에 돌아가면 어머니가 깜짝 놀라시겠는데. 외숙모 조카뻘인가 되는 처녀한테 장가들려고 내려온 줄 아시겠지. 허허

허…… 선이나 한 번 보러 갈거나. 허허허…….”

기분 좋게 웃는다.

《새농민》(1976. 7~12)

# 여제자

어느 날 오후, 글을 쓰다가 졸음이 와서 낮잠을 자고 있는데, 때르르…… 전화벨이 울렸다.

나는 부스스 일어나 수화기를 들었다.

"여보세요."

"저…… 거기가 소설가 강수하 선생님 댁입니까?"

낯선 여자의 목소리였다.

"예, 그렇습니다."

"강 선생님 계세요?"

"전데요."

그러자 상대방 여인이 아마 곁에 친구나 누가 있는 듯 그들을 돌아보며 말을 하는 모양이었다.

"야, 나왔다."

하는 소리가 수화기 속에서 희미하게 들렸다.

가물가물 들리기는 했지만, 그 어감으로 보아 기뻐서 들뜨고 있는 게 분명했다.

나는 누굴까 싶었다.

"누구십니까?"

그러자 여인은 약간 떨리는 것 같은, 그러면서도 무척 친밀감을 띤 그런 목소리로 말했다.

"선생님, 옛날에 산리(山里)국민학교에서 교편을 잡으셨지요?"

"예."

"홍연이라고 기억하세요?"

"기억하고말고요."

"제가 홍연이에요, 선생님."

"뭐? 홍연이?"

나는 깜짝 놀라 그만 나도 모르게 큰소리를 내뱉었다.

"선생님, 정말 오래간만이에요. 뭐라고 말을 했으면 좋을지 모르겠네요."

"이거 정말 웬일이지?"

"정말 꿈같애요, 선생님. 벌써 삼십 년이 됐어요."

"그렇지, 삼십 년이 흘렀지."

"선생님 댁이 어디예요?"

"강남이야. 한강 남쪽…… 홍연이 지금 전화하고 있는 데는 어디지?"

"용두동이에요."

"집이 용두동인가?"

"예."

"같은 서울에 살면서도 몰랐군. 그런데 우리집 전화번호를 어떻게 알았지?"

"오늘 아침 신문에 선생님 글하고 사진하고 났잖아요."

"응, 그걸 봤군."

"어찌나 반가운지 신문사에 전화를 해서 알았지요. 선생님 강주랑 정은이 아시죠?"

"알지."

"지금 여기 와 있어요."

"그래?"

"남숙이도 기억하시죠?"

"하고말고. 남숙이가 급장이었잖아."

"그랬었지요. 남숙이도 서울에 살아요."

"아, 그래. 모두 서울에 와 있군."

"선생님, 정말 무슨 얘기부터 했으면 좋을지 모르겠네요."

"정말이야. 너무 뜻밖인데……."

정말 나는 너무 뜻밖의 전화를 받아 좀 멍멍하고, 가슴이 두근거릴 지경이었다.

옛날, 6.25 전후에 나는 몇 해 동안 두 군데의 국민학교에서 교편을 잡았었다. 그래서 간혹 제자를 만나는 수도 있고, 잡지나 신문에 난 글을 보고 집에 전화를 걸어 오는 제자도 있다.

제자를 만난다는 것은 반가운 일이고, 그들의 전화를 받는다는 것은 기쁘고 고마운 일이다.

그러나 이 홍연이의 전화는 기쁘고 고마운 데 그치는 것이 아니라, 아련한 그리움 같은 것을 몰고 오는 것이다. 단순히 반갑기만 한 그런 제자가 아닌 것이다.

"선생님, 몇 남매나 두셨어요?"

"셋이지. 아들 둘, 딸 하나."

"맨 위는 몇 살이나……?"

"지금 대학 졸업반이야."

"어머, 벌써 그렇게…… 아들이에요, 딸이에요?

"아들이야. 홍연이는 아이가 몇이나 돼?"

"넷이에요. 아들 둘, 딸 둘, 맨 위가 딸인데 금년에 대학에 들어갔어요."

"아, 그래. 남편은 뭘 하시는 분이야?"

그러자 쑥스러운 듯,

"하하하……."

웃는 소리가 수화기에서 들렸다.

나는 얼른 화제를 돌렸다.

"참, 홍연이도 중년 부인일 텐데, 내가 이렇게 말을 놓아서 실례가 아닌지 모르겠어."

"아이, 선생님, 별말씀을 다 하세요. 그럼 저한테 예를 하시겠어요? 그럼 전 싫어요. 옛날처럼 꼭 그렇게 대해 주세요."

"허허허…… 그래, 홍연이 금년에 몇인가?"

이 물음에 대해서는 또 웃기만 하고는,

"선생님 금년에 쉰이에요, 쉰하나에요?"

이렇게 묻는 것이었다.

"쉰이지."

"선생님이 그때 우림 담임하셨을 때 열아홉이셨죠?"

"그랬던가…… 맞아. 열아홉이었어. 내가 그 산리국민학교에서 처음 부임한 것이 열여덟 살 때였지. 그 이듬해 너희들을 담임했었으니까, 열아홉 맞아."

나는 약간 속으로 놀랐다. 홍연이가 내 나이까지 정확하게 기억하고 있는 것이 아닌가.

"선생님 목소리도 옛날 그대로고, 하나도 안 늙으셨군요."

"안 늙다니, 나이가 쉰인데 안 늙어. 늙었는지 안 늙었는지 전화로 어떻게 아나?"

"신문에 난 사진 보니까 하나도 안 늙으셨는데요, 뭐."

"그래? 허허허…… 홍연이는 보자…… 아마 지금 마흔댓쯤 됐을걸."

"개띠예요."

"개띠라…… 그럼 보자…… 내가 양띠니까…… 마흔일곱이구나. 그렇지?"

"예."

전화를 통해서도 수줍어하는 기색을 알 수 있었다.

"마흔일곱이 된 홍연이를 한 번 보고 싶군."

"하하하…… 그동안 고생을 많이 해서 할머니가 다 되어가요. 쉰이 되신 선생님도 한 번 보고 싶어요.

"그래, 이렇게 전화만 할 게 아니라 한 번 만나도록 하지."

"선생님 댁이 강남 어디예요?"

"아파트니까 찾기가 쉬워. 어디냐 하면……."

나는 우리 아파트의 위치와 몇 동 몇 호라는 것을 가르쳐주었다.

"그럼 선생님, 남숙이한테도 연락을 해서 곧 한 번 찾아갈께요."

"그래, 그래."

"선생님, 강주가 바꿔 달래요."

"응, 그래."

수화기를 바꾼 듯 다른 목소리가 나왔다.

그렇게 해서 나는 강주와 정은이, 두 제자와도 한참 얘기를 주고받았다.

나는 근래에 이처럼 뜻밖이고 반갑고 가슴을 두근거리게까지 하는 전화를 받은 일이 없다. 근래뿐 아니라 지금까지 이런 감격적이라고 해도 과언이 아닐 전화를 받은 기억이 별로 없다.

옛날 제자들의 전화가 뭐 그리 감격적인 것이냐고 할지 모르지만, 제자라도 나로서는 결코 잊을 수 없는, 예사로운 제자가 아니기 때문이다.

홍연이는 나에게 짙은 인상과 함께 어떤 설레임까지를 던져주었던 그런 여제자였던 것이다. 그녀는 선생인 나에게 혈서까지 보냈던 것이다.

그날 저녁에 남숙이로부터도 전화가 걸려 왔다. 홍연이가 방금 전화로 선생님 소식을 전해주었다는 것이다.

내가 담임했던 그 학급의 여학생 급장이었던 남숙이와도 많은 이야기를 나누었다.

남숙이는 이런 말을 하는 것이었다.

"선생님, 기억하세요? 너희들 이십 년 후에 나를 만나면 인사를 하겠느냐, 삼십 년 후에 만나도 나를 알아보겠느냐. 이런 말을 하셨잖아요.

"그랬던가……."

나도 어렴풋이 그런 말을 한 것 같은 기억이 났다.

여학생들은 다 쓸데없다고, 나중에 커서 시집을 가고 나면 옛날 스승을 만나도 인사도 잘 안 할 것이라고 내가 말하자,

"안 그래요!"

"선생님, 절대로 안 그래요."

하고 여학생들이 일제히 소리를 지르던 기억이 난다.

그런 다음에 내가, 그럼 너희들 이십 년 후에도 인사를 하겠느냐, 삼십 년 후에도 알아보겠느냐고 했던 것 같다.

"선생님, 꼭 삼십 년이 됐어요. 꿈만 같애요."

"글쎄 말이야. 나도 오늘 낮에 홍연이의 전화를 받고 어찌나 놀랐는지……."

"선생님, 뵙고 싶어요. 댁이 어디예요?"

나는 남숙이에게도 우리집 위치를 자세히 일러주었다. 그리고 모두 연락을 해서 곧 한 번 놀러 오라고 했다. 우리집까지 찾아오기가 뭐하면 내가 시내로 나가겠다고 하고는 전화를 끊었다.

밤이 이슥토록 나는 잠을 이룰 수가 없었다.

혼자 술을 몇 잔 마시고 자리에 누웠으나, 삼십 년 전 옛날의 일들이 머릿속에 아련한 수채화처럼 차례차례 떠올라 도무지 잠이 오지가 않았다. 짜릿한 그리움 같은 것이 가슴에 찰랑찰랑 괴어오르는 듯해서 나는 참으로 오래간만에 마치 사춘기의 소년으로 되돌아간 듯한 기분이었다.

내가 그 산리국민학교에 발령을 받고 부임을 한 것은 6.25가 나기 두 해 전의 가을이었다. 9월이었다고 기억이 된다.

내 나이 그때 열여덟이었다.

산리국민학교는 기차에서 내려 팔 킬로미터가량 걸어 들어가야 하는 산골에 있었다. 지금은 버스가 다니고 있겠지만, 그 무렵은 차라고는 이따금 지나가는 트럭뿐이었다.

학교 뒤에는 영소산이라는 봉우리가 솟아 있었고, 산줄기가 북쪽에서 남쪽으로 뻗어 내리고 있었다. 뻐꾸기 우는 소리가 곧잘 교실에서도 들리는 그런 곳이었다.

나는 부임을 한 처음에는 2학년을 맡았고 이듬해 봄, 새 학년도에 5학년 남녀 혼합반을 맡았다.

5학년까지는 두 학급씩이고, 6학년은 한 학급이었다. 그러니까 전부 11학급이었다.

산골이기는 하지만, 면소재지 학교였기 때문에 그 무렵으로서는 작은 학교라고는 할 수 없었다.

내가 맡게 된 5학년 2반은 남학생이 이십 명가량이고, 여학생이 사십 명가량이었다. 1반은 전부가 남학생이었다.

그 무렵은 지금과 달라서 5학년생인데도 벌써 열대여섯 살 된 아이들이 적지 않았다. 홍연이도 그런 여학생 중의 하나였던 것이다.

누구나 처음으로 교단에 서면 여간 재미가 나는 게 아니다. 더구나 열여덟에 첫 교단에 서서 이제 겨우 일 년도 안 된 열아홉인 터이라, 그야말로 애송이 교사인 나는 있는 열을 다해서 아이들을 가르쳤다.

아침에 일어나 세수를 하면 대야물에 코피가 뚝뚝 떨어진 일도 한두 번이 아니었다.

나는 학생시절부터 문학에 뜻을 두고, 시니 소설이니 그런 것에 주로 몰두하고 있었다. 교단에 선 뒤에도 역시 마찬가지였다.

그래서 나는 내가 담임한 아이들에게도 그런 방면의 지도를 중점적으로 했다.

나는 우선 무엇보다도 아이들에게 매일 일기를 쓰도록 했다. 몇 번 검사를 하다가 흐지부지 그만 두는 그런 식이 아니었다. 철저하게 시행해 나갔다.

국민학교를 졸업하고도 편지 한 장 제대로 쓸 줄 모르는 것이 그 무렵의 학교 교육의 실정이었다.

특히 산골 아이들은 거의 전부가 국민학교로써 배움을 마치는 것이다. 국민학교 육 년 동안에 편지 한 장이라도 제대로 쓸 수 있는 그런 교육을 시키지 않으면 안 된다.

그렇게 생각한 나는 아이들에게 우선 글을 쓰는 일이 몸에 배게 하기 위해서 일기 지도를 시작했던 것이다.

토요일이면 아이들의 일기를 반드시 거두어서 그것을 토요일 오후와 일요일에 검사를 했다.

검사도 그냥 썼나 안 썼나 건성으로 펼쳐보기만 하는 그런 식이 아니었다. 하나하나 다 읽으면서 고칠 데는 고쳐주고, 끝에다가 검사 소감을 간단히 적어주었다.

그런 일이 조금도 지겹고 힘 드는 일로 여겨지지가 않고, 오히려 재미가 났다. 말하자면 일요일을 나는 그런 재미로 보냈던 셈이다.

5학년생들의 일기라는 것이 처음에는 한심스럽기 짝이 없었다. 1,2학년 정도의 실력밖에 안 되는 그런 일기가 거의 대부분이었다. 그러나 날이 가고 달이 바뀜에 따라 눈에 띄게 달라져갔다. 이삼 개월 후에는 제법 일기답게 쓰게 되었고, 어떤 것은 읽을 맛이 나기까지 했다.

그런데 여학생들의 일기 가운데서 차츰 나의 고개를 갸웃거리게 하는 그런 내용의 것이 나타났다. 홍연이의 일기였다.

다른 아이들의 것은 그날 자기가 한 일의 몇 가지를 적는 그런 단순한 생활 기록이었는데, 홍연이의 것은 그런 기록 속에 차츰 어떤 야릇한 문구가 섞이기 시작했다.

홍연이의 일기 가운데서 최초로 나의 고개를 갸웃거리게 한 대목은 다음과 같은 것이었다.

—나는 달밤이면 아무 까닭도 없이 울고 싶어진다. 오늘 밤도 나는 마루 끝에 앉아 밤이 이슥토록 달을 바라보다가 혼자 눈물을 흘렸다.

이 대목을 읽은 나는 흐흠, 싶었다. 퍽 감상적인 아이로구나 싶었고, 또 틀림없이 사춘기에 들어선 모양이로구나 싶었다.

달을 보고 아무 생각 없이 슬퍼져서 눈물이 흘렀다면 보통 감상적인 것이 아니고, 그런 감상은 흔히 사춘기에 나타나는 법이다.

나는 일기장 표지에 적힌 학생의 이름을 다시 보았다. '윤홍연'이었다.

담임을 한지 삼 개월가량 되었으나, 별로 머리에 들어와 있는 아이가 아니었다. 성적도 그저 중간쯤 되는 것 같고, 별 활동도 없이 뒤쪽 한편에 있는 듯 없는 듯 앉아 있는 여학생이었다. 생김새도 뭐 그저 수수한 편으로 좀 특징이 있다면 눈이었다. 눈이 작은 편인데다가 눈두덩이 조금 도도록하게 살이 찐 듯해서 어딘지 모르게 좀 고집이 있어 보였다.

아무튼 평범한 아이로만 여겼던 그 여학생의 일기에서 그런 구절을 발견한 나는 사람이란 역시 겉으로만 보아서는 알 수 없는 존재로구나 싶어 곧장 고개를 끄덕거렸다.

그리고 계속 읽어나갔다. 이틀인가 사흘 분을 지나자 나는 또 야 이거 봐라 싶었다. 이번에는 절로 미소가 지어졌다.

다음과 같은 대목이 나타났던 것이다.

—오늘 선생님이 들려주신 옛날이야기는 정말 재미있었다. 어쩌면 우리 선생님은 이야기도 그렇게 잘 하시는지…… 우리 선생님은 못 하시는 게 없다. 그림도 잘 그리시고, 풍금도 잘 타시고, 공부도 재미있게 잘 가르치시고, 정말 최고다. 내일도 또 옛날이야기를 해주시면 얼마나 좋을까.

물론 삼십 년 전의 일이니, 일기의 문장이 정확하게 기억되는 것은 아니지만, 대체로 그런 내용이었다.

나에 대해서 늘어놓은 찬사를 읽으니 낯이 간지러웠다. 그러나 결코 기분이 나쁘지는 않았다. 나는 그 무렵, 학생들에게 곧잘 옛날이야기를 해주었다. 옛날이야기뿐 아니라 세계명작 동화랄지, 탐정 이야기, 모험 이야기 같은 것을 살을 붙여가며 들려주기를 좋아했다.

"자아, 이 시간에는 따분한데 이야기나 한 자리 해줄까?"

하면,

"야—"

"와—"

곧 교실이 떠나갈 듯 환성을 지르며 박수를 쳐대는 것이었다.

내 별명이 '이야기 선생'이기도 했다.

간혹, 다른 학급의 선생이 무슨 일이 있어 대신 들어갈 것 같으면

학생들은 아예 교과서를 펼칠 생각은 안 하고,

"선생님, 이야기 해주세요."

일제히 고함을 지르는 그런 형편이었다.

나는 아이들에게 꿈을 심어준다는 생각으로 곧잘 이야기를 해주었던 것이다.

홍연이의 일기에서 그런 대목을 읽은 뒤부터 나는 수업시간에 종전과는 좀 다른 눈으로 그 애를 바라보게 되었다. 호기심이라 할까, 관심이라 할까, 아무튼 곧잘 시선이 그 애에게로 가는 것이었다.

수업시간에 홍연이는 손을 드는 일이 드문 편이었다. 알아도 손을 안 드는지, 실제로 모르는지, 좌우간 가만히 앉아선 나를 바라보고만 있었다.

여전히 평범한 아이로만 보였다. 저런 아이가 달밤에 달을 쳐다보며 혼자 울다니……. 수박을 겉으로 보아서는 알 수 없다더니 그런 격이로구나 싶었다.

어쩌다가 홍연이가 손을 들 것 같으면 나는 자연스럽게 지명했다. 그러면 그 애는 가만히 일어나서 해답을 말하고는 수줍은 듯 얼른 앉으며 살짝 고개를 떨구었다. 얼굴을 조금 붉히면서…….

그럴 때 보면 사춘기에 들어선 계집애임에 틀림없었다. 선생님 앞에 해답을 말하고서 얼굴을 붉히며 수줍어할 까닭이 무엇인가 말이다.

수수하게만 느껴지던 그 애의 얼굴이 별안간 묘한 매력을 발휘하는 것 같기도 했다. 복사꽃 봉오리가 살짝 붉게 물들면서 꽃잎을 벌리는 듯한 그런 매력이라고나 할까.

날씨가 차츰 여름다워져 가는 어느 날 점심시간이었다. 하숙집에 가서 점심을 먹고 온 나는 긴 복도를 걸어 교무실로 건들건들 향하고 있었다. 공연히 기분이 좋았다.

점심상에 입에 맞는 반찬이라도 올라서 기분이 좋았는지 어쨌는지 확실한 기억은 없지만, 좌우간 나는 묘하게 휘파람이라도 불고 싶은 그런 기분으로 복도를 걸어가고 있는데, 우리 교실 창밖으로 어떤 여학생의 팔꿈치 하나가 불쑥 나와 있었다. 창틀에 한 팔을 얹고 있었던 것이다. 물론 반소매를 입고 있는 터이라 맨살의 팔이었다.

그게 누구의 팔인지 알 수가 없었다. 창에 유리가 끼워져 있다면 교실 안이 보여서 누군지 얼른 알 수가 있겠지만, 그 무렵은 유리가 귀해서 교실 창문에 창호지를 발라 놓았었다. 그래서 창문을 닫으면 교실 안이 보이지가 않았다.

더워지는 철이라 창문이 열려 있었으나, 창호지에 가려서 여학생의 모습은 보이지가 않았다.

나는 장난기가 동했다. 공연히 기분이 좋은 터이라, 조금 까불고 싶은 것이었다. 선생이기는 하지만, 아직 열아홉 살인 터이니, 때로는 까불고 싶은 생각이 들기도 안 하겠는가. 조금 장난을 친다고 해서 뭐 크게 위신이 떨어지지도 않을 것이다. 나는 살금살금 발소리를 죽여 가며 다가가서 그 팔의 맨살을 살짝 꼬집었다.

"어마야!"

깜짝 놀란 여학생은 얼른 창밖으로 얼굴을 내밀었다.

몸을 숨기듯 후닥닥 창문에 딱 붙어 섰던 나는 그만 빙글 웃었다. 그런데 그 여학생이 다름 아닌 홍연이였다.

나와 시선이 마주치자, 홍연이는 놀란 듯 온통 얼굴이 홍당무처럼 빨개지며 히힉 부끄럽게 웃었다. 뜻밖의 일에 당황하면서도 무척 좋은 모양이었다.

나도 그게 홍연이의 팔인 줄을 전혀 예기치 않았기 때문에 약간 뒷덜미가 화끈한 느낌이었다. 일부러 그 애의 팔을 꼬집은 것 같아 멋쩍었다.

그러나 나는 아무렇지도 않은 멀쩡한 얼굴로 싱글 웃고는 점잖게 교무실을 향해 걸음을 옮겼다.

그런 일이 있은 뒤부터 홍연이는 수업시간에도 어쩐지 나를 바라보는 눈길이 전과는 좀 다른 듯했다. 어딘지 모르게 수줍은 듯해 보였고, 앞자리에 앉은 아이의 등 뒤에 곧잘 얼굴을 숨기곤 하는 것이었다.

다음 일기 검사 때, 나는 마침내 하하, 이것 봐라, 하고 절로 얼굴이 붉어지는 것을 어쩌지 못했다.

—오늘 선생님이 내 팔을 살짝 꼬집었다. 나는 너무나 뜻밖의 일에 얼굴이 홍당무처럼 붉어졌고, 부끄러워서 어쩔 줄을 몰랐다. 학교에서 집에 돌아오면서도 나는 기분이 이상하고 또 이상했다. 선생님이 왜 내 팔을 꼬집었을까. 그게 무슨 뜻일까. 나는 지금도 그 생각을 하며 잠을 이루지 못하고 있다.

그날의 일기가 이렇게 되어 있는 것이 아닌가.

장난으로 누구의 팔인지도 모르고 그저 살짝 한 번 꼬집었던 것인데, 그게 무슨 뜻일까 하고 잠을 이루지 못했다니…… 실수라면 큰 실수가 아닐 수 없었다. 혹시 홍연이가 그 일로 해서 내 마음을 야릇하게 짐작한다면 선생으로서 입장 곤란한데 싶었다.

그러나 좌우간 기분이 언짢은 것은 아니었다. 오히려 묘하게 재미있었다.

그런데 그다음 날 일기는 숫제 나에 대한 질문이었다. 일기라기보다도 나에게 보내는 편지인 셈이었다.

—선생님, 어제 왜 제 팔을 살짝 꼬집었습니까? 오늘도 저는 어제 그 일을 잊을 수가 없습니다. 학교에서 공부를 할 때도, 집에 돌아올 때도 저는 그 생각을 했습니다. 선생님, 그 뜻이 무엇인지요? 왜 제 팔을 꼬집으셨는지 말씀해 주세요. 아무리 생각해도 그 뜻을 확실히 알 수가 없습니다.

아무리 생각해도 그 뜻을 알 수가 없다고 적혀 있었으나 그것은 내 마음을 확인해보려고 그렇게 쓴 것인지 실상은 혼자서 야릇한 방향으로 짐작을 하고서 얼굴을 붉히면서 그 일기를 쓴 게 틀림없었다.

나는 잠시 생각해 보았다. 그 편지 형식의 질문에 대해서는 언급을 회피하고, 그저 여느 때와 마찬가지로 일기 지도의 입장에서 간단한 평을 해줄 것인지, 그렇지 않으면 그 질문에 대한 회답을 몇 자 적어 줄 것인지…… 생각 끝에 회답을 적어 주기로 했다.

그냥 회피해버린다는 것은 어쩌면 그 애의 야릇한 방향으로의 짐작을 말없이 수긍하는 결과가 될지도 모르고, 또 교육적으로도 옳지 않다고 생각했던 것이다.

그러면 뭐라고 회답해 줄 것인가. '네가 귀여워서' 혹은 '너에게 장난을 치고 싶어서' 이런 식으로 적어주어 볼까 하면서 킥 웃었다.

그러나 선생으로서 그런 장난 같은 짓을 아이의 일기장을 통해서까지 한다는 것은 있을 수 없는 일이었다. 만일 그렇게 적은 것이 다른 학생들에게 알려지는 날이면 무슨 오해를 불러일으킬지 알 수가 없는 것이다.

그래서 나는 사실대로 몇 마디 적었다.

—누구 팔인 줄도 모르고 그저 장난으로 그랬을 뿐이다. 아무 뜻도 없다.

검사를 마친 일기장을 나누어준 뒤부터 어쩐지 홍연이의 기색이 신통치가 않았다. 마치 무엇을 잘못 먹은 아이처럼 찌뿌드드한 얼굴을 하고 공부에도 흥미가 없는 듯 나를 잘 바라보지도 않았다.

홍연이의 그런 변화는 다음 날도 그다음 날도 계속되었다.

나는 속으로 하하 싶었다. 그래서 한 번은 수업시간에 교실 행간을 걸어가다가 홍연이 옆에 멈추어 섰다. 모두 학습장에다가 문제를 풀고 있었다.

나는 가만히 입을 열었다.

"홍연이 너 요새 어디 아프니?"

홍연이는 아무 대답이 없었다.

"꼭 어디 아픈 사람 같다."

그러자 홍연이는 고개도 들지 않고, 학습장 위에 연필을 움직이면서,

"아무 데도 안 아파요."

하고 말했다.

그런데 그 목소리는 어찌나 메마른지 마치 아프거나 말거나 무슨 상관이에요, 하는 것 같았다.

다음 일기 검사 때, 나는 맨 먼저 홍연이의 일기를 읽어보았다. 매우 호기심이 가는 것이었다.

그런데 홍연이의 이번 주 일기는 나를 당황하게 했다.

—어머니는 공연히 나만 보면 잔소리시다. 오늘도 학교에서 돌아와 방에 누워 있는데 잔소리를 퍼붓는 것이 아닌가. 어디가 아프지도 않으면서 왜 공부를 하거나 집안일을 돕지 않고 멀쩡한 년이 방에 반듯이 드러누워서 뭘 하고 있는지 눈꼴이 시어서 못 보겠다고 마구 쏘아붙이는 것이었다. 남의 속도 모르고 덮어놓고 야단이다. 나도 엄마 꼴이 보기 싫다.

이런 대목이 있는가 하면, 다음과 같은 것도 있었다.

—나는 우리 동생을 실컷 꼬집어 주었다. 살짝 꼬집는 것이 아니라, 아파서 못 견디도록 힘껏 꼬집었다. 아홉 살이나 먹은 녀석이 마루에 서서 마당을 향해 오줌을 누는 것이 아닌가. 남자면 최곤가. 마루에 서서 오줌을 누어도 되는가. 남자들은 보기 싫다. 정말 보기 싫다. 실컷 꼬집어서 엉엉 울려놓고 나니 속이 좀 시원했다.

—우리 집 수탉은 꼴불견이다. 암탉이 알을 낳으면 제가 뭔데 유별나게 큰소리로 꼬꼬댁 꼭꼬— 활개를 치고 야단이다. 미워 죽겠다.

그리고 다음과 같은 대목을 읽자, 나는 한 대 얻어맞은 것 같은 느낌이었다.

—학교에 가도 아무 재미가 없다. 공부도 하기 싫고 친구들 얼굴도 지겹다. 학교는 다녀서 뭘 하나. 졸업을 한다고 별수 있나. 학교를 그만둘까 싶다. 어머니에게 그런 얘기를 할까 하다가 좀 더 생각해보기로 했다.

학교를 그만둘까 싶다니…… 야, 이 애 정말 보통 애가 아니로구나 싶었다. 홍연이의 그런 심리가 어디서 온 것인지 뻔하지 않은가.

나의 짤막한 몇 마디, 즉 '누구 팔인 줄도 모르고 그저 장난으로 그랬을 뿐이다. 아무 뜻도 없다'는 말이 그렇게 충격을 주었던 것일까. 놀랄 일이 아닐 수 없었다.

그런 홍연이의 심리상태를 바로잡을 좋은 지도 방법이 쉬 떠오르지가 않아 나는 궁리를 거듭했다. 섣불리 서투른 방법을 썼다가는 일이 우습게 될 것 같았다. 그 애의 그 야릇한 감정에 부채질을 하는 결과가 되지 않겠는가 말이다.

그런데 어느 날, 홍연이가 결석을 했다. 왜 홍연이가 결석이냐고 물어보아도 아무도 아는 사람이 없었다. 한 동네에 사는 학생이 둘 있었는데, 그들도 모른다고 했다.

결석을 하게 될 경우에는 한 동네 사는 학생에게 무슨 사유로 학교에 못 간다는 것을 반드시 알리도록 나는 엄격히 지도를 해서, 모두가 그렇게 실행을 하고 있었다.

그런데 홍연이는 그 규칙을 어기고 무단결석을 한 것이다.

다른 학생이라면 다음 날 학교에 나오면 단단히 주의를 주면 되는 것이었으나, 홍연이는 그렇게 해서는 안 된다는 생각이 들었다. 뭐 특별히 그 애라고 해서 다른 학생들과 차별을 두고 생각해서 그런 것이 아니라, 그 애의 무단결석의 원인이 단순한 것이 아니었기 때문이다.

물론 확실한 것은 알 수 없었지만, 십중팔구는 학교를 그만둘까 싶다는 그 묘하게 비뚤어지게 된 심리 때문임이 틀림없었다. 그렇지 않으면 무단결석을 할 애가 아닌 것이다. 성적도 중간쯤 되고, 평소에 별로 두드러지지 않는 평범한 학생들은 애를 먹이는 일이 거의 없는 것이다.

나는 가정방문을 해야겠다고 생각했다. 그 애의 그 묘하게 비뚤어져나간 심리를 바로잡는 데 어쩌면 좋은 기회일 것 같았다. 섣불리 그 애를 불러서 타이르는 그런 서투르고 우습기만 한 방법보다는 자연스럽게 그 애의 마음을 돌이킬 수 있을 것 같았다.

그러니까 가정방문은 매우 교육적인 것이었다. 그러면서도 한편 나는 교육적이라고만 할 수 없는 그런 묘한 감정이 나의 내부에 엷은 안개처럼 서리는 것을 느꼈다. 홍연이가 정말 학교를 그만둬서는 안 된다는 생각이었다. 그 생각은 물론 교육적이기도 했다. 제자가 학교를 그만두기를 바라는 스승이 어디 있겠는가. 그런 단순한 스승으로서의 염려에서만이 아니라, 그 애의 자리가 교실에서 정말 없어진다면, 그 애의 이름이 출석부에서 정말로 삭제되어 버린다면 매우 허전할 것 같고, 교단에서도 별 재미가 없을 것 같은 그런 생각이 드는 것이 아닌가.

말하자면 약간의 분홍빛을 띤 아리송한 안개가 나의 내부에 엷게 서린 셈이었다.

그러나 그날 방과 후 바로 가정방문을 나서지는 않았다. 하루 더 기다려보기로 했다.

다른 학생이 무단결석을 했을 것 같으면 한 동네에 사는 아이에게 오늘 집에 가서 알아보라고 일렀을 것이다. 그러나 홍연이의 경우는 그렇게도 하지 않았다. 하루 더 가만히 내버려둬 보자 싶었던 것이다.

이튿날 역시 홍연이는 모습을 나타내지 않았다.

출석을 부르면서,

"홍연이가 오늘도 결석이군."

하고 다음으로 넘기려 하자, 한 동네에 사는 순철이라는 남학생이 자리에 앉은 채,

"선생님, 홍연이 학교 안 다닌대요."

큰소리로 말했다.

그러자 교실 안이 수런수런해졌다. 모두 눈들이 휘둥그레져서 수군수군 한마디씩 해대는 것이었다.

나는 역시 그렇구나 싶었으나,

"왜 안 다닌대? 별안간……."

시치미를 떼고 물어보았다.

"몰라요. 그저 다니기 싫다던데요."

"집에서 뭘 하고 있더냐?"

"마루에 엎드려 있었어요."

"배가 아프나 왜 엎드려 있지? 엎드려서 뭘 하더냐?"

"아무것도 안 하고, 그냥 엎드려 있었어요. 배도 안 아파요."

교실 안에 와— 웃음이 터졌다. 나도 웃음이 나왔다.

그날 방과 후, 나는 순철이를 앞세우고 홍연이네 집을 찾아갔다.

학교에서 꽤 먼 거리였다. 거의 십 리가량 되지 않을까 싶었다.

홍연이네 마을은 밋밋한 야산 기슭에 자리 잡고 있었는데, 스무 가호 남짓 되었다. 얼른 보아 빈촌인 듯했다. 마을에 기와집이 한두 채 섞여 있기는 했으나, 전체적으로 윤기가 돌질 않고, 어설퍼 보였다. 집들도 모두 올망졸망 작아 보였다.

홍연이네 집은 작은 편이긴 했으나, 그렇다고 가난기가 흐르는 그런 집은 아니었다. 아담하고 깨끗한 초가삼간에 사랑채가 있었다. 중농까지는 못 되더라도, 자작을 하는 소농으로 여겨졌다.

순철이가 사립문을 앞서 뛰어 들어가며,

"선생님 오셨다!"

하고 소리쳤다.

약간 당황한 듯한 얼굴로 나를 맞이한 것은 홍연이 어머니였다.

홍연이의 어머니는 마흔 살쯤 되어 보이고, 매우 착실한 여자처럼 느껴졌다. 삼베 치마저고리를 입고 있었는데, 치마는 까만 물을 들인 것이었다.

내가 찾아온 까닭을 설명하지 않아도 알겠다는 듯이,

"아이고, 선상님, 이렇게 먼 곳까지 찾아오시게 해서 정말 죄송합니다. 글쎄, 어찌된 셈인지 홍연이가 아무리 꾸짖어도 말을 듣지 않지 뭡니까. 왜 별안간 학교를 그만두겠다는 것인지 알 수가 없네요. 속이 상해 죽겠습니다, 선상님."

이렇게 말했다.

"홍연이 지금 어디 있습니까?"

"글쎄요, 조금 전까지 보이더니…… 야가 어디 갔지?"

아낙네는 집안을 두리번거렸다. 곧 입에서 홍연이에 대한 욕지거리가 튀어나올 것 같은 그런 표정이었으나, 내 앞이라 삼가는 눈치였다.

그러자 곁에 섰던 순철이가 씩 웃으며,

"홍연이 뒤안으로 숨었어요."

하였다.

내가 찾아왔다는 것을 알자, 얼른 뒤안으로 뛰어가 숨어버린 모양이었다.

"망할 년, 선생님이 오셨는데 숨긴 왜 숨어. 선상님, 학교에서 무슨 일이 있었나요?"

"아니요. 아무 일도 없었는데요."

"그럼 왜 학교를 안 다닐라 그러지요? 망할 년이 공연히 어미 속 썩이려고 그러나 봐요. 좀 쾅쾅 두들겨 주어요."

홍연이 어머니는 딸에 대한 미움과 분함을 참을 길이 없는 듯 내앞이지만 결국 망할 년 소리를 내뱉었다. 그리고 얼른 뒤안으로 돌아가며,

"이년아, 선상님 오셨다."

소리를 질렀다.

그러나 홍연이는 아무 반응이 없는 모양이었다.

"선상님 오셨다니까."

"……."

"아니, 너 왜 이러지? 선상님이 오셨는데 일어날 생각도 안 하고…… 뭐 이런 게 다 있지."

홍연이 어머니의 노기에 찬 목소리가 앞마당까지 들려왔다.

나는 슬금슬금 걸음을 옮겨 뒤안으로 가보았다.

홍연이는 앵두나무 그늘에 쪼그리고 앉아 있었다. 빨갛게 익어가는 앵두가 햇빛에 수없이 반짝거리고 있었다.

"홍연아, 뭘 하고 있어?"

나는 싱글 웃으며 말했다.

그러나 홍연이는 고개를 푹 숙여버릴 뿐 일어날 생각을 하지 않았다.

"아이구, 뭐 이런 게 다 있지. 선상님이 오셨는데 인사도 안 하고…… 망할 년 같으니라구."

홍연이 어머니는 어이가 없고, 나에게 미안해서 못 견디겠는 모양이었다.

"홍연아, 왜 이틀이나 무단결석을 했지?"

나는 선생님답게 약간 엄한 어조로 말했다. 그러나 홍연이는 여전히 아무 대답도 없이 웅크린 채 마치 굳어진 사람처럼 꼼짝도 하지 않았다.

"이년아, 대답을 해. 선상님이 묻는데 대답을 안 하다니 그런 버르장머리가 도대체 어디 있어, 응?"

홍연이 어머니는 주먹으로 딸의 등짝을 한 대 쥐어박아 주었으면 속이 시원하겠는 모양이었다. 나를 돌아보며,

"선상님, 좀 쾅쾅 두들겨 주라니까요."

하였다. 그저 입으로만 하는 소리가 아닌 것 같았다.

그러자 약간 긴장이 된 듯한 얼굴로 곁에 서서보고 있던 순철이 킥 하고 웃었다. 몇몇 같이 따라온 한 마을 아이들도 킬킬 재미있다는 듯이 웃었다.

나는 이래서는 안 되겠다는 생각이 들었다. 조용히 홍연이와 둘이서 얘기를 해야 문제가 해결될 것 같았다.

그래서 순철이와 다른 아이들에게 말했다.

"너희들 때문에 홍연이가 부끄러워 말을 못 하는 것 같다. 너희들은 이제 모두 집으로 돌아가거라. 돌아가서 숙제도 하고, 집안 심부름도 해야지."

그리고 홍연이 어머니에게도,

"미안하지만 홍연이 어머님도 좀 자리를 비켜 주세요. 둘이서 얘기를 해보는 게 좋을 것 같애요."

하고 부탁했다.

"예, 예."

홍연이 어머니는 아이들을 몰고 마당 쪽으로 돌아나가며,

"그년, 말을 안 듣거든 쾅쾅 실컷 좀 두들겨 주라니까요."

힐끗 홍연이를 돌아보며 눈을 흘겼다.

빨간 앵두알들이 반짝거리는 나무 그늘에 홍연이는 여전히 꼼짝도 안 하고, 고개를 푹 숙인 채 앉아 있었다.

"홍연아."

나는 좀 엄한 어조로 부르며 한 걸음 앞으로 다가섰다.

"왜 이틀 동안이나 무단결석을 했지?"

"……."

"대답을 해 봐."

"……."

"고개를 들어. 선생님이 일부러 자기 집까지 찾아왔는데 묻는 말에 대답도 안 하고 고개도 안 들다니, 그런 법이 어디 있어."

그러자 홍연이는 고개를 들고 살짝 나를 바라보았다. 약간 수줍고 어색한 듯한 기색이었다. 그러나 나를 바라보는 그 두 눈빛이 별로 윤기가 없고 건조했다.

"왜 무단결석을 했지?"

나는 여전히 선생이라는 입장을 떠나지 않고, 잘못한 학생을 꾸짖는 그런 어투로 말했다.

"학교가 다니기 싫어서요."

홍연이는 조그마한 소리로 말하고는 다시 고개를 살짝 숙였다.

"왜 다니기 싫지?"

"몰라요."

고개를 숙인 채 대답했다.

"별안간 학교가 다니기 싫어졌다면 무슨 까닭이 있을 게 아니냐. 그 까닭이 뭐지?"

"……."

"대답을 해 봐."

"……."

"네 어머니가 말 안 듣거든 쾅쾅 두들겨주라 그랬어. 너도 들었지?"

홍연이는 얼른 고개를 들고 힐끗 내 표정을 살폈다. 정말로 때리려나 싶은 모양이었다. 약간 두 눈이 휘둥그레져 있었다.

나는 기회는 이때다 싶었다.

지금까지와는 판이하게 다른 부드럽고 정감이 넘치는 어조로,

"홍연아, 내가 너를 때릴 턱이 있나."

하면서 빙그레 미소를 지었다. 그리고 가만히 그 자리에 나도 쪼그리고 앉았다.

"홍연아."

"……."

"학교에 안 나오면 쓰나. 어제 오늘 내가 얼마나 걱정을 했다고…… 어디가 아픈가, 무슨 사고가 생겼는가 하고 말이다. 그래서 이렇게 찾아온 거야."

홍연이는 나를 얼른 쳐다보고는 고개를 푹 숙였다. 얼굴은 복사꽃처럼 발그레 물들어 있었고, 두 눈엔 윤기가 떠올랐다.

나는 홍연이를 한 번 웃겨야겠다는 생각이 들었다. 그래서 농담

조로,

"어제는 홍연이 너 마루에 엎드려 있었다면서? 왜 그랬어?"
하고 히들히들 웃었다.

"몰라요. 흐흐흐……."

홍연이도 그만 고개를 숙인 채 웃음을 터뜨렸다.

"학교를 그만두고, 만날 마루에 엎드려 있을 작정이었나?"

"흐흐흐……."

나는 이제 됐다 싶었다. 자리에서 일어서며,

"내일부터 무단결석 말고 잘 나와. 홍연이가 안 나오면 어쩐지 재미가 없어."

이렇게 말했다. 그리고 앞마당 쪽으로 걸음을 옮기며 나는 끝의 말은 안 할 걸 그랬다 싶었다.

—홍연이가 안 나오면 어쩐지 재미가 없어.

이 말은 그 애에게 기쁨을 주겠지만, 동시에 어떤 설레임도 줄 것 같았고, 또 선생으로서의 한계를 넘어선 말인 듯했다.

그러나 나도 모르게 흘러나와 버렸으니 도리가 없었다. 나는 시치미를 뚝 떼고 홍연이를 돌아보았다.

"홍연아, 이제 일어나야지."

내가 마루에 가서 앉아 이제 됐다고 그녀의 어머니와 이야기를 나누고 있자, 홍연이가 멋쩍은 듯이 킥 웃으며 뒤안에서 돌아 나왔다.

그녀의 어머니가 굳이 붙드는 바람에 나는 받아 온 탁주를 몇 잔 마시고 홍연이의 집을 떠났다.

홍연이는 내가 마을 앞에 있는 야산의 언덕길을 넘어설 때까지 동구 밖의 콩밭머리에 서 있었다. 내가 뒤를 돌아보자, 얼른 그 자리에 숨듯이 앉아버리는 것이었다.

이튿날 물론 홍연이는 학교에 나왔다. 좀 쑥스러운 듯했으나, 여느 때보다 한결 밝은 얼굴이었다.

출석을 부를 때 내가,

"윤홍연."

하자,

"예."

살짝 얼굴을 물들이면서 힐끗 나를 보고는 고개를 숙여버리는 것이었다.

힐끗 나를 보는 시선이 그저 여학생이 선생을 보는 시선이라기보다, 묘하게 이성을 느끼게 하는 그런 것이었다. 수줍어하는 처녀의 눈길이 분명했다.

그날 수업이 끝나고, 청소시간이었다. 나는 교무실에서 담배를 한 대 피우고, 어쩐지 머리가 좀 띵한 것 같아서 우물로 나갔다. 얼굴을 씻으면 머리가 좀 개운해질까 해서였다.

교사 옆에 숙직실이 있는데, 숙직실 앞에 커다란 오동나무가 한 그루 서 있다. 그 오동나무 밑에 우물이 있는데, 마침 홍연이가 혼자서 두레박으로 물을 길어 올리고 있었다. 청소를 하다가 바께쓰를 들고 물을 길러 나온 것이었다.

"홍연아, 물 긷니?"

내가 다가가자, 홍연이는 킥 하고 맥없이 수줍은 듯 웃고는, 좀 멋쩍은 듯 어쩐지 부자연스럽게 물을 길어 올렸다.

"자, 나 세수하게 물 좀……."

하면서 나는 우물가에 쪼그리고 앉으며 두 손을 내밀었다.

홍연이는 살짝 얼굴이 물든 것 같은 미소를 띠면서 내 손바닥에 물을 조금씩 붓기 시작했다.

나는 북북 세수를 시작했다.

세수를 하고 나니 머리가 좀 시원해진 것 같았다. 손수건으로 얼굴을 닦으면서 나는 문득 생각이 나,

"홍연이 너의 집 앵두 참 예쁘게 많이 열렸더구나."

하였다.

홍연이는 아무 말이 없이 그저 힐끗 나를 한 번 바라보기만 했다. 그런데 그 바라보는 눈빛이 그럴 수 없이 밝고 고왔다. 기쁨에 함빡 젖어서 반짝하고 빛나는 것이었다.

홍연이가 바께쓰에 물을 가득 긷기를 기다려서 나는,

"자, 나하고 같이 들고 가자."

하면서 바께쓰 손잡이 한쪽을 쥐었다.

"놔두세요, 선생님. 저 혼자 들고 갈래요."

"내가 도와준다는데…… 혼자 들면 무겁잖아."

"괜찮아요."

"어서 들어."

그러자 홍연이는 매우 쑥스러운 듯 힐끗 주위를 한 번 둘러보고는 마지못한 듯 한쪽을 쥐었다.

둘이 함께 바께쓰를 들고 교실 승강구까지 가자 홍연이가,

"선생님, 인제 됐어요. 놓으세요. 애들이 봐요."

하고 속삭이듯 말했다.

"누가 보면 어때서?"

"싫어요. 부끄러워요."

"부끄럽긴…… 선생님하고 물을 같이 나르는데 뭣이 부끄러워."

"그래도 부끄러워요."

"허허허……."

나는 나직이 웃고는 바께쓰를 놓았다.

그런 일이 있은 며칠 뒤의 일이었다. 퇴근을 해서 하숙집으로 돌아가니, 방에 웬 앵두가 한 보시기 놓여 있었다. 하얀 보시기에 빨갛게 익은 앵두가 소복이 담겨 있는 것이 아닌가. 문을 열자, 바로 거기 방바닥에 놓여 있었다. 나는,

"흠."

하고 미소를 지었다.

누가 갖다 놓았는지 대뜸 알 수 있었다.

그러나 혹시 모르니 주인아주머니에게 물어보았다.

"아주머니, 이거 웬 겁니까?"

우물가에서 푸성귀를 씻고 있던 아주머니가 돌아보았다.

"앵두 말인가요?"

"예."

"어떤 여학생이 가지고 왔어요. 그릇을 하나 달라기에 주었더니, 앵두를 담아서 선생님 방에 놓아두고 가잖겠어요."

"……."

"이름이 뭐냐고 물어도 아무 대답을 안 해요. 몇 학년 몇 반이냐고 해도 웃기만 하고요."

"예, 알았어요."

"여학생이 꽤 크던데요."

"예."

나는 홍연이가 선물로 갖다 놓은 그 앵두를 책상 위에 얹어놓고 심심하면 조금씩 집어 먹었다.

앵두는 맛보다 보기가 좋았다. 마치 무슨 생명이 담겨 있는 보석같이 신선하게 반질거렸다.

나는 홍연이에게, 앵두를 갖다 주어서 고맙다는 말을 하려 했으나, 그럴 기회가 없었다. 교실에서 아이들 앞에서 그런 말을 한다는 것은 교육적으로 될 일이 아니었고, 또 일부러 교무실로 그 애를 불러서 고맙다고 말한다는 것도 우스웠다.

며칠 전 우물에서 만났을 때처럼 둘이 자연스럽게 부딪치는 기회가 있어야 하는데, 그런 기회가 쉽사리 오질 않았다.

일기장 검사를 하면서 홍연이의 그날 치를 보니 다음과 같이 씌어 있었다.

—나는 오늘 앵두를 갖다 드리기 위해서 선생님 하숙집에 찾아가 보았다.

앵두가 조금밖에 안 되어서 미안했다.

선생님께서 그 앵두를 보고 어떻게 생각하셨을까. 내가 갖다 놓았다는 것을 아실까? 우리 선생님은 머리가 좋으시니까 아실 것이다. 주인아주머니한테 이름을 말하지 않았지만, 우리 선생님은 다 짐작하실 것이다.

선생님의 하숙방을 들여다보니 어쩐지 한 번 들어가 보고 싶은 생각이 들었다.

일기를 읽고 나자, 나는 절로 미소가 지어졌다. 내 방에 한 번 들어가 보고 싶었다니…… 홍연이의 심리가 눈에 보이는 듯했다.

나는 일기 끝에다가 몇 마디 적어주는 게 좋겠구나 싶었다.

나는 뭐라고 적는 게 좋을까 생각해보았다. 간단한 몇 마디 말이지만, 그것이 문자로 남겨지는 판이니, 마음 내키는 대로 적어서는 안 되는 것이다. 어디까지나 선생이라는 체통을 지켜야 하는 것이다.

생각한 끝에 나는 다음과 같이 적었다.

—앵두 고맙게 받았다. 홍연이가 갖다 놓은 줄을 대뜸 알았다. 내 방에 한 번 들어가 보고 싶었다 하니, 나중에 내가 있을 때 놀러 오너라.

일기장에다가 놀러 오라는 말을 적어주었기 때문에 나는 다음 일요일 날, 혹시 홍연이가 찾아오지 않을까 싶어서 아무데도 나가질 않고 방 안에서 뒹굴뒹굴 책을 읽으면서 지냈다.

꼭 오리라고 기다린 것은 아니었지만, 해가 서쪽으로 기울어질 무렵이 되자, 나는 어쩐지 좀 서운하고 허전한 기분이었다.

나는 공연히 휘파람을 불면서 학교로 나가 교무실 한쪽 구석에 놓인 풍금을 북적북적 시루어*('돌리다'의 방언. 여기에서는 '풍금을 타다'라는 뜻)댔다. 바로 학교 곁에 하숙집이 있었던 것이다.

다음 일기 검사 때, 홍연이의 일기를 본 나는 약간 놀라지 않을 수 없었다. 일요일의 일기가 다음과 같이 씌어 있었던 것이다.

—선생님의 하숙집에 놀러 가려고 아침을 먹자 바로 집을 나섰다. 어머니는 일요일인데도 학교에 가느냐고 야단을 치셨다. 나는 선생님 하숙집에 놀러 간다고 하지 않고, 학교에 볼일이 있어서 간다고 했던 것이다.

선생님 하숙집 사립 밖에서 들여다보니 선생님은 집에 계셨다.

그러나 나는 안으로 들어갈 수가 없었다. 선생님이 런닝 바람으로 방에 누워 계셨기 때문이다. 런닝도 소매가 없는 겨드랑이가 다 드러나는 런닝이었다. 아직 한여름도 아닌데 선생님은 그렇게 더우신지, 나는 안타까웠다.

선생님이 겨드랑이를 드러내놓고 누워 계시는데 부끄러워서 어떻게 선생님 하고 부르면서 안으로 들어간단 말인가. 선생님이 와이셔츠를 입고 계서도 부끄러울 텐데 말이다.

나는 사립 밖에 붙어 서서 안을 들여다보며 선생님이 와이셔츠를 입으시길 기다렸다. 그러나 선생님은 언제까지나 그대로 계셨다. 나는 하는 수 없이 다음에 또 찾아가기로 하고 집으로 돌아왔다.

집으로 돌아오면서 나는 부아가 나서 혼났다. 선생님은 왜 벌써 그런 런닝을 입고 계시는지 모르겠다.

일기를 읽고 난 나는 그만,

"허허허……."

웃음을 터뜨렸다.

몹시 내성적인 계집애로구나 싶었다. 일부러 일요일에 하숙집까지 찾아왔다가 소매 없는 런닝을 입고 있다고 해서 부끄러워 못 들어오고 그냥 되돌아갔다니…… 보통 수줍어하는 성미가 아니었다. 그리고 이제 성숙한 처녀임에 틀림없는 것이었다.

나는 왜 그날 소매 없는 런닝을 입고 있었던가 하고 약간 후회가 되기도 했고, 미안한 생각이 들기도 했다. 십 리가량 되는 거리를 찾아왔다가 그냥 돌아갔으니 말이다. 돌아가면서 부아가 나서 혼났다고 씌어 있질 않은가. 거기까지는 전혀 생각질 못했던 것이다.

일기 끝에다가 나는,

—소매 없는 런닝을 입고 있어서 미안하게 됐다.
라고 적어주었다.

학교에 연극이 들어온 것은 며칠 뒤의 일이었다. 밤에 학교 운동장에서 연극 공연을 하게 된 것이었다,

확실한 기억은 없지만, 아마 무슨 선전을 목적으로 해서 산골을 순회하는 그런 공적인 성격을 띤 극단이 아니었던가 싶다.

학교 운동장에서 오늘 밤에 연극을 한다는 소문은 학생들의 입을 통해서 면내로 골고루 퍼졌다.

해가 지고 저녁이 되자, 학교 운동장에서 확성기 소리가 울리기 시작했다. 유행가 소리가 제법 구성지게 산골의 호젓한 밤을 흔들어댔다.

지금은 흔해빠진 것이 마이크 소리지만, 그 무렵은 확성기 소리를 듣는다는 것은 신기한 일에 속했다. 더구나 산골이었으니 말이다. 이삼 년에 한 번 확성기 소리를 들을까 말까였다.

그러니 확성기로 울려 퍼지는 유행가 소리는 산골 사람들의 가슴을 울렁거리게 하기에 충분했다.

운동장으로 구경꾼들이 삼삼오오 떼를 지어 몰려들고 있을 게 뻔했다.

그러나 나는 저녁을 먹고서 하숙방에 그대로 번듯이 드러누워 있었다. 가슴이 울렁거리기는커녕 오히려 비시그레 웃음이 나오는 것이었다.

'시시하다. 참 시시하구나.'

속으로 이렇게 뇌고 있었다.

그 무렵의 나는 유행가 나부랭이는 정말 시시한 걸로 생각하고

있었다. 시니 소설이니 하고 열중하고 있는 터여서, 그런 따위는 경멸의 눈으로 내려다보았다.

비록 나 자신이 산골의 국민학교에서 교편을 잡고는 있었지만, 그런 시시한 유행가 나부랭이나 확성기로 외쳐대면서, 보나마나 신파조의 것을 연극이랍시고 떠벌리고 다니는 그런 극단패 따위는 싹 무시해버리는 것이었다.

말하자면 약간 시건방지다고 할 수 있었다. 열아홉 살의 문학청년이니 그럴 수밖에.

그러나 나는 확성기 소리도 멎고, 연극이 시작된 듯 이따금 웃음소리와 함께 박수가 터지기도 하자, 그대로 가만히 누워 있을 수가 없었다.

"시시하게 뭣들 하고 있는지, 한 번 슬슬 나가볼까."

하면서 일어나 밖으로 나갔다. 달이 밝은 밤이었다.

하숙집을 나와 골목길을 걸어서 학교로 들어섰다.

운동장에 가설무대를 만들어놓고, 환하게 전기를 켜고서 지금 한창 연극을 하고 있는 중이었다. 구경꾼들이 무대 앞에 새까맣게 모여앉아 있었다. 얼른 보아도 어른들보다 아이들이 더 많은 듯했다.

나는 곧장 코언저리에 비시그레 웃음을 띠면서 다가가 보았다.

예상했던 대로 신파조의 연극이었다.

"아, 오늘밤은 정말 달도 밝구나. 이렇게 달은 밝은데 내 가슴은 어이 이리 답답한가."

"여보, 수남 씨, 용기를 가지세요. 저를 보아서라도 절망을 해서는 안 되지요. 안 그래요? 수남 씨—."

어쩌고…… 그런 식의 연극이었지만, 제법 구성지기는 했다.

산골 사람들을 웃기고, 박수를 치게 하기엔 충분했다.

나는 뒤에 서서 잠시 구경을 하다가 너무 오래 구경을 한다는 것은 위신에 관한 문제다 싶어서 슬그머니 자리를 떴다.

달빛이 하얗게 깔린 운동장은 낮에 볼 때보다 한결 넓고 후련해 보였다.

나는 천천히 걸어서 운동장 가를 한 바퀴 돌았다. 마치 무슨 일류 시인이라도 된 듯이 팔짱을 끼고서 제법 명상에 잠기면서 말이다.

그리고 하숙집으로 돌아가려고 학교를 나서려 할 때였다. 문득 교실 승강구 쪽에 누군가가 혼자 앉아 있는 게 눈에 띄었다. 하숙집으로 가는 길목으로 들어서려면 승강구 곁을 지나야 했던 것이다.

얼른 보아도 여학생인 듯했다.

"거 누구야?"

대답이 없었다. 승강구의 그늘에 정물처럼 가만히 앉아 있기만 했다.

나는 다가갔다.

"누구지? 아니, 홍연이 아냐."

뜻밖에 홍연이가 그렇게 혼자 앉아 있었다.

내가 다가가자, 정물처럼 앉아 있던 홍연이는 조용히 일어섰다.

"선생님, 안녕하세요."

들릴 듯 말 듯 인사를 하고는 수줍은 듯 고개를 살짝 떨구면서 도로 그 자리에 가만히 앉는 것이었다.

"아니, 여기서 뭘 하고 있어?"

나는 정말 좀 이상하다 싶었다.

홍연이는 아무 대답 없이 그저 고개를 살짝 숙인 채 앉아 있을 따름이었다.

"연극 구경을 안 하고…… 연극 구경하러 온 거 아니야?"

"……."

"이상한데……."

정말 알 수가 없었다. 분명히 연극을 구경하러 십 리가량이나 되는 밤길을 걸어왔을 터인데, 연극 구경은 젖혀두고, 이렇게 교실 승강구 그늘에 혼자 앉아 있다니……. 운동장에서는 곧잘 와— 웃음이 터지고, 요란한 박수소리가 일어나기도 하는 판인데 말이다.

"무섭지도 않니? 혼자 여기 이렇게 앉아 있어도……."

"……."

"응? 홍연아."

그제야 홍연이는 들릴 듯 말 듯한 목소리로 말했다.

"안 무서워요. 선생님을 기다리고 있었어요."

나를 기다리고 있었다니…… 그 말에 나는 속으로 야 이것 봐라 싶었다. 얼른 뭐라고 말이 나오지가 않고, 약간 가슴이 멍하면서 뿌듯해지는 느낌이었다.

재미있는 연극 구경을 젖혀두고, 승강구 그늘에 숨듯이 앉아서 나를 기다리고 있었다니…… 정말 이거 예삿일이 아니었다.

나는 뿌듯해진 가슴을 진정시키며 지그시 아랫배에 힘을 주었다. 그리고 조금도 이상한 느낌이 풍기지 않는 그런 예사로운 어조로 말했다.

"그랬어? 만일 내가 안 나오면 어쩔 뻔했지?"

약간 웃음을 띠면서 나는 홍연이 곁에 앉고 말았다. 그러나 그녀 곁으로 바싹 다가앉은 것은 아니었다. 사이에 사람 하나가 앉을 수 있을 정도의 거리를 두고서였다.

내가 곁에 앉자, 홍연이는 나를 힐끗 보더니 히힉 웃었다. 그리고 숨을 한 번 크게 쉬는 것이었다. 가슴이 벅찬 모양이었다.

그늘 속이라 어두워서 얼굴이 잘 보이는 것은 아니었지만, 그녀가 무척 수줍어하면서도 좋아 어쩔 줄을 모르고 있다는 것을 나는 육감으로 쉽사리 알 수 있었다.

와— 운동장에서는 또 웃음소리가 터지고 있었다.

"저렇게 모두 재미가 있어서 야단인데, 홍연이는 구경하고 싶지도 않아?"

내 말에 홍연이는 아무 대답 없이 힐끗 한 번 운동장의 가설무대 쪽을 바라보았다.

"집에서 나설 때는 연극 구경을 하려고 나섰을 텐데……."

"연극 같은 건 구경하고 싶지 않아요."

"그래?"

나는 새삼 놀라며 홍연이를 돌아보았다.

그녀는 가지런히 세운 무릎을 두 팔로 싸안고 다소곳이 머리를 숙인 채 앉아 있었다. 약간 긴 단발머리가 앞으로 흘러내려 얼굴을 가리고 있었다.

마치 좋아하는 머슴애 곁에 앉은 수줍은 처녀 같았다.

모처럼만에 이 산골을 찾아들어와 저렇게 떠들썩하게 벌어지고 있는 연극을 외면하고 호젓한 어둠 속에 앉아 나를 기다리고 있었다면, 그건 틀림없이 나라는 총각을 사모하는 수줍은 처녀가 아니고 무엇인가.

담임선생인 나를 제자인 홍연이가 기다리고 있었던 게 결코 아닌 것이다. 담임선생을 제자가 호젓한 밤 어둠 속에 앉아서 기다리는 법도 있는가 말이다.

나는 기분이 야릇하고 묘했다. 나를 사모하는 수줍은 처녀 곁에 앉은 셈이니 그럴 수밖에…….

그러나 나는 엄연히 내가 그녀의 담임선생이라는 사실을 잊지 않으려 했다.

그래서 담담하고 예사로운 말투로,

"달이 몹시 밝아서 좋군."

혼자 중얼거리듯이 말했다.

홍연이는 아무 말 없이 가만히 앉아 있기만 했다.

잠시 침묵이 흘렀다. 어두운 그늘에 단둘이 앉아 아무 말이 없으니 어쩐지 어색하고 분위기가 묘했다. 그래서 나는 약간 장난기가 동한 그런 음성으로 어색한 분위기를 휘젓듯이,

"참, 홍연아, 나를 기다리고 있었다는데 무슨 일로?"

하고 물었다.

홍연이는 살짝 고개를 들어 나를 한 번 바라보고는 도로 숙여버렸다.

"무슨 볼일이 있는 거야?"

"……."

"응, 홍연아."

"……."

"왜 기다리고 있었지?"

그러자 홍연이는 또 고개를 들어 힐끗 나를 바라보았다. 어둠 속에서도 분명히 그녀가 곱게 나를 흘겨보는 것을 알 수 있었다. 극

히 짧은 순간이었지만 곱게 흘겨보는 그 눈매는 화끈한 화살처럼 나의 가슴에 짜릿하게 와서 박히는 듯했다.

도로 고개를 숙인 홍연이는 큭큭큭 혼자서 묘하게 웃었다.

"아니, 왜 웃는 거야?"

나는 시치미를 뚝 떼고 물었다.

"호호호……."

앞으로 흘러내린 단발머리 때문에 웃는 얼굴이 보이지는 않았으나, 그 웃음소리랑 가늘게 물결치는 어깨 같은 것이 몹시 귀엽기도 해서, 나는 그만 왈칵 껴안아버리고 싶은 충동을 느꼈다.

뜨끈한 기운이 좀 가라앉는 것을 기다려서 나는 여전히 시치미를 뚝 떼고 말했다.

"아무 볼일도 없는 모양인데, 왜 기다리고 있었지? 알 수 없는 일이군."

그러자 홍연이는 고개를 숙인 채,

"호호호, 호호호……."

참 재미있다는 듯이 웃어댔다.

"왜 웃지? 참 이상한데…… 아무 볼일도 없이 연극 구경을 안 하고, 나를 기다리고 있다니…… 알 수 없는 일이지 뭐야."

"호호호…… 선생님 정말 몰라서 그러시는 거예요?"

"내가 어떻게 알아? 홍연이가 말을 안 하는데, 내가 남의 마음속을 들여다보는 재주도 없고, 어떻게 알지? 안 그래?"

나는 매우 재미가 나서 속으로 웃으며, 그러나 겉으로는 더욱 시치미를 싹 떼고 있었다.

홍연이는 가만히 얼굴을 들고 나를 바라보았다. 정말로 그러나,

일부러 그러나 싶은 모양이었다.

나는 마치 명배우라도 된 듯이 정말 잘 알 수 없다는 그런 표정을 지으며 마주보았다. 그늘 속이었지만 달이 밝은 터이고, 이제 어둠에 익숙해진 시선이라 상대방의 표정을 읽을 수 있었다.

홍연이는 눈매에 야릇한 미소를 떠올리며,

"선생님 바보!"

내뱉듯이 말하고는 후닥닥 고개를 도로 숙여버렸다. 그런데 아까보다 훨씬 깊숙이 숙이더니 큭큭큭 또 웃기 시작했다. 나오는 웃음을 참으려고 애쓰는 그런 웃음이었다.

나는 홍연이를 가만히 지켜보고 있었다. 지켜본다기보다는 두 눈길로 그녀의 그 큭큭거리는 모습을 더듬듯 어루만지듯 지그시 감싸 안고 있었다.

차츰 나의 숨결이 더워지며 가슴이 벌떡거리고, 두 눈에 열이 담기는 듯했다. 나는 어떤 기로에 선 느낌이었다. 가볍게 긴장이 되어 홍연이를 바라보고 있던 나는 그만 슬그머니 궁둥이를 들어 몸을 그 애 쪽으로 가까이 가져갔다.

그리고 두 팔로 덥석 안을까 말까, 안을까 말까 초조하게 망설였다.

두 손의 손가락들이 가늘게 떨리고 있었다.

홍연이는 머리를 깊이 숙이고도 내가 자기 곁으로 다가간 것을 육감으로 느끼고 있는 듯 바짝 굳어져서 가만히 웅크리고 있었다.

팽팽한 긴장감이 감돌았다.

그때였다. 나는 한쪽 볼이 화끈해지는 것을 느꼈다.

"아야!"

나도 모르게 냅다 비명을 지르며 한 손을 얼른 볼로 가져갔다.

마치 누가 따귀를 한 대 딱 때린 것 같았다. 그러나 누가 때릴 사람이 있겠는가.

모기였던 것이다. 모기라도 아주 왕모기였던 모양으로 쏜 자리가 어찌나 아픈지 정신이 얼얼할 지경이었다.

"아니, 왜 그러세요?"

홍연이가 깜짝 놀라 나를 바라보았다.

"모기란 놈이……."

"아이 깜짝이야. 난 또…… 하하하 ……."

"벌써 모기가 있네. 그놈의 모기 하필이면 남의 볼때기를 콱 쏠게 뭐람."

"모기한테 물리고서 그렇게 놀라세요?"

"모기라도 왕모기였던가 봐. 허허허……."

"하하하……."

홍연이는 웃고 나서,

"고거 잘했어요."

하는 것이 아닌가.

"뭐? 잘했어?"

"그 모기 참 고맙지 뭐예요."

"아니, 뭐야?"

나는 속으로는 빙글빙글 웃으면서도 약간 눈을 크게 뜨고 뚱한 표정을 지었다. 콱 으스러지게 껴안고 싶도록 귀엽고 아리따운 계집애의 심리가 아닌가. 그러나 나는 일부러 시치미를 뚝 뗐던 것이다.

홍연이는 자기가 좀 지나쳤나 싶은 듯 곧장 나의 표정을 힐끗힐끗 살폈다. 진짜로 그러나 하고 약간 얼떨떨한 모양이었다.

나오려는 웃음을 참으며 내가 뚝뚝하고 섭섭한 표정을 풀지 않고 그대로 바라보고 있자, 홍연이는 두려운 듯이 고개를 떨구며 다소곳해지는 것이 아닌가.

나는 그만,

"허허허……."

크게 웃음을 터뜨려버렸다.

그러자 홍연이도 그러면 그렇지 싶은 듯 다시 기분이 확 풀린 어조로,

"선생님, 순 공갈쟁이네요."

하고는 킬킬킬 웃어젖혔다.

운동장에서 별안간 와— 웃음소리가 터져 오르고, 이어서 박수소리가 요란하게 진동했다. 연극이 한창 재미있게 무르익고 있는 모양이었다.

운동장 쪽이 그렇게 떠들썩해지자, 어쩐지 나는 야릇하고 묘하던 기분이 확 풀려버리는 듯했다. 그 떠들썩한 소리가 홍연이와 나의 호젓하고 감미로운 분위기를 뒤흔들어버린 느낌이었다.

나는 불현듯 조금 불안하기까지 했다. 선생이 여학생과 이렇게 어둠 속에 단둘이 앉아 있다니…… 만약 누가 보기라도 한다면…… 그런 생각이 들자 나는 정신이 번쩍 돌아오는 듯했다.

홍연이도 좀 서먹하고 멋쩍은 듯이 앉아 있기만 했다.

나는 그만 일어서는 수밖에 없다고 생각했다. 이제 할 말도 없었고, 더 앉아 있을 기분도 나지가 않았다.

"나는 이제 가서 자야겠어. 잠이 오는군."

하면서 나는 부스스 자리에서 일어났다.

그러나 홍연이는 마치 정물인 듯 미동도 하지 않았다.

"홍연이는 잠 안 오니?"

"……."

"여기 혼자 있지 말고, 가서 연극이나 구경해. 자, 그럼 나는 간다."

나는 건들건들 걸음을 떼놓았다.

잠시 걸어가다가 뒤를 돌아보니 홍연이는 여전히 꼼짝도 안 하고 그대로 앉아 있었다. 살짝 고개를 숙인 채.

하숙방으로 돌아온 나는 잠시 홍연이 생각이 머리에서 떠나질 않았다.

오래간만에 산골에 확성기소리가 울리며 재미있는 연극이 들어왔는데도 그 연극에 들뜨지 않고, 오히려 그것을 젖혀놓고서 혼자 호젓한 승강구 그늘에 앉아 나를 기다리고 있었다니…… 그리고 내가 자기 곁에서 일어나 하숙으로 돌아오는 데도 여전히 그대로 그 자리에 앉아 있다니…… 정말 예삿일이 아니며, 보통 계집애가 아니라는 생각이 들었다.

그러나 그 애 곁에 앉아 있을 때의 꽤 묘하던 기분과는 달리, 나는 결코 홍연이가 여성으로서 간절하게 느껴지는 것은 아니었다.

잠시 후, 홍연이 생각은 머리에서 사라지고, 벌렁 드러누워 하품을 한 번 하고서 멀뚱멀뚱 천정을 바라보고 있는 나의 눈앞에 아른아른 떠오르는 것은 새로 부임해 온 여선생이었다.

얼마 전에 양순정이라는 여선생이 전근을 해 왔던 것이다. 그 무렵은 어찌된 셈인지 학기 중간에도 불쑥불쑥 수시로 교사들의 이

동이 있었다.

그 여선생은 나이가 나보다 여섯 살이나 위인 스물다섯이었다. 그러니까 교단의 선배일 뿐 아니라, 누님이라고 치면 바로 위가 아닌 하나 더 위의 누님인 셈이었다.

그런데도 이상하게 그 양순정 선생의 모습이 아른아른 눈앞에 떠오르는 것이었다. 별로 미인이라고 할 수도 없는데 묘하게 끌어당기는 힘이 있는 그런 여자였다.

나는 그 양 선생을 한참 생각하다가 아으윽, 크게 하품을 하고서 스르르 잠이 들어버렸다.

며칠 뒤 일기 검사 때 보니 연극이 들어온 그날 밤의 일을 홍연이는 다음과 같이 적어놓고 있었다.

—나는 오늘밤 정말 연극이 보고 싶었다. 그러나 참았다. 연극보다도 선생님이 더 만나고 싶었던 것이다. 고요한 밤에 선생님을 만나면 얼마나 좋을까, 생각하니 연극 같은 것은 오히려 시시했다.

선생님과 단둘이 앉아 있는 동안 나는 자꾸 웃음이 나오려고 해서 애를 먹었다. 이상하게 긴장이 되면서도 자꾸 웃고 싶기만 했다.

선생님은 연극이 끝날 때까지 왜 그렇게 앉아 계시지 않고 중간에 가버리셨는지, 미워 죽겠다. 선생님이 가버리신 뒤에도 나는 연극 구경을 하러 일어서지 않고 그대로 그 자리에 가만히 앉아 있었다. 하숙집에 돌아가신 선생님은 쿨쿨 주무셨겠지.

나는 절로 웃음이 나오는 것을 어쩌지 못하며 일기 끝에다가 뭐라고 한마디 적어줄까 하는 충동을 느꼈으나 그만두었다. 적어준다면 '나도 하숙방에 돌아와서 홍연이 생각을 했지. 그냥 쿨쿨 자버리지는 않았어.' 이런 식으로 나올 것 같은데, 그렇게 한다면 아무래도 담임선생으로서 지켜야 할 교육적인 선을 넘어선 것같이 여겨졌던 것이다. 그래서 그저 틀린 글자 몇 개만 고쳐주고, 검사했다는 표시만 남겼다.

양순정 선생은 4학년을 담임했는데, 교실이 바로 우리 5학년 교실 옆이었다. 여름철이라 창문을 활짝활짝 열어놓고 수업을 하는 터여서 양 선생의 목소리가 곧잘 우리 교실까지 들려오기도 했다.

그렇다고 그녀가 걸핏하면 빽빽 고함을 질러대는 신경질적인 여잔가 하면 그건 아니었다. 오히려 그 반대라고 할 수 있었다. 부드럽고 너그러운 성격으로 보였다. 교무실에서도 곧잘 웃고, 남선생들과 이야기도 잘하는 서글서글한 맛이 있는 여자였다.

그러면서도 엄격하고 격한 면도 있는 듯 교실에서 학생들을 꾸짖는 목소리가 거침없기도 했다. 때로는 학생들과 함께 터뜨리는 웃음소리가 창밖으로 요란하게 쏟아져 나오기도 했다.

그리고 음악시간이면 그녀의 노랫소리가 곧잘 우리 교실까지 울렸다. 양 선생은 아마 특기가 음악인 모양으로, 다른 어느 수업시간 때보다도 음악시간이면 열을 올리고 신명을 내는 것이었다.

성량도 제법 풍부하고, 음색도 부드럽고 고운 편이었다. 풍금도 잘 탔다.

한마디로 말해서 활달한 여선생이었다. 그러면서도 한편 조용하고 정숙한 구석을 간직하고 있는 그런 여선생이기도 했다.

그저 활달하기만 한 여자였다면 나는 별로 그녀에게 매력을 느끼지 못했을 것이다. 활달하면서도 한편 묘하게 조용하고 어딘지 모르게 쓸쓸해 보이기까지 하는 그런 분위기를 간직하고 있어서 은연중 교양미 같은 것이 풍기기도 했고, 누님 같은 친밀감이 느껴지기도 했다.

어느 날 방과 후였다.

학생들이 다 돌아가고 난 호젓한 교실 창가에 앉아 양 선생이 책을 읽고 있었다. 복도를 지나가다가 혼자서 독서를 하고 있는 양 선생을 본 나는 가만히 걸음을 멈추었다. 어쩐지 여느 때보다 훨씬 더 그녀가 정답게 느껴지고, 매력이 있어 보였다.

내가 복도에서 걸음을 멈추고 열린 창으로 자기를 바라보고 있다는 것을 육감으로 느꼈는지 양 선생은 책에서 눈을 떼고 힐끗 이쪽을 바라보았다.

나와 시선이 마주치자 양 선생은 웃는 듯 마는 듯한 엷은 미소를 살짝 떠올려 보이고는 다시 책으로 시선을 가져갔다. 그런데 그 표정이 어쩐지 좀 멋쩍어 보이고, 수줍어하는 것 같기도 해서 나는 불현듯 그녀 곁으로 다가가고 싶은 야릇한 충동 같은 것을 느꼈다. 무슨 책을 읽고 있는 것일까 하는 호기심도 동했고, 좀 방해를 놓아주고 싶은 짓궂은 장난기 같은 것도 머리를 쳐들었다.

나는 서슴없이 양 선생 교실로 들어섰다.

내가 자기네 교실로 들어선 줄을 뻔히 알면서도 양 선생은 시치미를 뚝 떼고 정물처럼 가만히 앉아서 책에 시선을 떨구고 있었다.

"무슨 책인데 그렇게 재미있게 읽으십니까?"

내가 가까이 다가가며 입을 열자, 그제야 양 선생은,

"아무 책도 아니에요."

하면서 얼굴을 들었다. 그리고 무의식중에 그 책을 책상 밑으로 살짝 감추어버리며 좀 멋쩍은 듯한 웃음을 엷게 떠올렸다.

"아무 책도 아니라뇨? 아무 책도 아닌 그런 책도 있나요?"

나는 재미있다는 듯이 빙글빙글 웃었다.

내가 봐서는 안 될 무슨 그런 책인 듯 양 선생은 꽤 쑥스러워하는 기색이 역력했다.

나는 열아홉 살 먹은 풋내기 총각 선생답게 거침없이 말했다.

"재미있는 연애소설인 모양이죠?"

"하하하……."

스물다섯 살 먹은 누님 같은 여선생은 웃으면서 고개를 가로저었다.

"그럼요? 무슨 책인데 그렇게 감추세요?"

"아무 책도 아니라니까요."

"아무 책도 아닌 게 어디 있어요."

"하하하……."

"안 그래요? 어디 좀 봅시다. 무슨 책인지……."

내가 짓궂은 머슴애처럼 물러서질 않고 부득부득 떼를 쓰듯 하자 양 선생은,

"왜 이러실까, 이상하시네. 남이야 무슨 책을 읽든 무슨 상관이에요?"

하면서 살짝 눈을 흘겼다.

그런데 그 흘기는 눈이 어찌나 고운지 나는 양 선생이 결코 내심 싫어하지 않고 있다는 것을 알고 서슴없이 한 걸음 더 앞으로 다가서며,

"아마 무슨 수상한 책인 모양이죠?"

하고 히죽 웃었다.

내 입에서 그 말이 떨어지자 양 선생은 금세 표정이 달라졌다. 묘

한 눈으로 나를 바라보는 것이었다.

나는 속으로 아차 싶었다. 말을 너무 경솔히 했구나 하는 생각이 들었다. 수상한 책이라는 말이 잘못 전달된 게 틀림없었다.

나는 수상한 책이라는 말을 성(性)에 관계되는, 남 앞에 떳떳이 공개하기가 부끄러운 그런 책이라는 뜻으로 말한 것인데, 양 선생은 그 말을 아마 불온한 책이라는 뜻으로 받아들인 모양 같았다. 6.25가 나기 전의 일이어서 불온한 서적이 밝은 빛을 피해서 그늘에서 그늘로 슬금슬금 나돌고 있는 터였다.

"자, 보세요."

양 선생은 책상 밑으로 숨기고 있던 책을 약간 굳어진 듯한, 그러면서도 담담한 표정으로 내 앞으로 내밀었다.

나는 속으로 꽤 미안한 생각이 들었으나, 자연스럽게 그것을 받았다.

"하하하…… 역시 좀 수상한 책이군요."

나는 빙그레 미소를 지으며 말했다.

그러자 양 선생은 이 사람이 도대체 무슨 소리를 하고 있느냐는 듯이 좀 뚱한 표정으로,

"아니, 그게 무슨 수상한 책이란 말이에요?"

못마땅한 듯이 바라보았다.

"내가 생각하기에는 약간 수상한 책이 아닐 수 없군요. 하하하 하하하……."

나는 재미 좋다는 듯이 크게 웃어댔다.

육아에 관한 책이었다. 결혼을 해서 첫 애기를 낳으면 어떻게 길러야 하는가, 그에 대한 안내서 같은 것이었다.

껄껄 웃어대는 내가 양 선생은 어이가 없고 밉고 싫은 그런 기색이었다.

나는 웃음을 거두고 여전히 장난기 어린 어투로 지껄여댔다.

"수상한 책이란 남 앞에 내놓기가 쑥스럽기도 하고 부끄럽기도 하고 좀 창피하기도 한 그런 책을 말하는 것이죠. 다른 뜻으로 말한 게 아니에요. 양 선생님 오해는 마세요."

"……."

"그러니까 이 책도 남 앞에 내놓고 읽기가 쑥스러울 것이니까, 결국 좀 수상한 책이라고 할 수밖에 없죠. 안 그래요? 더구나 결혼도 안 한 처녀 선생님이 읽고 있으니 말입니다. 하하하……."

나는 또 웃음을 터뜨렸다.

양 선생도 그제야 굳어진 표정을 풀고, 얼굴에 살짝 발그레한 미소를 떠올렸다.

"양 선생님?"

"왜요?"

"이 책 나도 좀 읽어보고 싶은데요. 읽어도 되겠죠?"

"호호호……."

"왜 웃으세요? 나는 읽으면 안 되나요? 나도 나중에 결혼을 하면 아기 아빠가 될 게 아니에요. 아빠도 아기를 어떻게 키우는가 알아두는 게 좋을 것 같은데요. 안 그래요? 양 선생님."

"호호호…… 재미있어."

"아기를 건강하게 잘 키우려면 엄마 혼자 힘만으로는 부족할 거예요. 아빠도 협력을 해야 되리라고 생각해요. 나도 나중에 좋은 아빠가 되려고 하는걸요. 히히히……."

"호호호……."

"그러니까 양 선생님, 다 읽고 나면 나 빌려주세요."

"정말이에요?"

"정말이죠."

"빌려드리는 거야 뭐 문제 있나요. 호호호…… 참 재미있다. 강 선생, 꼭 어린애 같으셔. 열아홉 살이라죠?"

"예, 열아홉 살이에요. 히히히……."

나는 즐거움에 들뜬 어린애처럼 순진난만하기만 했다.

"아이 참 좋을 때다."

양 선생은 이렇게 말했다.

나는 웃긴다 싶었다.

"뭐요? 좋을 때라고요? 허허허…… 그럼 양 선생님은 좋을 때 아니고, 시들어져가고 있습니까?"

"하하하…… 시들어져가는 건 아니지만 벌써 스물다섯인걸요."

"스물다섯이면 바야흐로 한창 무르익을 때 아닙니까. 그야말로 좋을 때죠."

"하하하……."

"허허허……."

열아홉 살 먹은 풋내기 총각 선생과 스물다섯 살 먹은 처녀 선생은 정다운 오누이처럼 유쾌하게 웃었다.

말하자면 그것이 양순정 선생과의 첫 번째의 즐거운 만남인 셈이었다. 매일같이 얼굴을 대해 온 터이지만, 그처럼 단둘이 유쾌하게 웃으며 이야기를 나누기는 처음이었던 것이다.

그런 일이 있은 뒤로는 나는 곧잘 양 선생 교실로 가서 그녀와

담소를 했고, 그녀도 우리 교실로 자연스럽게 나를 찾아오곤 했다. 마치 누님이 여섯 살 아래의 남동생을 찾아오듯이 말이다.

양 선생은 그 육아에 관한 책도 물론 다 읽고 나서 빌려주었다. 그러나 나는 그것을 그저 건성으로 대충대충 넘겨가며 그림이나 좀 보았을 뿐 내용을 읽지는 않았다. 읽고 싶은 흥미도 없었을 뿐 아니라, 그런 책은 도무지 시시해서 내 안중에 비치지도 않았던 것이다.

시집이니 창작집이니 세계문학전집 같은 것에 열중하고 있는 터인데, 애새끼 낳아 키우는 그런 책이 눈에 들어올 턱이 있겠는가 말이다.

나중에 좋은 아빠가 될 생각이라느니, 아기를 건강하게 잘 키우려면 아빠도 협력을 아끼지 말아야 된다느니 하는 소리 따위도 말짱 그때 그 순간에 혓바닥에서 굴러 나온 헛소리에 불과했던 것이다. 사내새끼가 뭐 할 일이 없어서 열아홉 꿈이 부풀어 가슴에 가득한 시절에 그런 따위 시시한 생각이나 되씹고 있었겠는가.

그저 양 선생의 손때가 묻은 책이니까, 대충 그림이나마 훑어보아 주었던 것이다.

아무튼 여섯 살 위의 누님 같은 양순정 선생은 나의 산골 학교생활에 새로운 즐거움과 설레임을 가져다준 셈이었다. 그저 하루하루가 밝고 즐겁기만 했다.

아침에 눈을 뜨면 오늘 학교에 갈 일이 즐거웠고, 해가 지고 밤이 오면 내일이라는 날이 멀지 않다는 사실이 또한 즐거웠다.

일요일에도 나는 가만히 하숙집 울타리 안에 갇혀 있을 수가 없었다. 공연히 기분이 좋아 어디로든 훨훨 나서고 싶었다. 그래서 곧잘 일요일에도 학교로 나가곤 했다.

어느 일요일 오후, 학교로 나가니 마침 양 선생이 혼자서 일직을 하고 있었다.

내가 교무실로 들어서자 양 선생은,

"어서 와요, 강 선생."

하고 반겼다.

양 선생은 뜨개질을 하고 있었다. 여름방학이 멀지 않은 때여서 활짝 활짝 창문을 열어 놓았는데도 교무실 안은 무더웠다.

흰 반소매 블라우스를 입고 앉아서 열심히 뜨개질을 하고 있는 양 선생 곁으로 다가가며,

"이 더위에 무슨 뜨개질을 하시나요?"

하니까, 그녀는 나를 향해 살짝 미소를 지었다. 그러나 두 손은 여전히 뜨개바늘을 잽싸게 놀리고 있었다. 뜨개질 솜씨가 보통이 아니었다. 눈으로 보지 않아도 저절로 바늘이 기계처럼 가볍게 실을 얽어 가는 것이었다.

하얀 실로 짜는 무슨 책상보 같은 것으로 보였다. 그러나 나는 일부러,

"나중에 아기 낳으시면 입힐 옷인 모양이죠?"

시치미를 뚝 떼고 말했다.

까르르…… 양 선생은 자지러진 웃음을 터뜨렸다. 그리고 말했다.

"이게 아기 옷으로 보여요? 남자의 눈은 참 재밌어. 어쩌면 그렇게 엉터릴까."

"왜요? 아기 옷 만들면 예쁘겠는데요. 얼룩덜룩한 무늬가 있고…… 국화꽃 무늰가요? 아니면 민들레꽃인가……."

나는 나오려는 웃음을 눌러 참으며 멀쩡한 얼굴로 지껄여댔다.

"아기가 무슨 물건인가요. 이런 보자기 같은 것으로 둘러싼단 말이에요? 아무리 남자지만 좀 생각해 봐요. 아기 옷 같으면 팔을 꿸 소매가 있어얄 게 아니에요. 소매도 없는 아기 옷이 어딨단 말이에요."

"아, 그렇군요."

"상보예요, 상보."

"그러고 보니 상보 같네요."

비로소 나는 빙그레 웃었다.

"아기 옷은 무슨…… 결혼도 안 했는데 벌써 아기 옷을 짜겠어요. 자취하는 집에 파리가 많아서 상보를 짜는 거란 말이에요. 알겠어요? 바보 같은 열아홉 살짜리 총각 선생님……."

"파리가 이 구멍으로 기어 들어가겠는데요."

나는 손가락 하나를 얼룩덜룩한 꽃무늬에 나 있는 구멍에다가 쑥 찔러 넣었다.

"어머, 그러지 말아요. 구멍이 넓어져서 보기 싫어요."

"보기 싫은 게 아니라, 파리가 선생님 밥상의 반찬 핥아먹을려고 이 구멍으로 기어 들어가겠단 말입니다."

"호호호…… 걱정도 많으셔. 그냥 이대로 상보를 하는 줄 알아요. 망사 같은 엷은 베를 안쪽에다 댄단 말이에요. 바보 선생님, 그런 걱정은 마시라니까."

"아, 그렇군요. 난 또……."

슬슬 나는 뒤통수를 긁었다

양 선생은 계속 뜨개질을 했고, 나는 신문을 찾아 들고 내 자리로 가 앉아 한참 동안 그것을 읽다가, 후덥지근하고 따분해서 풍금

있는 쪽으로 갔다.

풍금은 언제나 교무실 한쪽 가에 놓여 있었다. 음악시간이면 학생들이 그것을 자기네 교실로 운반해 가고 끝나면 도로 운반해다 놓고 하는 터였다.

내가 풍금을 시루기 시작했으나, 양 선생은 여전히 제자리에 정물처럼 앉아 손끝만 가볍게 놀리고 있었다.

처음에는 국민가요 같은 건전한 곡을 두어 곡 타다가 나는 슬그머니 양 선생의 기분을 뒤흔들어 놓고 싶은 생각이 들어 대중가요를 시루기 시작했다. 풍금소리가 울려 퍼지는데도 아무 반응이 없이 앉아서 뜨개질에만 열중하고 있어서 속으로 히죽 웃으며 어디 보자, 싶었던 것이다.

—아아 신라의 바암이이여, 불국사의 종소리이 들리어 온다…….

그 무렵 한창 유행하던 노래였다.

그 노래를 일부러 신을 내어 한결 멋지고 유창하게 시루어 넘기며, 나중에는 곡조에 맞추어 노래까지 부르기 시작했다.

"……고요오한 달빛 아래 그음옥산 기슭이에서 노오래에를 불러 보자아 시이일라의 밤 노오래에를……."

1절을 마치고 나서 나는 힐끗 양 선생 쪽을 돌아보았다.

나와 시선이 마주치자 양 선생은 조금 미소를 지었다.

그러나 여전히 손가락 끝은 가볍게 기계적으로 움직이고 있었다.

〈신라의 달밤〉 2절을 또 북적북적 신나게 시루어 대며 한결 감정을 섞어 노래를 뽑고 나자 양 선생은 미소와 함께,

"유행가를 제법 잘 하시네요."

하였다.

그러나 뜨개질을 멈출 기색은 없었다. 나는 그녀가 일손을 놓고 자리에서 일어나 풍금 쪽으로 오도록 할 속셈이었다.

이번에는 〈신라의 달밤〉보다 훨씬 감상적인 〈비 내리는 고모령〉을 택했다.

“어머님의 소느을 놓고오 돌아설 때에 부어엉새도 울었다오, 나아도 울어었소…….”

노래도 더욱 센티멘털하게 뽑았다. 그래도 역시 그녀를 움직이지는 못했다. 오냐, 그렇다면…… 나는 아랫배에 지그시 힘을 주고 대담하게 일본 대중가요를 시루기 시작했다.

“쓰끼노 사바꾸오 하루바루또 다비노 라꾸다가 유끼마시다(달밝은 사막 길을 멀리 또 멀리 나그네 실은 낙타가 걸어갑니다)……”

곡에 맞추어 유창하게 노래까지 불러나가자, 양 선생은 일손을 멈추고 가만히 나를 바라보고 있었다. 노래가 끝나자, 드디어 뜨개질감을 책상 위에 놓고 자리에서 일어났다. 그리고 내 곁으로 다가오면서,

“강 선생이 어떻게 그런 노래를 다 아시지?”

약간 신기한 듯이 반말조로 말했다.

나는 속으로 회심의 미소를 지으며,

“왜요, 나는 그런 노래 알면 못 쓴다는 법이라도 있나요?”

일부러 약간 퉁명스럽게 내뱉었다.

“아니, 그런 노래를 언제……?”

“이래 봬도 당당히 일제시대에 사범학교에 입학한 몸입니다. 아시겠어요?”

“그래도…… 퍽 조숙하셨던가 봐.”

"허허허……."

나는 웃음이 나와 버렸다.

"그런 노래는 중학교 3,4학년이 돼야 부르게 되는 건데……."

"천만에요. 나는 국민학교 때 벌써 그 노랠 알았는걸요."

"어머, 국민학교 때요? 6학년 때?"

"아니오. 5학년 때 알았어요."

"어머, 어쩌면……."

양 선생은 약간 놀랐다는 듯이 묘한 눈으로 나를 바라보았다.

나는 재미있었다. 5학년 때 그 노랠 알았다는 것은 거짓말이었다. 6학년도 다 갈 무렵에 배웠던 것이다.

우리집 바로 앞집에 나보다 나이가 댓 살 위인, 그러니까 열여덟인가 아홉 된 처녀가 있었다. 국민학교를 졸업하고 집에서 가사를 거들며 말하자면 시집갈 준비를 하고 있던 처녀였는데, 나를 퍽 귀여워해 주었다. 식구들이 모두 논밭 일을 나가고 혼자서 집을 볼 때면 곧잘 나를 불러서 찐 감자랑 고구마 혹은 옥수수 같은 것, 하다못해 누룽지라도 내놓으며 옛날이야기도 해주고, 노래 같은 것도 가르쳐주곤 했다. 퍽 다정다감한 처녀였다. 나는 그녀가 마치 정다운 사촌누나 같아서 내 발로 곧잘 그녀를 찾아가기도 했다.

그녀는 둥근 수틀을 안고 앉아서 수를 놓는 게 일이었다. 한 바늘 한 바늘 고운 색실로 수를 놓으며 나직이 노래를 흥얼거리곤 했다. 말하자면 그녀의 꿈이 곱게 수틀에 아로새겨지면서 감미롭고 가슴 설레는 노래가 되어 절로 흘러나오는 셈이었다.

한 번은 그녀의 노래가 어찌나 쓸쓸한지, 그러면서도 야릇한 감미를 머금고 있는지 나는,

"그게 무슨 노래야?"
하고 물었다.
그러자 그녀는 소리 없이 생글생글 웃을 뿐이었다.
"참 좋다. 그 노래."
"좋아?"
"응."
"가르쳐 줄까?"
"응."
"너는 아직 빠를 텐데……."
그녀는 묘한 미소를 지으며 그럼 따라 부르라면서 한 구절씩 먼저 부르기 시작했다. 그녀를 따라 나는 열심히 불렀다.
그게 바로 〈쓰끼노 사바꾸(달밤의 사막)〉였다. 사춘기의 젊은이들이 즐겨 부르는 감미로우면서도 애수에 젖은 일본 대중가요였다.
그녀는 그 노래를 마치 꿈꾸는 듯한 표정으로 불렀고, 나는 묘하게 짜릿한 기분으로 열심히 배웠다.
나는 그 노래의 야릇한 매력에 혹해서 틈만 있으면 그 노래를 흥얼거렸다. 그녀는 그 노래뿐 아니라, 그런 종류의 대중가요를 여러 개 나에게 가르쳐주었다. 말하자면 그녀는 나의 어린 가슴속에 아직은 깊숙이 묻혀 있는 사춘기의 싹을 일찍부터 긁어 일으켜준 셈이었다.
나는 그 〈쓰끼노 사바꾸〉 2절을 풍금과 함께 노래 부르기 시작했다.
곁에 서서 가만히 듣고 있던 양 선생의 입에서도 곧 노래가 흘러나왔다. 나는 매우 기분이 좋았고 신명이 나서 어깨까지 약간 우쭐거리며 풍금을 시루어 댔다.

양 선생은 소프라노라고 할 수 있었고, 나는 바리톤쯤 된다고 볼 수 있었다. 높고 낮은 두 음정의 노래가 하모니를 잘 이루어 교무실 안은 감미로우면서도 애수에 젖은 꿈꾸는 듯한 야릇한 음률로 가득 넘쳤다. 무더위도 어디로 물러간 듯 그저 즐겁고 가슴 설레는 그런 분위기였다.

노래가 끝나자 나는 가만히 고개를 들어 양 선생을 쳐다보았다. 시선이 마주치자, 그녀는 조금 수줍은 듯한 그러면서도 묘하게 윤기가 흐르는 그런 눈으로 나긋이 웃었다.

나는 풍금 앞에서 일어났다.

"자아, 이제 양 선생님이 한번……."

그러자 양 선생은,

"나는 강 선생처럼 그렇게 멋지게 치진 못해요."

하면서 서슴없이 걸상에 앉았다.

곧 양 선생의 풍금소리가 교무실 안에 넘쳤다.

"야마노 사비시이 미스우미니(산중의 쓸쓸한 호숫가에)……." 어쩌고 하는 노래였다. 그 노래 역시 나도 고향의 그 처녀한테 배워서 알고 있는 터였다.

양 선생은 그 노래를 풍금으로 시루기만 했다. 나는 곧 풍금에 맞추어 목청을 뽑았다. 1절이 끝나고 2절부터는 양 선생도 노래를 불렀다.

어쩌다가 그만 일요일 오후의 교무실이 일본 대중가요 판이 되고 말았다.

그 노래를 마치고서 양 선생은 좀 수줍고 멋쩍은 듯한 미소와 함께 자리에서 일어나려 했다. 나에게 풍금을 다시 양보하려는 것이었다.

"아닙니다. 양 선생님이 한 곡조 더……."

나는 그만 일어서려는 양 선생을 두 손으로 덥석 잡았다. 나는 양 선생의 등 뒤에 약간 옆으로 서 있었다. 무의식중에 내가 잡은 것은 양 선생의 양쪽 어깨 조금 아래의 팔이었다.

그런데 참 묘했다. 그녀가 일어서는 것을 제지하기 위해서 거의 무의식중에 덥석 양쪽 팔을 잡았던 것인데, 잡고 나자 아뿔싸였다. 이렇게 잡아도 되는 것인지 하는 생각이 번쩍 들었던 것이다.

그리고 기분이 야릇해졌다. 우선 그녀의 팔이 의외로 탱탱하고 미끈한 게 아닌가. 여자의 팔이니 부들부들할 줄 알았는데 그게 아니었다. 아주 탄력 있고 싱싱한 피부였다.

나는 손바닥을 통해 야릇한 기운이 짜릿하게 전신으로 퍼지는 것을 느끼며 가볍게 몸을 떨었다. 얼른 손을 놓아버릴까 싶었다. 그러나 어찌된 셈인지 나는 그대로 덥석 잡은 채 손을 떼질 않고 오히려 손에 더 지그시 힘을 주고 있었다. 내 얼굴은 벌겋게 달아오르고 있었고, 가슴은 두근두근 뛰었다.

일어서려다가 양쪽 날갯죽지를 붙들린 격이 된 양 선생은 그대로 도로 주저앉았다. 그러나 나의 두 손이 자기의 팔에서 떨어질 줄을 모르고 오히려 더 묘하게 힘을 가하는 듯하자, 힐끗 나를 뒤돌아 쳐다보는 것이었다. 그녀의 얼굴도 약간 발그레 물들어 있었다.

나의 번들번들 타는 듯한 시선과 마주치자, 그녀의 얼굴을 물들였던 엷은 홍조가 별안간 눈에 띄게 짙은 빛으로 변했다. 당황하는 눈치였다.

잠시 야릇한 긴장감이 흘렀다.

그러나 양 선생은 곧 정신을 가다듬은 듯,

"강 선생, 이러면 못 써요."

차분하게 가라앉은 목소리로 말했다.

나는 좀 어색했으나, 여전히 가슴의 두근거림이 멎질 않고 숨결이 더웠다. 이렇게 두 팔을 잡고만 있을 게 아니라, 왈칵 냅다 뒤에서 껴안아버릴까 어쩔까⋯⋯ 초조히 망설이며 뜨거운 침을 꿀컥 삼켰다.

그때 킬킬킬 웃는 소리가 들렸다. 운동장 쪽 창문이었다.

힐끗 돌아보니 몇몇 학생들의 웃던 얼굴이 창문턱에서 얼른 사라졌다. 운동장에서 놀던 아이들이 풍금소리와 노랫소리에 이끌려 모여들었던 모양이다.

나는 정신이 번쩍 들어 얼른 양 선생의 팔을 잡았던 손을 뗐다. 부끄러운 생각이 왈칵 들었다. 여선생의 팔을 잡고 있던 묘한 장면이 아이들에게 발각된 것도 부끄러웠고, 선생이라는 사람이 자기 교무실에서 일본 대중가요를 풍금으로 북적북적 시루어 대며 신명을 내어 노래까지 불러댄 사실도 못 견디게 수치스러웠다. 말 많은 아이들의 입에서 어떤 말이 퍼질까, 슬그머니 걱정이 되기도 했다.

아니나 다를까 곧 야릇한 소문이 퍼졌다.

학생들 사이에 은밀히 퍼지는 잔잔한 물결 같은 소문을 선생이 얼른 알 턱이 없다.

며칠 동안은 아무 일도 없었다. 그러나 잔잔한 물결처럼 학생들의 입에서 입으로 소문은 은밀히 퍼져나가고 있었다. 다만 내가 그것을 알아차리지 못하고 있을 따름이었다.

물론 그 은밀한 소문의 물결은 우리 학급에도 스며들어 삽시간에 온통 넘칠 듯이 출렁거리고 있었으나, 나는 며칠 동안 눈치를 채지 못하고 있었다. 내가 교실에 들어서면 여느 때와 다름없이 학생들은 단정한 얼굴로 나를 맞이할 뿐 별다른 변화를 느낄 수가 없었다. 간혹 좀 묘한 표정으로 나를 힐끗힐끗 보는 학생이 없는 것은 아니었으나, 그런 일은 여느 때도 흔히 있는 일이어서 나는 그저 예사로 여겼다.

그러나 며칠 뒤 마침내 나는 한 대 얻어맞은 것처럼 되고 말았다.

방과 후였다. 나는 몸이 나른해서 숙직실에 가서 누워 있었다. 숙직실 방문에 발이 내려져 있어서 밖에서는 안이 잘 보이지 않았으나, 안에서는 바깥이 훤히 내다보였다. 나는 목침을 베고 누워서 발을 통해 하염없이 바깥을 내다보고 있다가 커다랗게 기지개를 켰다. 몸살이 오려는지 팔다리가 나른하고, 몸에 열도 약간 있는 듯했다. 나는 잠을 한숨 자는 수밖에 없다고 생각하며 지그시 눈을 감았다. 그러나 잠은 쉬 와주질 않았다.

그렇게 눈을 떴다 감았다 하며 잠을 청하고 있는데, 몽롱한 청각에 가물가물 여학생들의 주고받는 소리가 와 닿았다. 그 소리를 듣는 순간 내 얼굴에서 핏기가 싹 가시는 듯한 느낌이었다.

숙직실 앞에 있는 커다란 오동나무 그늘에 앉아서 공기받기를 하며 놀고 있던 학생 서너 명이 이제 놀이에 싫증이 난 듯 이야기를 주고받기 시작했던 것이다.

한 아이가 난데없이 불쑥 말했다.

"강 선생하고 양 선생하고 연애하는 거 한 번 봤으면 좋겠다."

그러자 모두 킬킬 웃었다.

"일요일에 학교에 나와서 교무실을 지켜보려무나."

"그러면 연애하는 거 볼 수 있을까? 이번 일요일에도 교무실에서 불끈 안을라나?"

"히히히…… 정말 불끈 안았대?"

"그랬대. 둘이 풍금을 치면서 노랠 하다가 강 선생이 양 선생을 뒤에서 불끈 안더라는 거야."

"어머, 히히히…… 그런데 왜 뒤에서 안지? 안을라면 앞에서 안아야 진짜 연애가 되지. 그지?"

"맞아. 앞에서 안아야 입도 맞추고……."

"하하하……."

"호호호……."

얼굴에서 핏기가 싹 가신 듯한 기분이 된 나는 가만히 그 여학생들을 발 밖으로 쏘아보고 있었다. 숨도 제대로 쉴 수가 없는 듯했고, 나른하던 팔다리도, 온몸에 느껴지던 미열도 순식간에 어디론지 싹 사라져버린 그런 느낌이었다.

여학생들은 계속 지껄여나갔다.

"우리 이번 일요일에 정말 학교에 와 볼까?"

"그럴까?"

"그러자."

"난 도시락을 싸 올란다. 도시락을 싸가지고 와서 하루 종일 지켜볼란다."

"나도 싸 올께."

"히히히…… 나도……."

"나도……."

나는 가만히 듣고 있을 수가 없었다. 싹 가셨던 핏기가 얼굴로 다시 솟구치듯 후끈하게 돌아오는 것을 느꼈다. 벌떡 일어나 냅다 뛰어나가서 모조리 붙들어 꿇어앉혀 놓고 따귀라도 한 대씩 갈겨 주었으면 싶었다.

그러나 나는 꾹 눌러 참았다. 그럴 수는 없는 노릇이었다. 다른 일도 아니고 바로 나와 양 선생에 관한 소문을 호기심에 차서 숙덕거리고 있는 터인데, 그렇게 덮어놓고 화를 내며 불쑥 나타난다는 것은 오히려 우스꽝스러운 꼴이 될 것 같았다.

나는 우선 크게 숨을 들이쉬었다. 그리고 기지개를 쭉 켜고 나서 부스스 자리에서 일어나 자연스럽게 발을 들추고 마루로 나갔다.

한숨 자고 난 사람처럼 마루에 서서,

"아으윽—."

또 두 팔을 뻗어 올리면서 억지로 하품과 함께 기지개를 켰다. 이것들아, 바로 내가 여기 있는 줄을 모르냐는 듯이 말이다.

아니나 다를까 힐끗 나를 본 여학생 하나가 깜짝 놀라며,

"엄마야!"

질겁을 하듯 자리에서 벌떡 일어나자 다른 아이들도,

"아이고마!"

"아이고!"

"어메!"

비명을 지르며 후닥닥 뛰어 일어나 정신없이 사방으로 흩어져 도망을 치는 것이었다.

내가 바로 곁에서 저희들의 숙덕거리는 소리를 듣고 있을 줄이야 정말 꿈에도 몰랐을 터이니, 혼비백산하는 것도 무리는 아니었다.

나는 흩어져 도망치는 여학생들을 착잡한 기분으로 가만히 지켜보았다.

다행히도 우리 학급 아이는 한 명도 없었다. 3,4학년짜리들인 듯했다. 그렇다고 크게 다행할 것도 없었고, 마음이 놓이는 것도 아니었다. 학생들 사이에 그런 소문이 퍼지고 있다는 사실을 알았으니, 이 일을 어떻게 했으면 좋을지 입맛이 쓰기만 했다.

그 다음 날 둘째시간이 끝나고서였다. 소변이 마려워 변소에 간 나는 또 한 번 이마를 한 대 얻어맞은 것 같은 느낌이 되고 말았다.

이번에는 낙서였다. 변소 한쪽 벽에 어떤 녀석이 내갈겼는지 얼른 눈에 들어오는 낙서가 있었다.

—안았네, 안았네, 뒤에서 안았네.

이런 낙서였다.

그리고 그 곁에는 조금 작은 글씨로,

—강 선생+양 선생=어린애새끼

이런 낙서가 곁들어져 있었다.

역시 또 얼굴에서 핏기가 가시는 듯한 가벼운 현기증 같은 것을 느끼면서도 나는 비식비식 자꾸 웃음이 흘러나왔다.

어떤 녀석이 그런 낙서를 했는지 알 수가 없는 일이었지만, 좌우간 재치가 매우 뛰어난 낙서가 아닐 수 없었다. '안았네, 안았네, 뒤에서 안았네'도 해학이 넘치는 표현이지만, '강 선생+양 선생=어린애새끼'라는 낙서도 여간 기지에 찬 게 아니었다. 나에게 양 선생을 더하면, 다시 말하면 나와 양 선생이 합쳐지면, 즉 결혼을 하면 어린애새끼가 생긴다는 그런 뜻이 아닌가.

아이들의 낙서는 대체로 이맛살이 찌푸려지는 그런 원색적이고 상스러운 게 많은데, 이건 썩 멋지다고 할 수 있는 낙서가 아닌가 말이다. 만일 그게 나에 관한 낙서가 아니고 대상이 다른 선생이었다면 나는 아주 기가 막히다는 듯이 고개를 끄덕이며 웃어댔을 것이다.

그러나 나는 착잡하기만 했다. 바로 나와 양 선생을 놀려대는 낙서인데, 그게 아무리 재치가 있은들 기분이 좋을 턱이 있겠는가 말이다.

나는 서서 줄줄줄 볼일을 보면서 저 낙서를 내 손으로 지울 것인가 어쩔 것인가 생각해 보았다.

당장 눈앞에 그런 것이 나타났는데 그냥 못 본 체 방치해 둘 수는 없을 것 같았다. 그러면서도 한편 내 손으로 그것을 썩썩 문질러 지운다는 것도 어쩐지 모양 같잖다는 생각이 들었다.

내가 내 손으로 나 자신에 관한 낙서를 지운다는 것은 얼마나 멋쩍고 창피하기도 한 노릇인가 말이다.

그리고 그것을 한 번 지워서 문제가 끝난다면 창피하든 어떻든 서슴지 않겠는데, 지우고 나면 이어서 또 그런 낙서가 등장하지 않는다는 보장이 어디 있는가. 어떤 근본적인 해결책을 강구해야지, 낙서를 지우는 그런 일시적인 방편으로는 도저히 일이 막아지지 않을 것 같아 나는 막막한 느낌이었다.

양 선생하고 상의를 해보는 게 좋겠다고 나는 생각했다. 양 선생인들 별 뾰족한 수가 있을까마는 그러나 앓는 것도 둘이 함께 앓으면 좀 나을 게 아닌가 싶었다.

"그래야겠군, 그래야겠어."

중얼거리면서 볼일을 마친 나는 그러나 변소를 나오며 거의 무의식적으로 그 낙서 쪽으로 다가갔다. 마침 변소에는 아무도 없었다.

나는 얼른 '강 선생+양 선생……'이라는 그 낙서의 대가리 쪽, 즉 강 선생만을 손바닥으로 썩 문질러버렸다. 그리고 후닥닥 그 자리를 뜨며 시치미를 뚝 뗐다. 그러나 얼굴이 화끈 붉어지는 것을 어쩌지 못했다.

점심시간에 나는 양 선생 교실을 찾아갔다.

양 선생은 혼자 교실 창가에 앉아 도시락을 먹고 나서 뜨개질을 하고 있었다. 아직 그 상보였다.

이제 그 상보가 마무리 단계에 들어가 있는 듯이 보였다.

학생들은 모두 운동장으로 나가고, 교실 안은 호젓했다.

"양 선생님, 아직 그 상보시군요."

"예."

양 선생은 무표정한 얼굴로 뜨개질을 계속하면서 대답했다.

일요일 오후에 교무실에서 그런 일이 있은 뒤로 그녀와 단둘이 만나기는 처음이었다. 나는 약간 기분이 쑥스럽고 이상했으나, 애써 담담한 어조로 말했다.

"이제 거의 완성이 되어 가는군요."

"예."

"뜨개질 솜씨가 보통이 아니신데, 상보 하나 가지고 그렇게 오래 끄세요?"

"예."

양 선생은 그저 기계적으로 대답을 했다.

나는 슬그머니 좀 기분이 언짢았다. 불쑥 본론으로 들어가는 수밖에 없다고 생각했다.

“양 선생님.”

“예?”

내 어조가 좀 바뀐 듯하자, 양 선생은 힐끗 나를 쳐다보았다. 여전히 손은 뜨개바늘을 가볍게 놀리면서.

“아이들 사이에 이상한 소문이 돈다는 거 아시죠?”

“…….”

“양 선생님과 내가 연애를 한다는 소문이 돌고 있어요.”

“…….”

“아세요, 모르세요?”

“…….”

양 선생은 묵묵부답이었다. 그렇다고 부끄러운 듯한 어색한 기색이 얼굴에 떠오르는 것도 아니었다. 자기와는 상관이 없는 남의 이야기를 듣고 있는 것 같은 그런 표정이었다.

나는 이거 뭐 이래 싶었다.

“왜 아무 대답이 없어요? 예? 양 선생님.”

“알고 있어요.”

그제야 양 선생은 가만히 입을 열었다.

“어떻게 해야 되죠?”

“…….”

“낙서까지 등장했단 말입니다. 변소에 어떤 녀석이 낙서를 해놓았는데, 글쎄 뭐 뒤에서 안았네, 안았네 했던가…… 그리고 양 선생하고 나하고 플러스하면 어린애새끼가 된다나요. 허허허…… 나 참.”

"나도 봤어요."

"보셨어요? 이 일을 어떻게 하면 좋죠?"

내가 정말 걱정스러운 듯 말하자, 양 선생은 일손을 멈추고 나를 가만히 바라보며,

"어떻게 하긴 어떻게 해요. 내버려두는 거지. 그게 그렇게 걱정이 돼요?"

히죽이 웃었다.

나는 아무 할 말이 없었다. 그녀가 그렇게 예사롭게 나올 줄은 미처 몰랐던 것이다.

"연애를 한다 해도 상관없고, 어린애새끼가 된다 해도 상관없어요. 아이들 지껄이는 소리에 뭐 그렇게 신경을 써요. 그런 사실이 없는데 무슨 걱정이냔 말이에요."

"……."

"그게 그렇게 걱정이 되면 요전 일요일에 왜 남의 팔을 그렇게 함부로 불끈 잡느냔 말이에요. 겁도 없이…… 학생들이 보고 있는 줄도 모르고……."

"……."

"하하하하……."

양 선생은 말문이 막혀 멀뚱히 서 있는 나의 표정이 매우 재미있다는 듯이 까르르 웃음을 터뜨렸다.

나도 그만 히히힉 웃었다. 벌겋게 얼굴이 물드는 것을 어쩌지 못했다. 이번에는 그녀에게 한 대 화끈하게 얻어맞은 것 같은 느낌이었다.

콧대가 높은 편이고, 매사에 자신만만하기만 하던 내가 양순정

선생 그녀에 비해 형편없이 소심하고, 옹졸하기까지 한 것 같아 나는 못 견디게 부끄럽고 수치스러워서 공연히 헛바람이 새는 것 같은 웃음을 터뜨렸던 것이다.

사실과는 거리가 먼 그와 같은 헛소문은 홍연이의 일기장에까지 반영되어 있었다. 그 주의 토요일에 일기장을 거두어서 검사를 하며 나는 홍연이의 일기를 보고 또 한 번 적잖이 당황했다.

다른 학생들의 일기에는 양 선생과 나와의 소문에 관한 것은 한 마디도 언급되어 있지가 않았다. 그런 말을 썼다가 검사 때 선생님의 눈에 띄면 야단맞을 게 뻔해서 그런 모양이었다.

그러나 홍연이는 그 주의 거의 대부분을 그 소문에 관해서 쓰고 있었다. 서슴없이 내갈긴 다음과 같은 대목을 읽었을 때 나는 야, 이것 봐라 하고 약간 입이 벌어지지 않을 수 없었다.

—선생님이 양순정 선생을 뒤에서 안았다는 게 정말일까. 그 소문이 정말이라면 선생님은 바보야. 바보. 바보. 정말 보기 싫고 밉기만 한 바보 멍텅구리야.

그다음 날 일기에도 그 바보론은 계속되고 있었다.

—아무리 생각해도 선생님은 바보 멍텅구리인 것 같다. 양순정 선생이 자기보다 훨씬 나이가 많은 노처녀라는 것을 선생님은 모르시는 걸까. 양순정 선생은 스물다섯이라고 한다. 그러나 내가 보기에는 스물일곱 살이나 여덟 살은 틀림없이 된 것 같다. 호적상으로는 스물다섯 살인지 몰라도, 실제로는 틀림없이 스물일곱이나 여덟 살일 것이다. 선생님은 열아홉 살이니까 여덟 살이나 아홉 살 더 먹었다. 여덟 살이나 아홉 살 더 먹은 여자를 뒤에서 불끈 안다니, 그게 바보지 뭐야. 생각할수록 어처구니가 없고 속이

상해 죽겠다.

어떤 날은 한결 짙게 자기 심경을 드러내놓기도 했다. 다음과 같은 일기를 읽고는 홍연이가 정말 이제 한 사람의 당당한 여자로구나 하는 생각이 들어 새삼 놀라지 않을 수 없었다.

—오늘 보니까 양순정 선생이 입술에 루즈를 꽤 짙게 칠하고 있었다. 다른 때보다 얼굴에 분도 더 바른 것 같았다. 서른 살이 다 되어가는 노처녀가 화장을 그렇게 짙게 할 게 뭐람. 그렇게 짙게 한다고 더 젊어지나. 정말 꼴불견이었다. 선생님에게 더 예쁘게 보이려고 그러는 게 뻔하다. 자기보다 여덟 살이나 아홉 살 적게 먹은 남자에게 예쁘게 보이려고 하다니, 같잖고 아니꼽다. 설마 여덟 살이나 아홉 살 밑인 선생님하고 결혼을 할 생각은 아니겠지. 결혼은 자기보다 서너 살 위의 남자와 하는 것이 마땅하지, 열 살 가까이나 아래의 남자와 하다니 말도 안 되지. 선생님도 그 점은 잘 알고 계시겠지. 설마 여덟 살이나 아홉 살 더 먹은 양순정 선생과 결혼을 할 생각은 조금도 없으시겠지. 그런 바보는 정말 아니실 거야. 좌우간 양순정 선생의 화장을 짙게 한 얼굴을 보니 나는 오늘 하루 종일 기분이 나빴다. 양순정 선생이 왜 우리 학교로 전근을 와서 야단일까. 서른 살이 다 되도록 시집도 안 가고서 말이다. 보기 싫게…….

나는 양 선생에게 홍연이의 이 일기를 보여주고 싶은 야릇한 충동을 느꼈다. 그냥 혼자서만 읽고 덮어버리기가 어쩐지 아쉬운 듯한 그런 심정이었다. 국민학교 5학년생이 벌써 이렇게 애정에 관한 짙은 질투의 감정을 가지게 되다니, 더구나 다른 사람도 아닌 자기 학교의 여선생에 대해서 말이다. 정말 보통 일이 아니었다.

그러나 그것을 양 선생에게 보여줄 수는 없는 일이었다. 교육적으로 안 될 뿐 아니라, 교육이라는 것을 떠나서도 나 자신의 입장이 매우 우습게 될 게 아닌가 말이다.

나는 묘하고 아쉽고 조금 안타깝기도 했지만, 그저 혼자서 놀라움으로 고개를 끄덕거리며 일기장 끝에다가 아무 언급도 없이 검사했다는 '검' 자만을 커다랗게 동그라미 속에 적어 넣어주었다.

아니 땐 굴뚝엔 연기가 나지 않는 법이다. 실제로 양 선생과 나 사이에 별로 땐 것이 없기 때문에 조금 나부껴 오르던 연기는 곧 희미하게 사라져버리고 말았다.

내가 양 선생의 팔뚝을 뒤에서 덥석 잡은 것이 학생들의 눈에 띄어 야릇한 연기가 되어 조금 나부껴 올랐을 뿐, 그 뒤 양 선생과 나 사이에 별다른 아무 일도 없었기 때문에 결국 검부러기 한 움큼이 타고는 저절로 연기는 꺼져버린 셈이었다.

학생들로서는 싱겁게 되었다. 계속 타는 것이 있어서 연기가 무럭무럭 피어올랐더라면 재미가 좋았을 텐데 말이다. 그랬더라면 홍연이는 바짝바짝 더 약이 올랐을 것이고.

소문도 잠잠해지고 낙서도 사라졌을 뿐 아니라, 홍연이의 일기에서도 그런 질투의 감정이 자취를 감추고 말았지만, 그러나 나의 내부의 설렘이라 할까, 양 선생 그녀를 향한 야릇한 뜨거움은 결코 가라앉지가 않았다. 오히려 그 농도가 은밀히 더 짙어지는 듯했다.

나는 밤으로 하숙방에 누워서 뜨거움에 흔들리는 마음을 가눌 길이 없어 이리 뒤척 저리 뒤척 하며 때로는 열기를 머금은 감미로운 신음소리를 토하기도 했다.

그러나 나는 소심한 사내임에 틀림없는 모양이었다. 그 짙은 설렘의 마음을 상대방 앞에 쏟아놓을 용기가 나질 않았다. 팔뚝을 뒤에서 덥석 잡고 지그시 힘을 주었던 것처럼 한 걸음 성큼 더 나아가 가슴이라도 불끈 안아버릴 그런 뜨거운 엄두가 좀처럼 나질 않는 것이었다.

잠시 동안이나마 학생들 사이에 퍼졌던 소문과 낙서 같은 것을 생각하면 절로 고개가 움츠러드는 느낌이었다. 심리적으로 은근히 큰 충격이었던 것이다. 재차 그런 소문이 고개를 쳐든다면, 다시 말하면 굴뚝에 연기가 또 피어오른다면 이번에는 정말 감당할 수가 없을 것 같아 두려웠다.

말하자면 안으로는 발그레 열도를 더해 가면서도 겉은 오히려 싸늘하고 딴딴한 껍질에 휩싸이는 그런 상태라고나 할까.

그러나 안으로 열도를 더해가는 그 발그레한 덩어리를 아무리 딴딴한 껍질이라 하더라도 언제까지나 휩싸고 있을 수는 없는 법이다. 언젠가는 껍질을 터뜨리고 뜨거운 덩어리가 분출하게 마련인 것이다.

나는 그 시기를 가을이라고 생각했다.

가을바람이 불어오면 나는 묘하게 기분이 흔들린다. 쓸쓸하고 허전하고, 야릇한 외로움이 가슴속으로 심란하게 젖어드는 것이다. 살짝 어떻게 된 것처럼 마음이 살랑살랑해지기까지 한다. 도저히 그 애수라 할까 짙은 고독감을 견딜 수가 없다. 그래서 공연히 휘파람을 불어대기도 하고, 쓸쓸한 노래를 뽑아내기도 하고, 냅다 술을 마셔대기도 한다.

가을은 남자의 마음을 흔드는 계절이고, 봄은 여자의 마음을 흔드는 계절이라고 한다. 맞는 말인 것 같다.

학생 시절, 내가 처음으로 러브레터라는 것을 써본 것도 가을이었다. 한 학년 밑의 어떤 여학생에게(교육대학의 전신인 사범학교였기 때문에 남녀공학이었다) 야릇한 그리움을 느껴오다가 가을바람과 함께 마침내 행동으로 옮겼던 것이다.

—……나는 그대를 내 목숨보다도 더 사랑합니다. 진정입니다. 그대를 향한 그리움은 이미 지난봄에 싹텄습니다만, 그동안 내 이 그리움이 진실인지 아닌지를 두고두고 가늠해 보았던 것입니다. 이제 추호도 거짓이 없는 진실이라는 것을 확인하고서, 가을밤 하늘의 별에 맹세하며 이 글을 쓰오니, 사랑하는 그대여, 부디 나의 이 뜨거운 마음을 받아주소서…….

어쩌고 이런 식의 연서를 밤이 이슥토록 하숙방 아랫목에 배를 깔고 엎드려서 코에서 단내가 솔솔 흘러나오도록 열을 올려 길게 길게 썼다. 그것을 가슴에 품고 이튿날부터 사흘 동안을 이른 아침에 그녀의 집 근처에 가서 서성거린 끝에 그녀가 혼자서 등교하는 기회를 포착하여 그것을 전달했던 것이다.

말하자면 첫사랑이었다. 그러나 일이 잘 열매를 맺지 못하고 덧없이 망가뜨려지고 말았으니, 첫사랑이라기보다도 첫 짝사랑이라고 하는 편이 옳을 것이다.

어쨌든 열일곱 살의 가을에 나는 그런 최초의 분홍빛 늪에 풍덩 빠졌던 일이 있는 터이라, 열아홉의 가을에도 다시 그런 두 번째의 뜨거움이 터져 나올 것만 같았다. 아무리 학생들의 입이 두렵고, 연상의 여자라는 남부끄러움이 있다고 하더라도 가슴속의 심장을 야릇하게 건드리는 듯한 가을바람이 불어오면 나의 소심증은 절로 낙엽처럼 흩날려버리고, 화끈한 용기가 불끈 고개를 쳐들 것 같았다. 학생들의 입 따위, 남들의 눈 따위 아랑곳없이 뜨겁게 내닫는 한 마리 짐승처럼 될 것 같았다.

그러나 그해 가을은 나에게 그런 가슴 터지는 기쁨이 아니라, 끝없는 우수를 가져다주었다. 나는 가을이 무르익기도 전에 온통 잎사귀 한 잎 남기지 않고 헐벗겨지고 만 나목처럼 초라하고 처량한 꼴이 되고 말았다.

여름방학이 끝나고 다시 학교가 시작되었을 때, 양순정 선생은 한결 화사하고 싱싱한 얼굴로 고향에서 돌아왔다. 여름방학 동안 고향집에 가서 잘 쉬었기 때문인지, 아니면 더위가 가고 서서히 가을이 다가오고 있기 때문인지, 양 선생은 그전보다 훨씬 건강도 좋아진 것 같았고 표정도 밝아진 듯했다. 어쩐지 그 눈빛까지도 한결 맑고 빛나 보였다.

그런 양 선생을 대하는 나는 맥없이 즐겁기만 했다. 은밀히 혼자서 조금씩 가슴을 두근거리며 침을 꿀꺽 삼키기도 했다. 가을바람은 아직 제대로 불어오고 있진 않았으나, 가슴속에 도사린 야릇한 덩어리가 서서히 꿈틀거리기 시작하는 것이었다.

나는 밤으로 혼자 하숙집 마루 끝에 나와 앉아 차츰 빛이 선명해지는 듯한 달을 바라보기도 하며, 양 선생에 대한 사랑의 고백을 어떤 식으로 하는 것이 좋을까 생각해보았다.

편지를 쓰는 방법이 있고, 만나서 직접 말로서 털어놓는 방법이 있다. 두 가지 가운데 어느 방법이 좋을까.

지난여름에 그녀의 팔을 뒤에서 잡고 지그시 힘을 준 그런 일이 있었기 때문에 이미 어느 정도 나의 감정이 전달되었다고 볼 수가 있다. 그녀에 대해 이성으로서 평범한 것 이상의 어떤 야릇한 것을 내가 느끼고 있다는 것을 그녀도 이미 알고 있는 터이다. 그렇다면 새삼스럽게 편지 같은 것을 쓸 게 아니라 직접 만나서,

—나는 양 선생님을 사랑하지 않고는 못 배기겠어요,

이런 식으로 거침없이 쏟아놓는 게 남자다울 것 같았다.

그러나 아무래도 그 방법은 문제가 있을 듯했다. 그녀의 성격으로 보아 내가 그런 고백을 하면 대뜸 가볍게 웃어버리지, 결코 얼굴을 벌겋게 붉히지는 않을것처럼 여겨졌다. 동생이라도 둘째나 셋째 동생 취급을 하며

—누님이라도 큰누님 같은 사람에게 그런 말을 하다니, 못써요.

하고 살짝 눈을 흘기며 타이르려 들 것 같았다. 그렇게 되면 분위기가 팍 식어버리고, 우습게 될 게 아닌가 말이다.

그리고 내 성격으로 보아도 그런 식으로 나가는 것보다는 편지를 쓰는 편이 훨씬 적절할 것 같았다.

결국 편지를 쓰기로 작정했다. 두 번째 쓰는 러브레터인 셈이었다.

러브레터의 첫머리를 어떤 문구로 시작할 것인가 하고 나는 하숙집이나 학교에서 한가할 때면 곧잘 그 생각에 잠기곤 했다.

—양 선생님, 저는 당신을 너무너무 사랑하고 있어요. 정말이에요.

이런 식으로 대뜸 불쑥 내밀듯이 시작할 것인가 아니면

—낙엽이 지는 계절이 다가왔습니다. 제가 마음 설레는 계절이지요. 이 가을에 저는 한 가지 커다란 기쁨을 성취하려고 생각하고 있어요. 양 선생님, 그게 무언지 아시겠어요?

이런 식으로 서서히 부드럽게 본론으로 들어갈 것인지 혹은 시적인 문장으로,

—가을. 저는 이 가을에 한 잎 낙엽이 되려고 해요. 낙엽이 되어

양 선생님 그대의 마음속 그윽한 호수 위에 나부껴 떨어질까 하지요. 그러면 그대의 호수에는 파문이 일겠지요. 그 파문은 아름다운 분홍빛일 거예요.

이렇게 가슴속으로 스며들어가듯 하는 게 좋을지…… 갖가지 문장을 종이에 낙서하듯 적고 또 적어보았다.

그처럼 서서히 연정이 무르익혀 가고 있는 어느 날이었다. 둘째 시간을 마치고 교무실로 돌아가니, 교장 책상 앞에 양 선생이 다소곳이 앉아서 무슨 이야기를 나누고 있었다.

얼른 보아도 그냥 사무적인 이야기는 아닌 듯해서 나는 곁에 있는 동료 교사에게 물어보았다.

"무슨 일이야?"

"글쎄…… 무슨 일이 있는 것 같은데……."

동료 교사도 잘 모르고 있었다.

자리에 앉아서도 나는 곧장 양 선생의 뒷모습과 교장 선생의 표정을 힐끗힐끗 살폈다.

잠시 후, 양 선생은 의자에서 일어나더니 조용하고 담담한 얼굴로 교무실을 나갔다. 자기네 교실로 가는 모양이었다. 그런데 어쩐지 교무실을 걸어 나가는 그 모습이 여느 때와는 달리 조금 어색한 것 같고, 수줍어하는 듯한 기색이 느껴졌다.

나는 무슨 일인가 하고 교장 선생을 바라보고 있었다.

교장 선생은 자리에 가만히 앉은 채 얼굴에 은은한 미소를 떠올리며 입을 열었다.

"양 선생이 결혼을 한다는군."

혼자 중얼거리듯 지껄인 그 말에 나는 그만 핑 하고 현기증이 느껴지며 눈앞이 노오랗게 흔들렸다.

양순정 선생이 결혼을 하게 되다니, 정말 예기치 않은 일이어서 나는 어이가 없기만 했다.

그렇다면 방학 동안 고향에 갔을 때 이미 그런 결정이 내려져 날짜까지 정해진 모양인데, 그런 줄도 모르고 러브레터의 첫머리를 어떤 식으로 시작할 것인가, 그런 달착지근한 생각에 도취되어 온 나 자신이 우습고 모양 같잖기만 했다. 헛다리를 긁어도 분수가 있지, 상대방은 이쪽에 대해서는 전혀 관심도 없이 딴 남자의 아내가 되려고 정혼을 하고, 그 준비에 가슴 설레고 있는 판인데, 혼자서 백일몽을 꾼 셈이 아닌가 말이다.

나는 허— 웃음이 나오는 것을 어쩌지 못했다. 마치 발그레하고 팽팽하게 부풀어 올랐던 가슴에서 김이 푸우 소리를 내며 빠져버리는 듯한 그런 느낌이었다.

아직 러브레터를 쓰지 않길 잘했지, 전달하질 않길 잘했지 하는 생각이 들기도 했다. 이미 결혼을 하기로 작정한 여자에게 만일 러브레터를 내밀었더라면 어쩔 뻔했는가 말이다.

—강 선생, 이런 것 나한테 주면 못써요. 누님도 바로 위가 아닌 그 위의 누님 같은 사람에게 연애편질 쓰다니…… 될 말이에요? 그리고 미안하지만 강 선생, 난 곧 결혼한단 말이에요. 알겠어요?

그녀의 성격으로 보아서 틀림없이 이런 투의 말이 나오고 재미있다는 듯이 호호호…… 웃음을 터뜨렸을지도 모를 일이 아닌가.

생각만 해도 절로 얼굴이 빨개질 노릇이었다. 말하자면 나는 나의 체면부터 앞세워 생각하는 것이었다.

그러고 보면 그녀에 대한 애정이 그다지 농도 짙은 게 아닌 모양이었다. 아주 짙은 사랑이라면 체면 같은 것이 문제겠는가 말이다. 그럴수록 오히려 못 견뎌서 체면 같은 것 내던져버리고, 마지막 단판이라도 하듯 불같이 덤벼들어야 할 게 아닌가.

—안 됩니다. 양 선생님, 절대로 나는 당신을 딴 남자에게 빼앗길 수 없습니다. 정말입니다. 당신은 내 것입니다. 벌써부터 나는 당신을 내 사람으로 결정하고 있었단 말입니다. 알겠어요? 누님 같으면 어때요? 사랑에 나이가 무슨 상관이란 말이에요. 사랑에는 국경도 없다는데, 나이 몇 살 여자가 많다고 그게 무슨 상관이냔 말입니까. 안 그래요? 양 선생님, 대답해 보세요.

이런 식으로 마구 뜨겁게 내뱉으면서 말이다.

그러나 나는 오히려 그와 정반대되는 말을 그녀에게 했던 것이다.

양 선생이 휴가원을 내고, 결혼식을 올리러 고향으로 돌아간다는 그 전날 퇴근 때였다. 나는 혼자서 터벅터벅 운동장의 정문 쪽으로 걸어 나가고 있었다. 곧바로 하숙으로 돌아가는 게 아니라, 면소재지 쪽에 있는 술집에 가서 오늘은 혼자서 술을 좀 마셔야겠다 싶었던 것이다.

나는 술을 꽤 마시는 편이었다. 그러나 동료 교사들과의 술자리에서나 마시지, 결코 혼자서 마시는 일은 없었다. 그런데 그날은 혼자서 터벅터벅 술집을 찾아가는 것이었다. 다른 선생과 어울리고 싶지도 않았다. 기분이 뒤숭숭하고 쓸쓸하고 이상하기만 해서 혼자서 실컷 취하고 싶었던 것이다.

술집이 있는 면소재지 마을은 학교에서 조금 떨어진 곳에 있었다.

혼자서 터벅터벅 걸어 교문을 나서는데, 누군가 잰걸음으로 뒤따라오는 기색이 느껴졌다. 힐끗 돌아보니 양 선생이었다.

"어딜 가시느라 이쪽으로……?"

양 선생은 미소를 띠며 얼른 가까이 다가왔다.

나는 술집으로요! 하고 불쑥 내뱉어주고 싶었으나, 어찌된 셈인지 그 말은 나오지도 않고,

"좀 볼일이 있어서요."

하였다.

혼자서 술을 마시러 가는 것도 볼일임에는 틀림없었다.

양 선생 자취하는 집은 면소재지 마을에 있었다.

그녀와 나는 교문을 나서 나란히 걸었다. 잠시 두 사람 사이엔 아무 말도 없었다.

나는 아무래도 내가 뭐라고 한 마디 해야 될 것 같은 생각이 들었다. 그녀가 결혼을 하기 위해 내일 귀향한다는 것을 알고 있으면서 아무 말도 안 한다는 것은 좀 이상한 것 같았다.

그러나 나는 무슨 말을 해야 할지 망설여지기만 했다.

양 선생은 결혼을 하게 된 여자로서의 수줍음이라 할까, 정숙함이라 할까, 그런 것 때문에 먼저 입을 열지 않는 듯했다.

그러나 그녀는 두 사람 사이의 침묵이 어색했던 모양으로 혼자 중얼거리듯,

"이제 가을이군요."

하였다.

그 말에 나는 왠지 피식 웃음이 나왔다. 그리고 나도 모르게 불쑥 말했다.

"양 선생은 좋겠군요."

"……."

그녀는 힐끗 나를 바라보았다. 아무리 바로 위가 아닌 그 위의 누님 같은 나이라고 하지만 역시 여자는 여자인지라, 살짝 수줍은 미소가 눈언저리에 매혹적으로 떠올랐다.

"결혼하신다지요?"

나는 뚱딴지같이 내뱉었다.

"호호호……."

이제야 불쑥 그런 소릴 하는 내가 재미있는 모양이었다.

잠시 또 말이 끊어졌다가 그녀가 담담한 어조로 남의 얘기하듯 늘어놓았다.

"금년 가을에 결혼할 생각은 전혀 없었어요. 이삼 년 더 있다가 하려고 했는데, 방학에 집에 갔더니 좋은 자리가 나섰다면서 기어이 선을 보라지 않겠어요."

"……."

나는 가만히 듣고 있는 수밖에 없었다.

"어머니가 어찌나 성환지, 그 등쌀에 못 이겨서 하는 수 없이 맞선을 봤지요. 어차피 해야 할 결혼이니까, 까짓것 어머니 맘대로 결정하시라고 맡겨버렸더니 글쎄, 좋다구나 하고 결혼 날짜까지 받아버리지 않겠어요. 호호호……."

그 말에 나는 강한 반발을 느꼈다. 결혼을 그런 식으로 간단히 처리해버리다니…….

—안 됩니다. 지금이라도 늦지 않으니 취소를 하세요. 일생일대의 중대사를 그렇게 장난처럼 아무렇게나 결정해버리다니 될 말입니까?

이렇게 내뱉고 싶은 충동이 꿈틀거렸다. 그러나 어찌된 셈인지 목구멍이 콱 막힌 듯 가슴이 울렁거리기만 할 뿐 그 말이 나오지 않았다.

양 선생은 조금 걸어가다가 다시 말을 이었다.

"결혼을 하기는 하지만 기쁜 줄도 모르겠고. 그저 그래요. 결혼을 하면 여자는 고생길로 들어서는 거죠. 별수 있겠어요. 처녀 시절이 좋지……."

마치 결혼생활을 할 대로 해본, 인생에 통달한 사람처럼 말하는 것이 나는 좀 같잖다 싶어 픽 웃었다. 그리고 불쑥 말했다.

"그럼 뭐 하러 결혼을 해요. 처녀로 혼자 살지……."

"처녀로 언제까지나 혼자 살 수도 없는 일이고…… 결국 고생길이라는 것을 알면서도 그 길로 발을 들여놓지 않을 수 없는 게 인생 아니겠어요."

아닌 게 아니라 제법 인생을 아는 사람 같은 말투여서 나는 힐끗 그녀를 바라보았다.

그녀의 표정은 부드럽고 담담했다. 그러나 어딘지 모르게 정말 무슨 체념을 한 사람 같은 그럼 쓸쓸한 것이 흐르고 있는 듯했다.

그 표정에서 나는 문득 이 여자가 실연을 한 일이 있는 여자로구나 하는 생각이 들었다. 지극하게 어떤 한 남자를 사랑하다가, 그 사랑을 이루지 못한 슬픈 경험이 있는 여자인 것만 같았다. 아마 틀림없을 것 같았다.

그녀가 한 말로 미루어 보아서도 그렇지 않은가. 맞선을 보고서 아무렇게나 어머니에게 그 결정을 일임했다든지, 결혼을 하기는 하지만 기쁜 줄도 모르겠다든지, 결혼을 하면 여자는 고생길로 들어서는 것이지 별수 있겠느냐고 한 말이 다 그래서 나온 것이 아니겠는가.

나는 어쩐지 목구멍이 싸해지는 듯했다. 그녀를 그만 불끈 안고서 울어버리고 싶은 그런 심정이었다.

그러나 어느덧 우리는 면소재지 마을에 당도해 있었고, 그녀가 자취하는 집 골목이 다가오고 있었다.

그녀는 골목으로 들어서며,

"그럼, 강 선생……."

말끝을 흐리면서 묘하게 웃었다.

나는 그만 핑 두 눈에 눈물이 어리는 것을 어쩌지 못하며,

"잘 다녀오세요. 행복을 빕니다."

하고 억지로 웃음을 지어보였다. 마치 목이 메는 듯한 목소리였고, 눈앞은 뿌우옇게 흐려지고 있었다.

나는 그날 정신이 가물가물해질 지경으로 술을 마셨다.

고향에 가서 결혼식을 올리고 돌아온 양 선생은 곧 사표를 내고 영영 학교를 떠나가 버리고 말았다. 신랑을 따라 살림을 하러 가야 된다는 것이었다. 신랑이 도청 무슨 과에 근무하고 있다는 것이었다.

부임한 지 반년도 못 되어 결혼을 하고서 그렇게 훌쩍 떠나가 버리자, 선생들은 싱거운 여자라고 빈정거리기도 했다.

나 역시 그런 생각이 조금 들었다. 그러나 나는 그녀가 결혼을 해버렸는데도 여전히 쓸쓸했고, 가슴이 허전하기만 했다. 결혼을 했어도 좋으니, 다시 말하면 남의 사람이 되어 버렸어도 상관없으니, 학교를 떠나지 말고 그대로 있어 주었으면 싶었다.

나의 그런 안타깝고 허망한 생각과는 정반대로, 양 선생이 짐을

싸가지고 훌쩍 떠나가 버린 것을 몹시 기뻐하는 사람이 하나 있었다. 물론 그것은 홍연이였다.

홍연이는 일기에 다음과 같이 적고 있었다.

—양 선생님이 사표를 내셨다는 말을 듣고 나는 어찌나 기쁜지야! 하고 손뼉을 치고 싶었다. 그러나 아이들이 이상하게 생각할 것 같아 손뼉을 치지 않고 싱글싱글 웃기만 했다. 양 선생님은 참 잘 생각하셨다. 결혼을 하면 여자는 남편을 따라가서 살림을 하는 게 옳은 일이다. 나는 기분이 좋아서 오늘 청소시간에 혼자서 물을 세 바께쓰나 길어다가 열심히 교실을 닦고 또 닦고 했다. 남숙이가,

"너 오늘 왜 이렇게 부지런을 떠니? 별일이야."

하면서 웃었다. 나는 이 일기를 쓰는 지금도 기분이 좋기만 하다.

—오늘 조회 때 양 선생님이 우리들에게 작별인사를 하셨다. 다른 아이들은 좀 섭섭한 모양이었으나, 나는 기쁘기만 했다. 선생님의 표정을 보니 좀 화가 나신 것 같았다. 양 선생님이 결혼을 해서 떠나가시는데 선생님이 그런 표정을 지으실 게 뭐람. 나는 속으로 우습기만 했다. 양 선생님은 참 좋으신 분이다. 남편과 함께 살림도 잘 하실 것이다. 양 선생님의 행복을 빈다.

이런 대목을 읽고 나는 피식 웃지 않을 수 없었다. 홍연이의 심리가 눈에 보이는 듯했다.

그런데 그 심리가 어쩐지 약간 얄밉게 생각되는 게 아닌가. 아직 복숭아털도 덜 가신 한낱 여학생이 무르익는 수밀도 같은 여선생과 겨루려 들다니, 그래서 마치 제가 승리자라도 된 듯이 양 선생을 칭찬까지 하며 행복을 빌다니…… 같잖다 싶었다.

여느 때 같으면 홍연이에 대해서 결코 그런 생각이 들 턱이 만무한데, 그때는 이상하게도 심사가 그렇게 슬그머니 비뚤어지는 것이었다. 그만큼 나는 양 선생이 떠나간 데 대해 상심해 있었던 것이다.

그해 가을 내내 나는 그런 안타깝고 허망하고 쓸쓸한 기분에서 벗어날 수가 없었다. 말하자면 나는 두 번째의 실연을 한 셈이었다. 상대방에게 사랑의 고백을 한 게 아니니 실연이랄 것도 없지만, 좌우간 이루지 못한 짝사랑임에는 틀림없었다.

학생 시절의 첫 번째 사랑도 러브레터를 전달하기는 했었으나 결국 짝사랑으로 끝난 셈이었는데, 이번에도 그렇게 되다니…… 어쩐지 나는 짝사랑만 하게 마련인 머저리 같은 녀석인 듯해서 입맛이 쓰고, 창피한 생각이 들기도 했다.

어쨌든 나는 그해 가을, 흩날리는 낙엽을 바라보며 아— 오— 하는 식의 많은 비련의 시를 썼다. 그리고 겨울방학에는 한 편의 단편소설을 써보았다. 내가 처음으로 써본 소설이었다. 물론 양순정 선생과 나 자신을 모델로 해서였다.

열렬한 사랑을 하다가 실연을 한 과거가 있는 여선생이 자기를 내심 사랑하고 있는 연하의 남선생의 그 애정을 잘 알면서도 일부러 모르는 체 동생처럼만 대하다가 결혼을 하고, 마침내 떠나가 버리는데, 그녀가 산모롱이를 돌아 사라져 갈 때 어디선지 뻐꾸기가 우는 소리가 구슬픈 메아리를 이루며 들려온다는 그런 내용이었다. 그러니까 사실과 거의 비슷한 소설이었다.

마지막 뻐꾸기 우는 소리가 들려오는 대목을 쓰면서 나는 원고지 위에 엎드려 남몰래 눈시울을 적시기도 했었다.

작품으로서는 연약하고 미숙한 것이었으나, 나로서는 아끼고 싶은 습작이었다. 제목은 「메아리」라고 붙였다.

그런데 신기한 것은 아— 오— 하고 슬픔을 토해놓듯 비련의 시를 쓸 때는 오히려 우수가 더 짙어지는 것 같았는데, 한 편의 소설을 완결시키고 나니 마치 가슴속의 비애를 온통 내쏟아버린 듯한 개운함과 후련함이 느껴지는 게 아닌가.

그래서 그런지 좌우간 길고 추운 겨울방학이 끝나고, 다시 교단에 섰을 때 나는 싱싱한 기분으로 되돌아가 있었다. 이제 한 살 더 먹어 스무 살이 된 싱싱한 교사로 말이다.

졸업식 날이 다가오고 있었다.

아직 먼 산에는 눈이 희끗희끗 묻어 있고, 바람결도 쌀쌀했으나, 어딘지 모르게 봄기운이 어리고 있는 듯이 느껴졌다. 그런 느낌은 햇볕에서 오는 듯했다. 햇볕이 어쩐지 하루하루 더 화사해지는 듯했고, 조금씩 두꺼워지는 것도 같았다. 그리고 한낮이면 저만큼 산모롱이나 둔덕 같은 양지바른 곳에는 아른아른 아지랑이가 어리는 듯이 보이기도 했다.

"아, 이제 곧 봄이로구나."

나는 교실 창밖으로 봄기운이 어리는 듯한 풍경을 내다보며 가슴이 뿌듯하게 부풀어 오르는 듯해서 커다랗게 기지개를 켜곤 했다.

그런 부풀어 오르는 듯한 기분을 더욱 흔들어대는 것은 졸업식 노래였다. 이 교실 저 교실에서 곧잘 졸업식 노래가 울려 퍼졌다. 음악시간이면 다투어 연습들을 해대는 것이었다.

어느 날 오후, 음악시간에 우리 학급도 졸업식 노래를 연습했다. 이미 모두 입에 익어 있는 노래기는 했지만, 음정이나 발성에 바로잡아야 할 점이 더러 있어 그 시간은 졸업식 노래로써 수업을 일관

했다.

졸업식 노래는 곡이 부드럽고 유창하면서도 어딘지 모르게 쓸쓸하고 구슬프기까지 한 그런 감정을 불러일으키게 마련이다. 학교를 떠나는 졸업생과 그들을 보내는 재학생 사이의 이별의 노래이니 그럴 수밖에…….

—물려받은 책으로 공부를 하며,

우리는 언니 뒤를 따르렵니다.

—잘 있거라 아우들아 정든 교실아,

선생님 저희들은 물러갑니다.

—냇물이 바다에서 서로 만나듯,

우리들도 이다음에 다시 만나세.

이런 대목은 특히 가슴이 뭉클하게 젖어드는 듯한 느낌인 것이다.

그 시간은 교실 안이 온통 그런 뭉클하면서도 쓸쓸한 묘한 분위기에 휩싸여 있었다.

수업이 끝나자 풍금 앞에서 일어서며 나는 약간 정감 어린 어조로,

"자, 너희들도 일 년 후면 학교를 떠나게 되는구나."

하고 입을 열었다.

학생들은 모두 말없이 나를 바라보고 있었다.

그러나 그들의 눈빛은 어딘지 모르게 조금 축축한 열기를 머금고 있는 듯이 느껴졌다.

나는 천천히 교단 위로 올라섰다. 그리고 말을 이었다.

"졸업을 한 뒤에도 너희들 나를 만나면 반가이 인사를 하겠느냐?"

학생들은 무슨 그런 질문이 다 있느냐는 듯한 표정으로,

"예."

일제히 대답했다.

"졸업을 하고 나면 선생님을 봐도 못 본 척 슬슬 피해버리거나, 얼른 숨어버리는 그런 사람이 없지 않거든. 너희들 중에도 그런 사람이 있을지 누가 알아?"

나는 약간 농담조로 말하며 웃었다.

"없어요."

"그러지 않아요."

"말도 안 돼요."

학생들은 떠들썩하게 항의를 하듯 소리를 질렀다.

"지금은 모두 그렇게 큰소리를 치지만, 어디 두고 보자구. 특히 여학생들은 믿을 수가 없거든. 선생님을 보면 부끄러워서도 숨어버리는 사람이 많을 거야."

이번에는 여학생들만 또,

"안 그래요."

"안 부끄러워요."

하고 떠들어댔다.

나는 어쩐지 재미있다는 생각이 들어 여학생들에게만 다시 질문을 던졌다.

"그럼 너희들 시집을 간 뒤에도 선생님을 만나면 인사를 하겠어?"

"예."

그리고 여학생들은 더러 킬킬킬 웃기도 했다. 시집을 간 뒤라는 말이 공연히 부끄럽고 재미있는 모양이었다.

"십 년 이십 년이 지난 뒤에도……?"

"예."

"삼십 년이 지난 뒤에 만나도 선생님을 알아볼 수 있을까? 그때는 선생님이 희끗희끗 노인이 되어가고 있을 텐데……."

"알아볼 수 있어요."

"그때는 너희들도 서서히 할머니가 되어가고 있을 게 아니야. 허허허…… 그래도 인사를 하겠어?"

"해요."

여학생들은 대답을 하고서, 서서히 할머니가 되어가고라는 말이 우습고 재미있는 듯 서로 수군거리며 킬킬 웃어댔다.

모두가 그렇게 웃는 얼굴이었으나 오직 한 사람, 가만히 고개를 숙이고 앉아 있는 여학생이 있었다. 그것은 홍연이였다.

무슨 생각에 골똘히 잠겨 있는 듯한 그 애의 고개 숙인 모습이 눈에 들어오자 나는 속으로 흠— 싶었다. 다른 학생들처럼 나의 말이 그저 재미있기만 한 것이 아닌 게 틀림없어 보였다. 어쩌면 어떤 슬픔에 젖어 있는 것인지도 알 수 없었다. 어쩐지 그 애의 착 가라앉은 듯한 고개 숙인 모습이 그렇게 느끼게 했다.

그러나 나는 모르는 체 하고 큰소리로 말했다.

"그래, 좋아. 이십 년 후에 만나도 인사를 하고, 삼십 년 후에 만나도 알아보는지 어디 한 번 두고 보자구. 자, 그럼 이 시간은 이것으로 그만."

다음 시간은 그날 마지막 수업이었다.

수업 시작종이 울려 교실로 들어가자, 어쩐지 분위기가 좀 수런거리는 듯한 느낌이었다. 여느 때 같으면 교실 문을 열고 내가 들어서면 떠들썩하다가도 곧 물을 끼얹은 듯 조용해지는데 말이다.

내가 교단 위에 올라서자 급장인 남숙이가,

"조용히들 해!"

하고는,

"차렷! 경례."

구령을 질렀다.

경례를 하고 난 다음에도 웬일인지 분위기가 조용히 가라앉질 않는 듯했다. 서로 힐끗힐끗 바라보며 수군거리기도 하고, 호기심 어린 시선으로 나를 쳐다보기도 하는 것이었다.

"무슨 일이야? 왜들 조용히 하질 못하지?"

나는 무뚝뚝하게 내뱉었다.

그러자 남숙이가 자리에서 일어서더니 좀 난처한 표정으로,

"선생님, 저…… 홍연이가 울고 있습니다. 교실에 들어오질 않고……."

하는 것이 아닌가.

"울고 있다니, 왜?"

힐끗 홍연이의 좌석을 보니 비어 있었다.

"모르겠습니다. 농구(農具) 창고 뒤에 앉아서 울고 있는데, 왜 우느냐고 물어도 대답을 안 해요."

"어디 아픈 모양인가?"

"아프진 않은 것 같애요."

"그럼 왜 울고 있지?"

"교실에 들어가자고 해도 듣질 않고 울기만 해요."

"무슨 일이지?"

나는 홍연이가 울고 있다는 숙직실 옆에 있는 농기구 창고 뒤로 가볼까 했다. 그러나 선생이 그런 일로 수업을 젖혀두고 달려 나간다는 게 좀 뭐해서 우선 남숙이에게,

"가서 얼른 들어오라고 해! 수업 시작종이 울렸는데 교실에 들어오질 않고 울고 있다니…… 선생님이 화를 내더라고 그래!"

좀 엄한 어조로 일렀다.

남숙이가 나가자 나는 수업을 시작했다.

잠시 후 남숙이가 앞서고 홍연이가 뒤따라 교실로 들어왔다. 홍연이는 얼른 보아도 두 눈이 약간 부은 것 같았고 아직도 언저리가 눈물에 젖은 듯이 보였다. 마치 무슨 큰 잘못이라도 저지른 것처럼 고개를 푹 숙이고서 몹시 쑥스러운 듯한 몸짓을 하며 얼른 자기 자리로 들어가는 것이었다.

"홍연이, 왜 울었어?"

나는 불쑥 물었다.

그러나 그 애는 아무 대답 없이 자리에 가서 앉더니 깊숙이 고개를 떨구고만 있었다.

"시작종이 치면 교실로 들어와야지. 1,2학년생도 아니면서 울고 있다니…… 도대체 왜 울었지?"

"……."

"누구한테 맞았나?"

그러자 모두 재미있다는 듯이 히들히들 킬킬 웃었다.

나도 약간 어이가 없다는 듯이 허 웃어버렸다. 그리고 그 일은 그것으로 매듭을 짓고 수업을 계속했다.

홍연이가 왜 그렇게 창고 뒤에 앉아서 울었는지 그 까닭을 그 애

의 일기에서 알고, 나는 얼굴이 화끈 붉어지는 듯한 느낌이었다. 그녀의 일기에 다음과 같이 씌어 있었던 것이다.

—음악시간에 졸업식 노래를 부르는데 나는 자꾸 눈물이 나오려고 해서 애를 먹었다. 6학년 언니들이 곧 학교를 떠나기 때문에 그래서 슬픈 것이 아니었다. 명년이면 우리도 졸업을 해서 학교를 떠나야 되는구나 하는 생각이 들어서였다.

그런데 선생님께서 수업이 끝나자 좀 슬픈 목소리로,

"너희들도 일 년 후면 학교를 떠나게 되는구나."

그런 말씀을 하시는 게 아닌가. 그리고 졸업을 한 뒤에도 만나면 반가운 인사를 하겠느냐고 하시는 바람에 그만 나는 울음이 쏟아져 나오려 해서 애를 먹었다. 명년에 졸업을 해서 선생님과 헤어질 일을 생각하니 견딜 수가 없어서 나는 창고 뒤로 가서 실컷 울어버렸다. 시집을 간 뒤에도, 이십 년 후에 만나도 인사를 하겠느냐, 삼십 년 후에 만나도 알아보겠느냐고 하신 선생님의 목소리가 일기를 쓰고 있는 지금도 귀에 들리는 것 같아 또 눈물이 나오려 한다. 나는 나중에 시집을 안 갈 거야. 절대로 안 갈 거야.

이렇게 시집을 안 간다는 말로 그날의 일기를 끝맺어 놓았는데, 시집을 안 간다는 말은 곧 나를 염두에 두고 한 말임에 틀림없었다. 다시 말하면 내가 아닌 다른 남자에게는 시집을 안 가겠다는 그런 생각이 은연중 밑바닥에 깔려 있는 말이었다.

나는 얼굴이 화끈해지는 것을 느끼며 비식비식 웃었다. 어쩐지 낯간지럽고 쑥스러우며, 약간 창피한 것도 같은 그런 묘한 기분이었다.

봄이 오고, 신학년도가 되자 새로 담임 발표가 있었다. 나는 6학년 2반 담임이었다. 그러니까 5학년 2반 그 학급을 그대로 데리고 올라가게 된 것이다.

학생들은 무척 기뻐했다. 남학생들보다 여학생들이 더 기뻐하는 것 같았다. 홍연이는 겉으로는 별로 나타내지 않았지만 누구보다도 진정으로 좋아했다. 일기에 온통 그런 심정을 쏟아놓고 있었다.

나도 기뻤다. 같은 값이면 5학년 때 정이 든 그 학생들을 그대로 6학년 때도 맡아서 잘 졸업을 시켜야지 싶으니 가슴이 뿌듯해 오기도 했다. 교단생활에서는 6학년을 맡아서 잘 가르쳐 진학도 시키고, 졸업을 시키는 일이 가장 큰 보람일 것 같았다.

그러나 그런 나의 바람은 그해 여름 보기 좋게 깨어지고 말았다. 6.25가 일어난 것이다.

전쟁은 모든 것을 엉망진창으로 뒤흔들었다. 학교가 폐교 상태가 되어버린 것은 말할 필요도 없다. 낙동강까지 밀렸다가, 압록강까지 밀어붙였다가, 다시 후퇴했다가, 전진했다가 하다가 전선이 한반도의 허리쯤에서 교착상태가 되자, 숨을 들이키고 교육계도 서서히 다시 움직이기 시작했다.

1951년 봄, 나는 딴 학교로 전근 발령을 받았다.

새로 부임한 학교 역시 면소재지 학교였는데, 밋밋한 언덕 위의 널찍한 터에 자리 잡고 있어서 그전의 학교보다 한결 후련한 느낌이었다. 어쩐지 운동장도 훨씬 넓은 것 같았다. 운동장 가에는 벚나무가 빙 둘러 심어져 있었다.

마침 봄이어서 벚꽃이 만개해 있었는데, 벚꽃의 구름 속에 학교가 담겨 있는 듯했다. 정말 화사하고 푸짐한 벚꽃이었다.

그러나 학교는 어설펐다. 전쟁이 할퀴고 지나간 자국이 어수선하게 눈에 띄었다.

무엇보다도 전쟁의 자취는 학생들의 수효에 나타나 있었다. 한 학급에 학생이 불과 이십 명 남짓밖에 되지 않았다.

나는 6학년을 담임했는데, 우리 학급은 이십 명도 채 못 되는 십오 명이 학교에 나오고 있었다. 육십 명이 넘는 재적 인원 가운데 사분의 삼은 무단결석을 하고 있는 셈이었다.

그러니 선생인들 의욕이 생길 턱이 없었다. 가뜩이나 악몽 같은 전쟁의 소용돌이를 겪느라 정신이 황폐해진 터인데 학생들 수효마저 이 지경이니…….

그저 건들건들 건성으로 수업을 마치면 부락으로 출석 독려를 하러 나가는 것이 일과처럼 되어 있었다. 몇몇 교사가 어울려 부락에 나가 출석 독려를 좀 하고는 귀로에 막걸리나 마시는 것이 낙이었다.

어느 토요일 해질 무렵이었다.

부락으로 출석 독려를 나갔다가 돌아오는 길에 주막 마루에 걸터앉아 동료 교사 두 사람과 막걸리 잔을 주고받고 있었다.

그날따라 고향 생각도 나고, 전에 근무하던 학교의 여학생들도 그리워지면서 어쩐지 쓸쓸하고, 조금 들뜨는 것도 같은 묘한 기분이었다. 홍연이는 학교에 잘 다니고 있는지…… 그녀도 이곳 학생들처럼 학교에 나가질 않고 집에서 일이나 거들고 있는 것인지…… 궁금하고, 야릇하게 그 애가 보고 싶기까지 했다.

그런 기분이어서 나는 막걸리 잔을 사양하지 않고 거푸 비워댔다.

"강 선생, 오늘은 유독 술맛이 나는 모양인데…… 자, 한잔 더……."

신을 벗고 마루에 올라앉은 교사가 불그레해진 얼굴에 웃음을 띠며 또 나에게 잔을 내밀었다.

"이제 봄도 다 가니 총각 선생 심사가 쓸쓸한 모양이지?"

마루에 나와 마주 걸터앉은 교사가 싱겁게 이죽거렸다. 그들 두 사람은 다 기혼이었다.

나는 그저 히죽히죽 웃으며 꿀컥꿀컥 잔을 기울이기만 했다.

"강 선생, 그럼 내가 중신을 할까?"

마루에 올라앉은 교사가 말했다.

"중신이 뭐하는 건데요?"

나는 능청스럽게 받아넘겼다.

"아니, 중신이 뭔지도 모르다니…… 이거 교단에 설 자격이 없는데……."

그러자 마루에 걸터앉은 교사도,

"허허허…… 없지. 중신이 뭔지도 모르는 사람이 어떻게 아이들을 가르쳐. 교사 자격증 헛받았군그려,"

재미있다는 듯이 맞장구를 쳐댔다.

"중신하고 교사 자격증하고 아주 밀접한 관계가 있는 모양이죠."

나의 말에 그만 폭소가 터졌다.

그렇게 술잔을 주고받으며 시시한 농담을 노닥거리고 있는데, 자전거를 타고 주막 앞을 지나가던 학부형 한 사람이,

"선생님들 안녕하시오?"

하면서 자전거에서 내려 다가왔다.

학교 바로 앞에서 잡화상을 하고 있는 사람이었다.

"어서 오시오. 같이 한잔 합시다."

마루에 올라앉은 교사가 말했다.

"아니올시다. 난 벌써 한잔 했어요. 더하면 자전걸 타고 갈 수 없는걸요. 이거 학교 편지 드리려고……."

잡화상 주인은 윗도리 호주머니에서 편지 서너 통을 꺼내 내밀었다.

내가 그것을 받았다.

물건을 떼러 읍내에 갔다가 우체부를 만난 모양이었다. 그 무렵은 우체부가 일일이 이 마을 저 마을, 이 집 저 집을 찾아다니며 편지를 전하는 것이 아니라, 중도에 그 부락 사람을 만나면 그 사람에게 우편물을 주어버리기 일쑤였다. 학교로 오는 우편물도 예외는 아니었다. 학교 근처에 사는 사람이나, 때로는 학생들에게 맡겨버리고 돌아서가는 일이 허다했다. 그래서 우편물이 며칠씩 엉뚱한 집에서 묵었다가 전달되어 오는 수도 있었다.

편지를 전하자, 잡화상 주인은 자전거를 타고 가버렸고, 나는 꽤 주기가 오른 상태였으나, 하나하나 편지를 살폈다. 모두 네 통이었다.

네 통 가운데 나한테 온 편지가 하나 있었다. 주소와 강수하 선생님이라는 글씨가 연필로 씌어 있었다.

나는 얼른 봉투의 뒷면을 보았다. 보낸 사람은 다름 아닌 홍연이였다.

뜻밖에 홍연이의 편지를 받은 나는 취중이면서도 얼굴이 조금 화끈해지는 것 같은 기분이었다. 흐흠, 오늘 홍연이의 편지를 받으려고 그렇게 여느 날과는 달리 묘하게 들뜨는 것 같고, 기분이 이상했구나 싶었다.

봉투가 다른 편지들보다 두 배 정도 두꺼워 보였다. 많은 사연을 적어놓은 것 같아 나는 반가우면서도 어쩐지 좀 쑥스러워 얼른 얼른 가운데를 접어서 상의 안 포켓 속에 집어넣어버렸다.

“아니 무슨 편진데 뜯어보지도 않고 얼른 집어넣어버리지?”

마루에 올라앉은 교사가 또 농담조로 불쑥 말하자,

“보나마나 좋은 사람한테서 온 거겠지 뭐. 그러니까 안 포켓에 넣지. 그렇지 않음 뭐하려고 안 포켓에 넣겠어. 안 그래? 허허허…….”

걸터앉은 교사는 껄껄 웃었다.

“내가 중신을 할까 했더니, 그랬더라면 강 선생 애인한테 매를 맞을 뻔했군.”

“매 정도가 아니라 몽둥이를 맞을 뻔했지.”

두 교사의 히들거리는 말에 나는 능청스럽게 또,

—애인이라는 게 뭔지 모르지만, 몽둥이질을 잘하는 모양이죠.

이런 식으로 받아넘기려 했으나, 어찌된 셈인지 도무지 목 안이 굳어진 듯 그런 말이 자연스럽게 나와 주지가 않았다. 안 포켓에 든 홍연이의 두툼한 편지가 자꾸 가슴의 맨살에 닿는 듯 그쪽으로 신경이 쓰이는 것이었다.

그것이 비록 애인한테서 온 것이 아니라, 제자한테서 온 편지지만, 여느 평범한 제자와는 다른, 나를 이성으로서 사모하고 있는 그런 제자한테서 온 것이어서 도둑이 지레 발이 저리다는 격으로 두 동료 교사 앞에 공연히 말문이 막히는 모양이었다.

술이 꽤 되어서 약간 비틀거리기도 하며 하숙집에 돌아간 나는 저녁을 조금 뜨는 둥 마는 둥하고 상을 물렸다. 그리고 취중에도 성냥을 찾아 불을 밝혔다.

전기가 없는 것은 아니었으나, 그 무렵의 전기라는 것은 호롱불 정도의 밝기도 채 되지 않는 경우가 허다했다. 그냥 전구 속의 필라멘트가 빨갛게 달아 있기만 할 때도 많았다.

그러니까 밤에 책을 읽거나 무엇을 쓰거나 하려면 따로 더 불을 켜야만 했다.

촛불을 밝히고서 나는 방 윗목에 아무렇게나 벗어 던져놓은 상의 안 포켓에서 홍연이의 편지를 꺼냈다. 그리고 북 봉투를 뜯었다.

취중이어서 촛불이 온통 눈앞에서 흔들흔들 일렁일렁 움직이면서 타오르고 있는 듯이 느껴졌다. 아가리를 뜯은 봉투 속에서 알맹이를 꺼내는데도 곧장 손끝이 헛움직이는 것 같았다.

편지를 펼쳐 든 순간, 나는 그만 두 눈이 휘둥그레지고 말았다. 훨훨 타오르는 촛불의 훤한 불빛 속에 떠오는 것은 연필 글씨가 아니라 시뻘건 피 글씨였다.

—선생님, 그립고 그리운 선생님, 선생님, 선생님…….

이렇게 선생님만 수없이 써내려가다가 끝에 가서 약간 희미해진 피로,

—저는 지금 울고 있어요.

라고 쓰고는 그만이었다.

연필 글씨와는 달리 손가락으로 쓴 혈서여서 불과 두 장인데도 피가 말라붙어 있어서 그렇게 봉투가 두꺼웠던 것이다.

나는 잠시 그저 얼떨떨하고 멍하기만 해서, 훨훨 타오르는 불빛을 받아 약간 괴이하게 번들거리는 그 시뻘건 피 글씨를 넋 잃은 사람처럼 바라보고 있었다.

그러나 나는 잠시 후 편지를 손에서 떨어뜨리고,

"흐흐흐흐……."

웃으며 비실 쓰러지듯 방바닥에 드러누워 버렸다. 취중의 긴장이 풀리자, 절로 그렇게 몸이 무너지며 허파의 바람이 새어나오듯 히들히들 웃음이 흘러나오는 것이었다.

이튿날 나는 열 시가 넘어서야 일어났다. 일요일이기도 했고, 어제의 술이 좀 과했던 탓으로 실컷 늦잠을 자버렸던 것이다.

방바닥 한쪽에 홍연이의 편지봉투가 아무렇게나 던져져 있었다. 간밤에 취중에도 도로 그 혈서 편지를 접어서 봉투 속에 넣고 잠이 들었던 모양이었다.

실컷 자고 일어나기는 했으나, 아직 머리가 맑질 않고 약간 흐릿하고 멍했다. 밖에 나가 세수를 하고, 팔다리를 건들건들 흔들어 체조 비슷한 것을 조금 하고 들어오니 정신이 꽤 산뜻해지는 느낌이었다.

그러나 나는 방바닥에 떨어져 있는 홍연이의 그 편지봉투를 힐끗힐끗 보기만 할 뿐 손을 가져가진 않았다. 마치 무슨 매우 중대하고도 심각한 그런 사연이 담긴 편지처럼 여겨져 쉽사리 손이 가질 않는 것이었다.

아침밥상을 물리고 나서야 나는 그 봉투를 집어 들었다. 그리고 알맹이를 꺼냈다.

간밤에 본 그대로 피로 쓴 간단한 몇 마디였으나, 그것을 보는 느낌은 어젯밤과는 매우 달랐다. 어젯밤에는 너무나 의외의 일이어서 우선 얼떨떨하고 멍하도록 놀랐고, 그리고 히들히들 웃음이 나왔었다. 그러나 이제는 어이가 없는 그런 놀라움이 아니라, 진정 가슴속에서 솟아나오는 듯한 놀라움이었고, 그리고 웃음 같은 것은 전혀 떠오르지가 않았다.

—선생님, 그립고 그리운 선생님, 선생님, 선생님…… 저는 지금 울고 있어요.

정말 간절하고 아프게 다가오는 홍연이의 피맺힌 그리움의 몇 마디가 아닌가.

"흠—."

나는 고개를 대고 끄덕거렸다. 기분이 이상하기만 했다. 바깥에서 사람 소리가 나는 바람에 나는 얼른 그 혈서를 봉투 속에 접어 넣었다. 누가 보아서는 절대 안 될 그런 비밀인 것만 같고, 어쩐지 몹시 쑥스럽기도 했다.

봉투의 뒷면에 적힌 주소를 눈여겨보니 학교로 되어 있는 것이 아니라, 집 주소였다.

그렇다면 홍연이도 이곳 학생들과 마찬가지로 학교에 나가질 않고, 집안일을 거들고 있는 것인지…… 학교에 다니고 있으면서도 집 주소를 적어놓은 것인지 알 수가 없었다.

홍연이의 그 피로 쓴 편지에 대해서 나는 며칠을 두고 생각해 보았다. 답장을 해야 옳을지, 그만두는 것이 좋을지…… 결국 나는 답장을 그만두기로 하고 말았다.

그만두기로 했다기보다도 몇 차례나 답장을 쓰려고 펜을 들었으나, 도무지 뭐라고 써야 좋을지 펜이 잘 나가주질 않았던 것이다. 그럴 수밖에 없는 것이, 피로써 그처럼 간절한 그리움을 쏟아놓은 편지에 대해 펜으로 잉크를 찍어서 도대체 뭐라고 쓴단 말인가.

그리고 답장을 쓴다면 그것은 이미 스승과 제자 사이의 사연을 넘어선 것이 될 게 뻔했다. 상대편은 피 글씨로 그리움을 호소하는데, 이쪽은 점잖은 스승의 목소리로 답장을 보낼 수 없는 노릇이 아닌가.

그래서 결국 답장을 그만두는 편이 가장 현명한 일인 것 같았던 것이다. 그것이 만일 혈서가 아니었다면, 연필로 그저 선생님이 보고 싶고 그립다는 그런 사연을 적었더라면 나는 아마 답장을 썼을 것이다.

아무튼 그렇게 해서 나는 홍연이의 혈서 편지에 대해 답장을 쓰지 않고 말았는데, 그 뒤로는 홍연이로부터 더 편지가 오지도 않았다. 나의 답장이 없기 때문에 편지를 안 했는지, 혈서를 또 쓸 수도 없고, 그렇다고 싱겁게 연필로 무슨 말을 할 수도 없어서 그랬는지, 좌우간 그것으로 홍연이의 소식은 끊어지고 말았다.

이듬해 나는 징집영장을 받고 입대를 했고, 몇 년 복무를 하고 제대를 한 뒤엔 영 교직을 떠나버리고 말았다. 그리고 결혼을 하여 가정이라는 것을 갖게 되었으며, 아들과 딸의 아버지가 되었다.

그러나 나는 결코 홍연이를 잊을 수가 없었다. 그녀도 이제 시집을 가서 남의 아내가 되고 어머니가 되었겠지. 어디서 살고 있는 것일까…… 고향의 그 산골에서 살고 있을까…… 아니면 혹시 나처럼 상경을 해서 같은 서울 하늘 밑에 살고 있지나 않는지…… 이런 생각을 하며 아련한 향수처럼 첫 교단 시절을 회상하고, 그녀의 나에 대한 가지가지 사모의 정과 혈서 편지를 떠올리며 좀 쑥스럽게 웃기도 했다.

그러나 그런 아련한 그리움도 세월의 흐름과 함께 차츰 엷어지고 희미해져서 어느덧 머릿속 깊숙한 곳으로 사라지듯 가라앉아버리고 말았다.

그런데 삼십 년이라는 세월이 지나서 뜻밖에도 바로 홍연이 그녀로부터 전화가 걸려온 게 아닌가. 정말 너무나도 의외의 일이 아닐 수 없었다.

그래서 그날 밤 나는 이슥토록 잠을 이루지 못하고, 삼십 년 전 옛날의 일들을 차례차례 머리에 떠올리며 참으로 오래간만에 마치 사춘기의 소년으로 되돌아간 듯한 기분이 안 될 도리가 없었다.

홍연이로부터 두 번째 전화가 온 것은 이틀인가 사흘 뒤였다.

점심을 먹고 소파에 기대앉아 있는데, 때르르 전화벨이 울려 수화기를 들었더니 그녀였다.

"선생님, 오늘 선생님 댁에 찾아갈까 하는데 괜찮겠지요?"

"응, 괜찮고말고, 몇 시에 올 거야?"

"지금 곧 갈까 해요. 남숙이와 강주랑 셋이 갈 거예요."

"그래, 어서와. 기다릴께. 우리 아파트 잘 찾겠어?"

"강주가 그쪽 지리를 잘 아는군요."

"그럼 됐군. 어서 오라구."

"선생님, 정말 꿈같애요."

"정말이야."

"그럼 선생님, 곧 뵙겠어요."

"응, 그래."

수화기를 놓자, 나는 가슴이 조금 설레는 듯해서 소파에 가만히 앉아 있을 수가 없었다. 벌떡 일어나 먼지떨이를 벗겨가지고 거실의 여기저기를 털기 시작했다. 별로 먼지도 없는데 말이다.

딩동댕…… 부저소리가 울린 것은 삼십 분가량 지나서였다.

나는 피우고 있던 담배를 재떨이에 껐다. 그리고 천천히 소파에서 몸을 일으켰다. 매우 침착한 동작이었으나 마음속은 그렇지가 않았다. 슬그머니 긴장이 되면서 가슴이 조금 설레는 듯 두근거리기까지 했다.

"누구세요?"

하면서 현관문을 열었다.

"어머, 선생님."

"선생님."

수줍은 듯 그러면서도 나긋한 웃음을 띤 세 중년 여인이 제각기 손에 선물 꾸러미를 들고 현관 밖에 서 있었다.

"어서 들어와요."

그러면서 나는 세 여인을 번갈아 바라보았다.

옛 여제자들이라는 것을 미리 알고 있었으니 말이지, 그렇지 않았더라면 도무지 누군지 짐작도 못할 뻔했다. 길거리에서 스쳐 지나갔더라면 전혀 생소한 부인들로 여겼을 것 같았다.

그만큼 그녀들은 변모되어 있었다. 삼십 년 전의 제자들이니 그럴 수밖에. 단발머리의 소녀들이 어느덧 이제는 쉰을 바라보는 중년부인들이 되었으니 말이다.

현관으로 들어선 세 여인을 거실로 안내해서 소파에 앉기를 권했다. 그러나 그녀들은 들고 온 선물 꾸러미를 한쪽에 놓고 나란히 서서,

"선생님, 절 받으세요."

하면서 나부시 머리를 숙여 인사를 했다. 삼십 년 만에 만난 옛 스

승에 대한 예의를 갖추는 셈이었다.

나도 감개가 무량한 그런 심정이 되어,

"정말 오래간만이군. 자, 어서들 앉아요."

하고는 내가 먼저 소파에 푹신 허리를 묻었다.

세 여인도 다소곳이 소파에 앉았다.

"선생님, 별로 늙지 않으셨네요. 대뜸 알아보겠는데요."

한 여인이 입을 열었다.

"늙지 않다니, 벌써 쉰인데……."

나는 그 여인을 가만히 바라보았다. 그것은 남숙이었다. 여학생 급장이었던 삼십 년 전 남숙이의 얼굴이 지금의 그녀 얼굴 위에 어렴풋이 떠오르는 것이었다.

"남숙이로군. 알아보겠는데…… 여기는 강주고."

남숙이 옆에 앉은 여인은 강주였다.

현관을 들어설 때는 전혀 낯설게만 여겨졌는데, 마주앉아 잘 보니 옛날 얼굴이 떠오르는 것이었다.

그러자 강주가 생글 웃으며,

"얘는 누군지 아세요? 홍연이에요."

하였다.

강주 옆에 앉은 홍연이는 살짝 웃음을 띠며 고개를 숙였다. 어쩐지 그녀의 얼굴에 연한 홍조가 어리는 듯했다.

홍연이는 전화로는 그렇게 별 스스럼없이 얘길 하더니, 막상 집을 찾아와서는 한마디 말도 없이 그저 나긋한 눈으로 수줍은 듯, 쑥스러운 듯 나를 힐끗힐끗 바라보기만 하는 것이었다.

나 역시 어쩐지 기분이 좀 묘해서 그녀에게는 똑바로 시선이 가지도 않고, 뭐라고 얼른 말이 나오지도 않았다. 그러나 말할 필요도 없이 나는 남숙이와 강주보다 내심 홍연이를 처음부터 눈여겨보고 있었다. 세 여인이 현관문 밖에 서 있을 때부터, 그리고 현관을 들어와 거실에 나란히 서서 절을 할 때 역시 나는 홍연이에게 온 신경이 쏠리고 있었다.

현관문 밖에 세 여인이 서 있을 때 얼른 보아서는 누가 홍연인지 그 얼굴을 식별할 수가 없었다. 그러나 느낌으로 대뜸 알 수가 있었다.

현관을 들어와 거실로 걸음을 옮기는 동작에서도 홍연이는 다른 두 여인과는 식별이 되었다. 나란히 서서 절을 할 때 역시 그녀가 던지는 느낌은 전혀 달랐다.

홍연이는 어느덧 중년의 그림자가 짙게 얼굴에 서려 있었다. 다른 두 여인보다도 어쩐지 훨씬 나이가 많아 보였다. 많아도 한두 살 많을 터인데 말이다. 나보다 세 살 밑인 마흔일곱이라고 했는데, 쉰이 넘은 여인처럼 느껴졌다.

그동안 사는 데 고생이 많아서 늙어 보이는 것일까. 그러나 고생을 해서 찌든 그런 모습은 아니었다. 오히려 다른 두 여인보다 나이는 많아 보이지만, 어딘지 모르게 윤기 같은 것이 흐르고 있었다. 결코 지금 현재도 어렵게 살아가고 있는 그런 모습은 아니었다.

중로(中老)의 여인이 된 홍연이, 처음 얼른 보아서는 잘 알 수가 없을 정도로 변모를 한 홍연이의 모습…… 그러나 마주앉아 자꾸 보니 옛날 단발머리 때의 그 얼굴이 그대로 떠오르는 것이었다.

어느덧 삼십 년…… 흘러간 세월이 눈에 보이는 듯, 피부에 와 닿는 듯 나는 그저 감개가 무량해서 멍멍하고 벙벙한 기분이었다.

"보자…… 차를 한 잔 끓여야지."

나는 소파에서 몸을 일으켰다.

"사모님 안 계세요?"

남숙이가 물었다.

"집사람 어디 볼일 보러 나갔어."

하면서 나는 주방으로 갔다.

그러자 남숙이가 자리에서 일어나 주방으로 따라오면서,

"선생님은 앉아 계세요. 제가 차 끓일께요."

하는 것이 아닌가.

"아냐, 아냐. 앉아 있어. 손님이 차를 끓이다니……."

"손님은 무슨…… 제자지요."

"삼십 년 만에 찾아온 정말 귀한 손님들이니, 내 손으로 직접 차를 끓여 대접하고 싶어."

"선생님은 나이가 드셔도 여전히 정이 많으시네요. 옛날과 다름없어요."

"그래? 옛날에 내가 정이 많았던가? 허허허……."

나는 기분 좋게 웃으며 커피포트에 물을 담고, 스위치를 꽂았다.

내가 끓인 차를 마시며 세 여인은 삼십 년 전 단발머리 시절의 기억을 생각나는 대로 끄집어내어 즐겁게 이야기를 해댔다. 처음에는 어색하고 수줍은 듯 말이 없던 홍연이도 차츰 분위에 젖어 스스럼이 풀린 듯 자연스럽게 이야기에 어울렸다.

나는 주로 듣는 역할이었다.

"아, 그랬던가?"

"응, 그런 일도 있었던 것 같군."

하고 웃음과 함께 고개를 끄덕거리면서 말이다.

마치 삼십 년 전 그 시절이 우리집 거실에 홀연히 다시 찾아온 듯한 그런 분위기였다.

한참 추억담이 계속된 다음 홍연이가 문득 생각이 난 듯,

"참, 선생님. 이 사진 가지고 계세요?"

하면서 핸드백을 열고 한 장의 사진을 꺼냈다.

약간 누렇게 변색이 된 옛 사진이었다. 스무 명 남짓한 여학생들과 담임인 내가 자운영인 듯한 꽃밭에서 찍은 것인데, 앉아 있는 내 바로 곁에 홍연이가 서 있었다.

"흠, 이 사진 찍은 기억이 나는데……."

내가 사진을 들여다보며 말하자 홍연이는,

"그럼, 선생님은 안 가지고 계시군요. 저는 옛날 생각이 나면 그 사진을 꺼내보곤 했어요."

나긋한 시선으로 힐끗 나를 바라보고는 살짝 고개를 숙였다.

"어디, 무슨 사진이에요?"

남숙이가 그 사진을 받아서 강주와 함께 들여다보았다.

남숙이와 강주도 그 사진 속에 있었다. 그러나 그녀들은 나와 마찬가지로 그 사진을 갖고 있지 않은 모양이었다.

"어머, 이 사진 기억나네. 용케 지금까지 가지고 있었군 그래."

강주가 말하자 남숙이도,

"글쎄 말이야. 홍연이 정성이 보통이 아니지."

하면서 웃었다.

그 말에 나는 남숙이의 표정을 힐끗 보지 않을 수 없었다. 어쩐지 무슨 의미가 담긴 듯한 말이었던 것이다. 혹시 홍연이가 나를

지극히 사모했다는 사실을 알고 있지나 않을까 싶었다. 그러나 그런 눈치는 아닌 듯 그저 무심히 한 말인 것 같았다.

"참 소중한 사진이다. 오래오래 보관해라."

남숙이가 사진을 홍연이 앞으로 내밀었다.

홍연이가 왼손으로 그것을 받아 핸드백 속에 도로 넣으려 했다.

"가만있어. 저……."

순간 나는 약간 당황했다. 그러나 겉으로는 침착하게,

"그 사진 내가 좀 복사를 했으면 싶은데……."

하면서 도로 그것을 홍연이에게서 받았다.

내가 속으로 약간 당황한 것은 그 사진이 도로 홍연이의 핸드백 속으로 들어가려했기 때문이 결코 아니었다. 그 사진을 왼손으로 받아 핸드백 속에 넣으려 했을 때, 홍연이의 왼손 새끼손가락이 눈에 띄었기 때문이었다. 새끼손가락 끝이 마치 무슨 쇠망치 같은 것으로 내리쳐서 짓뭉개버린 것처럼 되어 있었던 것이다.

그것을 보는 순간 번쩍 머리에 와 닿는 것은 그녀의 혈서였다. 그녀가 어쩌면 저 손가락을 저렇게 짓뭉개가지고 그 피로 혈서를 썼던 게 아닌가 하는 생각이 들었다.

그렇다면 얼마나 미안하고 가슴 아픈 일인가. 손가락 하나를 짓뭉개버릴 정도로 절절이 나를 사모했다니…… 그렇게 해서 써 보낸 혈서 편지에 대해 나는 아무 회답도 보내지 않았으니 말이다. 그런데도 삼십 년이라는 세월이 흐른 뒤까지 잊지 않고, 이렇게 친구들을 재촉해서 찾아와 주다니…… 정말 가슴이 먹먹해지도록 고마운 일이었다.

—그 새끼손가락이 왜 그렇지?

하고 확실한 것을 물어보고 싶었으나, 다른 두 제자가 있는 앞에서 그런 질문을 할 수는 없었다.

나는 그저,

"흠—."

고개를 끄덕이며 그녀가 삼십 년간 간직해오며 그 시절이 그리울 때마다 들여다보았다는 사진을 소중히 한쪽 서랍에 넣었다.

세 여인은 두어 시간 앉아 이야기를 나누다가 자리에서 일어났다. 일어나면서 남숙이가 말했다.

"선생님, 여제자도 다 쓸데없지는 않죠? 선생님이 말씀하셨잖아요. 여학생들은 다 쓸데없다고, 나중에 커서 시집을 가고 나면 옛날 선생을 만나도 인사도 잘 안 할 것이라고요."

"허허허……."

나는 그저 웃기만 했다.

"그리고 너희들 이십 년 후에 나를 만나도 인사를 하겠느냐, 삼십 년 후에 만나도 나를 알아보겠느냐, 그런 말씀을 하셨어요. 며칠 전에 전화로도 말씀드렸지만……."

"글쎄 그런 말을 했던 것 같기도 해. 역시 급장이었던 남숙이가 기억력이 좋아."

"기억력이 좋아서가 아니라, 그 말이 어쩐지 머리에서 떠나질 않고 깊이 남아 있었어요."

그러자 강주가 생글생글 웃음을 띠며,

"여제자가 남자 제자들보다 낫지요? 삼십 년 후에 이렇게 셋이나 찾아왔으니 말이에요."

하였다.

"그래, 그래. 정말 너무 고맙고 반갑고…… 글쎄 난 며칠 전에 홍연이 전화를 받았을 때 깜짝 놀랐다니까. 너무 뜻밖이어서 꿈같은 느낌이…… 허허허……."

그러자 홍연이가,

"정말 저도 신문에서 선생님의 사진을 보고 깜짝 놀랐어요."
하면서 나긋한 눈으로 나를 힐끗 보고는 수줍은 듯 살짝 얼굴을 돌렸다.

나는 세 여인을 버스 타는 곳까지 배웅했다.

그녀들이 버스에 오를 때 나는,

"홍연이, 또 전화해."
하고 말했다. 그리고 얼른,

"남숙이랑 강주도."
하였다.

버스가 멀어져가자, 나는 집을 향해 터벅터벅 걸음을 옮기며, 다음에 홍연이한테 전화가 오면 그 왼손 새끼손가락에 대해서 물어봐야지 싶었다. 그러면서도 한편 그런 말을 물어봐도 될까 하는 생각이 들기도 했다. 삼십 년이 흘러서 이제 피차 중노의 저무는 길에 들어섰으나, 담담하게 그런 얘기를 나눌 수 있을 것 같기도 했고, 아무리 세월이 흘렀지만 여전히 옛 스승은 스승이요, 제자는 제자인데, 그런 말을 꺼낸다는 것은 좀 이상하지 않을까 싶기도 했다.

그런 생각에 젖으며 천천히 걸음을 옮기고 있는데, 문득 저만큼 길모퉁이를 돌아 국민학교 학생들의 행렬이 나타나는 게 눈에 띄었다. 나는 가만히 걸음을 멈추었다.

소풍을 갔다가 돌아오는 길인 모양이었다. 백이랑 물통 같은 것을 어깨에 멘 아이들이 손을 잡고 지절거리면서 걸어오고 있었고, 그 곁을 담임선생들이 따라 걷고 있었다. 울긋불긋한 그 행렬 위로 가을 오후의 햇살이 좍 퍼져 내리고 있었다. 유난히 눈부신 듯한 햇살이었다.

나는 그 햇살 속을 걸어오고 있는 울긋불긋한 꽃무더기 같은 아이들과 선생들을 하염없이 바라보고 있었다. 마치 삼십 년 전 나의 그 시절을 바라보듯이…….

『여제자』(고려원, 1987)

# 안개와 연꽃

그날 아침 안혜선은 아무 까닭도 없는데 이상하게 기분이 뒤숭숭하고, 심란하기까지 했다.

날씨는 무척 좋았다. 주방 한쪽에 있는 유리창 밖으로 내다보이는 하늘은 씻은 듯 맑았고, 초여름의 신선한 아침 공기가 열려진 창문을 통해 흘러들고 있었다. 어디선지 새 지저귀는 소리도 들려오고 있었다. 기분이 여느 때보다 한결 가벼울 법하고, 상쾌할 법한데, 어찌된 영문인지 그게 아니었다.

조반을 준비하는데, 몸도 어딘지 모르게 찌뿌드드하게 느껴지고, 머리도 흐릿하게 무겁고, 공연히 가슴이 조금 두근거리기까지 했다.

그런 막연한 불안이 어디서 오는 것인지 혜선은 알 수가 없었다. 건강이 나빠진 것은 결코 아니었다. 간밤에 잠자리에 들 때까지도 평소와 다름없는 아무렇지도 않은 몸이었고, 잠도 잘 자지 않았는

가. 꿈을 꾸고서 한 번 깨기는 했지만 말이다.

꿈 때문에 그런가 하고 혜선은 생각해보았다. 꿈을 뭐 간밤에만 꾼 것은 아니다. 거의 매일 밤 꿈을 꾼다고 해도 과언이 아니다. 사춘기 소녀 시절에도 꿈이 많았지만, 그때보다 오히려 삼십대 중반에 들어선, 다시 말하면 중년부인이 되어가는 요즘 혜선은 더 많은 꿈을 꾼다고 할 수 있다.

꿈도 두 가지로 꾼다. 천연색으로 꾸는 경우와 흑백으로 꾸는 경우가 있다. 흑백으로 꾸는 경우가 대부분인데, 간혹 가다가 천연색 꿈을 꾼다. 천연색으로 꿈을 꾼 이튿날은 왠지 기분이 좋고, 또 그날은 무슨 일이 됐든 좌우간 좋은 일이 있기 마련이다. 반드시 그렇다고는 할 수 없지만, 십중팔구 그렇다.

그래서 혜선은 천연색의 꿈을 꾸기를 원한다. 말하자면 혜선에게 있어서 천연색의 꿈은 길몽인 것이다.

간밤에는 어떤 꿈을 꾸었는가 생각해본다. 천연색 꿈은 아니었다. 그렇다고 흑백으로 일관된 꿈도 아니었던 것 같이 생각된다. 처음에는 흑백의 꿈이다가 나중에 가서 그 흑백 속에 홀연히 천연색의 한 대목이 떠오른 것 같다. 그러니까 간밤의 꿈은 말하자면 흑백과 천연색의 혼합된 꿈이라고 할 수 있다.

꿈이란 원래 그런 것이지만, 줄거리도 분명치가 않다. 사춘기 소녀 시절에는 꿈을 꾼 다음 날 그 꿈의 내용이 비교적 선명하게 머리에 떠올랐는데, 삼십대로 들어서고부터는 몇 대목이 흐릿하게 기억될 뿐, 도무지 줄거리가 잡히질 않는 것이다.

간밤엔 온통 안개였던 것 같다. 흐늘흐늘한 검은 안개가 물결처럼 혹은 바다처럼 흘러가고 있었다. 혜선은 그 흐르는 안개 속에 방향을 잃은 듯 정신을 차리지 못하고 이리저리 헤매고 있었다.

윤국이랑 윤미가,

"엄마, 같이 가!"

"엄마 엄마, 나 앞이 안 보여!"

하고 울부짖으며 뒤따라오고 있었다.

집을 찾아가는 길인 듯했다. 그러나 안개 속을 아무리 헤매어도 집은 나타나지 않았다.

혜선은,

"여보! 여보!"

소리를 지르며 남편을 부르기도 했다. 그러나 허사였다. 어디에도 남편은 보이지 않았고, 대답하는 소리도 들려오지 않았다.

물론 온통 흑백의 꿈이었다. 그런 흑백의 안개 속을 어디로 어떻게 헤맸는지 분명치가 않다. 마치 돌아가던 필름이 툭 끊어지고, 스크린에 불빛만 희미하게 비치고 있는 것 같다고나 할까.

그러다가 다시 필름이 돌아가며 스크린에 검은 안개가 흐늘흐늘 흘러가는데, 그 안개의 물결 속 저쪽 멀리에 불그레한 한 덩어리 빛이 가물거렸다. 그것은 분명히 천연색으로, 연분홍빛인 듯도 했고, 붉은 기운을 띤 황금빛인 것도 같았다.

그 빛이 나타나자, 혜선은 그쪽을 향해 안개 속을 허우적거리듯 마구 달려갔다. 그 빛은 차츰 가까워졌고, 어렴풋이 형체도 떠올랐다. 무슨 꽃인 듯했다. 봉긋하게 큰 한 송이 꽃봉오리가 지금 막 서서히 꽃잎을 벌리고 있는데 보니 연꽃이었다. 활짝 벌어진 연꽃 앞으로 혜선은 달려가 입을 딱 벌리고 바라보았다. 거창하게 큰 연분홍빛 연꽃이었다. 황홀할 지경이었다.

그런데 그만 그 연꽃에 불이 일어 활활 타오르는 것이 아닌가. 혜선은 놀라,

"으악—"

냅다 소리를 질렀다.

잠이 깨었다. 이마에 조금 식은땀 같은 것이 끈적했다. 혜선은 이상한 꿈이라고 생각하며 곁을 보니 남편은 이불을 차 넘기고 가볍게 코를 골며 자고 있었다. 방 안 공기가 좀 썰렁한 것 같아 혜선은 이불을 당겨다가 남편을 잘 덮어주었다. 아직 날이 새려면 멀은*(이른) 것 같아서 혜선은 다시 잠을 청했다.

픽— 하고 김이 풍기고, 부글부글 찌개 국물이 넘쳐흘렀다.

간밤의 꿈을 멍하게 되새기고 있던 혜선은 깜짝 정신이 들어 얼른 냄비 뚜껑을 열었다.

화장실에서 볼일을 마친 남편이 수건으로 얼굴을 닦으며 거실로 나와 베란다 쪽으로 가서 바깥을 내다보고 섰다.

그 뒷모습을 혜선은 힐끗 바라본다. 그런데 참 이상한 것은 늘 대하는 남편인데, 밤에는 한 이부자리 속에서 잠을 자는 사이인데, 오늘 아침은 왠지 서먹한 남처럼 느껴진다. 얼굴을 다 닦고 나서도 뭘 그렇게 내다보고 섰는지 멀뚱히 바깥으로 시선을 던지고 있는 남편의 뒷모습이 마치 처음 대하는 남자처럼 생소하다.

베란다 밖으로 산이 내다보인다. 연이은 산줄기가 신록으로 물들어가고 있다. 아침의 산은 한결 신선하고 아름답다. 연립주택의 삼층이라 전망이 아주 좋다.

그러나 남편은 그 신록의 산을 내다보고 있는 것 같지가 않다. 그저 그쪽을 향해 서서 무슨 생각에 잠기고 있는 듯이 보인다. 아

마 그래서 남편이 생소하게 느껴지는지도 모른다. 집에서 그처럼 무슨 생각에 골똘히 잠기는 일이 지금까지는 없었던 것이다.

혜선은 무슨 생각을 그렇게 하고 있어요? 하고 입을 떼려다가 어쩐지 내키지가 않아 그만두었다.

장명규는 거의 십 분가량 그렇게 서 있다가 돌아서며 수건을 거실 소파에 픽 던져놓고, 주방 한쪽에 있는 식탁에 가서 앉았다.

"당신 어디 아파요?"

혜선이 밥을 푸며 묻는다.

"아니, 왜?"

"그저요. 어쩐지……."

"오히려 당신 안색이 좋지 않은 것 같은데……."

"그래요?"

혜선의 표정은 여전히 무겁다.

"윤국아, 뭐하니? 어서 와서 밥 먹지 않고. 학교 늦겠다."

혜선은 식탁에 조반을 차리며 작은방 쪽을 향해 큰소리로 말한다.

"알았어."

곧 책가방을 들고 국민학교 3학년짜리 윤국이가 튀어나온다.

"윤미는 아직 자니? 안 일어났니?"

"아직 자."

다섯 살짜리 윤미는 언제나 늦잠이다.

식사를 하다가 명규는 문득 생각이 난 듯,

"여보."

하고 아내를 돌아보았다.

"예?"

혜선은 서서 싱크대 위랑 찬장 안을 이것저것 정리하고 있었다.

남편과 윤국이가 먼저 식사를 마치고 직장으로, 학교로 집을 나간 다음, 윤미를 깨워서 세수를 시키고 함께 아침을 먹는 것이 통례였다.

"나 오늘 말이야, 저…… 어쩌면……."

명규는 좀 우물거리다가,

"출장을 갈지도 모르겠어."

하고 말했다.

"출장요?"

"응."

"오늘 토요일인데요."

혜선은 문득 토요일이라는 생각이 떠오르며 토요일에 출장을 가다니, 그리고 그 말을 왜 아침 식탁에서 꺼내는지 좀 의아스러웠다. 간밤에 얘길 하지 않고서 말이다.

물론 남편은 간혹 출장을 간다. 건설회사의 사무직 과장으로 근무하고 있어서 일 년에 두세 번 정도 지방의 건설현장으로 사무 연락 차 출장을 가는 일이 있다. 그러나 혜선의 기억으로는 아직까지 토요일에 출장을 간 적은 없었다. 토요일에 출장을 떠나면 일요일인 휴일에 무슨 용무를 본단 말인가. 일요일에 볼일을 보려면 토요일이 아닌 일요일 오후에나 떠나는 게 정상일 것이다.

그리고 오늘 출장을 떠난다는 얘기도 아니고, 어쩌면 오늘 출장을 갈지도 모르겠다니…… 그럼 아직 결정이 안 됐다는 말인데, 어쩐지 말투 자체가 아리송하게 들렸다.

여자의 육감이란 빠르다. 혜선은 아무래도 좀 이상하다 싶었으나, 그렇다고 아침부터 출근하려는 남편을 붙들고 따져볼 수도 없는 일이었다. 지금까지 혜선은 남편을 의심해본 적이 없다. 의심을 받을 만한 일을 남편이 한 적도 전혀 없는 것이다. 결혼생활이 십일 년째로 접어들었는데, 그동안 순조롭고 원만한, 말하자면 모범부부였던 것이다.

아내의 표정이 어쩐지 좀 시무룩해 보이자, 명규는 필요 이상의 말을 늘어놓았다.

"어제 말이야, 퇴근 때가 다 돼 가지고 부장이 말하잖아. 내일 출근할 때 출장 준비를 간단히 해가지고 오라고 말이야. 어디 출장 가느냐고 물었더니, 아직 결정된 것은 아닌데, 아마 내일 출장을 떠나게 될 것 같다는 거야. 확실한 것은 오늘 출근해 봐야 알겠는데, 출장을 떠나게 되면 전화할께."

"예. 알았어요."

"며칠간 출장인지도 아직 확실치 않다니까. 어디로 가는지도 잘 모르겠고."

"알았다니까요."

"가라면 가고, 오라면 오는 수밖에…… 월급쟁이가 별수 있어야지."

명규는 이런 소리를 혼자 투덜거리듯 중얼거리기까지 했다.

조반을 마치고 명규는 조그마한 백에 수건과 칫솔, 치약 따위 간단히 출장 준비를 해가지고 집을 나섰다. 학교로 가는 윤국이가 뒤를 따랐다.

혜선은 베란다 쪽으로 가서 잠시 밖을 내다보고 서 있었다. 남편과 윤국이가 연립주택 정문을 나서서 비탈진 길을 나란히 걸어 내려가는 뒷모습을 바라보고 있는 것이었다.

여느 때 같으면 그런 뒷모습에서 흐뭇한 혈연적 연대감 같은 것이 느껴져 절로 미소가 지어지고, 유쾌해지기 마련인데, 오늘은 도무지 그게 아니다. 어찌된 영문인지 윤국이와 나란히 멀어져가는 남편이 마치 이웃집 어느 남자처럼 느껴지기도 한다. 한쪽 손에 든 조그마한 백 때문에 그런 느낌이 오는 것일까. 참 얄궂은 일이다.

잠에서 깨어나면서부터 묘하게 뒤숭숭하고 심란한 기분이 조금도 누그러들질 않고, 오히려 더 짙어지는 것만 같고, 왈칵 불만이 엄습해 오는 듯해서 혜선은 가볍게 몸을 떨었다. 그리고 활짝 베란다의 커다란 유리문을 열어젖혔다.

남편과 윤국이의 모습이 시야에서 사라지고, 바깥의 신선한 아침 공기가 집 안으로 쏟아져 들어오자, 그제야 혜선은 크게 숨을 들이쉬며 돌아섰다.

"윤미야, 일어나거라. 어서!"

작은방 쪽으로 간다.

수없이 주렁주렁 열린 앵두가 어느덧 빨갛게 익어가고 있었다. 연립주택으로 올라가는 비탈진 길가에 있는 어느 이층집의 담 너머로 싱싱하고 영롱한 빛깔로 익어가는 앵두를 보자 윤미는,

"엄마, 저거 뭐야? 저거 빨간 거."

하고 고사리순 같은 손가락으로 가리키며 묻는다.

"앵두라는 거야."

"앵두?"

"그래."

"앵두 참 곱다. 엄마, 앵두 먹는 거야?"

"응."

"엄마, 나 앵두 따줘."

"얘가, 남의 집 앵두를 어떻게 따주니."

"나 앵두 먹고 싶어."

다섯 살짜리다운 투정에 혜선은 그만 비식 웃음이 나왔다.

오늘 혜선의 얼굴에 웃음이 떠오르기는 처음이다. 아침부터 뒤숭숭하고 심란하던 기분이 아직도 싹 가시질 않은 것이다. 가시기는 고사하고, 열두 시가 가까워졌을 무렵 남편에게서 전화가 왔는데, 그것을 받고부터는 오히려 더 기분이 어두워지고, 굳어드는 듯했다.

남편은 전화로,

"나 말이야, 부산으로 출장을 가게 됐어. 부산에 우리 지사가 있잖아. 거기 출장 가는 거야. 오늘 떠났다가 아마 월요일에 올라올 것 같애."

하고 말았다.

"예, 알았어요."

혜선은 예사롭게 대답했다.

그러나 결코 예사로운 심정이 아니었다. 예, 알았다고 말했으나, 부산으로 출장 간다는 사실을 그대로 믿어야 좋을지, 아니면 의심을 해야 하는 것인지, 도무지 분간할 수가 없었다. 지금까지는 남편의 말을 의심해 본 적이 없었다. 그런데 오늘은 갑자기 왜 이런지 정말 이상하기만 했다.

사람을 의심하기로 들면 한이 없다. 더구나 남도 아닌 남편을 의

심하려고 들다니…… 혜선은 자기가 별안간 무슨 좋지 않은 마음의 병이라도 든 것 같아 두려웠다. 마음에 병이 와도 조금씩 서서히 오는 법이지, 이렇게 하루아침에 시꺼멓게 멍이 든 것처럼 달라지다니, 알 수 없는 노릇이었다.

점심을 먹고, 오후에는 낮잠을 자려고 했으나, 자리에 누워도 도무지 잠이 오질 않고, 머릿속이 어수선하게 뒤엉켜 심란하기만 해서 옷을 갈아입고, 아무 볼일도 없는데 윤미의 손을 잡고 집을 나섰던 것이다. 다방에 들어가 차를 마시고 멍하게 앉았다가, 시장에 가서 사지도 않으면서 이것저것 구경을 하고, 돌아오는 길에 단골 가게에 들러 달걀과 라면, 그리고 새우깡 같은 것을 좀 사 들고 비탈진 길을 천천히 오르고 있는 것이다.

차가 다니는 도로에서 연립주택이 있는 곳까지는 비스듬히 언덕진 길이 꽤 길었다. 앵두가 무르익고 있는 이층집을 지나 조금 가면 커다란 느티나무 한 그루가 서 있었다. 꽤 오래된 고목으로, 그 주택가의 명물이라고 해도 과언이 아니었다. 그래서 그 근처를 느티나무골이라고 예전에는 불렀다 한다.

그 느티나무 그늘에 스님 한 사람과 동네 노파 두 사람이 앉아 있었다. 5월이 저물어가는 무렵이지만, 한낮엔 벌써 이마에 땀이 내밸 정도로 햇볕이 두터워 그늘을 찾아 앉아 한가롭게 이야기를 나누고 있었다.

혜선이 윤미의 손을 이끌고 무심히 그 앞을 지나려는데,

"보살님, 잠시 나 좀 보오."

하고 말을 건 것은 뜻밖에도 스님이었다.

혜선은 자기를 보살님이라고 부르는 게 좀 서먹하고 멋쩍었으

나, 걸음을 멈추었다.

그러자 낯이 익은 노파 한 사람이 얼굴에 미소를 지으며 말했다.

"애기 엄마, 어디 시장에 갔다 오는 모양이지? 여기 좀 앉아 쉬었다 가구려."

"예, 할머니."

혜선은 마지못해 그쪽으로 다가갔다.

혜선이 한쪽에 자리를 잡고 앉자, 윤미도 엄마의 무릎 사이에 조그만 궁둥이를 디밀었다.

"아이가 귀엽게 생겼구료. 몇 살이요?"

스님이 물었다.

"다섯 살이에요."

엄마가 입을 열기 전에 윤미가 얼른 대답했다.

"아, 참 똑똑하구나."

그리고 스님은 혜선의 얼굴을 살피듯 잠시 바라보더니, 무슨 뜻인지 고개를 두세 번 끄덕거렸다.

혜선은 스님의 그런 태도가 어쩐지 멋쩍고 서먹했다. 그러나 왠지 결코 싫지는 않았다.

혜선은 불교 신도는 아니었다. 그렇다고 다른 종교를 믿는 것도 아니다. 말하자면 아직 무종교인 셈인데, 그러나 심정적으로 불교에 가깝다고 할 수 있다.

친정어머니가 불교 신도인 것이다. 불교 신도라도 보통 신도가 아니다. 아주 독실한 신도이다. 어쩌면 어머니는 부처님의 가르침에 의지해서 외로운 후반생을 살아가고 있다고 해도 과언이 아니다. 일흔둘인데, 혜선을 낳은 이듬해인 서른여덟에 혼자 몸이 된 것이다. 혜선의 아버지가 교통사고로 불귀의 객이 되고 말았던 것이다.

여자 나이 서른여덟이면 바야흐로 부부 사이의 참맛을 알고, 살림도 틀이 잡혀가는, 인생의 가운데토막에 해당되는 시절인데, 그런 좋은 때에 혼자 몸이 되었으니 어머니의 비탄이 어떠했겠는가. 그 슬픔과 괴로움을 이기기 위해서, 죽은 사람은 죽었지만 살아 있는 사람은 살 수밖에 없다는 생각을 굳히고, 자식 셋을 키워내기 위해서, 그런 힘을 굳게 다지기 위해서, 어머니는 그때부터 절에 다니기 시작했고, 부처님의 가르침에 의지하기 시작했던 것이다.

혜선이 위로 오빠가 둘 있는데, 그때 큰오빠는 여덟 살이었고, 작은오빠는 다섯 살이었다 여덟 살, 다섯 살, 두 살, 이렇게 어린 세 남매를 어머니는 여자 혼자 힘으로 길러냈던 것이다. 아버지가 남긴 가산은 좀 있었으나, 여자 혼자서 셋이나 되는 자식을 길러내기란 여간 힘 드는 일이 아니었다. 재혼을 하는 게 좋지 않겠느냐는 주위의 권고도 있었으나, 어머니는 뿌리치고, 자식들을 위해서 희생하는 길을 택했던 것이다.

그래서 위로 두 아들은 대학까지 마치게 해서 어엿한 사회인이 되게 했고, 딸은 여고를 졸업시켜 시집을 보냈다. 어머니로서 할 일을 다 하고, 지금은 노년을 큰아들 집에서 편히 보내고 있는 것이다.

일흔둘인 지금도 어머니는 일요일면 반드시 절에 갈 뿐 아니라, 매일 아침 일찍 일어나 불경을 읽고, 좌선을 두어 시간 한다. 이만저만한 심신이 아닌 것이다.

몇 해 전 설날이던가, 제삿날이던가 큰오빠 집에 모두 모였을 때, 어머니는 무슨 얘기 끝에,

"너희들은 서른여덟에 혼자되어 내가 어떻게 살아왔는지 아무도 모를 것이다."

라는 말을 한 적이 있다.

그 말을 들었을 때, 혜선은 절로 가슴이 찌르르 아파오는 것을 어쩌지 못했다. 그 말은 서른여덟에 혼자 몸이 되어 너희들 삼남매를 키우느라 고생이 많았다는 뜻이기도 했지만, 그것보다도 어감이나 어머니의 표정으로 보아 서른여덟 무르익은 여자의 나이에 혼자되어 어떻게 그 괴로움을 견디며 살아왔는지 아무도 모를 것이라는 그런 의미가 한결 짙게 풍겼다.

혜선은 같은 여자로서 어머니를 그때만큼 뭉클하고, 측은하고, 눈물겨운 시선으로 바라본 적이 없었다. 그때까진 전혀 생각이 미치지 못한 점이었던 것이다.

어머니는 말하자면 중년 과부로 혼자서 세 자식을 기르는 고생과 여자로서의 괴로움을 부처님의 가르침에 귀의해서 잘 극복해 나갔던 셈이다.

그런 어머니였기 때문에 혜선이는 어릴 때부터 어머니를 따라 절에 간 적이 한두 번이 아니었다. 중학생이 되고부터는 간 일이 없지만, 국민학교 시절에도 여러 번 갔었다. 법당의 측면에 칠해진 단청을 보고 약간 현기증 같은 것을 느낀 기억이 있는가 하면, 부처님의 귀는 몹시 길다는 생각을 하며 입에 손가락을 물고 바라본 기억도 있고, 절간의 음식을 먹고 싱겁다고 느낀 기억도 있다.

그처럼 어린 시절에 몸에 스며들었다면 스며들었다고도 할 수 있는 불교이기 때문에 혜선은 절에 다니는 신도는 아니지만, 심정적으로는 그쪽이라고 할 수 있는 것이다. 길에서 스님을 만나면 싫지 않고, 오히려 어떤 친근감 같은 것이 느껴지는 것은 아마 그래서일 것이다.

그리고 지금 느티나무 그늘에서 스님이 보살님, 잠시 나 좀 보자는 말에 멋쩍기는 했지만 윤미를 데리고 그 곁으로 와서 앉는 것도 그래서라고 할 수 있지 않겠는가.

스님은 고개를 두세 번 끄덕거리고 나서,

"보살님 얼굴에 안개가 가득 끼었구려."

하고 말했다. 부드럽고 낮은 목소리였으나, 어딘지 모르게 딱하고 측은하다는 그런 여운이 느껴졌다.

얼굴에 안개가 가득 끼었다는 말에 혜선은 약간 웃음이 나왔다. 그러나 한편 마음 한구석이 덜컥 하는 느낌이었다. 간밤의 꿈이 얼른 머리에 떠올랐다. 그 검은 안개 속을 헤매던 꿈 말이다.

"안개가 끼다니요. 무슨 말씀인지요?"

하고 물어보려다가 혜선은 조금 불안한 시선으로 스님을 가만히 바라보기만 했다.

보살님의 얼굴에 안개가 끼었다는 말에 두 노파는 호기심과 연민이 깃든 그런 표정으로 혜선의 얼굴을 이모저모 뜯어본다.

"나무관세음보살— 안개가 보살님 얼굴에만 낀 게 아니라, 바깥양반의 마음에도 가득 끼었구려. 이 일을 어찌 할꼬…… 안개 때문에 앞을 잘 분간할 수가 없게 됐으니 가는 길이 위태롭고, 괴롭기만 하겠구려."

"그게 무슨 뜻이지요? 안개가 끼다니……."

혜선은 조금 기분이 언짢기도 해서 묻지 않을 수가 없었다.

"안개는 미망이지요. 정신이 혼미하고 어지러워 갈피를 잡을 수가 없다는 뜻이라우. 괴로움에 휩싸이게 됐다는 말이외다. 나무관세음보살—"

"……."

"하지만 헤어날 길이 없는 건 아니지요."

그 길이 무어냐고 묻고 싶었으나, 혜선은 도무지 아직은 구체적으로 어떤 괴로운 일이 생긴 것도 아닌데, 실없는 일이라는 생각이 들어 그만두었다.

그런 표정을 읽었는지 스님은 빙그레 미소를 지으며 말을 이었다.

"그저 참을 인(忍)자가 제일이외다. 참고 견디며 기다리는 것이 약이지요. 그렇지 않고 성급히 해결하려고 서둘러대면 화가 화를 불러 끝내는 스스로 목숨을 끊는 그런 끔찍한 일이 일어날지도 몰라요. 알겠어요? 보살님, 내 말을 명심해야 돼요."

"……."

혜선은 스스로 목숨을 끊는, 즉 자살을 하는 그런 끔찍한 일이 벌어질지도 모른다는 말에 몹시 불안하고 기분이 안 좋아 으스스 몸이 떨리기까지 했으나, 역시 알았어요, 하거나 예, 하고 대답이 입 밖으로 나오지는 않았다. 아직은 참고 어쩌고 할 아무 건덕지*('건더기'의 방언)가 없으니 말이다.

그러나 안면이 있는 노파가 입을 열었다.

"애기 엄마, 절에 다니시우?"

"아니요."

"절에 다니도록 하구려. 액운이 낀 모양인데, 부처님을 찾아가는 게 제일이라우."

"예."

혜선은 들릴 듯 말 듯 나직이 대답했다. 그것은 반드시 노파의 말대로 절에 가겠다는 의미는 아니었다. 그저 고맙다는 그런 뜻이었다.

혜선은 더 앉아 있기가 뭐해서 자리에서 몸을 일으키며,

"스님은 어느 절에 계시나요?"

라고 물었다.

자기도 모르게 그런 물음이 입에서 나왔던 것이다. 스님의 말이 결코 헛된 말이 아니라는 생각이 은연중 들었던 모양이다.

스님 대신 얼른 노파가 대답한다.

"월륜사에 계시는 스님이지. 운각 스님이라고 아주 덕망이 높은 스님이라우. 월륜사는 저 산 중턱 골짜기에 있다우."

노파는 월륜사가 있는 산을 손으로 가리켜보였다.

"예. 알았어요."

혜선은 살짝 고개를 숙여 인사를 하고서 윤미의 손을 이끌고 걸음을 떼놓았다.

"나무관세음보살—"

운각 스님은 앉은 채 혜선을 향해 합장을 했다. 부드럽고 인자하면서도 측은한 연민의 정 같은 그런 기색이 얼굴에 떠올라 있었다. 쉰을 두셋 넘어 보이는 스님이었다.

며칠 뒤, 혜선은 여고 동기들의 모임에 나갔다. 서울에서 살고 있는 열두 명의 동기생이 서로 연락이 되어 계를 만들어서 한 달에 한 번씩 모여 점심을 먹으며 떠들어댄다.

그날은 중국집에 모였다. 모이는 음식점이 몇 군데 정해져 있다.

매달 같은 음식점이면 재미가 없으니까, 한식집, 중국 요릿집, 일식집, 레스토랑 이렇게 골고루 정해놓고 그때그때 마음 내키는 대로 모이는 것이다.

동기생들의 모임이란 즐거운 자리다. 여고 시절의 가지가지 이야기가 꽃피고, 살림살이 이야기가 나오고, 남편들 자랑이 쏟아지고, 흉이 쏟아지고, 세상 돌아가는 이야기에 어느 아파트는 채권액이 얼마고, 프리미엄이 얼마고, 요즘은 부동산투기보다 농작물 사재기가 어쩌고저쩌고…… 온갖 이야기가 만발한다.

그날도 잡채와 탕수육, 팔보채 등의 요리와 짬뽕, 간짜장, 볶음밥 따위 제각기 구미에 맞는 점심을 시켜 먹으며 그런 가지가지 화제를 즐겼다. 여자들이지만 술을 마실 줄 아는 사람도 적지 않아서 맥주도 몇 병 시켰고, 배갈도 한 병 시켰다. 중국요리에는 배갈이 제격이라면서 제법 잔을 주고받으며 홀짝거리는 여주당도 있었다.

혜선은 맥주 반 컵 정도의 실력이었다. 그러나 맥주를 받아놓고 한 모금 찔끔 맛을 보았을 뿐 마시려들지 않았다. 어쩐지 내키지가 않는 것이었다.

혜선의 바로 곁에 앉은 순주는 주당이었다. 맞은편의 주당과 잔을 주고받으며 배갈을 홀짝거렸다.

순주는 혜선과 여고 시절부터 매우 친한 사이였다. 학교를 졸업한 뒤에도, 결혼을 하고 나서도 연락이 끊이질 않았고, 지금도 사는 곳은 멀리 떨어져 있지만 하루가 멀다 하고 서로 전화질이고, 시내에서 곧잘 만나며, 이따금 집으로 오가기도 하는 그런 각별한 사이다. 물론 남편들하고도 잘 아는 처지다. 순주의 남편은 은행원이다.

"야, 좀 마셔. 왜 통 입에도 안 대지?"

순주는 발그레 물든 눈으로 혜선을 바라본다.

"어쩐지 내키지가 않아."

"뭐 기분 안 좋은 일 있니?"

"아냐, 그런 건 아니고……."

"그럼 뭐야?"

"그저 마시고 싶은 생각이 안 난다니까. 내가 언제 술 좋아하던."

"마셔. 나중에 내가 말이야…… 중대한 얘길 해줄 테니까."

"중대한 얘기라니?"

순주의 어조와 표정이 약간 심각한 듯 야릇하게 느껴지자, 혜선은 슬그머니 긴장이 되며,

"무슨 얘긴데 어서 말해 봐."

재촉을 한다.

"아냐, 별일 아냐."

"애도 참. 방금 중대한 얘기라고 해놓고서, 별일 아니라니…… 취했니?"

"호호호…… 취했나 봐."

순주는 주기가 있는 그런 음성으로 까르르 웃고 나서,

"지난 일요일에 너 뭐했지?"

불쑥 엉뚱한 질문을 꺼냈다. 눈언저리가 발그레하고 게슴츠레한 게 꽤 주기가 있어보였다.

"지난 일요일에…… 나 집에서 빨래하고……."

"너거 신랑은?"

"우리 아빠는 출장 갔었어."

"출장?"

"응."

"어디로?"

"왜 꼬치꼬치 캐묻지?"

"그저, 어서 대답해봐."

"부산으로."

"호호호…… 부산으로 출장 중이었군. 호호호……."

순주는 묘한 웃음을 혼자 웃어댔다.

아무래도 눈치가 수상해서 혜선은 낯빛까지 살짝 변하며,

"얘, 웃지 말고, 무슨 얘긴지 말을 해봐."

정색을 하고 말했다.

"정신 차려, 혜선아."

순주는 불쑥 내뱉으며 혜선의 한쪽 무릎을 손바닥으로 탁 치기까지 했다. 그러나 곧 이런 자리에서 얘기를 꺼내서는 안 되겠다는 듯이,

"끝나고 나가서 조용히 얘기해 줄께. 이거나 마셔."

하고 혜선이 앞에 놓인 맥주 컵을 들어 권했다.

혜선은 얼떨결에 컵을 받아 꿀컥꿀컥 들이켰다. 무슨 일이 있구나, 하는 생각이 맥주 기운과 함께 곧 머리에 몽롱하게 퍼졌다.

남편이 그럼 부산으로 출장을 간 게 아니란 말인가. 순주의 어투로 보아 그런 생각이 들지 않을 수 없다.

남편은 토요일 오후에 출장을 떠났다가 월요일 밤에 돌아왔다. 출장을 갔다가 돌아온 게 틀림없어 보였다. 약간 주기가 있긴 했으나, 그것은 서울에 내려 피로를 풀기 위해 한잔 마실 수 있는 일이

아닌가. 백 속에서 아이들에게 줄 선물도 나왔다. 호도과자였다. 호도과자는 천안의 특산품이다. 기차를 타고 천안을 지날 때면 호도과자를 사라고 판매원이 잔뜩 그것을 들고 차내를 돌지 않던가.

남편은 저녁을 조금 먹고는 곧 목욕을 했다. 그리고 피곤하다면서 잠이 들었다.

다른 때 같으면 출장에서 돌아온 날 밤은 으레 아내의 몸을 찾는다. 불과 이삼 일, 혹은 삼사 일이지만, 떨어져 있었던 게 아쉬운 듯 끌어안고 뜨겁게 남편의 정을 쏟아 붓는 것이다.

그런데 이번에는 그게 없었다. 혜선은 좀 허전했으나, 피로해서 그럴 수도 있으려니 하고 돌아누워 버렸었다.

의심하려고 들면 매사가 다 의심스럽지만, 이렇다 할 건덕지 없이 남편을 의심한다는 것은 좋은 일이 아닌 것이다. 하지만 순주의 입에서 그런 아리송한 말이 나오고 보니 왈칵 의심이 가지 않을 수 없었다.

동기생들이 떠들어대고 있었으나, 혜선은 도무지 아무 흥도 나지 않고, 머릿속이 몽롱하고 뒤숭숭하고 지랄 같기만 했다.

모임이 끝나고, 동기생들이 뿔뿔이 헤어진 다음, 혜선은 순주와 함께 다방으로 갔다. 다방 깊숙한 구석 쪽으로 가서 자리를 잡고 앉자, 혜선이 먼저 재촉을 하듯 입을 열었다.

"말해 봐. 우리 아빠한테 무슨 일이 있는 것 같은데, 솔직하게 얘기해 줘야 돼."

"글쎄…… 내가 입을 잘못 놀렸는지 모르겠어. 이런 말을 해야 되는 건지, 안 해야 되는 건지…… 배갈 기운 때문에 그만…… 경솔했던 것 같애."

이제 와서 순주는 우물쭈물하려 들었다.

"그러지 말고 솔직하게 말해 줘. 순주야. 친구라면 그래야 되는 거 아니니?"

"글쎄……."

잠시 망설이더니 순주는 게슴츠레한 눈을 몇 번 깜작거리고 나서 옛다 모르겠다는 듯이 털어놓았다.

"지난 일요일 말이야. 국립극장에 오페라를 보러 갔었어. 우리 아빠하고. 그런데 너거 신랑이 와 있지 않겠니. 우리 좌석보다 조금 앞이었는데, 어떤 여자하고 둘이 왔지 뭐야. 어떤 여잔지 그건 확실히 모르니까, 공연히 너무 오해는 하지 말어. 얼른 보기에 서른 가까이 되어 보이는 여잔데, 부인인지 처녀지 잘 분간할 수 없더라니까."

그만! 하고 혜선은 냅다 소리를 지르고 싶었다. 앞에 놓인 커피잔이 핑그르르 도는 듯했다. 질끔 눈을 감아버렸다.

벽에 걸린 시계는 어느덧 열한 시 반을 향해 재깍거리고 있었으나, 혜선은 도무지 잠을 이룰 수가 없었다. 애꿎은 누비이불만 이리 휘감고 저리 차 넘기곤 했다.

윤국이와 윤미는 작은방에서 잠이 든 지 오래였다.

바깥에는 부슬부슬 이슬비가 내리고 있었다.

혜선은 남편을 기다리고 있었다. 오늘따라 남편의 귀가가 유난히 늦는 것은 아니었다. 일주일에 한두 차례 남편은 술을 마시고 늦게 귀가했다. 그러나 오늘은 술을 마시고 늦게 돌아오는 남편을 기다리느라 잠이 오질 않는 게 아니라, 뿌두둑 뿌두둑 이를 갈고 있는 중이었다.

설마 남편이 그럴 줄은 몰랐던 것이다. 오늘 낮 동기생들의 모임 끝에 순주한테서 들은 얘기가 사실이라면 이를 안 갈고 견딜 수가 있겠는가 말이다. 부산으로 출장을 간다더니, 버젓이 서울에서 어떤 여자하고 국립극장에 가서 오페라 구경을 하고 있다니, 이런 분한 일이 또 어디 있겠는가. 남편이 그런 남자인 줄은 정말 미처 몰랐다. 아내를 그렇게 감쪽같이 속이는 남자를 남편이라고 믿고 살다니 한심하기 짝이 없는 노릇이었다.

어디 아내만 감쪽같이 속였는가. 아이들도 속지 않았는가. 출장에서 돌아왔다면서 백 속에서 과자 선물을 꺼냈었다. 그것도 천안의 특산품인 호도과자를 말이다.

지능범 치고도 보통 지능범이 아니라는 생각이 들자 혜선은 냅다 누비이불을 차 넘겼다. 그리고 질끈 눈을 감고 베개에다 고개를 문지르듯 내흔들었다. 정나미가 떨어지는 것이었다. 아내를 속이고 곧잘 외도를 하는 게 남자라는 동물들이라는 말은 들었지만, 설마 믿었던 바로 자기 남편이 그런 동물 중에서도 지능적인 동물일 줄은 정말 꿈에도 생각지 않았던 것이다.

말하자면 혜선이 남편에 대한 최초의 절망이었다. 결혼생활을 한 지도 어느덧 십 년이 한두 해 넘었다. 그러니까 그 사이에 더러 다툰 일도 없지가 않다. 아무리 사이가 좋은 부부라 할지라도 가정이라는 것을 이루어 살림이라는 것을 꾸려가며 살아가노라면 의견이 대립되는 수도 있고, 조그마한 일로 감정이 상하는 수도 흔하다. 그래서 찌그락 짜그락, 때로는 우당탕거리는 수도 없지 않다. 그러고도 하루 이틀이 지나면 언제 그랬느냐는 듯이 잠잠히 가라앉아

다시 따스한 한 이부자리 속에서 살을 맞대며 행복감에 젖기도 한다. 부부싸움이 칼로 물 베기란 말이 그래서 생긴 말이다. 그런 것이 결혼생활의 묘미라면 묘미다.

혜선네 부부도 다를 바가 없었다. 어쩌면 어느 부부들보다 좀 더 원만하고, 좀 더 다정한 그런 사이라고 할 수가 있었다. 그런데 이번에 이게 도대체 무슨 일인가 말이다. 혜선이 남편에 대해 배신감을 느끼며 짙은 절망에 빠져들게 된 것도 결코 무리가 아닌 것이다.

바깥에 택시가 와서 멎는 소리가 들렸다. 비가 내리고 있어서 차 소리까지 습기에 젖어 있는 듯 눅눅하게 느껴졌다. 혜선은 바짝 긴장이 되며 귀를 곤두세웠다.

계단을 올라오는 발자국 소리가 틀림없는 남편이었다. 부부 사이란 계단을 밟는 소리만 들어도 서로를 식별할 수 있는, 다시 말하면 자기 짝이라는 것을 알 수 있는 그런 관계라고나 할까.

순간 혜선은 묘하게 온몸이 떨리면서 긴장이 스르르 풀리는 것 같은 야릇한 변화를 자기 내부에서 느꼈다. 아직 확실치 않다는 생각이 머리를 스쳤던 것이다. 분명하지 않은 일을 가지고 혼자서 지레 단정을 하고서 처음부터 시비조로 대든다는 것은 우스운 일이라 싶었다.

물론 혼자서 단정을 한 것은 아니다. 순주의 얘기로 미루어 보아 아마 십중팔구 틀림없는 것이다. 그러나 십 중에 하나둘은 순주가 잘못 보았을 수도 있는 일이 아닌가. 우리 남편이 틀림없더냐고 물어보지도 않았고, 또 그 이상 순주는 얘기를 하지도 않았던 것이다.

십중팔구가 아닌, 십 중에 하나둘에 매달리고 싶은 심정으로 혜선은 가만히 잠자리에서 몸을 일으켰다. 여느 때보다 오히려 가라앉은 차분한 표정이었다. 그러나 부드럽고 따스하다기보다는 조금 찬 기색이 감돌았다.

문 열리는 소리가 나고, 현관에 들어선 남편이 구둣발을 두어 번 바닥에 구르는 기척이 들렸다. 아마 구두와 옷에 젖은 빗물을 터는 모양이었다.

혜선은 일어나 방문을 열고 나갈까 했으나, 왠지 몸이 쉬 움직여지지가 않았다. 그대로 가만히 요 위에 앉아 있었다.

"어 취한다. 벌써 잠들었나……."

남편의 말소리가 다가왔다.

방문이 열리고, 남편이 들어서자 그제야 혜선은,

"왜 이렇게 늦었어요?"

하면서 자리에서 일어났다.

명규는 벽에 걸린 시계를 보며,

"벌써 시간이 이렇게 됐나? 열두 시가 다 돼가네. 허 참, 난 아직 열한 시 전인 줄 알았더니……."

어쩌고 중얼거리면서 상의를 벗었다.

혜선은 여느 때의 습관대로 그 상의를 받았다. 그러나 어쩐지 남편이 주기가 있기는 하지만 필요 이상으로 능청을 떠는 것 같아 흥! 싶었다. 상의를 옷장 속에 걸면서 혜선은 그만,

"오늘은 국립극장에 안 갔어요?"

하고 내뱉고 말았다.

그게 무슨 말이냐는 듯이 명규는 약간 멍한 얼굴로 아내를 바라

본다.

"국립극장에 오페라 구경하러 안 갔느냐 말이에요."

"아니 그게 무슨 소리지? 난데없이."

"흥, 시치미 떼지 말아요."

"시치밀 떼다니 누가 시치밀 떼?"

"그럼 국립극장에 오페라 구경하러 간 일 정말 없어요?"

"허, 나 참. 아닌 밤중에 홍두깨도 유분수지, 난데없이 무슨 국립극장에 오페라는…… 허허허……."

"정말이에요?"

"정말이라니까. 허허허……."

"그런데 왜 자꾸 웃죠?"

"하도 어이가 없으니 웃음이 나올 수밖에…… 웃는 것도 뭐 나쁜가?"

그러자 혜선은 두 눈에 반짝 생기를 띠며,

"당신 정말이죠? 거짓말하는 것 아니죠?"

빤히 남편을 바라본다. 안타깝도록 고운 눈빛이다.

아내의 그 눈빛을 외면하듯 명규는 슬그머니 고개를 돌리며,

"정말이고 뭐고, 도대체 뭣이 어떻게 된 영문인지 알 수가 없군 그래. 저녁이나 먹을까."

하고 혼자 중얼거리듯이 말했다.

"저녁 안 드셨어요?"

"술만 좀 마셨지."

"저녁 차릴께요. 이리 나오세요."

혜선은 얼른 주방으로 가서 이것저것 서둘러 저녁을 차린다.

남편이 저녁을 먹지 않고, 술만 마시고 돌아왔다는 사실이 어쩐지 반갑고 고맙게까지 여겨졌다. 여느 때 같으면 오히려 귀찮게 생각될 터인데, 오늘은 그게 아닌 것이다. 마치 이번 일에 있어서 앞이 환하게 밝아지는 듯한 느낌이라고나 할까. 저녁을 안 먹고, 술만 마셨다면 아마 틀림없이 직장 동료나 친구들과 어울렸을 게 아닌가. 여자와 만났다면 지금까지 저녁을 안 먹고, 술만 마셨을 턱이 없는 것이다.

국립극장에 간 일이 없다고 딱 잡아떼는 남편의 말이 어쩌면 거짓말이 아니라, 사실인지도 모른다는 생각이 든다. 그러니까 오늘 낮 순주의 말이 십중팔구 틀림없는 게 아니라, 반대로 십 중의 하나둘 쪽인지도 모르는 것이다.

그렇다면 기분이 좋지 않을 수가 없는 혜선은 이것저것 있는 반찬을 다 꺼내어 식탁 위에 차려놓는다. 자기도 모르게 절로 그렇게 손이 움직이고 있는 것이다.

그러나 숟가락을 든 명규는 별로 내키지도 않는 저녁을 억지로 먹는 듯 찌뿌드드한 표정이다. 주기가 꽤 있는 듯 숟가락질이 서툴기까지 하다.

남편이 저녁을 먹는 앞에 혜선은 가만히 앉으며,

"국에 말아서 드세요. 그래야 잘 넘어가요."

필요 이상의 애교가 묻은 말을 꺼내기까지 한다.

"응."

대답은 무뚝뚝하다.

잠시 남편을 지켜보고 있던 혜선은 이번에는 약간 조심스럽게,

"당신 부산에 출장 가서 어디서 잤어요?"

하고 묻는다.

좀 엉뚱한 질문에 명규는 힐끗 아내를 한 번 거들떠본다.

“어디서 자긴, 여관에 잤지.”

“여관에 잤느냐, 호텔에 잤느냐 그 말이에요.”

“허허허…….”

웃지 않을 수 없다는 듯이 명규는 헛바람이 새는 것 같은 소리로 껄껄거리고 나서 빈정거리듯 말한다.

“월급쟁이가 출장을 가서 호텔에 자는 수도 있나? 그렇다면 팔자 좋게.”

“월급쟁이라도 과장이잖아요.”

“과장 좋아하시네. 뭐 과장이면 별수 있는 줄 알어?”

“여관에 혼자 잤어요?”

“뭐?”

“혼자 잤느냐 말이에요.”

“아니, 그럼 혼자 안 자고, 누굴 놉을 해가지고 자나? 당신 참 재미있는 여자로군.”

“남자들은 더러 그런다면서요?”

“뭘 그런단 말이야? 당신 오늘밤 좀 이상한데…….”

그러자 혜선은 샐쭉 한 번 웃고 나서,

“어떤 여관에서 잤죠? 부산에서.”

불쑥 들이대듯이 물었다.

갈수록 태산이라는 듯이 명규는 약간 어이가 없는 표정으로 아내를 멀뚱히 바라본다.

“왜 대답을 안 하죠?”

"아니, 당신 왜 그래? 무슨 심문을 하는 거야? 어떤 여관에서 잤건 무슨 상관이야?"

"……."

"참 별꼴을 다 보겠네."

명규는 벌컥 화를 내며 그만 숟가락을 놓고 자리를 박차듯 일어나버린다.

아뿔싸, 내가 지나쳤나…… 싶으며 혜선은 성큼성큼 큰방으로 향하는 남편의 뒷모습을 닭 쫓던 개 울타리 바라보듯 안타까운 듯이 바라본다.

쾅! 하고 요란하게 큰방 문이 닫힌다.

혜선은 짙은 안개 속에 선 것 같은 느낌이었다. 도무지 갈피를 잡을 수가 없었다.

남편의 태도로 보아 어쩌면 순주의 말이 잘못 보고 한 말이 아닌가 싶었다. 정말 어떤 좋아하는 여자와 둘이 국립극장에 오페라를 구경하러 갔었다면 조금도 당황하는 일 없이 아내의 추궁을 그렇게 자연스럽게 받아넘길 수가 있는가 말이다. 부산에 출장을 가서 여관에 잤다는 얘기도 어느 모로나 조금도 의심을 할 건덕지가 없어 보였다.

그러나 어떤 여관에 잤느냐는 질문에 그처럼 화를 낸 것은 무엇을 뜻하는 것일까. 아내가 남편에 대해 무슨 엉뚱한 의심을 품고서 그런 것까지 꼬치꼬치 캐묻는 게 기분 나빠서 그랬을까. 그럴 법도 했다. 출장 가서 잔 여관까지 아내에게 심문을 받듯 하면 좋아할 남자가 누가 있겠는가.

그러면서도 한편으론 정말 급소를 찔리고 보니까, 다시 말하면 얼른 대답이 나오질 않는 질문을 받고 보니까 당황해서 그렇게 벌컥 화를 낸 게 아닌가 생각되기도 했다. 배우처럼 능숙한 연기를 하다가 그 대목에 가서 그만 빗나가버린 것이 아닌가 싶었다.

도무지 어느 쪽인지 아리송하기만 했다. 이쪽인 것같이 생각하면 이쪽인 것 같고, 저쪽인 듯 생각하면 그쪽인 듯해서 갈피를 잡을 수가 없어 머리가 어지럽기까지 했다. 답답하고 뒤숭숭하고 심란해서 정말 괴로웠다.

혜선은 결혼생활 십 몇 년 만에 처음으로, 말하자면 의부증이라는 어두운 늪 속에 빠져든 셈이었다.

의부증과 함께 불면증도 왔다. 밤잠이 잘 올 턱이 없었다. 옆에 누워 가볍게 코를 골기도 하면서 자는 남편이 마치 무슨 괴물처럼 여겨지기도 했다. 정체를 알 수 없는 두 개의 얼굴을 가진 듯한 그런 괴물 말이다.

두 개의 얼굴 가운데 하나는 물론 미소를 띤 부드러운 얼굴이고, 다른 하나는 야릇한 코웃음 같은 것을 띤 싸늘하게 이지러진 얼굴이다. 그 두 개의 얼굴 중에서 어느 쪽이 남편의 진짜 얼굴인지 그것을 알 수가 없어서 말하자면 불면의 괴로운 밤이 계속되고 있는 셈이다.

순주를 찾아간 것은 말할 것도 없다. 그러나 그녀를 만나 다시 얘기를 들어보아도 분명하게 결론이 내려지지 않기는 마찬가지였다.

순주는 우선,

"왜 그러니? 무슨 일이 있었니?"

하고 눈부터 휘둥그렇게 뜨는 것이었다. 며칠 전에 만났을 때보다 혜선이 눈에 띠게 얼굴에 핏기가 가시고, 시들시들 맥이 풀린 사람처럼 보였던 것이다.

"잠을 못 자서 그래. 그런데 말이야, 전번에 말한 거 틀림없지?"

"뭐?"

순주는 대뜸 무슨 말인지 알았으나 짐짓 모르는 체 멀뚱한 표정을 지었다.

"우리 아빠 국립극장에서 봤다는 얘기 말이야. 틀림없지?"

"……."

"어떤 여자하고 둘이 틀림없이 오페라 구경하러 왔었지?"

"……."

"얘, 대답을 해. 왜 아무 말이 없니?"

그러나 순주는 얼른 뭐라고 대답이 나오지가 않았다. 이거 야단났구나 싶었다. 공연히 그런 말을 꺼내어 남의 조용한 가정을 뒤흔들어놓은 것 같아 슬그머니 겁이 났다.

친구를 위한다고 한 말이었지만, 그런 말을 함부로 꺼내는 게 아니었는데…… 후회가 되도 했으나 이미 엎질러진 물이었다. 이런 경우 어떻게 해야 현명한지 알 수가 없었다. 얼른 머리에 떠오르는 것은 자기의 난처한 입장을 우선 모면해야겠다는 생각이었다. 어쩌면 그게 일을 잘 가라앉히는 길이 될지도 모른다 싶었다. 그래서 순주는,

"뒷모습을 봤기 때문에 틀림없다고 장담할 수는 없어. 아마 그런 것 같았는데, 좌석이 꽤 떨어져 있었단 말이야. 그러니까 확실한 건 절대로 아냐."

이렇게 말을 했다.

"뒷모습을 봤다고?"

"응, 옆모습도 조금 보긴 했지만 말이야. 닮은 사람도 많잖니. 전번에 내가 말을 경솔하게 한 것 같애."

"정말이니?"

"정말이야. 술 때문이었어. 배갈을 마셨잖아. 넌 술을 잘 못하니까 모르겠지만, 술에 취하면 정신이 좀 이상해져서 말이 함부로 나온단 말이야. 그러니까 내가 한 말 너무 신경 쓰지 말어. 좌우간 남자들은 언제나 그럴 가능성이 있으니까 항상 마음을 놓지 않는 건 좋은 일이지만, 확실치도 않은 일을 가지고 가정불화를 일으키면 내 입장이 어떻게 되니, 안 그래?"

이렇게 말하는 데는 더 뭐라고 할 말이 없어 혜선은 그저 답답한 숨을 내쉬었을 뿐이었다.

순주의 말을 듣고 난 뒤론 조금은 머릿속의 안개가 엷어진 듯한 느낌이었으나, 여전히 활짝 걷히진 않았다. 해가 질 무렵이 되면 그 안개는 스멀스멀 다시 꿈틀거리며 짙어져오곤 했다. 그전과 달리 남편은 요즘은 거의 매일 밤늦게 돌아오는 것이었다. 매일 밤 어디서 무슨 돈이 있어서 술을 마시는지 늘 취해서 귀가했다.

해가 지고 남편이 돌아올 때까지 혜선은 온갖 망상에 시달렸다. 지금쯤 어느 주점에서 좋아하는 여자와 둘이 주거니 받거니 술을 마시고 있는 것이나 아닐까, 식당에서 저녁을 먹으며 히히덕거리고 있지나 않을까, 영화관에 가서 나란히 앉아 영화를 관람하는 것은 아닐까, 혹은 여관방의 이부자리 속에서 벌거숭이가 되어 뒤엉켜 뒹굴고 있는 것이나 아닐까…… 이런 가지가지 장면이 머릿속에 짙은 원색으로 펼쳐지곤 해서 때론 악— 하고 냅다 고함이라도 지르고 싶은 충동을 느끼곤 했다.

결국 어느 날 퇴근시간을 맞추어서 혜선은 남편의 뒤를 미행해 보기로 마음먹고 집을 나섰다. 그렇게라도 하지 않고는 견딜 수가 없었던 것이다.

회사 건물의 출입문이 바라보이는 한쪽 골목 모퉁이에 몸을 숨기고 서서 남편이 나타나기를 기다렸다. 아마 한 시간 가까이 기다렸을 것이다. 마침내 남편이 출입문을 밀고 밖으로 모습을 나타냈다. 순간 혜선은 절로 몸이 조금 움츠러들었다.

남편의 뒤를 십여 미터 떨어져서 따라가던 혜선은 어떤 다방으로 들어가자 약간 난감했다. 다방 안까지 따라 들어갈 수는 없는 일이었다. 몰래 다방 안에 들어가서 남편이 만나는 사람을 엿보기란 어려웠다. 결국 도리 없이 또 다방 밖 골목에 서서 다시 남편이 나타나기를 기다리는 수밖에 없었다.

남편은 이삼십 분 만에 다방을 나왔다. 어떤 남자와 둘이서였다. 얘기를 나누며 걸어가는 품이 가까운 친구 사이 같았다. 혜선은 적이 마음이 놓이는 것이었으나, 좌우간 그들이 어디로 가는가 계속 뒤따라가 보았다.

한참 큰길을 걸어가다가 골목으로 꺾어지더니 두 사람은 어떤 술집으로 들어가는 것이었다. 그제야 혜선은 후유— 싶었다. 마치 팽팽하게 부풀어 올랐던 가슴속의 긴장된 바람이 푹— 빠져버리는 느낌이라고나 할까. 나른한 웃음이 나왔다.

어쩌면 정말 순주의 술기운에 의한 실없는 말 때문에 말없이 혼자서 죄 없는 남편을 의심하며 괴로워하고 있는 게 아닌가 싶었다.

집으로 돌아가는 혜선의 발길은 집을 나설 때와는 달리 한결 가뿐가뿐하기만 했다.

그러나 생각의 병이란 쉽사리 개운하게 사라지는 것이 아닌 듯 그런 일이 있은 뒤로도 혜선은 남편이 늦게 귀가하는 날은 여전히 이런저런 망상에 시달렸다. 아무리 고개를 가로 내저으며 그럴 리가 없다고, 눈으로 확인까지 해보지 않았느냐고, 그런 생각을 떨쳐버리려고 해도 어느덧 자기도 모르게 또 지랄 같은 얼룩덜룩한 생각의 늪 속으로 발을 들여놓고 있는 것이었다.

엷어지는 듯하다가는 짙어지고, 가라앉는 듯하면서도 다시 머리를 쳐들곤 하는 의부(疑夫) 망상에 또 확 기름을 퍼붓는 듯한 일이 생겼다.

토요일이었다. 그러니까 지난번 부산으로 출장을 갔다 왔다는 그때부터 이주일이 지난 뒤였다.

오후 세 시경, 때르릉 전화벨이 울렸다.

"여보세요."

수화기를 든 혜선의 귀에,

"나야."

하고 남편의 목소리가 울렸다.

"나 말이야, 오늘 어쩌면 집에 못 들어갈지도 모르겠어. 지금 인천으로 출발하거든."

"인천은 뭣 하러요?"

혜선의 목소리가 때렸다.

"회사 일로 가는 거야. 외국에서 손님이 왔거든. 접대를 하는데 인천이 좋을 거라고. 높은 사람하고 지금 같이 출발해."

"……."

"그러니까 혹시 못 돌아오더라도 너무 걱정하지 말어. 알겠어?"

흥! 걱정…… 하고 콧방귀가 나오려는 것을 참으며 혜선은,

"이번에도 출장인 셈이군요. 말하자면……."

하고 빈정거리듯 말했다.

"회사 일이니까 출장이지. 그럼 갔다 올께."

그리고 이쪽에서 뭐라고 말을 하기도 전에 전화를 딱 끊었다. 국립극장에 또 오페라 구경하러 가는 거 아니냐고 내뱉을까 하는데 말이다.

혜선은 얼굴에서 핏기가 싹 가시는 느낌이었다. 싹 가신 핏기가 이번에는 거꾸로 훅— 얼굴로 솟구쳐 오르는 듯도 했다. 어찌할 바를 몰랐다. 빤히 들여다보이는 수작으로 또 속이려드는 것 같아 견딜 수가 없었다.

두 주먹을 발끈 쥐고 이를 악물며 바르르 떨었다. 그리고 마치 살짝 실성한 사람처럼 주방으로 가서 공연히 수돗물을 좍— 틀다가, 화장실로 들어가 마렵지도 않은 소변을 보려고 변기에 앉았다가 이번에는 거실로 나와 베란다로 가서 바깥으로 얼굴을 쑥 내밀며 냅다 심호흡을 해댔다. 안절부절 못 하는 것이었다.

그러다가 거실 소파에 털썩 무너지듯 기대앉아서 잠시 넋을 잃은 사람처럼 무표정하게 천정을 바라보고 있었다.

밖에 나가 놀던 윤미가 들어와서,

"엄마, 나 배고파. 과자 줘."

하고 다가와도 들은 척 만 척이었다.

"엄마 나 배고프다니까."

"배고프면 어쩌란 말이야."

발끈 화를 내며 쏘아붙였다.

그러자 윤미는 엄마가 오늘은 이상하다는 듯이 두 눈을 동그랗게 뜨고 빤히 바라보다가 겁이 나는 듯 슬금슬금 도로 밖으로 나가며,

"왜 화를 내고 야단이야."

하고 혀를 날름 내밀고는 쾅! 요란하게 현관문을 닫았다.

잠시 후, 혜선은 전화 다이얼을 돌렸다. 회사로 전화를 거는 것이었다.

여사무원이 전화를 받았다.

"장명규 씨 좀 바꿔주세요. 집이에요."

"자리에 안 계시는데요."

"어디 가셨어요?"

"글쎄요. 잘 모르겠는데요."

"인천으로 출장이라면서요? 오늘 무슨 외국 손님이 와서 접대하러……."

"그래요? 그럼 인천으로 떠나신 모양인가…… 난 잘 모르겠어요."

"예, 알았어요. 떠나기 전에 뭐 좀 할 말이 있어서……."

혜선은 전화를 끊는 수밖에 없었다. 맥이 탁 풀렸다. 걸어본 게 오히려 찜찜하고 뒷맛이 쓰기만 했다. 전화를 받은 여사무원의 그 기계적인 건조한 목소리는 역겹기 짝이 없었다.

남편은 월요일 새벽에 돌아왔다. 그러니까 자기 말대로 인천에 외국인 접대 차 갔었다면 이틀 밤을 그곳에서 잔 셈이다. 그런데 어

떻게 인천에서 새벽에 서울에 있는 집으로 돌아올 수가 있을까. 물론 통행금지가 없는 세상이니까 굳이 오려면 못 올 것은 없다. 그러나 외국인 접대는 어떻게 하고 새벽에 돌아온단 말인가. 뻔한 거짓말이라는 것을 스스로 까뒤집어 보이고 있는 셈이었다.

현관의 부저가 몇 번이나 울리고서야 혜선은 일어나 나가서 현관문을 열었다. 다섯 시 반이 조금 지나 있었다.

현관에 들어선 명규는 구두를 벗으며 대뜸,

"오늘 회사에 가지고 나가야 할 중요한 서류가 있어서 일찍 왔지."

하고 뻔한 소리를 했다.

혜선은 아무 말도 하지 않고 홱 돌아서 큰방으로 들어가 버렸다.

방으로 뒤따라 들어오며,

"아, 피곤해. 정말 못 해먹겠어. 외국에서 온 손님이 어찌나 술고랜지…… 일일이 시중을 드느라고 잠도 제대로 못 잤다니까. 더러워서, 나 참……."

어쩌고 늘어놓는 남편의 목소리는 듣는 둥 마는 둥 혜선은 잠자리에 들어가 누비이불을 푹 뒤집어 써버렸다.

옷을 벗고 화장실에 갔다 온 명규는 슬그머니 누비이불을 들추고 아내 곁으로 들어갔다. 그러자 순간 냅다 혜선이 이불을 끌어붙이며 발딱 일어나 앉았다. 그리고 다짜고짜 소리쳤다.

"더러워요! 저리 가요! 저리 가!"

"아니. 왜 이래?"

명규는 어리둥절했다.

"왜 이래는 뭐가 왜 이래요. 무슨 낯짝으로 옆에 기어들어오는 거예요."

"뭐라고? 무슨 낯짝으로 옆에 기어들어와? 말 다했어?"

"다했어요. 왜 내 말이 틀렸어요? 어떤 년하고 어디 가서 이틀 밤이나 뒤집어져 자고 와서는 뭐 외국 손님이 술고래라서 시중을 드느라 잠을 못 잤다고? 흥! 더러워서 못 해먹겠다고? 흥! 흥! 그런 뻔뻔스런 말이 어디서 나와요."

"아니, 이것이……."

"이것이 뭐 어쨌단 말이에요? 내가 틀린 말 했어요? 남자면 좀 남자답게 굴어요."

"뭐라고? 에이 쌍!"

불끈해진 명규는 그만 자기도 모르게 주먹을 들어 냅다 후려갈겼다.

"으악!"

혜선은 눈에 불이 번쩍했다. 그 자리에 퍽 엎어져서 잠시 움직이질 않다가 번쩍 다시 고개를 들고,

"왜 때려! 왜 때려! 내가 뭘 잘못했다고 때려! 앙? 앙?"

마구 악을 썼다.

"이게 죽고 싶어서 환장했나……."

"그래, 환장했다. 죽여라! 죽여! 죽여!"

냅다 다시 내리칠 기세더니, 명규는 아내의 서슬이 너무 시퍼런데 질렸는지 허둥지둥 정신없이 옷을 도로 주워 입으며,

"나 참 더러워서…… 저런 것을 여편네라고 데리고 사는 내가 가련하지. 가련해."

하고 내뱉었다.

"누가 가련한지 모르겠네. 흥! 곧 입이라고 할 말은 있군."

"아가리 못 닥치겠어? 아침부터 재수없게……."

"재수없는 쪽이 어느 쪽인지 모르겠네. 나 참 기가 막혀서……."

혜선은 헐떡거리듯 숨을 가쁘게 몰아쉬었다.

작은방에서 자던 윤국이와 윤미가 놀라 깨어 일어나서 뛰어나와 눈이 휘둥그레 가지고,

"엄마, 왜 그래? 싸우지 마. 싸우지 마."

"아버지, 참아요. 참아요."

하면서 발들을 동동 굴렀다.

옷을 주워 입고 나서 방을 뛰쳐나가며 명규는 마지막 선언을 하듯 냅다 뇌까렸다.

"너 같은 년 아니면 여자가 없는 줄 아나? 지겹다. 지겨워. 꼴도 보기 싫으니 썩 꺼져! 난 다른 여자하고 살겠어."

그 말에 혜선은 얼굴을 정통으로 또 한 대 얻어맞은 느낌이었으나, 곧바로 악이 오른 목소리로 응수했다.

"오냐, 좋다! 나도 너 같은 남자 지겹다, 지겨워. 더러워서 못 살겠어."

"피차일반이니 잘 됐네. 당장 썩 꺼지라구."

"오냐, 어디 두고 보자. 간통죄라는 거 들어보지 못했나? 콩밥 좀 먹어봐야 맛을 알겠지."

"흐흥! 콩밥 좋아하네. 오늘 당장 썩 꺼져!"

명규는 버럭 고함을 내지르고는 현관문을 확 열고 밖으로 나가 쾅! 무너져라 요란하게 닫았다

윤국이가 먼저,

"엄마, 왜 그래—"

하면서 울음을 터뜨리자, 윤미도,

"엄마 엄마—"

따라서 울기 시작했다.

혜선이 큼지막한 백에 이것저것 옷가지랑 일상 용품을 챙겨 넣어 가지고 친정으로 내려간 것은 그날 오후였다. 윤미만 데리고서였다. 윤국이는 학교에 다니기 때문에 데리고 갈 수가 없었다.

—윤국아, 엄마 외가에 내려간다. 아버지 말 잘 듣고 공부 열심히 해라.

학교에 가서 아직 돌아오지 않은 윤국이에게 간단히 이렇게만 적은 쪽지를 책상 위에 얹어놓고 떠났다.

친정은 조치원에 있었다. 큰오빠가 그곳 고등학교에서 교편을 잡고 있는 것이었다.

혜선은 한쪽 눈을 안대로 가리고 있었다. 새벽에 다툴 때, 남편의 주먹이 하필이면 눈언저리에 터져 푸르딩딩하게 멍이 들었던 것이다.

결혼생활 십 몇 년에 남편한테서 손찌검을 당하기는 이번이 처음이었다. 더러 부부싸움이 있긴 했지만, 이번처럼 주먹을 휘두른 일은 없었던 것이다.

거울에 비치는 자기 얼굴을 보았을 때 혜선은 정말 한심하고 비참한 생각이 들었다. 무슨 잘못이라도 저질렀다면 또 모르지만, 오히려 잘못을 저지른 쪽에서 폭력을 휘두르다니, 더구나 남의 한쪽 눈을 이렇게 끔찍하게 만들어 놓다니, 적반하장도 유분수였다. 이런 몰골을 하고 그대로 집 안에 눌러앉아서 밥을 짓고, 빨래를 해야 하는 것인지…… 여자란 그렇게 약하고 보잘것없는 존재인지…… 혜선은 생각할수록 분함을 참을 수가 없었다.

눈언저리만 이렇게 푸르딩딩 멍들지 않았더라면 어쩌면 보따리를 싸기까지는 않았을지도 모른다.

"오냐, 좋다. 헤어지자. 이런 꼴을 당하고까지 같이 살 수는 없다. 하지만 두고 봐라. 그냥 순순히 물러서지는 않을 테니까. 따끔한 맛을 보여주고 물러설 거니까."

이렇게 속으로 내뱉고 이를 뿌드득 갈면서 짐을 챙겼던 것이다.

혜선이 난데없이 불쑥 들어서자, 마당가의 남새밭에서 상추를 뜯고 있던 남 보살은,

"아니, 별안간 웬일이냐?"

약간 놀라면서도 반가운 기색을 지으며 일손을 놓고 허리를 들었다.

혜선은 어머니를 보자, 그만 왈칵 설움이 복받쳐 뭐라고 얼른 말이 나오지가 않았다. 코허리가 시큰해지며 눈앞이 뿌옇게 흐려왔다.

"외할머니—"

윤미는 좋아서 방글방글 웃으며 남 보살에게로 뛰어갔다.

남 보살은 혜선의 한쪽 눈을 가린 안대를 좀 이상하다는 듯 눈여겨보며 상추를 담은 조그마한 소쿠리를 들고 남새밭에서 나온다.

"눈은 왜 그랬냐?"

"……."

"응? 다래끼라도 났냐?"

그러자 혜선은 불쑥 마치 어린애가 어머니에게 투정을 하듯 내뱉었다.

"나 그만 살고 왔어."

"뭐?"

"보따리 싸가지고 왔다니까."

"야야, 그게 무슨 소리냐?"

남 보살은 약간 눈이 둥그레졌다. 그러나 목소리는 차분했다. 무엇이 어떻게 됐는지 듣지 않아도 대뜸 일을 짐작하겠는 것이었다.

"어서 들어가자."

앞장서서 걸으며 남 보살은,

"나무아미타불 관세음보살—"

조용히 뇌었다.

딸이 보따리를 싸가지고 돌아오기는 처음이어서 남 보살은 내심 매우 당황했다. 지금까지 그런 일이 한 번도 없었던 것이다. 딸 내외의 금슬이 좋은 것으로 생각되었을 뿐 아니라, 사위가 튼튼한 회사에 다니므로 풍족하지는 못하지만 그런대로 남부러울 것 없이 살아가는 안정된 부부생활이었는데, 아들 하나 딸 하나, 요즘 세상에는 알맞게 낳아 네 식구가 오순도순 재미가 쏟아지는 그런 생활이었는데, 별안간 무슨 일로 다투고서 보따리까지 싸가지고 친정으로 돌아왔는지 알 수가 없었다. 다투어도 그저 보통 입으로만 다툰 게 아니라, 한쪽 눈에 안대를 할 정도로 얻어맞기까지 하고서 말이다.

나 그만 살고 왔어. 보따리 싸가지고 왔다니까— 이런 말을 서슴없이 하는 걸 보니 예삿일로 다툰 게 아님이 분명했다. 물론 여자란 친정에 오면, 더욱이 어머니 앞에서는 감정이 줄 녹아 흘러서 마치 어린애처럼 말을 함부로 쏟아놓게 되기 마련이긴 하지만.

옛날에 남 보살 자기는 친정에 가서 어머니 앞에 그저 추적추적 눈물을 흘리며 울기만 한 적이 있었다. 시집살이의 고초를 말없이 하소연했던 것이다.

그런데 혜선은 내키는 대로 말은 내뱉었으나, 눈물을 흘리지는 않았다.

"왜 무슨 일이 있었는데 그러냐?"

방에 들어가 조용히 묻자 대뜸,

"딴 계집년이 생겼지 뭐야."

하고 내뱉었다. 마치 악만 남은 사람 같았다.

그 말에 남 보살은 이거 정말 예삿일이 아니구나 싶어 가슴이 덜컥 내려앉으며 절로 입에서,

"나무아미타불 관세음보살—"

염불이 흘러나왔다.

남 보살은 짜그락짜그락 염주를 헤아리며 앉아 있고, 그 곁에 혜선은 홑이불을 덮고 누워 있었다. 윤미는 엄마 옆에 붙어서 새근새근 달게 잠들었다.

밤이 꽤 깊었는지 사위는 고요하기만 했다. 아까까지 들리던 큰방의 텔레비전 소리도 그치고, 불도 꺼진 것 같았다.

혜선이 친정집으로 내려온 이튿날 밤이었다. 모녀가 침통한 표정으로 얘기를 나누고 있었다. 물론 혜선이 보따리를 싸가지고 내려오게 된 자초지종에 대해서였다.

첫날인 어젯밤에는 혜선의 감정이 격해 있는 상태여서 제대로 얘기가 풀리지 않았던 것이다. 몇 마디 지껄이다가는 분을 못 참겠는

듯 혜선은 "몰라, 몰라" 하고 신경질적으로 내뱉고는 돌아누워 버렸었다.

오늘밤 역시 감정이 누그러진 것은 결코 아니었으나, 그것이 물컹물컹 설움이 되어 어머니 앞에 하소연하듯 얘기가 쏟아져 나왔던 것이다.

"참아야 한다. 여자가 참아야지 어떻게 하나. 도리 없는 일이여."

어머니의 말에 혜선은,

"참다니 어떻게 참아요. 난 그런 꼴 보곤 못 참아요."

하고 싸늘하게 자르듯이 대꾸했다.

"야야, 안 참으면 그럼 어떻게 한단 말이야?"

"어떻게 하긴요. 헤어지는 거지."

"헤어지는 일이 그렇게 쉬운 줄 아냐?"

"어려울 게 뭐 있어. 이혼장에 도장만 찍으면 되는 거지."

"아이고 이것아, 쯧쯧쯧……."

서른댓이나 된 것이 아직 철도 덜 든 것 같아 남 보살은 혀를 차고 나서 말을 이었다.

"백년을 해로하기로 맹세를 하고서 부부가 됐는데, 도장만 쿡 찍으면 그만이란 말이냐?"

"백년을 해로하기로 맹세한 사람이 그래 딴 계집과 놀아나도 된단 말이에요?"

"안 되지. 그런 일은 여자로서 가장 참을 수가 없는 일이여, 그건 나도 알아. 하지만 그렇다고 그만 헤어져 버린다는 것은 더 안 될 일이여, 너무 경솔하다 그거여. 헤어져버린다고 일이 끝나는 게 아니여."

"왜 안 끝나요. 그것으로 깨끗하게 그만인 거지."

"깨끗하게 그만일 것 같으냐? 생각해 봐라. 그 다음엔 그럼 어떻게 한단 말이냐?"

"어떻게 하긴요. 혼자 살지."

"혼자 사는 일이 그렇게 쉬운 줄 아냐? 아직 청춘이 만 리 같은데 그래 혼자 살 수 있을 성싶으냐? 그건 또 그렇다 치고, 뭘 먹고 혼자 살래?"

"내가 벌지."

"네가 뭘 해서?"

"까짓거 장사라도 하지 뭐."

"장사는 아무나 할 수 있는 만만한 건 줄 알어? 어림도 없다. 장사처럼 어려운 게 없는 거여. 나무아미타불 관세음보살—"

장사 얘기가 나오자 남 보살은 자기의 지나간 옛 일이 돌이켜지는 듯 나직이 한숨을 쉬듯이 염불을 외었다.

서른여덟에 혼자 몸이 되어 세 자식을 키워내면서 남 보살은 꽤 오랫동안 잡화를 취급하는 가게를 꾸렸었다. 그래서 장사의 어려움을 이에서 신물이 나도록 겪어 알고 있었던 것이다. 걸핏하면 '장사나 하지' 하고 장사가 마치 무슨 누워서 떡 먹는 일이기나 한 것처럼 쉽게 내뱉는 말을 들으면 남 보살은 절로 흥! 속으로 콧방귀가 뀌어졌다.

다른 사람도 아닌 딸의 입에서 그런 소리가 나오자, 남 보살은 슬그머니 기분이 언짢아졌다. 마치 딸이 남편과 이별을 하고서 에미가 걸은 외롭고 괴로운 길을 스스로 뒤따르려는 것만 같아 부아가 치밀기까지 했다.

그래서 남 보살은 짜그락짜그락 염주 헤아리는 손에 힘을 넣으며 말을 잇는다.

"먹고 사는 일도 일이지만 야야, 자식들 생각을 해봐라. 윤국이랑 윤미를 어떻게 한단 말이냐? 안 그러냐?"

윤국이와 윤미의 이름이 들먹거려지자, 지금까지 빳빳하게 맞서기만 하던 혜선은 자기도 모르게 그만 풀이 죽으며 얼른 뭐라고 대꾸가 나오질 않는다.

"자식들을 봐서라도 참아야 한다. 부모가 한 번 잘못 마음먹으면 자식들은 평생 불행한 거여. 어린 것들이 무슨 죄가 있냐. 네가 마음먹기에 달렸어. 윤국이랑 윤미가 불쌍하게 돼서야 쓰겠냐?"

"내가 키우면 되잖아요."

현저히 맥이 풀린 목소리다.

"글쎄, 네가 키운다고 되는 일이겠어? 애비 없이 자라는 애들이 제대로 될 것 같애?"

"우리도 아버지 없이 자랐잖아. 엄마."

"아이고 답답해라. 야야, 너거는 아버지가 돌아가셨으니까 그랬지. 내가 어디 너거 아버지하고 이혼을 했더냐? 아버지가 죽고 없는 것 하곤 애당초 다른 거여."

"엄마, 그럼 어떻게 하란 말이에요?"

"어떻게 하긴…… 참으면 된다고 하지 않느냐. 지금까지 내가 한 말 뭘 들었어? 여자는 별수 없이 참으며 살아야 되는 거여. 남자란 살다보면 한 번쯤 그렇게 외도를 하는 법이여. 자고로 자기 여편네 하나만 아는 남자란 없다고 해도 과언이 아니여. 도리 없는 일이니까, 꾹 참는 수밖에 없어. 꾹 참고 기다리면 곧 끝나게 돼 있어. 외도란 오래 가는 법이 아니여."

"나는 그렇게는 못 해요. 남자만 사람이고 여자는 뭐 사람이 아닌가. 남자는 외도를 해도 괜찮다는 법이 어딨어요. 말도 아니에요. 외도하는 남자를 여자는 참고 기다려야 된다니…… 옛날에는 그랬는지 모르지만, 지금은 안 돼요. 요즘 세상에 자기 남편 외도하는 줄 알면서 참고 기다리는 여자가 있을 것 같애요? 나는 그렇게 못 해요."

혜선은 여전히 반발이었다.

"요즘 세상이고 옛날 세상이고 도리는 마찬가진 거여. 도리를 벗어나면 결국 자기 신세만 가련하게 된다는 걸 알아야 돼."

"가련하게 되긴 ……."

"후유— 나무아미타불 관세음보살, 나무아미타불 관세음보살……."

잠시 남 보살은 눈을 감고 염주를 헤아리며 염불을 외어 댔다. 설득이 단번에 되지 않으리라는 것은 알면서도, 하지만 에미가 이처럼 간곡히 말하는 데에는 수그러질 법도 한데, 끝내 듣질 않고 대꾸를 하는 딸이 조금 야속하게 생각되었다. 약간 피로도 느껴졌다.

그러나 잠시 후, 남 보살은 다시 입을 열었다.

"너 인연이라는 거 생각해 본 일이 있냐?"

아까보다 한결 담담한 어조였다.

어머니의 입에서 인연이라는 말이 나오자, 혜선은 어쩐지 뜻밖이라는 느낌이었다. 불교를 독실히 믿는 어머니니까, 지금도 염주를 헤아리며 염불을 하고 있는 터이니까, 그 입에서 인연이라는 그런 말이 나오는 것은 조금도 이상할 게 없다. 오히려 당연한 일이라

하겠다. 그런데도 혜선은 지금까지 어머니의 입에서 나온 말들과는 확연히 그 질이 다른 말인 것만 같아 절로 어머니의 얼굴이 새삼스럽게 바라보여졌다. 아무 대답도 하지 않았다.

"사람과 사람이 만난다는 게 보통 인연이 아닌 것이여. 길을 가다가 옷깃을 스치는 것도 전생의 인연이라는데, 야야, 부부가 되어 자식을 둘이나 낳은 것이 보통 인연일 것 같으냐? 이 세상에서 부부로 맺어지는 인연이 가장 깊은 인연이라고 부처님은 말씀하셨지. 부모자식 사이의 인연보다 훨씬 깊은 게 부부간의 인연이라는 거여. 알겠냐?"

"……."

"생각해 봐라. 안 그런가. 세상에 남자가 얼마나 많으며 여자가 또 얼마나 많으냐. 하늘의 별보다도 많고, 강변의 모래알만큼이나 많다고 할 수 안 있냐. 그 많은 남자 여자 가운데서 두 사람이 만나 한 짝이 되어 자식을 낳아 기르며 한 세상을 살아간다는 것이 보통 일 같으냐? 정말 깊고 깊은 인연이라고 생각되지 않느냐?"

"……."

혜선은 여전히 아무 말 없이 옆으로 누워서 인연론을 펼치는 어머니의 모습을 가만히 바라보고 있기만 했다. 일흔이 넘었는데도 아직 검은 모발이 꽤 남아 있는 반백의 머리가 여느 때보다 한결 깨끗하고 곱게까지 느껴졌다.

그리고 혜선은 문득 언젠가 읽은 글이 머리에 떠올랐다. 혜선은 독서를 꽤 하는 편이다. 서른이 넘어 이것저것 집안 살림이랑 아이들 치다꺼리가 늘어나고부터는 한 달에 여성잡지 한 권과 주간지 따위 그저 심심할 때 흥미로 펼쳐 읽는 그런 독서밖에 하질 않지만, 그 이전에는 꽤 단행본도 읽었었다. 그때그때 신문지상에 오르내리는 화제의 소설들은 빠뜨리지 않고 읽었다.

일본의 소설가 '가와바다 야스나리'가 노벨상을 받아 한창 떠들썩할 무렵, 수상작인 『설국』을 사서 읽었는데, 그 책의 뒤에 작가에 관한 글이 실려 있었다. 그 글 가운데 어떤 대목이 짙게 머리에 남았던 모양으로, 지금 어머니의 인연론을 듣고 있으려니까 그 얘기가 문득 되살아난 것이다.

다름이 아니라, '가와바다 야스나리'도 불교를 믿었던 모양으로, 자기가 일본이라는 나라에 태어난 것도 인연이며, 일본어를 가지고 글을 쓰는 것도, 그리고 일본의 고전을 읽고 그 아름다움에 젖을 수 있는 것도 다 인연에 얽힌 일이라고, 어떤 강연회에서 말했다는 것이다.

사람과 사람이 만나는 일만이 인연이 아니라, 태어난 그 땅, 그 나라와도 인연으로 맺어진 것이고, 그 나라 언어를 사용해서 글을 쓰는 일도, 그리고 그 나라 언어로 된 옛 아름다운 작품을 읽을 수 있는 것까지도 다 인연에 얽힌 일이라는 생각은 매우 의미심장한 데가 있다고 하겠다.

'가와바다'는 일본의 옛 문인들이 남긴 고전을 애독했던 모양으로, 그 문인들과 비록 태어난 시대는 다르지만, 같은 일본어로 글을 쓰게 된 것만으로도 인연이 닿는다고까지 말했다 한다.

대단히 넓고 원대한 인연론이라고 아니할 수 없다.

그렇다면 인연 아닌 것이 없군 그래, 싶으며 혜선은 그 대목을 읽고 약간 고개를 갸웃이 기울이면서 생각에 잠겼던 기억이 난다.

그처럼 아득한 것도 인연이라면, 어머니의 말마따나 많은 남녀 가운데서 두 사람이 만나 아들딸 낳고 사는 부부가 되었다는 것은 정말 질고 깊은 인연이라고밖에 볼 수가 없다.

그런 생각이 들긴 했으나 어머니가,

"인연이라는 것을 소중히 해야지, 그것을 함부로 내팽개쳐서는 안 되는 법이여. 벌을 받게 되지."

이렇게 말하자 혜선은,

"남자가 딴 여자한테 돌아서는데도 인연이란 말이에요? 인연이라면 안 돌아서야지요."

하고 또 기어이 말대꾸를 했다.

남 보살이 이제 지쳤다는 듯이 더 뭐라고 입을 열지 않고 다시 염불을 외며 좀 더 세게 염주를 짜그락거리자, 혜선은 좀 미안한 생각이 들었던지 그제야,

"엄마, 인제 그만 자요. 정말 인연이라면 어떻게 되겠지 뭐."

부드러운 목소리로 말했다.

"나무아미타불 관세음보살—"

남 보살은 딸의 그 말에 드디어 눈이 번쩍 뜨이는 모양으로, 안도의 한숨을 내쉬듯이 염불을 길게 뇌었다.

혜선이 집으로 돌아간 것은 다음 주 화요일이었다. 그러니까 여드레만이었다. 어머니와 함께였다.

혜선이가 친정어머니와 함께 집으로 돌아갔다기보다도, 어머니를 따라 혜선이가 친정을 떠나 서울 집으로 돌아갔다고 하는 편이 옳겠다. 왜냐하면 어머니의 설득과 권유에 못 이겨 마지못해 혜선

이 다시 서울로 갔기 때문이다.

여드레 동안 친정에 있으면서 혜선은 생각에 생각을 거듭했다. 어머니의 말마따나 별수 없이 여자니까 참으며 살아야 하는 것인지, 아니면 정말 결단을 내려 이혼을 해야 할 것인지, 쉽사리 결론이 내려지지 않는 괴로운 나날이었다.

무엇보다 혜선은 윤국이가 보고 싶고 걱정이 되어 견딜 수가 없었다. 학교에 잘 다니고 있는지, 아침에 밥이나 제대로 먹고 학교에 가는지, 찔찔 울지나 않는지…… 생각할수록 곧 달려가고 싶었다.

그러나 혜선은 이를 악물며 참았다. 집에 가더라도 한쪽 눈의 시퍼런 멍이나 가시고 나서 가야겠다 싶었다. 그리고 한편 은근히 내심 기다려지는 바가 있었다. 토요일 오후나 저녁에 남편이 찾아와 주기를 자기도 모르게 은근히 기대하고 있는 것이었다. 그런 생각이 남아 있다는 것을 알고 스스로 놀라며 치사하다 싶기도 했고, 역시 별수 없이 여자구나 싶어 서글프기도 했다.

그러나 토요일 저녁에 남편은 나타나지 않았고, 일요일에도 남편은 찾아오지 않았다. 일요일 해질 무렵, 혜선은 아득한 절망감 같은 것에 휩싸이며 남몰래 눈물을 흘렸다.

일단 시집을 간 여자가 친정에 돌아와 있다는 것은 결코 마음 편한 일이 못 된다. 더구나 남편과 싸우고서 보따리를 싸가지고 애까지 하나 데리고 와 있다는 것은 가시방석에 와서 앉아 있는 것과 별로 다를 바가 없다. 친정식구들이 드러내놓고 말은 안 하지만, 눈치가 다를 수밖에 없는 일이다. 좋아할 턱이 만무한 것이다.

혜선 역시 오빠 눈치, 올케 언니 눈치가 안 보일 수 없었고, 조카 애들 보기에도 창피한 노릇이었다. 더구나 한쪽 눈까지 시퍼렇게 멍든 터이니 말이다.

결국 그래서 여드레 만에 혜선은 윤미를 데리고 마지못해 어머니와 함께 서울 집으로 돌아간 것이다. 집으로 돌아가기는 했지만, 그러나 남편의 외도가 끝나기를 기다리며 살기로 마음을 굳힌 것은 아니었다. 아직 미정 상태였다. 좌우간 돌아가서 남편의 태도를 보고 또 어떻게 하자는 생각이었다.

집에 도착한 것은 오후 두 시경이었다. 현관문이 안으로 잠겨 있었다.

딩동댕 딩동댕…… 몇 번 부저를 눌러보니까 안에서,

"누구야?"

하는 소리가 들렸다 윤국이의 목소리였다.

그러자 윤미가 얼른,

"오빠. 나야, 엄마랑 외할머니랑 같이 왔어."

좋아서 소리를 질렀다.

현관문이 열렸다.

"아이고 윤국아."

혜선은 절로 목이 메었다. 그러나 윤국이와 시선이 마주치는 순간 혜선은 가슴이 철렁했다.

학교에 갔다 와서 현관문을 안으로 걸어 잠그고 혼자 점심을 먹고 있었던 모양으로 윤국이는 입에 밥이 들어 불룩했다. 불룩불룩 입안의 것을 씹으면서 힐끗 바라보는데, 그 시선에 원망의 빛이 싸늘하게 담겨 있는 것이 아닌가. 마치 매섭게 째려보는 것도 같았다. 열 살짜리의 시선 치고는 섬뜩할 지경이었다.

윤국이는 꿀꺽 입안의 것을 삼키고, 얼른 그 시선을 거두어 외할머니를 바라보며,

"외할머니—"

반기는 소리를 질렀다.

그런데 반가움이 그만 울음이 되어 터져 나왔다. 그동안 무척 엄마가 보고 싶었을 터인데, 외할머니에게로 달려들어 안기듯이 하면서 마구 엉엉 목놓아 우는 것이 아닌가.

"아이고 내 새끼야, 우지 마라, 우지 마라. 자, 할매가 사탕 사가지고 왔다. 사탕 먹어라. 우지 말고."

남 보살은 윤국이의 등을 토닥거려주고는, 저 아래 가게에서 사 넣은 사탕 봉지를 가방에서 꺼냈다.

"오빠, 우지 마, 나 오빠 보고 싶었다. 오빠도 나 보고 싶었지?" 하면서 윤미가 외할머니에게서 사탕 봉지를 받아 오빠에게 준다.

혜선은 두 눈에 뜨거운 것이 핑 감도는 것을 어쩌지 못하여 훌쩍 코를 들어마셨다. 그리고 거실 탁자 위에 백을 놓고, 우선 주방으로 들어가 보았다.

그날 명규는 일곱 시경에 퇴근해 왔다. 명규가 현관에 들어서자, 맨 먼저 달려 나간 것은 윤미였다.

"아빠 안녕!"

까딱 고개를 숙여 인사를 한다.

"윤미 왔구나."

"아빠, 나 보고 싶었지!"

"그래."

명규는 씩 웃으며 윤미를 안아 올렸다. 그러나 어딘지 모르게 표

정과 말투가 약간 어색했다.

"이 사람아, 인제 돌아오는가?"

남 보살이 방문을 열고 나가며 말했다.

"예, 오셨습니까."

명규는 좀 멋쩍은 듯, 그러면서도 애써 담담한 표정을 가지려고 했다.

혜선은 주방에서 저녁을 준비하고 있었는데, 남편의 목소리가 들리자 바짝 온몸이 굳어드는 듯했다. 공연히 침이 한 덩어리 꿀꺽 삼켜졌다.

뭐라고 입을 열까 말까…… 잠시 망설이다가 그만두었다. 무슨 말을 했으면 좋을지 얼른 떠오르지도 않았고, 아직 말을 걸고 싶은 심정이 못 되는 것 같았다. 은근히 내심 그쪽에서 먼저 말을 걸어주었으면 싶었다.

그러나 남편은 아무 말도 없이 큰방으로 들어가 버렸다. 이쪽을 한 번 보는 것 같지도 않았다. 혜선은 속으로 가볍게 흥! 했다.

식탁에다가 식사를 어떻게 차려야 할지도 혜선은 망설여졌다. 여느 때 같으면 으레 친정어머니까지 다섯 사람의 식사를 함께 다 차려서 모두 같이 둘러앉아 오순도순 얘기를 나누며 저녁을 먹을 것이다. 그러나 오늘은 사정이 좀 다르다.

남편과 아이들 둘이 먼저 식사를 하도록 하고, 끝난 다음에 어머니와 둘이 먹기로 그렇게 할까 싶어 수저 세 개를 놓았다. 그런데 그렇게 하면 마치 양쪽을 갈라놓는 것 같은 느낌이 들어서 안 되겠다 싶어 어머니 수저도 놓았다. 네 사람이 함께 식사를 하도록 하는 게 옳을 것 같았다. 아무래도 자기는 거기 함께 끼는 게 어색했다. 그럴 기분도 아니었다.

네 사람이 먼저 저녁을 먹는 동안 혜선은 거실 소파에 앉아 석간 신문을 펼쳐보고 있었다.

"야야, 너도 와서 함께 저녁 먹어라."

어머니가 말했고,

"엄마, 같이 먹어. 어서 이리 와."

하고 윤미도 재촉을 했다.

그러나 남편은 아무 말이 없었고, 윤국이도 입을 떼지 않았다. 혜선은 남편이 말이 없는 것은 그저 그렇거니 싶었으나, 윤국이가 아무 말도 안 하고 제 입에 음식을 떠 넣고만 있는 데에는 놀라지 않을 수 없었고, 괘씸한 생각이 들기도 했다. 오늘 오후에 오래간만에 만났을 때의 그 눈빛이 생각나기도 해서 쪼그만 놈이 못됐다 싶었다.

"난 아직 밥 생각이 없어. 나중에 먹을께."

혜선은 입으로는 예사롭게 말하고, 별로 머리에 잘 들어오지도 않는 신문기사를 대충대충 훑어보았다.

문화란에 어떤 철학 교수가 쓰는 연재물인 수상이 실려 있었는데, 오늘의 그 표제가 「사랑이 인연이면 미움도 인연」이라고 되어 있었다.

그 기사를 보자, 혜선은 왠지 쓴웃음이 나왔다. 어머니의 인연론을 가지고서의 설득이 생각나서일까, 어쨌든 혜선은 그 글을 읽어 보았다.

—인생은 인연이다. 인간은 깊은 인연의 사슬 속에 얽혀서 살아간다.

인생은 너와 나의 만남이다. 너하고 나하고 이 세상에서 서로 만났다는 것 자체가 알 수 없는 인연이요, 불가사의한 연분이다. 우리는 서로 우연히 만나 좋아지고, 사랑하여 결혼하고, 자녀를 낳고, 한평생 화복과 고락과 운명을 같이 하면서 살아간다.

하늘의 별처럼 무수히 많은 사람 중에서 나는 하필 너를 아내로 선택했고, 너는 왜 나를 남편으로 선택했는가. 무슨 힘 때문일까. 어떤 연고일까.

이렇게 시작되어 있었다.

—인연은 불교의 기본원리의 하나다. '일체법 인연생(一切法 因緣生)'이라고 한다. 모든 존재가 인연에서 생긴다. 만물은 인연생기(因緣生起)다.

이런 대목이 있는가 하면,

—날마다 직장이나 거리에서 만나는 사람을 너그러운 이해와 따뜻한 관심을 가지고 대하려면 깊은 인연의 철학이 필요하다. 그러나 세상에는 악인연이 얼마나 많은가. 서로 미워하기 위하여 만나고, 서로 싸우기 위하여 만나고, 서로 괴롭히기 위하여 만난다. 이것이 인생의 악인연이다.

서로 저주하는 부부, 서로 증오하는 고부, 서로 원수처럼 다투는 이웃, 서로 원망하고 시기하는 남녀관계, 인생에는 왜 이런 악인연이 있을까. 우리는 악인연을 선인연으로 바꾸어야 한다.

이런 대목도 있고, 또,

—사랑하는 것도 인연이요, 미워하는 것도 인연이다. 주는 것도 인연이요, 받는 것도 인연이다. 우리는 나의 의지와 노력으로 어떻게 할 수 없는 어떤 절대한 인연의 힘에 의하여 인생을 살아간다.

인연은 우리의 인생을 지배하고, 우리의 운명을 결정한다. 네 인연을 사랑하여라.

이렇게 결론이 내려져 있었다.

혜선은 절로 가볍게 후유— 한숨 같은 것이 내쉬어졌다. 그것은 싸늘하고 답답한 숨이라기보다도 온기가 있는 부드러운 숨이라고 할 수 있었다.

'사랑하는 것도 인연이요, 미워하는 것도 인연이다.'라는 말과 '우리는 나의 의지와 노력으로 어떻게 할 수 없는 어떤 절대한 인연의 힘에 의하여 인생을 살아간다.' 그러니 '네 인연을 사랑하여라'라는 말이 혜선은 특히 가슴에 멍하게 와닿는 듯했다. 실제로 인연이라는 것을 사랑할 수 있을는지, 그것은 매우 어려운 일처럼 느껴졌으나, 아무튼 뜻이 깊은 귀중한 말이라고 생각되었다.

남편과의 사이가 냉랭해지기 이전에 이런 글을 보았다면 그저 좋은 말이구나 하고 대수롭지 않게 넘겼을 터인데, 지금의 혜선에겐 각별히 의미가 깊은 글인 것 같이만 생각되었다. 어쩌면 마치 자기를 위해서, 자기에게 읽어보라고 써놓은 글인 것 같기도 했다.

신문을 놓으며 혜선은 절로 시선이 주방 쪽으로 갔다. 식탁에 둘러앉아 저녁을 먹고 있는 네 사람을 혜선은 새삼스러운 눈으로 바라보았다. 과연 저게 바로 인연에 의한 만남이로구나. 한 덩어리구나 싶었다. '인연'이라는 말이 이제 혜선에게 각별한 의미를 띠게 되었다고나 할까.

그런데 그때 남편이 힐끗 이쪽을 돌아보았다. 말없이 앉아 굳어진 표정으로 식사를 하고 있는 남편의 옆모습을 혜선의 시선이 스치자, 마치 그 시선을 느끼기라도 한 듯 얼굴을 이쪽으로 돌리는 것이었다.

시선이 마주치자, 남편은 얼른 피하듯 얼굴을 도로 돌려버렸는데, 그 순간에 본 남편의 두 눈에는 분명히 어떤 증오의 빛 같은 것이 싸늘하게 번쩍이는 듯했다.

혜선은 절로 흥! 싶었다.

"자기가 그러면 뭐 겁날 줄 알아. 같잖다."

이런 소리가 혜선의 내부에서 혀를 날름거리는 것 같았다. 그리고,

"미움도 인연이라…… 흥! 좋아하네."

이런 소리도 들리는 것 같았다.

혜선은 얼른 소파에서 몸을 일으켜 공연히 화장실로 들어갔다.

이튿날 출근을 한 명규는 집에 돌아오지 않았다. 낮에 어디 출장을 간다느니 하는 그런 전화도 없었다.

혜선은 밤 열두 시가 될 무렵까지 잠을 이루지 못했다. 남편이 돌아오지 않기 때문에 걱정이 되어서가 아니었다. 괘씸해서였다. 이제 정말 드러내놓고 시작하는구나 싶으니 어찌 했으면 좋을지 알 수가 없었다. 한 대 더 정통으로 얻어맞은 것 같은 느낌이었다. 우선 어머니 보기에 민망스럽고 창피했다. 친정에 내려갔을 때는 까짓것 헤어지면 그만이라고 큰소리를 텅텅 쳤었는데, 자기 집에 와놓고 보니 역시 그게 아닌 모양이었다.

텔레비전을 보다가 작은방으로 자러 가면서 남 보살은 그저 혼자 입속으로,

"장 서방이 왜 아직 안 들어오지."

하고 중얼거렸다.

다음 날 아침에도 역시 남 보살은 예사로운 표정으로,

"간밤에 장 서방 안 들어왔냐?"

하고 물었다.

어머니의 그 물음에 혜선은 겉으로는 아무렇지도 않은 듯 담담함 어조로,

"안 들어왔어요."

하고 대답했으나, 속으로는 무척 비참한 심정이었다.

회사로 전화를 걸어볼까 하다가 혜선은 그만두었다. 전화를 걸어서 뭐라고 말을 할 것인지, 도무지 어색할 뿐 아니라, 그렇게 되면 자기가 남편에게 매달리는 격이 되는 것 같고, 머리를 숙여 완전히 항복을 하는 것 같아 싫었다. 분명히 잘못이 남편 쪽에 있고, 자기는 아무 잘못이 없는데 항복이라니 말이 안 되는 것이다. 남편이 도대체 어떻게 나오는가 혜선은 좀 두고 보리라 하고 마음을 굳혔다. 어쩌면 자기가 홧김에 보따리를 싸가지고 친정으로 내려갔듯이 남편 역시 그 보복으로 며칠 동안 집에 안 들어오려는 속셈인지도 모른다 싶었다.

나흘이 지나도 아무 연락이 없었다. 닷새째 되는 날, 혜선은 아침에 집을 나섰다. 도저히 그대로 가만히 집안에 들어앉아만 있을 수가 없었다. 무엇보다 어머니 보기에 민망스럽고 난처해서 견딜 수가 없었다. 어머니는 별말 없이 그저 염불을 외며 자기의 눈치만 보고 있는 것 같았다. 어머니의 그런 태도가 오히려 무슨 말없는 압력으로 다가오는 듯 혜선은 괴롭기만 했던 것이다.

혜선의 발걸음은 먼저 순주네 집으로 향했다. 이런 경우, 어느 누구보다도 마음을 털어놓고 상의할 수 있는 상대는 가까운 친구인

그녀뿐인 듯했다.

애기를 듣자, 순주는 그것이 자기의 가벼운 입 때문에 비롯된 일인 것만 같아 난처하고 미안한 기색을 감추지 못했다. 혜선은 이제 그럴 단계는 지났을 뿐 아니라, 어차피 그게 사실이었고, 한 번은 터져야 할 문제이니 조금도 그렇게 생각하지 말고, 이 일을 어떻게 했으면 좋을지 솔직히 조언해주고, 좀 힘이 되어 달라고 오히려 매달리다시피 했다.

상의한 끝에 우선 남편이 퇴근을 해서 어디로 가는지 그 가서 자는 곳을 알아보기로 했다. 그 미행은 아무래도 손쉬운 일이 아닐 것 같아 남편과 전혀 안면이 없는 친구를 한 사람 내세우기로 했다. 동기 가운데서 옥조라는 친구에게 전화를 걸어 불러내어서 얘기를 했더니 쾌히 승낙을 했다.

그래서 그날 퇴근 무렵에 세 사람이 명규의 회사 근처로 가서 잠복을 하다가, 명규가 나타나자 옥조가 혼자서 그 뒤를 밟았다. 혜선과 순주는 옥조가 되돌아올 때까지 다방에서 기다리기로 했다.

옥조가 되돌아온 것은 한 시간이 조금 지나서였다.

"성공이니?"

대뜸 순주가 묻자,

"성공이고말고. 내가 실패할 것 같애? 하하하……."

옥조는 호들갑스럽게 웃었다.

순주와 옥조는 마치 무슨 재미있고 신나는 일에라도 발을 들여놓은 듯 생기가 감도는 그런 표정이었다. 혜선은 반대로, 성공이라는 말에 오히려 바짝 긴장이 되는 듯 굳어진 얼굴로 말없이 초조한 눈빛을 옥조에게 던졌다.

혜선의 그런 눈빛을 보자, 옥조는 호들갑스럽던 표정을 얼른 가라앉히고, 침착한 어조로 안됐다는 듯이 말했다.

"목련아파트지 뭐야. 한강 건너 목련아파트라고 왜 있잖니. 그 아파트 14동 601호더라. 거기로 들어갔어. 올 때는 야 마음이 급해서 콜택시 타고 왔다. 택실 잡을 수가 있어야지."

그러자 순주가,

"콜택실 탔으면 지출이 너무 많은데…… 그 대신 한턱내겠지 뭐. 남편을 납치해 간 아지트를 알아내 주었는데, 가만히 있을라구."

하고 일부러 심각해지려는 분위기를 휘젓듯이 농담조로 나왔다.

그날 밤, 집에 돌아온 혜선은 이불 속에서 울었다. 순주랑 옥조와 함께 저녁을 먹으며 거의 마실 줄 모르는 맥주를 까짓 놈의 것 싶어 한 컵 했더니 꽤 취기가 있었고, 또 묘하게 서러워져 돌아오자 곧 큰방으로 들어가 비실 쓰러지듯 누비이불을 뒤집어쓰고 줄 눈물을 흘리며 추적추적 울었다. 분함과 원망스러움이 술기운에 녹아 흐르는 셈이었다.

"쳐들어가. 쳐들어가라니까."

"맞어. 쳐들어가서 어떤 년인지 모르지만 그년 머리끄덩이를 잡고 죽기 아니면 살기로 한바탕 하라구. 그래야 끝난다구."

순주와 옥조가 발그레해진 얼굴로 무슨 신명이라도 나는 듯 떠들어대던 말이 귀에 쟁하게 울려오기도 해서 혜선은 추적추적 서럽게 울다가 이빨을 으드득 물며 떨기도 했다.

이튿날 혜선은 어머니에게 그 말을 했다. 남 보살은 사위가 어떤 아파트에 딴 여자와 살림을 차린 것 같다는 말을 듣자,

"나무아미타불 관세음보살—"

하고 나직이 한숨을 내쉬듯 염불을 외었다. 그리고는 아무 말이 없었다.

거실에 모녀가 넋을 잃은 사람처럼 앉아 있는데, 때르릉 전화벨이 울렸다. 옥조였다. 대뜸,

"쳐들어갈 거니, 어쩔 거니?"

이렇게 나왔다.

혜선은 기분이 별로 좋지가 않았다. 친구의 일을 걱정해주는 것은 고마운데, 남의 불행을 마치 무슨 재미있고 신나는 일로 생각하고 있는 것 같아 불쾌했다.

"집을 알았다고 덮어놓고 어떻게 쳐들어가니. 어떤 여잔지 내막도 좀 알아야지."

혜선이 힘없이 이렇게 대답하자,

"좋아, 기왕에 발 벗고 나선 몸, 그것도 내가 알아봐 주지. 순주하고 둘이서 사설탐정 노릇을 한 번 해보는 거지 뭐. 그 대신 톡톡히 한턱 써야 돼. 어제 저녁 정도로는 안 된다. 알지?"

여전히 무슨 흥미진진한 장난이라도 하는 듯한 말투가 거슬렸으나 혜선은,

"응, 그래."

하고 들릴 듯 말 듯 대답했다.

옥조와 순주가 집으로 찾아온 것은 이틀 뒤였다. 둘이서 과연 사설탐정 솜씨를 잘 발휘했던 모양으로, 여자의 나이는 자기들과 비슷한 삼십대 중반이며, 아이는 없고, 혼자 사는데, 노처년지 과분지는 알 수가 없으며, 어떤 곳인지는 모르지만 직장에 나가는 것 같

다는 보고였다. 어떻게 알았으며, 직접 여자를 보았느냐고 물으니, 보지는 못했고, 아파트의 이웃 여자들한테 정보를 입수했다는 것이었다.

이제 혜선이 쳐들어가는 일만 일단 남은 셈이었다. 옥조와 순주는 합세해서 쳐들어가 줄 수까지는 없으니 그다음은 알아서 하라는 것이었다. 원한다면 쳐들어갈 때 아파트 근처까지는 동행해서 밖에서 기다려주겠다고 했다.

혜선은 말하자면 새로운 고민거리를 안은 셈이 되었다. 쳐들어가느냐, 그만두고 다른 방법을 생각해 보느냐, 당장 두 갈래 길이 눈앞에 갈라져 뻗어 있는 것 같았다. 감정대로 한다면 당장 쳐들어가서 정말 그년의 머리끄덩이를 거머쥐고 냅다 실컷 할퀴고, 두들기고, 물어뜯고 싶었다. 그런데 어찌된 영문인지 막상 그렇게 부딪칠 일을 생각하니 아찔하고 두렵기까지 했다. 속은 와들와들 떨리면서도 다리가 움직여지지 않는 격이었다.

혜선은 성질이 급하다면 급한 편이어서 화가 치솟을 때는 눈꺼풀이 바르르 떨리기가 예사였다. 그러나 아직까지 남과 싸워본 일이 없는 그녀였다. 집안 식구들과는 더러 짜그락짜그락하지만, 남과는 전혀 그런 일이 없었다. 남한테는 좀 언짢은 일이 있어도 도무지 화가 밖으로 튀어나오질 않고, 스스로 삼켜지듯 쉬 수그러져 버리는 것이었다. 찡그린 얼굴을 하고 고래고래 다투어 보아도 득될 게 없고, 나만 모양 같잖다고 생각하기 때문인지도 몰랐다. 아무튼 그래서 혜선은 마음씨 너그러운 여자, 좋은 사람으로 친구들 사이뿐 아니라, 이웃 여자들 사이에도 그렇게 통했다.

그런 성미 탓인지 혜선은 비록 남편을 빼앗아간 여자지만, 그 여자 집으로 도무지 쳐들어갈 엄두가 나질 않았다. 그리고 설사 쳐들어가서 주먹다짐을 할 수 있다 하더라도 그런 방법은 일시적인 분풀이는 될지 모르지만, 결코 현명한 방법은 못 되는 것 같았다. 어쩌면 영영 끝장을 가져올지도 모른다 싶었다. 남편의 성질로 미루어보아 그렇게 한다고 그 여자를 버리고 집으로 돌아올 가능성은 전혀 없었다. 오히려 자기를 더욱 증오하며 그 여자에게로 완전히 밀착해버릴 것만 같았다.

어느덧 말하자면 혜선은 남편을 그 여자에게 빼앗길 수는 도저히 없다는 심정이 되어 있었다. 어떻게 해서든지 도로 차지해야지, 절대로 져서는 안 된다는 생각이 굳어져 있었다. 도장을 쿡 찍으면 그만이지 헤어지는 거지 뭐 하고 텅텅 큰소리를 치던 때와는 백팔십도 달라진 셈이었다.

그렇다고 쳐들어가는 대신 어떻게 하는 게 좋을지 달리 무슨 뾰족한 방법이 떠오르는 것도 아니었다. 결국 또 하소연할 곳은 어머니밖에 없었다. 답답하고 괴로운 심정을 쏟아나 놓아보자는 생각으로 입을 열었는데, 어머니 앞이라 그런지 말은 오히려 엉뚱하게 나왔다.

"나 그년 집에 가서 모조리 다 때려 부셔버릴 거야. 그년, 혼자 사는 여자래. 자식도 없고, 그런 년 온통 머리를 홀랑 쥐어뜯어 놓을 거야."

그 말에 남 보살은 대뜸,

"안 된다. 그러지 마라."

하고 가로막듯이 말했다.

"왜 안 돼요?"

"참는 게 좋아. 홧김에 그럴 수도 있겠지만, 오히려 불길에 기름 붓기지. 장 서방 성미로 봐서 그런다고 당장 돌아서지 않는다. 그러지 말고, 가만있어 봐라."

"무작정 가만있기만 하면 해결이 되나요?"

"내가 장 서방을 한 번 만나 볼란다. 회사로 찾아가 볼까 한다."

"회사로요?"

"그래, 집으로 찾아가는 것은 안 된다. 회사로 찾아가 보는 게 옳다."

어머니의 생각이 역시 깊은 것 같아 혜선은 말없이 동의를 표했다.

남 보살이 혜선의 안내로 사위의 직장을 찾아간 것은 이튿날 점심시간 직전이었다. 물론 혜선은 회사 정문까지만 어머니를 데려다 주고, 자기는 다방에서 기다렸다.

남 보살이 사위를 만나보고 다방으로 온 것은 한 시간이 조금 못돼서였다. 장 서방이 점심을 사주면서 묻지도 않는데 먼저 얘기를 꺼내더라는 것이다.

"가자."

그 얘기의 내용에 대해서는 입을 떼지 않고, 남 보살은 다방 분위기가 몸에 맞지 않는 듯 차도 마시지 않은 채 곧 자리에서 일어났다. 그러나 그 표정은 온화했다.

집에 돌아가자 남 보살은 대뜸,

"걱정할 것 없다. 곧 끝날 것 같더라."

하고 결론부터 말했다.

"뭐가 그래요?"

"내가 묻지도 않는데, 이거 바람이 나서 죄송합니다. 그러지 뭐냐. 그리고 곧 집으로 돌아갈 테니 아무 염려 말라는 거여."

"그 말을 믿어요?"

"믿어야지 어떻게 하냐. 자기 입으로 먼저 그렇게 말할 때는 다 생각이 있는 거 아니겠냐."

잠시 혜선은 말이 없다가 불쑥,

"어떤 여자래요?"

하고 가장 궁금한 점을 물었다.

"어떻게 만난 뭐 하는 여자냐고 물으니까, 오다가다 만난 여자라면서 멋쩍은 듯이 고개를 숙이며 웃기만 하더라."

"흥! 오다가다 길거리에서 만났는가?"

"좌우간 장 서방 오늘 태도로 봐서 오래 갈 것 같지는 않으니 눈 찔끔 감고 기다리도록 해라. 남자 바람피우는 거 한 번 봐준다고 생각하고……."

"봐줄 게 없어서 그런 걸 봐줘요."

"도리 없지 않느냐."

혜선은 절로 한숨이 쏟아지는 듯 후유— 하고는,

"언제 돌아올지도 모르는데, 뭘 먹으며 기다리지."

혼자 중얼거리듯이 말했다.

"그렇잖아도 그 말을 했더니, 아무 걱정 말라는 거여. 다 알아서 한다고……."

"더러워서…… 아이고— 그만 아이들하고 몽땅 자살이나 해버릴까……."

그러자 남 보살은 깜짝 놀라며,

"뭐라고? 아이고 야야, 농담으로라도 그런 소리 마라. 자살이라니…… 쯧쯧쯧…… 나무아미타불 관세음보살—"

절로 입에서 염불이 흘러나왔다.

한 통의 등기우편이 집에 배달된 것은 회사 봉급날의 이틀 뒤였다. 그 속에 오십만 원짜리 자기앞 수표가 한 장 들어 있었다. 수표를 꺼내든 혜선은 쭉 찢어버리고 싶은 충동을 느꼈다. 그러나 한숨과 함께 그것을 경대 서랍 속에 소중히 집어넣었다.

혜선이 어머니와 함께 절을 찾아간 것은 며칠 뒤의 일이었다. 일요일이었다.

남 보살이 아침을 먹으며 문득 생각이 난 듯,

"야야, 이 근처에 절이 없나?"

하고 입을 떼었다.

"있어요."

혜선은 무심히, 그리고 힘없이 대답했다.

"나하고 같이 절에 가보자."

"……."

"오늘 날씨도 좋고 하니까……."

그 말에 혜선은 문득 얼마 전에 느티나무 아래서 만났던 스님 생각이 떠올랐다. 자기를 보고 보살님이라 부르며, 얼굴에 안개가 가득히 끼었구려, 보살님 얼굴에만 낀 게 아니라, 바깥양반의 마음에도 가득 끼었구려. 이 일을 어찌할꼬…… 하던 스님 말이다. 무슨 스님이라더라…… 이름은 기억이 나질 않는데 그 절이 월륜사라는 것이 얼른 머리에 떠올랐다.

"그럴까요. 월륜사에 한 번 가볼까요."

"월륜사가 이 근처냐?"

"바로 근처는 아니고, 산중턱에 있어요. 그 절에 한 번 가보고 싶어요."

"그러자, 좀 멀면 어떠냐. 네가 가고 싶다면 그 절에 가자."

"그 절 스님이 얼마 전에 요 아래 느티나무 밑에서 나를 보더니 얼굴에 안개가 가득 끼었다지 뭐예요."

"얼굴에 안개가?"

"예."

"관세음보살— 보통 스님이 아니시구나. 그래, 그 스님을 찾아가 보자."

이렇게 해서 모녀는 집을 나선 것이다. 일요일이어서 윤미는 윤국이와 함께 집에서 놀도록 떼어놓을 수가 있었다.

집의 베란다 밖으로 내다보이는 산의 중턱에 월륜사가 있었으나, 보기와는 달리 꽤 길이 꼬불꼬불하고 가파르기도 해서 꽤나 힘이 들었다. 어느덧 한여름으로 접어든 터이라, 이마에 구슬땀이 흐르기도 했다.

그러나 혜선은 묘하게 가슴속의 답답한 것이 조금씩 조금씩 흩어져 엷어지는 듯 기분이 가벼워지는 것을 느꼈다. 계곡에 물이 많지는 않았으나, 졸졸졸 맑게 흐르고 있고, 어떤 바위틈에는 제법 웅덩이가 되어 고여 있기도 했다. 땀에 젖은 얼굴을 그 물에 씻으니, 같은 물인데도 집에서 씻을 때와는 딴판으로 상쾌했다.

산이 이렇게 좋은 곳인 줄을 혜선은 처음으로 알았다. 만약 남편과 함께 아이들을 데리고 소풍 삼아 왔다면 얼마나 좋을까 싶었다. 그런 생각을 하면 절로 또 한숨이 쉬어지고, 다리가 무거워지는 듯했다.

일흔이 넘은 남 보살도 산길을 생각보다 잘 걸었다. 오히려 땀은 딸보다 덜 흘리는 것 같았다

월륜사에 당도한 혜선은 절로 눈이 휘둥그레지는 것을 어쩌지 못했다. 절은 별로 크지도 않았으나, 대웅전 뒤 비탈에 높이 솟은 불상이 눈에 들어왔던 것이다. 거대한 바위에 부처님이 부조되어 있는데, 꽤 거리가 먼데도 그 자비로운 얼굴에 감도는 은은한 미소가 곧 손에 잡힐 듯이 바라보였다. 장엄하면서도 온화하고 미려한 마애불이었다.

혜선은 걸음을 멈추고, 잠시 넋을 잃은 것처럼 바라보았다. 정말 놀라운 불상이었다. 황홀할 지경이었다.

"나무아미타불 관세음보살, 나무아미타불 관세음보살—"

남 보살은 가슴 앞에 두 손을 모으고 깊이 머리를 숙여 예불을 하고 있었다.

운각 스님은 혜선을 알아보지 못했다.

"스님, 왜 한 달 전쯤 전에 뵈었지요. 느티나무 아래서 말이에요. 그때 스님께서 제 얼굴을 보시고, 안개가 가득 끼었다고 말씀하셨잖아요."

"아 맞아요, 기억이 나는구료."

그제야 운각 스님은 얼굴에 미소를 지었다.

혜선은 어머니를 소개했다. 남 보살은 조치원에 사는데, 독실한 신도라는 것을 밝혔다. 그리고,

"오늘 이렇게 스님을 찾아뵌 것은 다름이 아니라, 이 여식 때문입죠."

하고 찾아온 까닭을 늘어놓았다.

어머니가 얘기를 하는 동안 혜선은 창피한 생각이 들어 줄곧 고개를 살짝 떨구고 있었다. 실상 자기에게 아무런 잘못도 없는데, 마치 자기가 일을 저지른 죄인이나 되는 듯한 그런 심정이었다.

부처님의 은덕을 빌어 우리 사위와 여식의 마음을 가라앉히고, 잘못 저질러진 일이 하루속히 본시대로 잘 돌아오도록 스님께서 이끌어 달라고, 남 보살이 말을 맺자, 운각 스님은 한 손에 쥔 염주를 소리 없이 헤아리며,

"나무관세음보살—"

하고는 혜선의 얼굴을 가만히 바라보았다.

혜선은 숙였던 얼굴을 들었다. 그 눈에 수심과 쑥스러움이 가득 담겨 묘하게 그늘져 보였다.

운각 스님은 혼자 중얼거리듯이 낮은 목소리로,

"기다려야지요, 안개가 걷히기를…"

하고 말했다. 그리고 잠시 아무 말이 없다가 다시,

"안개는 서서히 걷히는 법이외다. 서서히, 서서히……."

이렇게 중얼거리고는 마치 명상에 잠기는 사람처럼 스르르 눈을 감았다.

혜선은 속으로 싱겁기도 해라. 그런 말이야 누가 못할까 싶었다. 그리고 어쩌면 스님이 더워서 졸음이 오시는 게 아닌가 싶어 우습기도 했다.

그러나 남 보살은 어느새 합장을 하고서,

"나무아미타불 관세음보살—"

앉은 채 머리를 숙이고 있었다.

졸음이 온 것은 아니었던 모양으로 운각 스님은 곧 눈을 떴다. 그리고 조용히 말했다.

"가서 부처님이나 뵈옵도록 하시구려. 예불을 백 번 올려보오."

예불을 백 번 올리라는 말이 혜선은 얼른 무슨 말인지 알아들을 수가 없었다. 딸의 그런 표정을 보자, 남 보살은,

"부처님께 절을 백 번 올리라는 거다."

나직한 목소리로 일러주었다.

절을 백 번이나…… 혜선은 약간 의외였고, 어이가 없기도 했으나, 말없이 자리에서 일어났다. 남 보살도 따라 일어났다.

방을 나서면서 혜선은 운각 스님을 돌아보며,

"절 뒤 바위에 있는 부처님께 절을 해도 되지요?"

하고 물었다.

"되고말고요."

운각 스님은 미소를 지으며,

"그 올라가는 계단이 백 여덟 개외다. 백팔 계단이지요."

하였다.

백팔 계단이라는 말에 혜선은 얼른 백팔번뇌라는 말이 머리에 떠올랐다. 백팔번뇌란 사람의 눈, 귀, 코, 입, 몸 뜻의 육관(六官)에 제각기 고(苦)와 낙(樂)과 불고불락(不樂不樂)이 있어서 열여덟 가지가 되고, 그 열여덟 가지에 또 탐(貪)과 무탐(無貪)이 있어 서른여섯 가지가 되며, 그 서른여섯 가지에 다시 과거와 현재, 미래가 있게 되어 결국 백여덟 가지의 번뇌가 된다는 뜻이다. 그러나 혜선은 그런 구체적인 의미까지는 몰랐고, 그저 그것이 인생에 있어서의 백여덟

가지 괴로움을 말한다는 정도로 알고 있었다.

남 보살은 대웅전으로 먼저 가려 했으나, 앞장 선 혜선의 걸음이 대웅전 뒤의 마애불 쪽으로 향하고 있어서 딸의 뒤를 다소곳이 따랐다. 제 마음이 그처럼 마애불 쪽으로 당긴다면 그것도 얼마나 좋은 일인가 싶었다.

혜선은 계단을 한 개 한 개 속으로 헤아리며 올라갔다. 인생에 백여덟 개나 되는 괴로움이 있다니, 그것이 하나하나 어떤 것인지는 알 수가 없으나, 그렇다면 인생이란 결국 괴로움의 덩어리로구나 싶었다. 지금 자기가 겪고 있는 이 괴로움은 백여덟 가지 가운데 어떤 것에 해당되는지…… 좀 알았으면 싶기도 했다.

혜선은 인생의 백여덟 가지 괴로움을 한 개 한 개 딛고 넘어서듯 백팔 계단을 경건한 마음으로 올라갔다. 남 보살은 곧장 염불을 외며 쉬엄쉬엄 딸의 뒤를 따랐다.

마애불 앞은 알맞게 그늘이 져 있었다. 그 그늘 속에 모녀는 나란히 서서 예불을 올리기 시작했다. 운각 스님은 백 번을 말했으나, 혜선은 속으로 같은 값에 여덟 번 더해서 백팔 예배를 하리라 마음먹고, 속으로 헤아리며 천천히 어머니를 따라 절을 해나갔다.

처음에는 쑥스럽기도 하고, 어쩐지 싱겁기도 했으나, 차츰 몸에 배어드는 듯 자연스러워지더니, 무슨 까닭인지 조금씩 조금씩 서러워지기 시작하는 것이었다. 서러움이 점점 짙어지며 곧 눈물이 흘러내리고, 울음이 쏟아져 나올 것만 같았다. 마치 어린애가 밖에서 괴로움을 당하고 집에 들어와 부모 앞에 목 놓아 우는 것 같은 그런 심정이라고나 할까. 정말 예기치 않았던 내면의 변화였다. 혜선은 곧 쏟아지려는 울음을 참느라 애를 먹었다.

그런 서러움이 차츰 가라앉더니, 그러는 마음속이 온통 텅 빈 것처럼 편안해지는 것이 아닌가. 조금 뻐근하던 팔다리도 이제 아무렇지도 않았다. 참 이상한 일이라고 생각하며 혜선은 백팔 예배를 마지막까지 채워 갔다.

남 보살은 지친 듯 먼저 예불을 마치고, 자리에 앉아 하염없이 염불을 외고 있었다.

백팔 예배를 끝낸 혜선은 조용히 어머니처럼 그 자리에 앉았다. 그리고 마애불을 우러러보았다. 활짝 핀 연꽃 대좌 위에 부처님은 육중하면서도 한없이 부드러운 몸을 편안하게 결가부좌를 하고 앉아 있는데, 그 얼굴에 감도는 자비롭고 온화한 미소가 마치 가련한 중생인 자기를 포근히 감싸 안을 듯이 다가오는 것 같았다. 어찌나 그 미소가 신비로운지, 혜선은 황홀한 전율 같은 것을 느끼며 오스스 몸을 떨기도 했다. 그리고 넋을 잃은 듯 언제까지나 그 미소에서 벗어날 줄을 몰랐다.

그 뒤로 혜선은 곧잘 월륜사를 찾아 마애불 앞에 백팔 예배를 올리며 마음의 번뇌를 씻어내려 애썼다. 그리고 운각 스님의 설법도 듣고 불교 입문서 같은 것을 구입해서 집에서 읽기도 했다. 말하자면 혜선은 부처님의 무량광대한 가르침의 세계로 한 걸음 한 걸음 걸어 들어가게 된 셈이다.

명규가 집에 돌아온 것은 이듬해 이른 봄 어느 날 밤이었다. 그러니까 안개는 거의 열 달 만에 걷힌 셈이었다, 곧 돌아갈 테니 염려 마세요, 하고 남 보살한테 말했던 그 '곧'이 열 달이었던 것이다.

혜선은 텔레비전을 보다가 잠자리에 들었으나, 쉬 잠이 오지가 않아 불교 설화집을 꺼내어 읽고 있었다. 바깥에는 바람이 부는 듯 이따금 베란다의 창문이 덜컹거렸다. 어쩌면 진눈깨비가 내리는지도 몰랐다.

딩동댕 딩동댕…… 부저가 울렸다.

밤이 이슥했는데 누군가 싶어 혜선은 벌떡 잠자리에서 일어났다.

"누구세요?"

하면서 현관으로 갔으나, 아무 대답도 없이 딩동댕 딩동댕…… 부저만 연거푸 울렸다.

"이 밤중에 누군데 이러나……."

혜선은 약간 긴장이 되었으나, 안으로 잠긴 현관문을 열었다.

그러자 비틀거리며 들어선 것은 뜻밖에도 남편이었다. 술이 어지간히 된 듯 약간 혀 꼬부라진 소리로,

"미안해요. 여보 미안해……."

하면서 구두를 벗었다.

혜선은 당황했다. 그러나 얼른 조용히 돌아섰다. 아무 감정도 표정도 없는 그런 얼굴이 되어 화장실로 갔다. 화장실 문을 열고 들어설 때, 혜선은 자기도 모르게 입에서,

"관세음보살—"

염불이 흘러나왔다.

혜선의 입에서 염불이 흘러나오기는 이것이 처음이었다. 그동안 속으로는 뇌었으나, 입 밖으로 소리를 내어 윈 적은 없었다.

《금강》(1985. 1~4)

해설

# '유신'을 살아내는 민중들의 삶
## - 하근찬의 문학 세계

신현아(문학연구자)

## 1. 유신체제와 하근찬의 문학 세계

하근찬은 1957년 「수난이대」로 등단한 이래 2002년까지 작품 창작을 이어오며 반세기에 걸쳐 한국의 민중의 삶을 톺아보며 재현해온 작가로, 식민지와 두 차례의 전쟁, 그리고 전후로 이어지며 지속되어온 그의 작품 세계는 그 자체로 문학으로 쓰여진 한국의 근현대사라고 말해도 무방할 것이다. 특히 식민지와 전쟁이 어떻게 거듭되어 이어지며 민중들의 삶에 분리 불가능한 상흔을 남기는지를 묘사한 걸작인 「수난이대」를 비롯하여, 그는 주로 전후 민중의 삶을 핍진하게 묘사하는 것에 집중해온 작가로 알려져 있다. 특히 60년대 말부터는 일제 말기를 서사화하는 데 주력하였지만 주로 전장의 후방인 '총후'의 일상을 그리고 있고, 70년대와 80년대의 작품들 중에는 전쟁을 거의 다루지 않는 작품들이 대거 발표된다.* 하여 하근

* 이정숙, 「전쟁을 기억하는 '리얼리티'의 윤리와 하근찬의 문학세계」, 『소설가 하근찬 탄생 90주년 문학제 자료집』, 백신애기념사업회, 2021, 48-51쪽.

찬 연구는 주로 전후 민중의 삶에 집중한 그의 초기작인 1950~60년대 작품에 집중되어 왔으며, 1970~80년대의 작품들은 상대적으로 주목받지 못하였다.*

그러나 하근찬의 1970~80년대 작품들을 식민지 시대의 기억들이 유신정권하에서 어떻게 돌아오게 되는지를 보여주는 중요한 연결지점으로 읽을 때 우리는 하근찬의 문학 세계 속에서 새로운 의미를 도출해낸다. 단순히 식민지와 전쟁의 기억이 소거된 소시민적 서사로 쓰여진 그대로 읽는 것이 아니라, 시대적 상황과 겹쳐보며 어떻게 1940년대의 억압이 1970년대에 다시 반복되는지를 보여주는 텍스트로 읽어야하는 것이다.

1970년대는 새로운 대중문화가 폭발하던 시대였다. 그러나 새로운 문화들의 화려함의 이면에 존재했던 착취와 빈곤, 노동문제야말로 1970년대에 진정 새롭게 드러난 것이기도 했다. 1970년대의 산업화와 화려한 도시의 풍경은 빈곤한 농촌을 착취함으로써 가능한 것이었고, 농촌에서는 생존을 위해 도시로 탈출하듯이 이촌향도 현상을 일으키게 되었다. 그렇게 도시로 올라온 사람들은 대부분 '판자촌'에 머물며 저임금 노동력으로 동원되었다. 특히 농촌에서 도시로 이주한 젊은 여성들은 저임금과 중노동에 시달리는 '여공'이 되거나 또는 도시의 가정에서 무보수의 '식모'로 일을 해야만 했다.**

---

* 권경미, 「전통적 사유방식의 판단 유보와 일상 미학-하근찬의 80년대 소설을 중심으로」, 『한국문학이론과 비평』 제94집(26권 1호), 한국문학이론과 비평학회, 2022.02, 88-89쪽.

** 손영님, 「1970년대 한국영화의 '무작정 상경'한 여성 표상」, 『한국근현대사연구』 제83집, 한국근현대사학회, 2017.

유신정부에겐 그처럼 농촌에서 도망치듯 빠져나오는 농민들, 도시의 노동자들, 장발에 노래를 부르는 대학생들, 가출 소녀들, 불량 소녀들은 '정신개조'를 통해 '국민'으로 거듭나야 할 존재들이었다. 하여 유신체제는 낡은 것을 새롭게 고친다(維新)는 이름에 맞춰 다양한 주체들에게 근대적 국민의 몸으로 거듭날 것(維身)을 요구했다. 유신체제하에서 새로운 몸으로 거듭나야 하는 자들은 동시에 새로운 몸으로 거듭나지 못할 경우 사회 문란을 초래하는 존재들로 여겨져 언제든지 '비국민'의 딱지를 달고 배제될 수 있는 자들이기도 하였다.

국가는 전 국민이 과거/역사를 잊고 이제 '새로운 마을'을 건설하여 '잘 살아보세'를 외치며 산업역군/전사가 되어 전진하길 요구하였다. 그것을 위해서 국가는 식민지도, 아시아태평양전쟁도, 한국전쟁도 기억하고 있는 사람들의 몸과 정신을 개조하여 '새마을'에 맞는 '새인간'으로 만들어내어야만 했다. 유신(惟新)은 인간을 바꾸는 인간 개조의 유신(惟身)이기도 했던 것이다. 이 시스템 속에서 드러나는 비틀린 인간과 관계, 사랑과 연애를 잘 드러내고 있는 것이 70년대 하근찬의 소설이기도 하다.

특히 여기서 다루는 작품 중 1972년 발표된 「기울어지는 강」(1969년 발표한 「낙발」의 개작)만이 식민지 시기 중 '총후'의 기억을 다루고 있고, 「십오야」(1976), 「보랏빛 연가」(1976), 「여제자」(1984), 「안개와 연꽃」(1985)은 전쟁을 거의 묘사하지 않는다. 그러나 이처럼 전쟁을 다루지 않고 70년대 소시민들의 일상을 다룬 것처럼 여겨지는 작품들이야말로 어떻게 70년대라는 시대가 식민지와 전쟁의 기억을 억압하고, '총후'에서 일어났던 일상적인 억압이 70년대에도 여전히 이어지고 있는지를 보여주는 증거이기도 하다.

하근찬은 전쟁을 말하지 않으면서도 당시 1970년대라는 시대적 배경과 함께 유신정권하에서 배제되어왔던 농민, 장발족, 여학생/소녀와 같은 존재들을 소설 속에서 불러낸다. 이 시기 하근찬의 작품들은 '전쟁'이나 '식민지' 같은 '큰 주제'에서 한발 비켜나서, 소시민들의 일상을 다루고 있으나 이것은 결코 '사소한 것'이 아니다. 오히려 이 사소한 이야기들 속에는 유신체제하에서 근대적 질서가 형성되는 와중에 국가가 다양한 '잉여적인' 존재들을 폭력적으로 배제하고 '정신 개조'를 통해 거듭하게 하는지가 녹아있다. 하여 하근찬의 작품들을 민중들의 삶의 관점에서 유신체제를 비판적으로 바라보아온 '무거운' 이야기로 다시 읽고 의미부여할 필요가 있다.

## 2. 새마을운동과 농민들의 삶의 재현: 「십오야」

앞서 언급한 바와 같이 하근찬은 전쟁과 민중의 수난을 다루는 작가로 평가받아왔다. 그러나 1976년에 잡지 《새농민》에 발표된 「십오야」는 농촌을 배경으로 농촌의 청년들을 다루고 있지만 '수난'이 아닌 '새마을 운동'으로 건설된 새로운 농촌의 활기찬 모습을 다루는 데 집중하고 있다.

주인공인 병태는 농촌 출신의 청년으로 몇 년 전 서울로 상경하였고 친구인 상만도 병태를 따라 상경하였다. "시골에서 땅을 파서는 백 년 가야 소용이 없다는 일념으로 무조건 고향을 등졌던"* 병태는 서울에서 보세공장 직공 노릇도 하고 공장에서 옷을 떼다가 동대문 신평화시장에서 덤핑 장사도 하며, 상만은 의류품 보세공장에서 직공 생활을 하고 있다. 삼십만 원이라도 모아서 고향으로 돌아가겠다고 결심했지만 서울 생활은 녹록지 않았고, 결국 큰돈을 쥐지 못한 채로 명절 귀성객 속에 섞여 부산행 기차를 타고 고향으로 돌아간다. 그들의 고향은 "D시에서 버스로 한 시간가량 가서 또 걸어서 삼사십 분 걸리는 곳"(212)에 있는 경북의 농촌이다.

소설은 병태와 상만의 귀성으로 시작되면서 대구시에서 버스를 타고 가는 고향길을 자세히 묘사한다. 그런데 이 고향길의 묘사는 기존의 하근찬 소설에서 경북 영천을 묘사하던 것과는 완전히 딴판이다. 기존의 하근찬 소설에서 고향인 경북 영천은 "태아를 보호하고 편안히 하는" '안태고향'이자, "무슨 포근하고 훈훈한 것이 나를 감싸는 듯한 느낌"을 주는 곳으로, 토착적인 민중 정서가 녹아 있는 곳이었다.** 그러나 「십오야」에서 고향으로 가는 버스는 달리면 달릴수록 신선한 충격을 주는 것으로 묘사된다. 농촌 청년이 처음 도시를 보며 느낄 법한 놀라움과 어리둥절함, 당혹감이 오히려 도시에서 고향으로 가는 길에서 나타나는 것이다.

하근찬은 병태와 상만이 고향에 가는 길을 알아보지 못할 정도

---

* 하근찬, 「십오야」, 『하근찬 전집6 기울어지는 강』, 백신애기념사업회편, 2022, 201쪽. (이하 본문에 쪽수 표기)

** 오창은, 「민중의 삶에 뿌리내린 치유의 미학」, 『소설가 하근찬 탄생 90주년 문학제 자료집』, 백신애기념사업회, 2021, 4쪽.

로 고향이 완전히 바뀌었음을 길게 묘사한다. “마을의 집들이 거의 전부 기와집으로 바뀌어”(214) 있었으며, “마을로 통하는 길도 전처럼 꼬부랑 꼬부랑한 좁은 길이 아니라 제법 자동차 한 대가 다닐 수 있을만한 길로 바뀌었다.”(214) 지붕 기와와 길만이 아니라 새마을 사업으로 지어진 “새마을공장”과 콘크리트로 만든 “큼직한 교량”을 보며 병태와 상만은 새마을사업의 성과를 비로소 체감하게 된다.

이전 작품들에서 전근대적이고 토착적이고 민중 정서가 남아 있는 것으로 묘사되던 고향은 이제 새마을운동으로 번듯한 공장과 도로, 큼직한 콘크리트 교량이 생기면서 도시로 떠났던 청년들을 놀라게 하지만, 그렇다고 해서 고향이 도시적인 곳으로 변모한 것은 아니다. 오히려 농촌의 이러한 변모는 도시와의 새로운 대립쌍을 만들어낸다.

1960년대 새마을운동 이전의 도시와 농촌의 대립은 풍요와 빈곤의 대립으로 등치되었다. 농촌을 착취하며 이루어진 도시화는 농민들에게 도시에 대한 박탈감을 불러일으키기 충분하였다. 풍요로운 도시와 대비되는 빈곤한 농촌의 삶에 대하여 박정희는 “농민이 가난한 것은 농민들이 스스로 ‘잘 살아보자’라는 의지가 부족하고 농번기에 화투 같은 노름으로 세월을 보내고 자신의 어려움을 극복하지 않았기 때문”이라고 비판해왔다.* 이러한 발언 속에서 농민은 무지, 몽매, 후진성의 상징이자 “무지와 빈곤의 정체상태”, “절망과 빈곤과 무기력에 빠져버린” 존재가 되어버린다.** 그리고 이러한

---

* 문상석, 「새마을운동과 정신개조」, 『사회이론』, 한국사회이론학회, 2010, 56쪽.

** 황병주, 「박정희 체제의 근대적 시공간 인식과 시골/도시 담론」, 『역사연구』 제31호,

상황을 타개하고 농촌이 부흥하기 위해서는 농민 스스로 '잘 살고 싶다'라는 '의지'로 '극복'해내는 '정신'을 가질 것이 강조되었다. 이러한 상황 속에서 농민들이 원했던 농어촌생활환경개선사업이나 농업생산기반조성사업은 농민들의 적극적인 참여를 이끌어내었고, 유신정부는 이러한 적극성을 농민들의 '정신'이 '개조'되는 것으로 받아들였다. 그리고 하근찬의 소설 속에서도 새마을운동으로 인한 고향의 변모는 '번듯한 다리와 건물'만이 아니라 '정신적 변화'까지 이끌어내는 것으로 나타난다.

고향에 돌아온 병태는 동생 순옥에게 목걸이를 주며 똑같은 것이 백화점에서는 삼천 원, 사천 원 정도 하지만 자신이 일하는 시장에서는 팔백 원에 구할 수 있다고 자랑한다. 그러나 순옥이 주목하는 것은 반짝이는 목걸이의 화려함이나 거금이 오가는 백화점과 여러 가지를 도매가로 구하는 동대문시장의 꾀바른 요령이 아니라, 사치스러운 도시의 삶이 '정신이 틀려먹었'다는 것이다. 그리고 새마을운동이 있어도 '정신이 틀려먹'어서 '지 살 궁리'만 하는 서울과 달리 고향 농촌은 '협동'이라는 '정신'이 있는 곳으로 강조된다.

이렇게 풍요하고 화려한 도시와 빈곤하고 무지몽매한 농촌이라는 구도는 새마을운동이라는 '정신 개조운동'을 거치면서 '정신 개조'가 되지 않아서 자기만 아는 타락한 도시와 '정신 개조'가 되어 협동이 이루어지는 농촌이라는 대립으로 변모하게 된다. 그 결과 도시가 근대화를 주도하고 농촌은 근대화를 뒤따라가는 구도

역사학연구소, 2016, 325쪽.

는 전도되어, "농촌이 민족 전통의 담지자가 되어 타락한 도시를 계몽해야 되는 역설적 담론"이 등장한다.* 즉 '안태고향'은 이전과 같이 전근대적이고 민중적이면서 토착적인 공간에서 근대화되는 동시에 정신적으로는 민족 전통을 이어가고 있는 곳으로 변모한 것이다.

화려한 도시와 순박한 농촌의 구도가 전도되는 것은 '서울 처녀'와 '시골 처녀'를 비교하는 장면에서도 드러난다. 병태는 어린 시절부터 알고 지내던 고향의 '시골 처녀'인 금숙과 결혼하고 싶다고 생각하며 '서울 처녀'와 비교한다. '도시의 허영에 물이 든' '서울 처녀'와 '도회지의 얼룩덜룩한 때가 묻지 않은 순박한 시골 처녀'가 대비되는 구도 속에서 '시골'은 여전히 전근대적이고 토착적인 공간으로 나타난다. 그러나 막상 고향에 돌아와 만난 금숙은 상상 속의 '순박한 시골 처녀'와는 완전히 다른 존재이다. 금숙은 부녀회장직을 맡고 마을 환경 정비는 되었으니 앞으로 소득사업을 벌려나가겠다거나, 살기 좋은 마을에서 잘사는 마을로 전진해나가야 한다고 하며, 마을의 중심적인 인물이 되어 마을의 미래상을 주도적으로 제시한다. '시골 처녀'로 대표되는 '농촌'은 이제 더 이상 근대화에 뒤쳐진 무지몽매하고 순박한 존재가 아니라, 국가의 '새마을정신'을 담보하고 이끌어가는 존재가 된 것이다.

이러한 구도 속에서 더 이상 '도시'는 '오색찬란한 불빛의 황홀경'과 같은 동경과 이상의 공간이 아니다. 이미 '정신 개조'가 되어 국가의 새마을 정신을 이끌어나가는 주체로 호명 받은 농민들에게

* 황병주, 앞의 글, 333쪽.

도시의 목걸이나 국산 양주와 같은 화려한 물건들은 이제 관심사가 아니다. 하여 결혼하여 함께 서울로 가서 살자는 병태의 제안에 금숙은 다음과 같이 답장한다.

지금은 벼 베기가 한창입니다. 오늘도 우리 부녀회 회원들은 공동으로 벼 베기를 했습니다. 하루 종일 일을 하고 나면 허리가 아프기도 합니다. 그러나 기분은 한없이 좋습니다.

저는 농촌을 떠나서는 살 수 없을 것 같습니다. 그동안 잘 생각해 보았는데, 아무리 생각해도 저는 농촌을 떠나 서울 같은 복잡한 곳에 가서 살고 싶지가 않습니다. 아무 가치가 없는 생활일 것 같습니다.

(…)

병태 씨도 고향으로 돌아오신다면 얼마나 좋을까요. (280-281)

부녀회 회원들은 자신의 논밭만을 일구는 것이 아니라 '공동으로' 벼 베기를 하여 허리가 아파도 "기분은 한없이 좋"다고 말한다. 이러한 '공동'의 삶을 살아갈 수 있는 농촌의 가치는 '정신 개조'가 되지 않은 서울에는 존재하지 않는 것이다. 따라서 그곳에서의 삶은 "아무 가치가 없는 생활"로 단언된다.

이러한 도시와 농촌에 대한 담론의 전도와 '정신 개조'의 성공은 유신정부에서도 적극적으로 강조하는 것이기도 하였다. 박정희는 1972년의 「새마을 소득증대 촉진대회 치사」에서 "학교 갓 나온 시골 처녀들이 삽을 들고, 곡괭이 들고, 머리에 돌을 이고, 내 고장을 한번 살기 좋은 마을로 만들어보려고 열의를 올리고 있는데, 그 옆에 도시에서 온 사람들은 어디 대한민국 국민이 아닌지 어디 족

**속인지 모르지만**, 부락 사람들의 열의와 새마을운동에 찬물을 끼얹는 그러한 행동만이라도 안 해 주었으면 좋겠다는데 왜 조용하게 놀지 못하고 그런 짓들을 하느냐 하는 것입니다."(강조 인용자)라며 근면한 농촌과 퇴폐한 도시의 대립을 강조한다.* 여기서는 공동으로 벼 베기를 하는 금숙과 박정희가 묘사하는 시골 처녀의 모습이 겹쳐진다. 그리고 중요한 것은 "새마을운동에 찬물을 끼얹는 그러한 행동"을 하는 사람은 "대한민국 국민"이 아닌 "어디 족속"으로 표현되는 점이다.

「십오야」에는 흥미롭게도 '비국민'이었던 존재가 '새마을운동'이라는 정신 개조운동을 통하여 적극적으로 '국가'의 품으로 돌아와 '국민'이 되기를 선언하는 장면이 등장한다. 소설 속에서 중요한 사건 중 하나는 일제 때 징용에 끌려갔다가 일본에 눌러 살면서 조총련에 소속되어 있던 금숙의 큰아버지가 삼십오륙 년 만에 재일동포 추석 성묘단의 한 사람으로 고향에 방문하게 된 것이다. 실제 재일동포 추석 성묘단은 1975년부터 실시되었고 소설의 배경이 발표된 연도와 마찬가지로 1976년이라고 하면 금숙의 큰아버지가 징용에 끌려간 것은 대략 1940년이 된다. 일제에 의해 전쟁 중 국가총동원령으로 강제 징용된 노동자들은 홋카이도를 비롯한 일본 각지를 넘어 사할린, 남양군도 등에 배치되어 가혹한 노동 착취 속에서 죽어가며 노동했지만 대가를 받지 못했고, 해방 이후에도 박정희 정권에서 체결된 한일청구협정으로 인해 권리를 요구하는 것이 억압되었다.

---

* 황병주, 앞의 글, 334쪽.

그러나 작품 속에서 징용 가서 일본에 살다 온 금숙의 큰아버지에 대한 묘사는 식민지 착취 및 국가의 억압을 떠올리게 하기보다는, 먼 타국에서 많은 돈을 벌어온 부자처럼 그려진다. 그는 시골에서 보기 드문 비싼 택시를 타고 나타났으며, "뚱뚱하고 신수가 좋"고 "일본서 제법 부자로 잘"사는 사람으로 묘사된다. 식민지의 기억이 지워진 것은 강제로 징용되었던 금숙의 큰아버지뿐만이 아니라, 금숙의 큰아버지의 눈에 묘사된 고향도 마찬가지이다. 식민지 시절의 고향집은 "기울어져가는 사립문"에 "수숫대로 엮은 울타리"에다가 "다 기울어져가는 어설픈 헛간채"가 있던 "나지막한 초가집"이었지만, 이제는 "슬레이트 지붕까지 얹어놓은 버젓한 대문"에 "튼튼한 담"과 "반듯한 아래채"를 갖춘 "기와를 인 번듯한 집"이 되어 있어 이전의 초라함은 모두 사라져버렸다. 그렇게 1940년대에 강제 징용된 노동자와 식민지 고향이라는 조합은 1970년대가 되어 이제는 '신수가 좋은 부자'와 '번듯한 고향'으로 재연된다.

그리고 금숙의 큰아버지는 마을회관 낙성식에서 잘 살게 된 고향에 감탄하며 "그동안 조총련의 새빨간 거짓말에 속아왔다는 사실을 깨달았습니다. 그래서 이번에 일본으로 돌아가면 에— 나는 깨끗이 조총련에서 탈퇴할 것입니다."라며 소회를 밝힌다. 그리고 소회를 밝힌 금숙의 큰아버지가 마을의 새마을운동을 돕기 위해 거금 오십만 원을 희사하자 마을 사람들은 크게 박수를 치며, "삼십 몇 해 동안이나 일본에 살았는데, 어떻게 우리말을 안 잊어삐리고 그렇게 잘 하제"(251)라며 신기해한다.

금숙의 큰아버지는 '조총련'에 소속되어 있는 '비국민'이었지만,

'새마을운동'으로 발전한 모국을 목도하며 "깨끗이 조총련에서 탈퇴"할 것을 선언하면서, 다시 '우리말을 잊지 않은' 국민으로 인정받는다. 즉 강제 징용과 같은 착취당하는 식민지의 기억을 '신수가 좋은 부자'와 '번듯한 고향'과 같은 '경제 성장'으로 대체시킨 후, '새마을운동'의 동참을 통해 '조총련'이라는 비국민을 국민으로 거듭나게 한 것이다.

「십오야」 속의 농촌은 결국 식민지의 기억을 소거한 채로, 새로운 마을과 새로운 국가 건설을 위한 '정신 개조'가 행복하게 이루어진 '낙토'로 나타난다. 그러나 이는 어디까지나 '도시로 떠난 사람'의 시선에서 '고향'을 소환한 것에 다르지 않았다. 흥미로운 점은 농촌을 다룬 「십오야」에서는 새마을운동이라는 체제를 선전하고 있는 것처럼 보이지만, 식민지 시기를 다룬 「기울어지는 강」에서는 '정신 개조'와 풍속 통제를 행하는 체제를 비판하는 지점이 드러난다는 점이다. 이러한 대조를 따라가며 「기울어진 강」을 읽어보자.

## 3. 머리카락 위로 겹쳐지는 식민지/유신: 「낙발」, 「기울어지는 강」

이정숙은 하근찬이 60년대 말부터 일제 말기를 서사화하는 데 주력했으며, 특히 일제 말기 태평양전쟁 시기를 다룬 서사는 한국전쟁에 대한 묘사와 같이 전장의 후방을 공간적 배경으로 하고 있지만, '총후'에서의 일상적 삶을 식민주의 제도나 방식과 연관하여 그리는 점에 주목하였다. 여기서 하근찬이 그리는 '총후'의 삶은 "칼 찬 '권력'의 형태로 순박한 민중들에게 군림하는 일본 제국주의의 방식"을 보여주는 것이었다.* 여기서 중요한 것은 하근찬의 소설 속 시대인 1940년대와 작품이 발표되는 1970년 전후가 겹쳐지는 방식이다. 하근찬은 1970년대에 1940년대의 '전장의 후방'을 그려내면서 오히려 1970년대의 시대적 상황을 환기하는 효과를 유발하는 전략을 취한다.

하근찬은 1969년 발표된 「낙발」을 개작하여 1972년에 「기울어지는 강」으로 다시 발표한다. 「기울어지는 강」에서는 1940년의 '치인(致仁) 학교'를 배경으로 '두발 단속'이라는 사건을 다루고 있다. 주인공 한재명은 중일전쟁이 일어나던 해인 1937년 경북 칠곡군의 동명공립심상소학교에 부임한다. 그러나 교장인 이누카이(犬貝)는 한재명의 머리에서 포마드 냄새가 심하다며 첫날부터 탐탁지 않아 한다. 그러던 어느 날, 갓 쓴 노인이 손자의 고무신이 없어진 것을 항의하러 찾아왔고, 이누카이는 노인의 앞에서 담임인 한재명의 뺨을 때리고 손자를 걷어 차버린다. 이를 참지 못하고 한재명은 이누카이의 뒷덜미를 잡아채어 자빠뜨려버리고, 그 결과 파면당하여 1940년에 전라도에 있는 치인학교라는 사립학교로 떠나게 되었다.

치인학교는 동명공립심상소학교와 달리 '국체명징', '내선일체', '인고단련'이라는 표지를 내걸지 않았으며, 교장은 한복을 입고 교장의 조카인 송혜심 선생의 남편은 상해에서 독립운동을 하고 있는 학교이다. 그러나 태평양전쟁이 시작되면서 '국어(일본

* 이정숙, 앞의 글, 48-55쪽.

어)'를 사용하고, 한복이나 양복을 금하며 '국방복'을 입을 것을 강요하는 공문이 하달된다. 학교가 점점 전시색을 띄게 되는 것을 견디다 못한 송 교장은 아들에게 교장을 물려주고 사퇴하고, 치인학교도 일제의 강요에 따라 국체명징과 일본기를 걸게 된다. 그리고 주인공 한재명은 특히 양복에 넥타이를 매고 포마드를 발라 하이칼라 머리를 한 것이 문제가 되어, 시학관은 머리를 박박 깎고 국방복을 입으라고 야단을 쳤고, 결국 새로운 송 교장도 이누카이처럼 한재명이 머리에 포마드를 많이 바르는 것이 처음부터 마음에 안 들었다고 고함을 친다. 그리고 얼마 후 송혜심 선생은 독립운동에 연관된 것이 밝혀져 연행된다. 더 이상 압박을 견디지 못한 한재명은 결국 머리를 박박 밀고 술에 취해 다시 머리를 길러서 독립운동 하러 상해로 가겠다고 한탄하는 것으로 끝이 난다.

「기울어지는 강」의 배경인 1940년은 완전히 전쟁 중인 상황이다. 주인공 한재명이 동명공립심상소학교에 부임한 1937년에는 중일전쟁이 시작되었고, 치인학교에 부임한 1940년의 이듬해인 1941년에는 진주만 공습으로 아시아태평양전쟁이 시작된다. 국가의 모든 역량을 총동원하는 총력전 체제가 본격적으로 시작되었고, 식민지 조선은 전쟁의 피해를 고스란히 받아야만 했다. 그런 시대적 상황 속에서 이 소설 속의 인물들이 가장 예의주시하는 것은 국제 정세도 무엇도 아닌 주인공 한재명의 머리카락이다. 물론 한재명의 머리카락이 짧든 길든, 국방복을 입든 양복을 입든 전쟁의 승패에는 어떤 영향도 미치지 못한다. 하지만 소설 속에서 시학관과 교장은 모든 문제가 한재명의 포마드 바른 하이칼라 머리와 양복 때문에 일어나는 것처럼 보는 것조차 견디지 못한다. 머리카락과 같은 신체를 통제함으로써 정신을 통제하고 개조하는 것이 제국의 통치술이었기 때문이다.

제국이 전장의 후방인 '총후'를 통제하는 데 중요한 점은 '총후'에 있는 사람들을 어떻게 '전장'에 있는 것처럼 '일체화'시키느냐에 있었다. '총력전'이란 단순히 국가의 인력과 물자를 전선에 집중시키는 문제를 넘어서, '총후'에 있는 사람들이 '전선'에 나간 사람들과 일체화되고 전체가 '총동원'되어 '전쟁 상태'에 있다는 감각이 핵심적이었다. 그러나 '총후'에 있는 사람들에게 '전선'은 보이지 않는 먼 곳이었다. '총후'와 '전선'을 일체화시키기 위해 당시 일제는 영향력 있는 인사들을 동원하여 조선에서 강연회를 개최하거나, 유명한 문인들을 전선으로 파견하여 신문 등의 매스컴을 통해 전쟁 상황을 대대적으로 보도하였다.* 그리고 '총후'의 사람들에게 '전선'에 있는 사람들과 같이 군복을 입고 군인처럼 머리를 밀 것을 요구하였다. 이를 통해 전쟁을 통한 '내선일체'를 이루고자 한 것이다.

그리고 약 30년 후인 1970년대, 진작 해방이 되었음에도 사람들은 여전히 군인이 통치하는 국가 아래에서 신체를 통제당하고 있었다. 하여 이 작품은 단지 작품 내적인 내용만이 아니라 작품이 발표된 시대를 겹쳐놓고 읽을 때 더욱 흥미로운 텍스트가 된다. 1968년을 전후로 한국의 여러 신문에는 해외에서 '장발족'이 유행하기 시작했다는 소식을 전한다. 또 다른 한 기사에서는 교육위원

* 고영란, 「전선 보국을 둘러싼 내선 언어/번역 공동체」, 『동아시아 식민지문학 비교연구-중일전쟁 이후를 중심으로』, 소명출판, 2021. 참조.

회에서 가발 수출 증대를 위해 여학생들에게 머리를 기를 것을 권유하여 학부모들이 여학생들은 앙고라토끼가 아니라며 항의했다는 소식을 전한다.* 해방 이전에 제국은 아시아태평양전쟁에 '총력'을 기울이기 위해서 나의 신체를 규율하고 단속하였지만, 해방이 되고 나니 국가가 "잘살아보세"라는 표어하에 '수출 전쟁'에 뛰어들기 위해 머리카락을 기를 것을 요구한다. 그리고 1969년 즈음이 되자 머리카락은 또 다른 전쟁에 휘말리게 된다. '장발족'이 사실은 베트남전쟁에 반대하는 '히피족'의 상징이었다는 점이 국내에도 널리 알려지게 된 것이다.

한국은 1964년부터 1973년에 걸쳐 베트남전쟁에 전투부대를 파병하여 참전하고 있었다. 아시아태평양전쟁 당시 일본 제국이 미디어 및 옷과 머리카락 등 신체의 통제를 통해 '총후'와 '전선'을 일체화시키고자 했던 것과 같이, 한국 정부는 끊임없이 '월남 이야기'를 미디어를 통해 재생산한다.** 베트남 전선이 '휴전선의 제2전선'이라는 반공의 논리에서 한국은 베트남전쟁의 '후방'에 놓이는 동시에, '전장'과 '후방'은 하나로 이어지게 된다. 이렇게 베트남전쟁의 '후방'으로서 전장과 하나로 이어져서 모두가 '준전시상태'여야 마땅한 시기에 젊은 청년들이 감히 베트남전쟁에 반대하는 장발족/히피족 문화가 전파되는 것은 '준전시상태'를 문란하게 하는 문제적 상황이 된다.

하근찬은 바로 이런 시기인 1969년에 태평양전쟁 중 강요에 의

---

* 「머리기르기 勸告 假髮로 한몫본탓」, 《조선일보》, 1966.04.24.; 「만물상」, 《부산일보》, 1968.09.08.

** 신형기, 「베트남 파병과 월남 이야기」, 『동방학지』 제157집, 2012.03, 82-83쪽.

해 하이칼라 머리를 박박 깎인 이야기인 「낙발」을 발표한다. TV, 라디오와 화려한 전등이라는 도시 풍경 속에서 1970년대는 완전히 새로운 시대가 온 것만 같았지만, 내 머리카락은 1940년대와 마찬가지로 나의 것이 아니었다. 작품이 발표된 다음 해인 1970년에는 새마을 정책이 시행된 해이자 처음으로 장발족이 단속된 해였다. 그리고 1971년 10월 1일자 서울신문에는 「가위질, 스타트」라는 기사로 결국 서울에서만 장발족 1,164명이 강제로 머리를 깎였다고 전한다. 이듬해인 1972년에 하근찬은 「낙발」에서 주인공이 하이칼라 머리를 밀게 되는 과정을 더욱 극적으로 개작하여 「기울어지는 강」으로 발표한다. 그리고 다음 해인 1973년, 경범죄 처벌법이 개정되면서 장발과 미니스커트 등은 완전히 '불법'으로 규정되었다. 하여 하근찬에게 1970년을 전후로 쓰여진 1940년의 기억은 단순한 복기를 넘어 1970년대 현재를 고발하는 것이 된다.

## 4. 죽음의 기억과 통제 불가능한 소녀들: 「보랏빛 연가」, 「여제자」

하근찬은 베트남전쟁의 '후방'에서 국가와 머리카락 쟁탈전을 벌이던 시기에 식민지기 태평양전쟁 중 '총후'에서 일제와 머리카락 쟁탈전을 벌였던 이야기를 발표하면서, 더 이상 '청구'해서는 안 되는 것이었던 식민지의 기억을 1970년 당시 현재로 끌어왔다. 1970년대를 누군가는 정말로 전쟁과 죽음의 기억이 없이 TV와 라디오, 도시의 네온사인 등으로 화려하게 채색된 잘 살게 된 시대로 기억하겠지만, 누군가는 여전히 발설했다가는 자신도 죽을 수 있는 죽음의 기억을 삼킨 채 살아야 하는 시대로 기억할 것이다. 하근찬의 소설 속에서는 그러한 낙차와 비틀림이 여지없이 드러난다.

하근찬이 1976년에 발표한 「보랏빛 연가」는 실패한 첫사랑에 대한 이야기이다. 1970년대를 배경으로 하여 주인공인 윤형규는 어느 날 친구 재두의 연락을 받고 맥주홀로 향한다. 재두는 열일곱 살 형규의 첫사랑이던 지혜림이 과부가 되어 해인사 아래 가야산장이라는 식당을 운영하고 있다는 소식을 전한다. 해방 직후인 1948~49년쯤에 중학교 4학년(중고등학교 분리 이전)이던 형규는 우연히 마주친 여학생을 짝사랑하게 되었고 러브레터를 전달하였지만, 여학생과 의남매를 맺었다고 하는 한 남학생이 야구배트를 들고 와 형규를 흠씬 두들겨 패놓고 가면서 첫사랑은 끝이 났다. 20년 만에 다시 소식을 들은 형규는 아내에게는 목적을 숨기고 여름휴가를 해인사로 떠나서 지혜림과 만난다.

전후 민중의 삶을 핍진하게 묘사한 작가라는 평가와는 달리 이 소설에서 특이한 점은 해방 직후인 1948년의 이야기가 곧바로 1970년대 중반으로 건너뛰면서 그 사이 한국전쟁에 대한 내용은 마치 소거된 것처럼 사라져 있다는 것이다. 그리고 이 소설의 주인공인 윤형규의 삶은 중산층 엘리트 샐러리맨으로 나타난다. 그가 일하는 건물에는 냉방장치가 있으며, 여름에는 휴가가 일주일씩 나오고 여름 보너스도 지급이 된다. 그가 마시고 싶다고 하는 '시원한 맥주'는 당시 비교적 비싼 술로 젊은 대학생들이 감히 즐겨 마시는 것만으로도 사치 풍조 논란을 일으킬 정도였다.

그리고 그가 첫사랑인 지혜림을 떠올리며 이어지는 1948~49년 무렵의 회상 역시도 아름다운 기억으로 묘사된다. 늦은 봄의 꽃덤불 속에서 만난 아름다운 소녀에 대한 기억과 신록이 눈부신 날 개최된 예술제에서 〈로렐라이 언덕〉을 부르는 소녀에 대한 기억, 그리고 러브레터를 전달한 기억 등, '야구빳따'에게 몽둥이질을 당하기 전까지 해방 후 형규의 기억은 봄과 꽃과 신록으로 덮인 아름다운 첫사랑의 모습이다.

소설 속 주인공인 윤형규에게는 1948년의 기억은 아름다운 첫사랑의 기억이며, 1970년대의 일상도 부족함 없는 중산층의 삶으로 나타나고, 그 사이 한국전쟁에 대한 이야기는 말끔하게 소거되어 있다. 그에게는 어떤 죽음도 어둠도 없는 것과 같다. 그래서 그가 지혜림을 보러 해인사 아래의 여관으로 향하는 것 또한 일종의 아름다운 산속의 별세계에서 잠깐 마주하는 즐거운 일탈로 묘사된다.

그러나 그가 만난 지혜림은 해방 직후에 대해 전혀 다른 기억을 갖고 있었다. 그가 아름다운 첫사랑의 추억을 간직하고 있던 그 시기에 지혜림은 음악 선생인 백 선생에게 성폭력을 당한다. 그리고 몇 년 후 지혜림이 학교를 졸업하자마자 백 선생은 기어코 지혜림과 결혼을 한다. 그리고 지혜림을 짝사랑하던 '야구빳따'는 그 소식을 듣고 자살해버린다. 이후 이어진 결혼 생활 역시도 백 선생의 학대를 견디는 시간이었다. 같은 시대를 살아갔던 지혜림은 윤형규의 아름다운 기억과 중산층의 삶과는 전혀 다른, 죽음과 폭력의 기억으로 점철된 삶을 살아가고 있었던 것이다. 그래서 윤형규는 과부가 된 지혜림의 과거를 호기심 어린 시선으로 궁금해한다. 그에게 과거란 실연의 추억조차 아름답게 여겨질 만큼 즐겁고 아름다운 것이기 때문이다. 그리고 지혜림에게 왜 과부가 되었는지, '야구빳따'는 왜 죽었는지를 캐물으며, 남편인 백 선생은 어떻게 되었는지 묻는다. 그러나 지혜림은 더 이상 대답하지 못한 채로 두려움을 느끼며 도망치듯 일어난다.

결국 같은 시공간을 공유했던 지혜림과 윤형규의 기억의 낙차는 좁혀질 수 없다. 죽음과 폭력의 기억과 함께 절 아래에서 살아가고 있는 지혜림과 죽음도 폭력도 착취도 무엇도 없는 윤형규의 세계는 만날 수 없기 때문이다. 지혜림은 윤형규가 묵고 있는 여관으로 찾아가고, 둘은 함께 맥주를 마시다가 입을 맞춘다. 그리고 윤형규가 "이번에는 보다 황홀한 세계"로 들어서려는 찰나, 바깥에서 "빗줄기"가 "좍— 좍— 퍼붓"고 "창문이 덜커덩거리"더니, "번개"가 "번쩍" 치면서 "전깃불이 팔딱 가버"린다. 지혜림은 그 광경에서 다시 죽음을 예감하고 "실성한 사람처럼 소리를 지르며 후닥닥 밖으로" 도망쳐버린다. 그러나 죽음에 대한 기억을 갖고 있지 않은 윤형규는 그 광경을 보고 "별 희한한 여자도 다 보겠네, 나 참……"라고 입맛을 다신다.

지혜림이 갖고 있는 죽음과 폭력의 기억은 쉽사리 공유될 수 있는 것이 아니다. 더구나 윤형규처럼 같은 시대를 살아갔다 해도 죽음과 폭력의 기억과는 무관한 듯 살아가고 있는 사람에게는 결코 이해 불가능한 것이다. 반대로 윤형규에게 죽음과 폭력의 기억을 갖고 살아가는 지혜림은 "실성한 사람" 또는 "별 희한한 여자" "알 수 없는 여자"로 "도무지 이해가" 되지 않는 사람이다. 그래서 지혜림에게는 윤형규로 대표되는 과거가 찾아오면서 모든 죽음의 기억들이 되살아나고 '실성한 사람처럼' 달아날 수밖에 없었지만, 윤형규에게는 이 모든 것이 "재미있었다"로 압축될 뿐이다.

하여 윤형규에게 산속이 별천지처럼 아름다운 짜릿한 일탈의 장소인 것과 달리 지혜림에게는 죽음과 폭력의 기억을 피해 도망치듯 숨어들어야 하는 공간이다. 그래서 윤형규에게 과거를 추억하는 것은 즐거운 일에 지나지 않지만 지혜림에게는 죽음이 찾아오는 것처럼 두려운 일이다. 결과적으로 이 소설에서는 죽음에 대한 어떤 기억도 없이 아름다운 과거와 중산층의 삶을 살아가는 윤형규와 죽음과 폭력으로 점철된 과거를 피해서 숨듯이 살아가는 지혜림의 삶이 대비되면서 이 소설의 효과는 극대화된다.

하근찬은 이처럼 한국전쟁이라는 시기를 뛰어넘어 해방 직후와 1970년대를 접속시키고 있지만, 오히려 그러한 소설적 구조를 통해서 '죽음의 기억'을 갖고 살아가는 사람과 그렇지 않은 사람 사이의 낙차를 극적으로 보여주는 장치를 통해 '죽음의 기억'이 어떤 것인지를 독자들에게 환기시키는 것이다.

그리고 이 소설과 유사한 구조를 갖고 있는 것이 1984년에 발표된 「여제자」이다. 1980년대를 배경으로 하여 주인공인 소설가 강수하는 30년 만에 옛 제자들의 연락을 받는다. 그리고 강수하의 회상으로 접어들어, 한국전쟁이 일어나기 2년 전인 1948년에 열여덟 살이던 강수하는 산리국민학교의 선생님으로 부임한다. 이듬해에는 5학년 반의 담임을 맡게 되면서 제자인 열다섯 살의 윤홍연을 만나게 된다. 강수하는 일기장을 통해 아이들의 작문 실력과 생활을 관리하고자 하였고, 홍연은 일기장에 선생님에 대한 연정을 매일 적어나간다. 강수하는 어린 제자인 홍연보다도 동료 여선생인 양순정에게 연정을 느끼지만 양순정은 강수하를 어린 동생처럼 대하였고, 얼마 후 결혼해서 학교를 떠난다. 그리고 얼마 후, 한국 전쟁의 발발로 학교는 폐교 상태가 된다. 강수하는 이후 다른 학교에서 일하다가 홍연의 편지를 받게 되고, 답장하지 못한 채로 삼십년의 세월이 지나 현재인 1980년대로 돌아와 홍연을 비롯한 옛 제자들을 다시 만난다.

이 소설에서도 과거인 1948~49년의 상황과 현재인 1980년대가 교차되고 있으며, 그 사이 일어난 전쟁의 묘사는 거의 생략되어 있다는 점에서 유사한 구도를 보인다. 또한 「여제자」에서는 1980년대의 강수하가 과거를 회상할 때 홍연의 짝사랑과 자신이 양순정을 짝사랑했던 이야기는 중요한 부분을 차지한 것에 비해 전쟁은 간단히 묘사된다. 그 묘사 속에서 홍연은 과도하게 감상적인 소녀로 묘사된다. 홍연은 선생님을 좋아하는 감정을 일기장에 토로하기도 하고, 선생님이 자신에게 별 감정이 없다는 뜻을 내비치자 학교에 무단결석하거나, 강수하 선생이 좋아하는 양순정 선생을 질투하는 말들을 일기장에 쏟아내기도 한다. 1970년대의 소녀상은 감정이 과잉되고 피 흘리는 신체를 가진 채로 몸과 마음이 모두 불안정한 소녀는 관리 대상인 동시에 통제 불가능한 존재였다.

흥미로운 점은 이 소설 속에서 소녀의 감상성과 신체를 통제할 수 없다는 두려움이 전쟁과 전도되어 나타난다는 것이다. 한국전쟁 중 '후방'에 세워진 학교에 학생들의 출석을 독려하러 다니던 동료 선생들과 술을 마시던 강수하는 홍연이 보낸 편지를 받아본다. 그는 봉투가 두툼한 것에서 무언가 많은 내용이 들어있는 연서임을 짐작한다. 그는 술에 취한 채로 집으로 돌아와 촛불 아래에서 홍연의 편지를 꺼내든다.

> 편지를 펼쳐든 순간, 나는 그만 두 눈이 휘둥그레지고 말았다. 훨훨 타오르는 촛불의 훤한 불빛 속에 떠오는 것은 연필 글씨가 아니라 시뻘건 피 글씨였다.
>
> —선생님, 그립고 그리운 선생님, 선생님, 선생님…….
>
> 이렇게 선생님만 수없이 써내려가다가 끝에 가서 약간 희미해진 피로,
>
> —저는 지금 울고 있어요.
>
> 라고 쓰고는 그만이었다.
>
> 연필 글씨와는 달리 손가락으로 쓴 혈서여서 불과 두 장인데도 피가 말라붙어 있어서 그렇게 봉투가 두꺼웠던 것이다.
>
> 나는 잠시 그저 얼떨떨하고 멍하기만 해서, 훨훨 타오르는 불빛을 받아 약간 괴이하게 번들거리는 그 시뻘건 피 글씨를 넋 잃은 사람처럼 바라보고 있었다. (379)

전쟁 와중에 홍연에게서 찾아든 편지는 피로 선생님만을 반복해서 쓴 혈서였다. 전쟁의 피비린내는 이 소설 속에서 피로 쓴 연서로 바뀌어 나타난다. 「보랏빛 연가」에서 지혜림이 갖고 있던 죽음과 폭력의 시기가 윤형규에게는 아련한 첫사랑의 시기로 남아 있었던 것처럼, 「여제자」에서는 전쟁의 기억이 축소되는 대신 홍연의 피로 선생님만을 울부짖는 으스스한 러브레터가 자리 잡게 되는 것이다. 하근찬의 소설 속에서 '한국전쟁'이라는 죽음과 폭력의 기억은

공백으로 남지만, 동시에 그 기억은 피비린내 나는 사랑의 감정으로 전도되어서 전달된다.

## 5. 유신 이후: 「안개와 연꽃」

하근찬의 작품들은 아시아태평양전쟁 및 한국전쟁의 전후 민중의 삶을 다룬 1950~60년대의 작품들이 중요하게 다루어져 왔다. 그리고 1970~80년대의 작품들은 작가의 체험을 반영한 소시민의 일상을 다룬 작품으로 가벼워졌다는 평가를 받는다. 이에 대해 그럼에도 불구하고 그러한 일상적 서사 속에서도 작가가 겪었던 "집단 경험, 공동 기억은 일상 및 현실과 분투할 수밖에 없다"는 지적처럼, 그가 1970~80년대에 창작한 작품들 역시 당대 현실과 계속해서 분투하고 있었고, 그것은 결코 '소시민적'이라는 평가로 압축될 수 없는 것이다.*

새마을운동을 통해 '정신 개조'가 된 농민들의 앞에서 조총련에서 벗어나 '국민'이 되겠다고 선언하는 장면에서 국민 만들기 프로젝트는 아름답게 성공하는 것처럼 읽히지만 그것이 결과적으로는 '이촌향도'를 결행하여 이미 도시로 향해 '도시인'이 되어가는 청년의 입장에서 서술되는 구도 속에서 개조된 농촌의 모습은 일종의 환상이자 고향에 대한 향수일 수밖에 없었다.

그리고 1969년과 1972년 두 번에 걸쳐 고쳐 발표된 「낙발」, 「기

* 권경미, 앞의 글, 104쪽.

울어지는 강」은 일제의 총력전 기간 중인 1940년을 전후하여 '총후'의 국민들의 머리를 단속함으로써 '전선'과 정신을 일체화 시키고자 하는 모습을 다룬다. 이는 작품이 발표된 1969년과 1972년에 한국이 베트남전쟁에 파병을 하면서 '반공전쟁'의 '전선'과 '후방'을 일체화하는 군사주의의 와중에 반전평화를 외치는 '히피'와 같은 '장발족'을 단속했던 것과 겹쳐 읽을 때 새로이 해석된다. 또한 유신체제하에서 수줍고 순결해야 했던 소녀들은 하근찬의 소설 속에서 '타락'하거나 통제 불가능한 존재들로 나타난다. 그러나 이 소녀들은 타락해도 죽지 않고 현재를 살아가고 있으며, 동시에 죽음과 폭력의 기억을 피비린내를 내포하고 있는 존재들로 나타난다. 이를 통해 1970년대에 억압되었던 죽음과 폭력의 기억이 어떤 식으로 전도되고 있는지를 읽어보았다.

이후 발표된 「안개와 연꽃」(1985)에서는 남편의 바람으로 자신의 안정적이던 일상이 모두 안개 속으로 사라져버린 주부와 그녀에게 안개를 빠져나올 방법을 조언해주는 여승(연꽃)이 등장한다. 1987년에 민주화와 해방에 대한 목소리가 터져 나오기 직전, 안개 속을 헤매던 상황에서 무언가 마음을 의지할 수 있는 것을 찾고 있는 것으로 읽힐 만하다.

하근찬은 유신체제와 그 이후 민중들의 삶 속에서 국가가 어떻게 '잉여적인 존재'들의 삶을 폭력적으로 배제해왔는지를 그려내었다. 전쟁이 끝난 이후, '후방'이 된 한국에서 여전히 농민, 장발족, 여학생과 같은 존재들은 '통제'와 '단속'의 대상이었고, 이는 하근찬에게 있어 중요한 문학적 대상이 되었다. 하여 우리는 하근찬의 작품들을 유신체제가 어떠한 방식으로 '국민'을 만들어내었는지를 읽어낼 수 있는 귀중한 문학적 사료로 다시 읽어내어야만 한다.